U0937100

路过合庄

尹守国 著

辽宁人民出版社

图书在版编目（CIP）数据

路过合庄 / 尹守国著. — 沈阳：辽宁人民出版社，2019.7

ISBN 978-7-205-09589-5

Ⅰ. ①路… Ⅱ. ①尹… Ⅲ. ①长篇小说—中国—当代 Ⅳ. ①I247.5

中国版本图书馆CIP数据核字（2019）第086283号

出版发行：辽宁人民出版社
地址：沈阳市和平区十一纬路25号　邮编：110003
电话：024-23284321（邮　购）　024-23284324（发行部）
传真：024-23284191（发行部）　024-23284304（办公室）
http://www.lnpph.com.cn
印　　刷：辽宁新华印务有限公司
幅面尺寸：145mm × 210mm
印　　张：10
字　　数：250千字
出版时间：2019年7月第1版
印刷时间：2019年7月第1次印刷
责任编辑：盖新亮
封面设计：Aat_book
责任校对：冯　莹
书　　号：ISBN　978-7-205-09589-5

定　　价：48.00元

一

在辽西，小凌河算是一条大河。自南向北流经黑龙镇时，受到盘龙山的阻挡，拐了个胳膊肘子弯，一路向西北方向窜去。合庄的三十二户人家，犹如河面上漂浮的柴草，淤积在山脚下，破碎且零乱地分布着。

早打过春了，这里还看不到春天的任何迹象。寒风依旧飕飕地刮着，田野上积雪被吹得东一条西一绺的，远远望去，如同白皙的皮肤上长着黑乎乎的癞斑。

大部分枯草被积雪掩盖着，羊群不得不争先恐后地往前奔跑，抢占裸露的地盘。葛连被羊群牵扯着，也不得不小跑起来。他挥舞着鞭子，边跑边不停地吆喝着。他的声音混沌嘶哑，像是敲着一面带璺的铜锣。

“跑啥跑？不要命了！”看见“黑脊背”一路狂奔，葛连用鞭杆上的叉子挑起一块石头甩过去。

对于这群羊，他的情感是复杂的。这是父亲遗留的基业，也是他赖以生存的经济来源，不能不尽心尽力。但他又把父亲的死亡归罪在它们身上，每次想到父亲连个尸首都没留下，母亲至今还独守空坟，他不得不痛骂几声。这似乎成为他怀念父母的一种方式，也是发泄情绪的一个渠道。

葛连的父亲是合庄第一个养羊的，在二十四年前的农历七月初五，这里突降大雨，两只小羊羔慌不择路地向河边跑去。他在后边追赶，想跑到前边，把它们截住，可刚抵达河边，山洪正好绕过盘龙山，像山崩一样地倒下来。他再想返回，为时已晚，他和那两只小羊被山洪吞噬了。全村子的男人沿着河边寻找两天，只在下游三十多里外的河滩上，捡回这条鞭子。葛连的母亲没法接受这个事实，天天起早拿着个小板凳，到河边坐着，向远处张望，直到太阳落山，才哭着回来，回到家仍然坐在那个小板凳上。望着她呆滞的神情和满院饿得嗷嗷乱叫的羊群，当时才十五岁的葛连一咬牙一瞪眼，把念过的和还没来得及念的书全部卖掉，赶起羊群上山了。

在鞭杆子的另一头，有个用铁丝弯成的四齿叉子，这是葛连后做上去的。他吸取父亲丧命的教训，不管羊跑到哪儿，都不去追赶，只是远远地遥控着。这些年来，他练就一手用叉子甩石头的绝活儿，只要是他目所能及且力所能及的目标，基本保持着百发百中的纪录。

石头落在“黑脊背”的前边。对这只担负着传宗接代使命的公羊，葛连有点儿偏爱，下不去狠手，每次都先给它个警告。

“黑脊背”停下来，回头瞅主人一眼。也许是抱着一种侥幸心理，也许是前边的那丛灰突突的枯草太具诱惑力，它仍然义无反顾地向前奔去。

“还跑，还跑，你个吃货！”葛连又挑起一块石头，狠狠地砸在“黑脊背”的黑脊背上。

“黑脊背”掉过头，扎到大堆里，不时地仰起脖子，发出几声抗议。其他的羊吸取它的前车之鉴，都慢下来，挤成一团，向前蠕动着。

除了打骂羊群，葛连还有一个发泄情绪的渠道，那就是哼唱小曲。他会的曲子不多，也就十来首，但他能把每首曲子唱出多种调子。他似乎总有唱不尽的曲子。声音的大小，取决于跟前有人与否；选择何种调子，则与他当时的心情有关。

今天，葛连的心情不是太好。他醒来时，儿子已经上学去了。大冷天的，让儿子吃凉饭，他内心很愧疚。为了让自己好受些，他吃的也是凉饭。从用过的碗上看，儿子还知道泡点儿热水，他连热水都没泡。此时，他感到胃有些不舒服，有一股气流在叽里咕噜地乱串，胀得难受。他把鞭子搭在肩膀上，把羊皮袄的两个前襟往中间扯了扯，双手交叉着伸入袖筒中，把肚子捂住。他向四周环视两眼，扯着嗓子唱道：

陈抟老祖下高山，十二味丹药传人间：家大业大老来少，儿女孝来父心宽；妯娌和气家不散，兄宽弟忍顺气丸；新娶的媳妇甜如蜜，头生的儿子比蜜甜；住家闺女强似铁，团圆媳妇软如棉；孀居寡妇身无主，光棍无妻左右难；中年丧妻黄连苦，老年伤子苦黄连……

声音开始挺豁亮，唱到第六句后，渐渐地含糊起来。到了最后两句，几乎是用鼻音哼的。按照以往的习惯，葛连要把这个曲子反复唱两到三遍，但在哼完最后一句时，一股清鼻涕流出来，再哼下去，就流到嘴里了。他又懒得把手拿出来，只好努起嘴唇，用力地往里吮吸两下，歌声也戛然而止。

刚走到曹子海家的树林子前，羊群突然停住，后边的几只小羊回过头来，长声怪调地叫着，像是遇到麻烦的孩子在呼唤着母亲。葛连赶忙跑过去，看到树下有一只野鸡，正抻着脖子，扑扇着翅膀，有点儿要跟谁决斗的样子。

野鸡是被套住的，这些套子是村上那些半大小子们设下的。而他们又是些有心下蛋没心抱窝的主儿，几天也不来看一趟。这样，天天在山上转悠的葛连，成为最大的受益者。

绕到野鸡的身后，葛连慢慢地蹲下，弓着身子，像猫似的向前移动着，来到树跟前，猛地向前一扑，抓住野鸡的爪子。野鸡回过头啄他的右手，被他用左手捏住脑袋。他把野鸡从套子上解下来，把鸡脖子扭转过去，压到翅膀下边，这才愤愤地说："活该！看你还嘴馋不？这就是嘴馋的下场！"

这个意外的收获，让葛连的心情变得畅快很多。他把鞭杆子插到身后的裤腰带上，两只手捧着野鸡，像抱着个孩子。野鸡的身体温暖着他的手，并通过手传递到全身，连脚底下都感觉热乎乎的，胃也不像刚才那么难受了。他时不时地把野鸡举起来欣赏两眼，心里盘算着，等晚上放点儿红蘑炖上，也算是对儿子和他没吃好早饭的一种补偿。

羊群顺着曹子海家的树林子抵达小庙前时，葛连看到远处有四个穿着羽绒服和高筒大皮靴的人，扛着照相机，在葛晓伟家的地里比画着。他在心里不屑地说：这冰天雪地的，几个大老爷们儿跑到这荒山野岭照相，真是脑袋让门框撞出包来了！

观望一会儿，又觉得那伙人不像照相的。只有一个抱着杆子的人远远地站着，其他的人都守在照相机前，照一会儿，就换个地方，换了地方，却不换人，还是照那个抱着杆子的。出于好奇，葛连赶着羊群往跟前移动着。离他们还有十几米时，他看清楚了，这些人不是在照相。那架和照相机差不多的东西，应该是个望远镜，他们是在测量这块地。

“你们量它干啥？是不是要重新分地？”看到那伙人转移到自己家的地里，葛连终于忍不住凑上前问。

三个人回头瞅葛连一眼，没理他。有个戴墨镜的，看架势像是个小头目，走过来，伸手在鸡屁股上捏一把说：“挺肥的，卖不？”

葛连摇摇头说：“不卖，还留着晚上下酒呢！”小头目丢下一丝羡慕的眼神，招呼着几个同伴走了，边走还边回头看两眼。

小庙前的这片地，是大凌河涨水时淤积出来的，方不方，圆不圆，形状像个土豆。因为合庄的九神庙建在这儿，从记事那天起，葛连就对这块地充满敬畏。庄上其他的地种香瓜，他都去偷过，只有这片地，他不敢来，总感觉那九个神仙十八只眼睛在盯着他。且别说偷，偶尔想想，都觉得害怕。这种感觉，直到他十七岁那年，小庙被一场大雨浇塌后才消失。

庙虽然没了，但建庙的石头和青砖还堆在地里。人们求雨或是给死者送盘缠，还到这儿来。当时，作为庄上的机动地，这片地还不属于某个人家。张三种两年，换成李四，谁也没心情好好莳弄。种地时，犁杖走到那堆砖头前，早早地抬起来，从砖头上跨过，直到没有砖头后，才把犁杖再插进去。他们嘴上说怕打碎犁铧，其实是对那堆砖头充满畏惧，谁也不想招惹事端。在合庄人的心目中，神像虽然没了，但神威依然存在。久而久之，这里形成一个越来越大的荒滩。

第二次分地抓阄儿时，这片地被葛连抓到了。那个荒滩并没算亩数，可看着这么大一片地撂荒，他还是觉得挺可惜的，也嫌种地时总抬犁杖碍事。从分地那年开始，他利用春种之前和秋收之后的闲散时间，用镐头把荒滩外围的砖头瓦片一点点地刨出来，用驴车拉到河滩上。带带拉拉地干了两年，荒滩被蚕食得只剩锅台那么大，远远地望去，像个“坟头”。恰逢这年夏天，王素霞查出乳腺癌，发现时已到晚期，没过两个月就去世了。他越看这个“坟头”越闹心，索性决定斩草除根。

在装最后一车砖头时，挖出一条青蛇。葛连天天在山上放羊，见过的蛇不计其数，却从来没看过这么大的。这条蛇有小孩子胳膊那么粗，扁担那么长，张着嘴，吐着红艳艳的芯子，还发出嗤嗤的叫声。他立即跪下了，至于是主动的还是因为腿肚子转筋跌倒的，自己也说不清楚。他认定这条蛇是在这儿护法的，他的行为触怒了神灵。甚至认为王素霞的死，都与此有关。可是，那些砖头瓦片已经拉光，有些都倒进河里，再也无法弄回来。他只好硬着头皮求饶，并许下大愿，说等把地里收拾利索，杀头羊，祭奠祭奠。话音刚落，那条蛇果然顺着垄沟往河滩方向爬去。回到家，他赶紧杀羊，并把羊的各个部位都割下一块扔进河中，心里才算踏实。

正是由于这一亩二分多荒滩地来之不易，葛连特别看重和珍惜，把它当成心头肉、家中宝。每年送粪时，都是最后才轮到这片地，不管剩多少粪，都拉到这儿。这片地被他养得抓起一把土，都能从指头缝里攥出油来。

站在那儿，葛连掰着手指头计算着。按三十年不变的现行土地政策，这块地才种十六年，还有十四年的使用期；要是现在重新分地，就算还摊到这儿，也不会分给他这么多了；一年少一亩二分地，十四年就少差不多十七亩地，现在合庄的包地价是每亩五百，那便是活活地损失八千多块钱。想到这么多钱一下子没了，葛连有点儿心急火燎，看到那伙人走进刘铭家地里，他抱着野鸡撵过去。

“要是觉得稀罕，给你吧。”葛连扯住小头目的衣襟，晃了晃手里的野鸡。

小头目刚要去接，又把手缩回，警觉地问：“多少钱？”

葛连迭忙连摇头带摆手地说：“白捡来的，还要啥钱！”

小头目迟疑片刻，还是接过去。他左手把鸡抱在怀里，右手伸向牛仔裤的屁兜，说："我不能白要，给你五十块钱吧。"

葛连上前摁住他的右手说："真是送你的。你要是给钱，那就外道了。"

小头目有些不好意思地问："有事吧？"

葛连先咧咧嘴，顺势笑着说："我就是想知道测量这块地干啥。"

小头目把野鸡从胸前移到身后，回头瞅瞅那几个走远的同伴，压低声音说："这儿要修高速公路，我们在测量路线。"丢下这句话，他毫不客气地转身走了。

到手的野鸡就这样飞了，但这并没影响葛连的好心情，悬着的心终于放到肚子里，只要不是重新分地，那一亩多白得来的地仍旧是他的。用一只野鸡换取八千多块钱的消息，今天算是赚大发了，况且这鸡也是白得的，自己等于空手套白狼。他把插在裤腰带上的鞭子抽出来，在空中甩个响亮的鞭花，对着羊群吆喝几声，那些跑到远处的羊吓得乖乖地回到群里，在地上寻觅着可食的东西。

望着那伙人的背影，葛连这才想起高速公路的事。这里要修路，不是还得占地吗？他没见过高速公路，不知道这种路有多宽。他是按照两条乡间土路目测的，每条垄得占去十几棵苞米的地方。这片地是三十二条垄，这样就得少种好几百棵苞米！顺着那伙人留在雪地上的脚印望去，如果这就是路的方向和位置的话，正好从他家的地中间横着穿过。这块地本来就不长，从中间再截出一条子，两头剩下的也不比中间长出多少，这还怎么种？犁杖还没等扶正，便到头了，比原来的那个荒滩还碍事。想到这儿，葛连本来阳光灿烂的脸上瞬间飘来一块阴云，他开始憎恨起那伙人，也为他付出的那只野鸡心疼。他真想撵上去，把野鸡抢回来。

那伙人钻进曹子海家的树林子，渐渐地消失了，而葛连的郁闷却在增强着。他一边挑起土坷垃击打着跑在前边的公羊，嫌它们跑得太快，一边挥动着鞭子抽打着后边的母羊，嫌它们走得太慢，吓得那些羊左躲右闪，都顾不上吃草了。看到羊群都在抻着脖子观望，他也没心情再放它们，向空中连甩三声响鞭，“黑脊背”听到回家的信号，带领着羊群向村子奔去。

在穿过曹玉民家那块地后，葛连突然开窍了——反正不光占他家的地，有啥可不高兴的？就是被占去一亩二分地，相对比其他人家，他也不吃亏，还够应得的亩数，这总比重新分地要好得多！这样一想，他的心情又立即敞亮起来，抬头瞅一眼太阳，应该才十点多钟，还不到圈羊的时候，可想让羊群停下，已经是鞭长莫及。

知道羊没吃饱，葛连从当院的草垛上扯下几捆干草，扔到羊圈里。进屋后，他边脱掉身上的羊皮袄边冲着东面墙说：“咱们这儿要修高速公路，小庙前的那块地，怕是保不住了。”

东面墙上贴着一张葛连与王素霞的结婚照。在照片上，葛连的头往东倒着，王素霞的头往西歪着。两个人中间，隔着足可以再挤入一个人的地方。当年在取照片时，葛连就认为这很不吉利，回来后把照片夹在一本《毛泽东选集》里，藏到柜子的最下边。王素霞曾问起过此事，他说照片跑光了，没洗出来，啥时候再补一张吧。可还没等再去补照，王素霞便怀孕了。在合庄有个说法，即双身子的人不能照相。他们把照相机看成是摄魂掳魄的东西，怕胎儿小，禁不起这种折磨。等儿子出生后，王素霞的体形发生了极大的变化。用她自己的话说，由一个花瓶变成一个坛子,再也没有去照相的愿望。直到给她烧过“头七”，葛连想反正已然如此，再没有啥可忌讳的，才把照片贴在这儿，好歹算是留个念想。

那段时间，除了每天吆喝几声羊群外，葛连跟谁都不说话。他不说话，吓得他儿子也不敢说话。这个家，像随着王素霞死去一样，弥漫着一种阴森森的气息。好在这一切并没影响到儿子的学习，在期末考试中，儿子荣获年级组的第一名。当他把奖状连同家长通知书拿回家时，葛连摸着儿子的脑袋突然笑着说："好小子，有出息，爸为你好好活着，以后这个家就指望你了。"从那以后，葛连才按时按点地给儿子做饭，话也渐渐地多起来。每遇到烦心事，他都会对着墙上的照片叨咕几句。说过了，他心里也好受多了。

儿子的学名叫葛晓军，从老婆去世后，葛连管他叫大军。他觉得儿子一下子长大了，也盼望着他快点儿长大。大军今年刚上初三，可在葛连的眼中，却是有大学问的人。不论遇到啥事，只要是他不明白的、不确定的，都惦记着问问儿子。大军说啥，他都相信。

"你知道高速公路多宽吗？"看到儿子，葛连迫不及待地问。

"爸，打听这个干啥？"大军反问。

"这儿要修高速公路，打小庙前那儿穿过，我想算算能占咱家多大疙瘩地儿。"葛连边端着菜板子往锅里倒菜边说。

"太好了，往后咱们这儿热闹了。"

见儿子喜形于色，葛连有些生气，立即沉下脸来。他心里埋怨，家里的地都快让人家给霸占了，你还有心情看热闹，真够没心的！自己在他这个年龄时，都开始顶门过日子了。可转念一想，又原谅过去。毕竟还是个孩子，不当家不知柴米贵。他脸上的表情缓和了些，口气仍带着严肃，边翻腾着锅里的菜边说："问你话呢，到底知道不？"

从语气中听出父亲的态度，大军立即收敛起笑容，神情也变得认真起来。他也没见过高速公路，却从课外资料上多少了解一些，赶忙回答："老宽了，能并排跑开六辆大卡车吧。"

葛连像被烫到似的，手里的铲子咣的一声掉到锅里，抬起头，直愣愣地看着儿子。过了半天，大军看到酸菜嗞嗞地冒出白烟，指着锅台说：“爸，菜煳了。”他这才缓过神，赶忙伸手去拿铲子，还没等去翻菜，又扔回锅里。铲子把儿刚才贴在锅边上，这次是真烫手了。葛连只好抄起水瓢，在旁边的水缸里舀出半瓢凉水倒进去。铁锅里立即升腾起一股白烟，同时也冒出一股刺鼻的味道。他再次伸手把铲子捞出来，顺势在菜上搅动两下，把锅边上的菜扒拉到水里，直起腰，盖上锅盖。

二

大军刚撂下饭碗，刘鹏举就来招呼他上学。整个合庄就他们俩在镇中学念书，无论是上学还是放学，都形影不离。

刚走到小庙前，大军便兴致勃勃地说起高速公路的事。刘鹏举听后把脑袋摇得跟拨浪鼓似的说："这不可能！要是真有这回事，我爸应该最先知道。连他都不知道，一个放羊的怎么会知道？"

大军并没反驳，或者说，默认了这个说法。且别说他对大军这么说，就算对庄上的任何一个人说，也没毛病。他们家就是合庄的政府机关。从打人民公社那时起，刘天栋就是合庄的生产队长。他干不动后，刘铭又接着当村民组长。上边有啥指示，都是先通知到他们家，再从他们家发布出去。但承认归承认，大军对刘鹏举的语气十分不满，他不准许任何人以任何方式诋毁他父亲。这些年，他们父子相依为命，父亲既当爹又当娘，他已经把对母亲的那份情感也转移到父亲身上。

大军放慢车速，渐渐地落到刘鹏举的后边。两个人这样走了几分钟，他突然猛蹬两下，赶上去，呵呵地干笑两声说："这事儿，我爸也是听说的，还真没准儿。要不你回去问问你妈，要是她也不知道，让她再问问村主任吧。”尽管大军的语气软绵绵的，却绵里藏针，扎得刘鹏举像泄气的皮球，立即蔫巴下来。

当初大伙推选刘铭接替刘天栋的职务，并不是认为他能胜任，只是觉得有老队长在后边把持着，肯定能干得差不多。但智者千虑，终有一失，人们忽略了他怕老婆这件事。村里有点儿啥情况，他请教的不是刘天栋，而是郝桂花。从他上任的第一天，郝桂花就开始“垂帘听政”。他所做的一些事情，大伙都以为是老队长的主意，有不妥的地方，勉强地服从着。有意见的人，也只是在背后感叹，说老队长真是越来越糊涂，做事没原则了。直到最近这两年，他被老婆撵到建筑队打工，上边有啥事，郝桂花直接出面料理，人们才渐渐地明白，原来他们的村民组长，早就成了聋子的耳朵。

合庄人对郝桂花这种“篡位夺权”的行径，自然是气愤，又敢怒而不敢言。人们并不是怎么惧怕她，而是在乎她身后的村主任。这届村主任王国才与她是同一个村子的，他们还多少有点儿亲戚，是她七竿子打不着八竿子打瞎眼的表哥。按理说，村主任管不着每户过日子的事，但过日子人家，谁没个大事小情？娶媳妇打发姑娘批地盖房子生孩子上户口，都得找村委会盖戳，也都绕不过郝桂花这道门槛。得罪她，跟得罪王国才几乎没区别。她一个电话打过去，就算不影响事情的结果，也会影响事情的进程。为了自己的事，大伙都睁只眼闭只眼，没人愿意给自己找别扭。

眼睛可以闭上，嘴巴却不能闲着，这是合庄人的特点。他们都在背地里有意无意地夸大着刘铭怕老婆的程度，也渲染着郝桂花与王国才的关系。大军刚才的话，言外之意是在说，别看你爸是村民组长，也当不了老娘儿们的家。

被大军温柔地扎了一针，刘鹏举知道盐打哪儿咸，醋打哪儿酸了。整整一路，他们谁都没说话。晚上放学，他没等大军，一个人先走了。

进屋后，见父亲没在家，刘鹏举问母亲："我爸干啥去了？"

郝桂花根据以往的经验，知道儿子进屋就找他爸，一定是有重要的事。她没好拉气地说："不知道，天天和狗走秧子似的不着个家，找他干啥？"刘鹏举没吱声，拎起书包去了套间屋。他还在对大军的话耿耿于怀，对母亲自然有些抵触情绪。

刘铭是快吃晚饭时回来的，刘鹏举听到动静就跑出去。刘铭到驴圈给驴添草，他在身后跟着。刘铭问他有事吗，他开门见山地说起高速公路的事。他是想探探父亲的口风，如果父亲知道，明天他好以此给大军一个反击。刚开始听到时，刘铭显得有些吃惊，继而是疑惑。从态度上看得出，父亲还真不知道。刘鹏举有些失落，说话的口气也不像刚才那么兴致勃勃了。等他把详细的过程叙述完，刘铭又有些激动，拍了两下驴屁股，又转过身来拍着儿子的脑袋说："这真是天上掉馅饼了！"

爷俩儿在驴圈里说话，早就被郝桂花盯上。他们回到屋里，郝桂花先是剜儿子一眼，让他放桌子，接着把刚盛出来的一碗酸菜炖粉条子塞给刘铭，把刷锅水和米汤一起倒进早就放好苞米面的脏水桶里，边用棍子搅拌着边说："这一天天的，我都成饲养员了！喂完这拨儿，还得喂那拨儿。"

每天晚上吃饭时，刘铭都要倒上两杯酒，他和父亲各一杯。今天，他只倒一杯。父亲的酒还没喝到一半，他撂下筷子，急匆匆地出去了。

刘铭来到葛连家，正好赶上他家吃饭。葛连端着一杯酒，低头喝着，一副闷闷不乐的样子。整个下午，他赶着羊群一直在小庙前转悠。他无法想象能并排跑开六辆车的路是怎样个情景。他是按照普通公路的三倍步量的。他在心里算了好几遍，也没算出个准数。回到家，他让儿子帮他算。大军按照父亲提供的数据在纸上划拉几笔，说最少得占去两亩地，接着又补充道，这样算不准，高速公路有一米多高，呈等边梯形，底边要大于上边，而且两边还有护栏，中间还有隔离带，应该得两亩半地吧。听完儿子的话，葛连正在闹心。不但白得来的一亩二分地没了，还要搭进去一亩三分地。如果按照儿子的说法，整个中间部分，基本被掏走，只剩下两个地头了。

见到刘铭，葛连勉强地挤出点儿笑容，问他吃了吗，刘铭说刚撂下饭碗。葛连让他再喝点儿，刘铭看一眼桌子上，除了一碗清汤寡水的大白菜炖土豆，再就是一盘干巴巴的咸菜条子，赶忙摇头说，刚喝过了。葛连让儿子往炕梢拖了拖桌子，把炕头的位置闪出来，说这儿热乎点儿。刘铭也没客气，扶着炕沿，蹬掉鞋子，爬到炕上，屁股还没坐实，就迫不及待地问起高速公路的事。

葛连抬头瞪大军一眼，知道消息是从他嘴里传出去的。他倒不是怪儿子嘴快，而是感觉有点儿亏得慌。就像得到一件宝贝，还没等玩味够，就被人抢走了似的。可是，既然人家已经知道，又黑灯瞎火地追到家里来问，他也没有不说的道理。他简单地把事情的经过叙说一遍，只是把那只野鸡换成一百块钱。他觉得野鸡不是他的东西，套野鸡的套子也不是他下的，用一个本来就不属于自己的东西去说事，别人不会搭他多大个交情。

野鸡换成钱后，刘铭果然在意起来。他不乏激动地说："这一百块钱花得值！要是这块地真被占了，别说一百，就是五百，到时候我给你报销，算大伙的。"

做晚饭时，葛连边炒菜边跟大军感叹过那只野鸡。说到钱，他看到大军的目光中带着一丝诧异。他怕儿子再多嘴说露馅，又提前瞪他一眼，算是给他打个"预防针"。大军看到后，把头低下去。

“你这人可怪了！”葛连用诧异的目光盯着刘铭说，“地都快让人家占了，看你这样，还挺高兴呗？”

“你不高兴？”刘铭也用同样的目光盯着葛连。

“高兴个屁！眼见着两亩多地没了，一年得少打多少粮食？还有十四年呢！”

刘铭先嘿嘿地笑着，声音越来越大，最后竟然变成哈哈大笑，还边笑边拍着葛连的肩膀子。葛连刚夹起一口菜，没等放入嘴里，被拍飞了。他气得把筷子扔到桌子上，刘铭这才住手，咧了咧嘴说：“我的大哥，你是装傻还是真傻啊？这事要是真的，咱们就发财了！攥着大把的票子，还种啥地？就躺在炕上吃香的喝辣的了！”

“地是国家的，国家要用，还能给你钱？美得你吧！这就和自己家的羊吃自己家的庄稼一样，找谁说理去？”葛连捏起几根咸菜条子放在嘴里边嚼边说。

刘铭往前探下身子，把桌上的筷子拿起来，递给葛连。这次他把抬起的手在葛连的肩膀上方绕个圈，拍在自己的大腿上。他用一副郑重的口气说：“这你就短见了！我们在外边干活儿，经常听说这种事。国家不但给钱，还往死地给呢！少说几万，多则十几万。”为增加可信性，停顿一下，他又笑着说，“国家不差钱！让造钱厂的工人多加半个小时的班，就够合庄老少爷们儿吃一年的。”

刘铭的话，并没给葛连带来多少惊喜。他把半信半疑的目光投向大军，寻求支持。大军被打过“预防针”后，表现出两耳不闻窗外事的样子。葛连又轻轻地咳嗽两声，也没能引起儿子的注意。他觉得没了指望，端着酒杯茫然地点点头。

证实了消息的确切性，刘铭没心情再待下去。尽管他坐在炕头上，除了腚底下有点儿热乎气，全身都凉飕飕的。吃饭时，他出了点儿汗，在路上经风一吹，感觉衣服像是结了冰似的。他本想等人家吃完饭再走，见葛连的酒还有半杯多，有点儿等不及。他往炕沿跟前挪动着，说你慢慢喝吧，我得回去了。葛连劝他再待一会儿。他说你这屋也太冷了，再待，我快成冰棍儿了。葛连往前探了探身子，又顺势坐回到原来的地方。临出门时，刘铭扭头说："这事要是真成了，有了钱，快张罗一个吧！家里没个女人，真不行！"

回到家里，刘铭把大门插好，给驴添一筛子草，到房后撒泡尿，顺手拎起一个尿桶。在快走到屋门口时，折回去，又拎回一个尿桶。

打结婚以来，拿尿桶的活儿，基本是刘铭负责。拿一个时，尿桶放在外屋的过道上，不管是东屋的老爹和儿子，还是西屋他们两口子，都去那里方便。拿两个时，其中的一个还放在原来的位置上，另一个放在西屋的炕沿下。凡是拿两个尿桶时，有这样两种情况：一个是郝桂花来例假了，他怕把血弄到桶里，让父亲和孩子看见不好看；另一种情况，是他要做那种事了。

郝桂花有个怪毛病，每次做完那种事，总是擦个没完没了。好像她那个地方是个水泉，被捅破了；好像她那地方是块无菌区，被弄脏了。每次得用下小半卷手纸，扔得地上白花花的。这个尿桶，主要是用来盛手纸的。

看到刘铭把尿桶放下，郝桂花知道他将要干啥了。没等刘铭脱鞋上炕，她伸手从被褥垛上把他的那套行李扯下来，扔向炕梢。刘铭也没在意，近期这种情况经常发生。他尚未总结出原因，却探索出一套解决的办法：只要沉住气，觍着脸哄哄，坚持不懈，最后总能成功，而且比从前那种"关灯行、开灯停"的程序还刺激。

刘铭本来是没打算做那种事的。前天晚上刚做过，他还没那么大的瘾头。因为高速公路的消息，他有些兴奋，才想到要"加个班"。

他把那种事，当成一种庆祝的手段，像有喜事必须要放鞭炮一样。

把行李铺在炕中间位置上，刘铭猫下腰，轻轻地扒拉郝桂花两下，说："你往这边来，我给你焐上炕，省得睡觉时冰凉的。"郝桂花没理他，还盯着电视，看到刘铭的腿挡到她的视线，抡起胳膊，没好拉气地抽过去。刘铭不知道老婆哪儿来的这股邪火，但他更喜欢她野蛮霸道的样子。他用右手抓住郝桂花的左胳膊，左手顺着她的两腿之间掏过去，扳住右腿，把她拎起来。刘铭的动作挺突然，也很粗暴。郝桂花刚想挣扎，就被扔到中间的行李上，气得她狠狠地蹬了空气两脚说："你个二货，没轻没重的，弄疼我了。"

铺好行李，刘铭半蹲半跪在郝桂花跟前，嘴里还小声叨念着："这回我轻点儿，保证不弄疼你，让你舒舒服服的。"他把左手贴着她的脖子伸进去，右手兜住她的两条腿，把她抱起来，以跪着的那条腿为圆心，用另一条腿蹬着炕，旋转一百八十度，恰好把她的脑袋平放在枕头上。他顺势也倒下去，把嘴凑到她的脖子跟前。

郝桂花有许多与众不同的地方，其中的一点，是她的性敏感点不在嘴上，不在乳房上，也不在两腿之间，而在脖子后边。只要在她这个地方拱上个两三分钟，她全身的骨头都是散的，像是一团泥，想咋捏就咋捏，想捏成啥便是啥。

还没等刘铭实施，郝桂花突然翻过身，双手抱住脖子，像驴戴上夹板似的。她知道只要护住自己的死穴，刘铭的阴谋一时半会儿不能得逞。她就能吊着他的胃口，让他把肚子里的东西全吐出来。这是她的撒手锏，也是控制他的手段。

像猪跑进胡萝卜地一样，刘铭撅着腚东一头西一下地拱了半天。郝桂花仍然是面不改色心不跳。她像一个雕塑，一动不动，既没迎合，也没反抗。她闭着眼睛，甚至脸上的表情都是凝固的。

"咋的了，身子不舒服？"刘铭只好停下来，摸着郝桂花的脑门儿说。

“少在我这儿腻歪，死东屋去，你们爷们儿才是一伙的。”

“我们爷们儿又咋的你了？”刘铭疑惑不安地问。

“儿子和你在驴圈偷着嘀咕啥了？你撂下饭碗迭忙干啥去了？”郝桂花的声音不高，但语气强硬，大有不说明白就别想靠近的架势。

从吃饭之前，刘铭就提心吊胆的，以为郝桂花知道他打麻将输钱的事了。既然不是，他终于放心了。对于高速公路这件事，他本来也没想隐瞒，原计划是等忙活完被窝里的事再说，也算是给老婆一个奖赏。在他的意识里，做爱不是双向的愉悦，而是男人对于女人的一种索取。每次做完，他都对女人有一份感激之情。

“哦，没啥事。儿子听大军说咱们这儿要修高速公路，我去问问啥情况。”刘铭坐在郝桂花的身后，抬起右腿，压在她的腿上。

“修啥？”郝桂花迅速地坐起来。

腿被压着，郝桂花等于是坐在刘铭的胸前。刘铭把她搂在怀里，兴奋地说：“修高速公路啊！就打咱们小庙前那片地经过。”

郝桂花立即把后背靠在刘铭的右肩膀上，略扬起头，满面期待地问：“到底咋回事？快跟我说说！”

刘铭把右腿弯曲起来，垫在郝桂花的脖子后，让她横躺在自己的两腿之间。他把左手塞进郝桂花的上衣里，右手抚摸着她的头发。在讲述的过程中，他的嘴没闲着，左手也没闲着，从郝桂花的肚皮一点点往上移动着，攀登过那两座山峰后，折回去，跨越平原，直奔丘陵。

没等刘铭把高速公路的事说完，郝桂花的脸就涨红了。她的两条腿使劲儿地并拢，不时地左右摆动，带动着刘铭的身子也跟随着往前一耸一耸的。她往外拉扯着刘铭的手说：“别烦人，说正事呢。”

刘铭固执地进行着，说：“那事指不定啥时候才开始，目前这才是我的正事。”

郝桂花再次拉扯刘铭的手，可手没停下，倒把他的嘴叫停了，他开始一心一意地剥她的衣服。郝桂花似乎也忘记了她的正事，主动地把屁股抬高，让刘铭顺利地把裤子褪下去。

等再次打开灯，尿桶周围已经有十来个纸团。刘铭怕这些纸团粘到地板砖上，跳下地，捡起来扔到桶里，顺便对着尿桶断断续续地挤出几股尿液。纸团立即蔫巴下去，变成泛着黄色的纸浆。他打了个冷战，几滴尿滴在脚背上。爬上炕沿，他把有尿液的右脚背往左脚心里蹭两下，直接钻进自己的被窝，并对仰面躺在炕头上的郝桂花说："关灯，睡觉。"

"浪够了，是吧？想睡，美得你！正事还没说完呢。"郝桂花伸出手来，没去按墙上的开关，而是扯住刘铭的耳朵。

被郝桂花拖过去的只是刘铭的脑袋，身子还在自己的被窝中。他揉着耳朵小声地嘟囔："就那点儿事，我不都说了嘛！"

郝桂花翻过身，两个胳膊伏着枕头，脑袋侧趴在胳膊上，柔声地问："哎，你说，能是真的吗？"

"反正葛连说得是有鼻子有眼的。他那人不撒谎，应该是真的。"刘铭也翻个身，和郝桂花脸对脸地趴着，接着又说，"他也是听来的，兴许测量的那几个人蒙他呢。"

"不能吧！这大雪泡天的，没事谁上咱们这个兔子不拉屎的地方来测量个啥？再说了，不还给一百块钱呢，一百块钱还买不来一句真话？"郝桂花由怀疑渐渐地变得确信。

"就算是真的，还不知道得等啥时候，睡觉。"刘铭把脑袋移回到自己的枕头上，还用被子蒙住。

"你和个猪似的，就知道睡！"郝桂花杵了刘铭一拳，顺手把他的被子揭开，愤愤地问，"小庙前的地咋办？"

刘铭爬起来，扯过上衣，从兜里掏出烟盒和打火机，边从烟盒里往外抠烟边说：“占地给钱，这还有啥说的？”他刚打着火，还没等凑到嘴跟前，就被郝桂花横着吹来的一口气给喷灭了。她怒气冲冲地问：“你也不想想，要是真赔了钱，是给咱们还是给刘伟？”

“这还用想吗？当然是给咱们。地是咱们的，给他干啥？”刘铭把被子往上拉了拉，挡在郝桂花那边，迅速地打着火，把烟点上。

“要是他种上了，咋算？”郝桂花追问。

“这有啥不好算的？大不了退给他包地钱，赔他种子化肥人工费。往年一亩地挣多少，谁心里都有数，再赔他挣的这个钱，总行了吧？”

“行你个大头鬼吧！就知道赔，把你也赔给他们家算了！”郝桂花把身子猛然转向炕头，抬手把灯关掉。

屋里立即变得一片漆黑，只有刘铭手上的烟头，闪着烁烁的火光。

三

两年前，刘铭跟着建筑队去县城里打工，怕郝桂花在家莳弄不过来，才把小庙前的这块地流转出去。当时是他跟刘伟谈定的，承包期三年，每亩地每年四百块钱，秋后兑现当年的包地款。

知道这件事后，郝桂花说："既然是包三年，就应该一次性把三年的钱都交了；要不就当年说当年的，明年再说明年的；有比他出价高的，我就包给别人；又想占着窝，又不多下蛋，便宜还都让他捡去呢！"她撵着刘铭去要钱，刘铭不去，说："亲门近支的，那么较真干啥？反正是家财不出外国。"郝桂花气得拍打着炕沿说："既然家财不出外国，那你还跟他要的哪门子的钱？干脆送给他白种得了！你要是觉得跟他们是一家，就搬着行李上他们家过去，让马艳伺候着你们哥俩儿。"

两个人为此生了一天的气，第二天，郝桂花背着刘铭去找刘伟。她刚进屋，刘伟从她的脸色上看出事情有了变化，主动地问："嫂子，你是为那块地的事吧？"郝桂花直言不讳地提出她的要求。刘伟是个老实人，知道刘铭当不起家，也自知惹不起郝桂花，便答应了。不过，为防备着郝桂花反复无常，刘伟也提出条件，在一次性交三年包地钱时，得签个合同。

郝桂花当姑娘时，在镇里的农机站干过一年多的财务，对签合同这种事并不反感。或者说，她是举双手赞成的。她当即起草一份，两个人签字后，刘伟把七千二百块钱点过来。回到家，郝桂花把合同和钱拍在刘铭跟前说："你净办那种狗滋尿的事，滴滴拉拉的，后边还得跟个人擦屁股。"她还警告刘铭，"以后家里的事，不用你管。"

对于被罢权，刘铭倒是不在乎，甚至觉得这样更好，更省心。只是他觉得有些对不住刘伟，说："反正咱们也不等着钱用，早晚给上你就行呗，还签啥合同？传扬出去，不怕别人笑话！"

郝桂花则一脸鄙夷地说："你真是个法盲！国家都公布《合同法》了，要求大家依法办事。这种事不签合同，才真让人笑话呢！"

两口子在争论此事时，刘鹏举也在场。这次，他破天荒地对母亲投了赞成票，说还是我妈的觉悟高。郝桂花夸奖儿子几句，还当即给他出了一道数学题，让他算一下，第一个两千四百块钱多存一年，第二个两千四百块钱多存两年，第三个两千四百块钱多存三年，按照现在的定期利率，多出多少利息。郝桂花本来是想等儿子算出结果，以此再教训刘铭一顿。可刘鹏举回到套间屋里憋了老半天，也没鼓捣出来。郝桂花气得指点着儿子的脑门儿说："你也不比你爹强到哪儿去。你们俩是杏炖倭瓜，一色的货！"

郝桂花每次骂儿子，总是顺便捎带上刘铭。总觉得她从街边子嫁到山沟子，有些委屈；再加上刘铭在为人处世上的表现，又不符合她的心意，这让她的委屈不但没随着时间而缩小，反而在加大着。

从听到高速公路的消息，郝桂花是睡意全无。她先是为这件事兴奋着，后来又为这块地担心着。毕竟刘伟手里有合同，而这合同又是她签订的。她思来想去，最后下定决心，不管怎么着，都得把地要回来。她也觉得这么做有点儿不地道，但这总比包赔人家损失要强；总比到时候因此撕破脸皮对簿公堂要好。就着现在高速的事还没传扬开，刘伟两口子还不知道，实施起来应该容易些。

吃完早饭，郝桂花把一百块钱和一个单子递给刘铭，让他去街里照单购物。这个采买规则，是他们刚结婚时，郝桂花亲自制定的，到现在一直沿用着。尽管在农机站当会计时，站长是她姐夫，有任人唯亲的嫌疑，但对于财务，郝桂花并不是一窍不通，还是有点儿基础的。后来她姐夫下台了，她也被赶出来，可她的业务能力，并没因此而荒废。家里所有的收入和支出，她都做到有凭有证，有根有据。她在做饭时，发现味素快没了，在她的专用账本上，记上一袋味素；开灯时，发现灯管半天启动不起来，找出账本，记上一个跳泡。而且每记一笔，都在后边标上要购买的数量、规格。今天这个单子的最后一笔是卫生纸，应该是刚记上去的。昨天晚上，她把最后的半卷卫生纸又用去一半，再不买，家里就没有用的了。

单子也是刚刚从笔记本上撕下来的，边上还带着锯齿状的毛碴儿。按照以往的惯例，这个单子用完后，不能随手扔掉，还得完好地带回来。郝桂花还要照单验收，要检查产品的数量，最主要是产品的价格。她在单子的后边像小学生做作业一样，加减乘除地列出一大溜算式，算出花多少钱，还剩多少钱。刘铭必须把剩的钱如数地上交，这笔账才算结束。郝桂花还要把这个单子进行存档，夹在日记本原来的位置，以备下次预算或者比较。她很少上街，但生活用品的市场价格及变化幅度等数据，搞得比国家统计局还准确。

“今儿个风大，怪冷的，明天再去吧。明天是集，还能便宜点儿。”刘铭向窗外瞅一眼，把钱和单子放到柜上。他不打算去，昨天打麻将时，输了五十多块钱，他惦记着今天掏回来。况且那单子上的东西，也没有急用的，就卫生纸一项急点儿，他准备先在葛八赖的小卖部买一卷用着，只是贵一毛钱而已。

“我支使不动你是吧？好，那我自己去。”郝桂花从柜里把她那个紫红色小挎包扯出来，转身又说，“我也挺长时间没回家了，顺便回去看看，在家待个十天八天的。”

刘铭知道这是在吓唬他，她并没有回家的打算，真要是想回家，她是不需要找这种借口的。郝桂花的这招，是对付刘铭的撒手锏，在不同的时间地点以不同的方式频频地使用着，且屡试不爽。每次刘铭都看出是陷阱，可他拧着鼻子也得跳。以往的经验告诉他，哪怕是假装的，他也得真听，也得按照要求去做，否则，就会变成真的。

现在刘铭最害怕的事，就是郝桂花回娘家。她走了，等于把他囚禁在家里。喂猪喂鸡倒不是太大的问题，顶多忙个鸡飞狗跳。问题是那些知道郝桂花回娘家的人见到他，总会这样问，听说你媳妇又回娘家了？这个“又”字是从去年春天加上去的，与庄上的其他娘儿们相比，她回家的次数并不算多，却怎么就比别人多出一个字来呢？而多出的这个字，给人的感觉像多出多少趟似的。这让刘铭很纠结，也百思而不得其解。

“大冷的天，还是我去吧。”刘铭这句话说得很自然，很得体，既挽回面子，又让人听着心里暖乎乎的。言外之意是我不怕你吓唬，也不在乎你回娘家，是天太冷，怕冻着你；我本来是可以不去的，为了你不挨冻，还是去吧。

郝桂花立即把兜子扔到柜上，似笑非笑地瞅着刘铭，满意中透着满足，惬意里透着得意。这让刘铭感觉像是热脸贴到冷屁股上，他回头瞪郝桂花一眼，从柜上把钱和单子再次拿起来。刚走到门口，郝桂花又和颜悦色地说：“那些东西顶多五十块钱，剩下的你买条烟抽吧。”这句话又像刮过的一阵春风，把刘铭那颗愤然的心立即熨帖得平平整整的，把他高高兴兴地送出大门。

刘铭走后，郝桂花简单地拢了拢头发，从那个紫红色挎包中点出两千四百块钱，揣在上衣兜里，也匆忙地出发了。她要去刘伟家交涉小庙前那块包地。其实单子上的那些东西，早一天晚一天买都行，把刘铭支出去，是怕他在家碍事。

从去年冬天，刘伟家白天就没断过人。他大舅子马连成从镇医院调到县医院，并在县城里买了楼房。搬家时，马连成把家里的彩电和影碟机都给了他，还带来一兜子光碟。很多人都上刘伟家来听评戏和二人转，家里总和个小剧院似的。

在院门口犹豫片刻，郝桂花才闪进门楼子里，顺着门缝往屋里瞭几眼，确定没人听戏，才推开大门。

“呦，嫂子来了！你可是稀客。”马艳热情地打招呼。

“今天咋这么消停？”郝桂花问。

“就那三十几盘碟，大伙都听腻烦了，没人乐意听了。没想到你今儿个这么闲在！”马艳以为郝桂花也是来看影碟的。从她的语气中不难听出，对于郝桂花的到来，不但表示热烈欢迎，还显得特别激动。

合庄人把家里来人串门，看成一件很荣耀的事。有人来你家，那是看得着你，瞧得起你，证明你人缘好，也证明你家人气旺。对于马艳来说，郝桂花不是到来，而是光临，还多少有些感激的成分。大伙嘴上拒绝承认郝桂花在合庄的地位，在心里头，也算是默认和接受了。

把郝桂花让到炕头上，马艳去西屋端来一盘苹果和一盘瓜子。看似每家都有的寻常之物，却不是每个人都能享受到的待遇。马艳把两个盘子放到郝桂花跟前，转身从柜上把那袋子光碟拎过来，笑着说：“嫂子，你看看爱听啥，我给你放。”

郝桂花没心情听这个，看到马艳这么热情，又不好说什么。人家兴致勃勃的，你扫人家的兴致，接下来的事也没法谈了。她随手翻弄着，看到有一碟古筝演奏曲，拿出来说："就放这个吧。"

接到手里，马艳稍微地皱了皱眉头说："嫂子，这个我放过，不好听。一个女的坐在那儿拨拉着一个琴，噔不愣噔不愣的。"她又把光碟递到郝桂花眼前说，"你看这碟还新着，都没人听过。要不还是放二人转吧，大伙都乐意听那个。"

"傻娘儿们，那不是琴，是古筝！我外甥女就学这东西，弹得可好听了。就放这个吧，稍微小点儿声，我可愿意听了。"郝桂花表现出急切的样子。她边说边做个弹古筝的姿势，做得还挺像的。

郝桂花的外甥女确实学过古筝。她也确实看孩子弹过。那还是她在农机站时，住在姐姐家。只是当时她外甥女刚学，还弹不成一首完整的曲子。她之所以要求听这个，是觉得不耽误说话，还能增加交流气氛。

古筝曲响起，马艳回头往屏幕上扫一眼说："这东西，我们这些没文化的人听不了。这张片子打拿来，这是第二次放。第一次大伙听到这疙瘩，就让我停了。我还打算哪天去我哥那儿时，给他捎回去呢。既然你乐意听，我就留着。你没事时就过来，我给你放。兴许跟着你听时间长了，我也能听出点儿门道呢。"

"其实我也不懂这里头的门道，就是愿意听。这东西听着脑子干净，心里舒坦，不像二人转那样叫呼啦欢的。这两天，我本来就心烦，再听那东西，更心烦了。"郝桂花特意把后边两句话的语气加重些。

听郝桂花说到心烦，马艳关切地问："来事了？"郝桂花摇摇头。马艳又问："那是我大哥惹你生气了？"郝桂花摇摇头，接着又点点头。马艳没明白这个动作的意思，疑惑地看着，脸上挂着焦急和担心。郝桂花也瞅着马艳，眼神里流露着忧郁与无奈，与电视里的曲子形成一种契合。或者说，是电视里低婉忧伤的古筝曲子，强化了她的眼神，让她的眼里似乎蕴蓄着一汪泪水。

“咋的了？嫂子，快说啊！”马艳的神情也受到渲染，显得更焦急。

“唉，大伙都看着我们家的日子过得挺好的，那是一家子不知道两家子的事。春天走的时候，你大哥还好好的，像个棒小伙儿，秋天回来，就落下个腰疼的毛病。”郝桂花的脸猛然地扭向电视，幅度很大，眼睛使劲儿地眨巴着，像是往事不堪回首，也像是不愿意让别人看到她即将流泪的样子。

“嫂子，别着急！哪天我跟你们去县医院，让我哥给好好看看。不行的话，再让他找院长会诊，这事包到我身上！”马艳拍着胸脯说。

看到马艳误解自己的来意，郝桂花怕跟着她这么绕来绕去的，一会儿把主题绕跑了，赶忙说：“你大哥在回来前，去县医院看过，也是找院长看的，是我姐夫托人给联系的。开了好几百块钱的药，吃了一冬，是见点儿效果。你看他不干活儿时，像个好人似的，一干点儿累活儿就完蛋了。”

马艳听说人家已经在县医院看过，而且也是找院长看的，不好再继续这个话题。她从盘子里拿起个苹果递过去，讪讪地说：“我大哥的身子骨看着挺好的，不像有毛病的样儿。”

郝桂花慢慢扭过脸，先冲着马艳微微苦笑一下，又往前躬下身子，凑到马艳的耳边，压低声音说：“别说是干重活儿，连被窝那点儿事，都费劲。我们都挺长时间不要了。”

马艳突然抓住郝桂花的手说：“还是给我哥打个电话吧！他有个同学在市医院，听说是专家，让我哥给联系一下，你们再去那儿看看。这才多大岁数，总这么着，也不是个曲子。”

郝桂花的注意力没在手上，被抓后，下意识地抖一下，把手抽出来。看到马艳的手还放在她的大腿上，她又拉住说：“别麻烦了，病长到身上，去哪儿看，都差不多。县医院的院长说了，你大哥的病就是在外头不管不顾地睡凉炕造成的，是个慢性病，得慢慢养着。”

“那就别让我大哥再出去干活儿了！外头冷风热气的，吃也吃不到好处，睡也睡不到好处，真要把身板造垮了，这可是两个人一辈子的事！”马艳伸出另一只手，拍着郝桂花的膝盖。

“我倒是不想让他出去，可上有老下有小的，不出去挣点儿，吃啥？咱们这个破地方，你又不是不知道，副业搞不起来，只能指望着那点儿地。况且，我们家的地又不在手里头。咋也不能干待着，让老的小的扎上脖梗吧？”郝桂花再次把自己说得热泪盈眶。

“嫂子，别哭！要是我大哥定下来不出去干活儿，我们把包的那六亩地退给你们。”马艳的话刚脱口，郝桂花的手像触电似的哆嗦两下，握得更紧了，像是漂泊在大海上的人扯到一棵救命的稻草。马艳感觉到了，无形中受到刺激，或者说鼓舞，似乎觉得这还不足以安慰郝桂花，或者不足以表达她的心情，又说道：“要是我大哥干不动重活儿，到时候我们两口子帮你种上。天下没有过不去的火焰山，也许在家养一年半载的，腰就好了。”

“那可使不得，咱们是有合同的。再说我们钱都收了，怎么好说退就退！”郝桂花脸色微红，声音也明显变弱，还带着急促与不安。同时，她把马艳的手甩出去，像扔出一个烫手的山芋。

在马艳的印象中，郝桂花是凌厉的，像一块带棱带角的石头，硬邦邦的。在她们成为妯娌的十来年，她从内心里是惧怕郝桂花的，不论什么事，只要是跟郝桂花有关，她都躲着或是让着。她从来没看过郝桂花今天的这种样子。她一直感觉郝桂花像个男人，现在才看到她女人的一面，觉得郝桂花女人起来要比原来更好看。她的这种感觉，也让她在内心里产生一丝怜惜，她们的角色在无形中得到了转换。她似乎强势起来，果断地挥了挥手说：“啥合同不合同的，不就是一张破纸吗？撕了完事。包地的钱，你有呢，就退给我；没有的话，啥时候有啥时候给，我们也没啥用项。”

“我家暂时倒是还不缺钱。不过，不是那么回事吧？这要是让你大哥知道，不得骂死我。再说，这也不是咱们两个老娘儿们能当家的事！”郝桂花还沿用着她的语气和表情。

“我大哥敢骂你，那得借他一个胆儿。合庄谁不知道，他怕你怕得跟耗子见了猫似的。”马艳边笑边说，笑得很强势，话也很放肆，跟以往比，像换了个人。以前她说话很讲分寸，别说是这样说大伯子，就是说小叔子像个耗子，她也觉得不好意思，但今天，她浑然不觉有啥不妥的地方。

“我有那么厉害吗！看你把我说的，都成母夜叉了。打你大哥得病，我啥事都得依着他。大夫嘱咐过，这毛病怕生气，这不，上你这儿来待一会儿，我还是趁着他上街里买药的空儿。”郝桂花下意识地往窗外看了一眼，扭过头来笑着说，“咱们今天说的这事儿，暂时千万别让你大哥知道，还是等刘伟回来商量好再说吧。要是刘伟不同意，跑到我们家找他，哥俩儿再说岔了，咱们姐俩儿就吃不了兜着走了，我可不敢捅这么大的娄子。”

“没事的，嫂子，这你不用担心。刘伟倒是不怎么怕我，但我这点儿家还是能当得起。他那人你也知道，心肠比我还软，别说咱们还是亲门近支，就是搁到两姓旁人身上，他也说不出啥来。这事就这么定了，我把那破合同给你找找，你撕了就算完事。”马艳站起来，顺着郝桂花的身后绕过去，来到东墙根儿前。

刘伟家住的是个老房子，三十年前盖的。那时这里没通电，墙壁上还留着一个放煤油灯的地方，合庄人管这个叫灯窝儿。有电灯后，这个洞失去用途，有的人家就用砖堵死了。刘伟家在装修时，给这个洞安上个小门，做成一个小壁橱，里边存放些电费条子、户口本、身份证、农业税收据等文件性的东西，门上边还安着个门鼻子，只是没上锁，用半截筷子别着。

马艳打开那扇小门，从里边翻拾半天，才找到那份用孩子作业本纸写成的合同。她递给郝桂花说："这破玩意儿在这儿放两年了，我都没敢跟外人提起过。哥们儿之间办事还写个字据，说出去，怕让人笑话。"

郝桂花接过合同，揣进上衣兜里，顺捎将提前准备好的钱掏出来，递给马艳说，把钱也直接退给你吧，省得我再跑一趟了。

"嫂子，带着钱呢！你是为这事来的吧？"马艳没去接钱，直愣愣地瞅着郝桂花，嘴里小声地嘟囔着，"为这事来的，直说多好，还绕这么大个弯子干啥？"

郝桂花再次拉住马艳的手，等她坐下后，把那沓钱硬塞在她手中，红脸憋肚地说："别多心，这钱不是特意给你们准备的。原来是两千六百块，是我娘家侄子年前还我的，一直在我兜里放着。今天早上你大哥拿走二百去抓药，这才剩两千四的，你没看外边的那张都揉搓得快碎了！"

马艳低下头看一眼手里的钱，发现最外边的那张确实是又脏又破，像是在兜里揣好久的感觉，打消疑虑，把钱顺手放进那个小壁橱里，推上门说："我也就是随口那么一说，没当真。"

两人又闲聊一会儿，从刘铭说到刘伟，又从刘鹏举说到刘鹏飞。在这张光碟播完时，马艳问："嫂子，还想听啥？"

郝桂花说："我得回家看看，一会儿你大哥回来了，要是抓来汤药，还得老早地泡上，下午熬出来。"

马艳说："这盒里还有一张碟，也是这玩意儿，听完再走吧。"

郝桂花说："这东西还真不好听，下回再来时，我也听二人转了。"

四

按照单子购买好所有物品，还剩下四十七块钱。刘铭没舍得买成条的烟，只买了一盒。最近这段时间，他的手气不好，逢赌必输。过年时，郝桂花给他的可以自行支配的三百块钱，现在只剩三十元。他想用这七十多块钱去翻本，把输的钱捞回来。要是再输光了，也就认栽了。反正也没几天玩头，等天气稍暖和点儿，开了冻，就该出去干活儿了。

刚撂下饭碗，借着给驴添草的空儿，刘铭溜出院子，来到葛八赖家的小卖部。打麻将的人还没到，只有几个十六七岁的半大小子蹲在炕上，围着个大碗在热火朝天地掷色子。他们玩的注小，每次只准下一块钱，轮流坐庄。

刘铭点燃一支烟，站在外圈饶有兴致地看着。曹子海家的铁蛋上把掷出个“豹子”，有点儿得意忘形，晃动着手里的几十块钱冲刘铭说：“小组长，整两把呗，赢你盒烟抽。”

刘铭斜铁蛋一眼说：“不玩，跟你们几个小崽子玩，没劲。”

这些天，铁蛋一直在这里扒眼，知道刘铭输得快没钱了，嬉笑着说：“你倒是想玩有劲的，怕是连底都押不起了。”铁蛋这么一说，几个孩子也回头瞅刘铭，发出一阵嬉笑声。

“一块钱，没意思，想让我玩，最少两块。”刘铭的火气被几个孩子挑逗起来，正好兜里有两块钱的钢镚儿，他想试试今天的运气，伸手掏出来。

“行，让你下两块，不就是一把的事吗？我一个‘豹子’给你割了根儿，省得你天天像憋着个蛋似的四处找窝。”铁蛋满不在乎地说。

大伙把钱都放好，铁蛋把色子夹在掌心，双手合十，放在胸前，嘴唇微动，像是在念咒语似的，又来回地搓捻几下，捧在手中，冲着色子不停地吹气。

凡是掷色子的人，都喜欢这么做。特别作为庄家，更是如此。大伙都说牛骨头色子有灵性，能懂得人的心思。刘铭打小混迹在这种场合，习惯于这种动作。但今天，因为铁蛋说他的那两句话显得有些刺耳，他有点儿不耐烦地骂道：“你个小屁孩，毛病还不少。你掷不掷？不掷没人跟你玩了。”刘铭伸手去够钱，铁蛋抬手迎住，顺势把色子投掷下去，跟着大吼：“一窝老‘豹子’来喽！”

三个色子在碗里转动着。第一个停在“三”上，旁边的孩子有喊一二三的，还有喊二三四的；第二个又停在“三”上，几个孩子齐声大呼：“么、么、么……”铁蛋则喊：“三、三、三，没三是六。”

在一片叫喊声中，最后的那个色子有气无力地停在四上。一丝失落在脸上闪过，铁蛋又不乏信心地说：“四猴不小了，能杀你们个全庄。”

几个孩子不约而同地往后闪去，让刘铭先来。他们有管他叫叔的，还有管他叫大爷的，说你教训教训他，这小子太狂了，四猴还想杀全庄。

按照习惯，刘铭也要搓一搓、吹一吹，但他刚才呲铁蛋两句，自己就不好再磨蹭了。另外，他觉得跟这些孩子玩，没必要那么认真。他只掂了两下，漫不经心地一丢，三个色子翻几个跟头，落入碗底，停到四五六上。

孩子们同时发出欢笑声，都往前挤，想借着上家的手气，也掷出个大点来。铁蛋冲刘铭咧咧嘴说："没事的，有杀他们的钱，够赔你的了，整不好还能剩两块。"

几个孩子掷完后，有的欢喜有的忧。铁蛋算下总账，净赔三块。他又拿出两块钱，扔到跟前的桌子上，气呼呼地说："这回我也下两块。"刘铭把铁蛋赔他的两元纸币拿起来，自己的那两元钢镚儿仍然放在那儿。

接下来应该是曹富贵家的小民坐庄，他看看碗边上的钱，没去拿色子，说："你们下这么多，我要是掷出个'小边子'或'老牛腿'，得赔十多块，这庄我没法坐了。要我看，咱们就谁杀着了谁坐庄，要是庄家杀着，接着蹲庄。"

合庄人管一二三叫"小边子"，管二三四叫"老牛腿"，只要是出这两样，人家不用再掷，就等着拿钱了。

小民的提议得到几个孩子的积极响应，都说这样最公平合理了。铁蛋点着头，瞅着刘铭说："上把你是大赢家，这次你坐庄吧。我还是两块钱，也杀你个四五六。"

本来是想试试手气，凑个热闹，没想到被几个孩子给逼上梁山了。此时，刘铭再说不玩，就显得不仗义了。他把自己的两块钱拿回来说："行，我坐庄，你们可劲儿下，一元保底，上不封顶。我先把你们几个小崽子收拾光，待会儿再收拾那帮老家伙。"

刘铭刚要去拿色子，被铁蛋拦住。他歪着脖子，面带挑衅地说："想坐庄，得亮亮电，别是兜里就这两块钱来糊弄我们。你要是出个'小边子'，拿啥赔？"

铁蛋的这句话，又得到几个孩子的响应。他们都瞅着刘铭，眼神中透出怀疑，这让刘铭很懊恼，也很气愤。他把兜里的七十多块钱掏出来，说先可着这些零钱玩，输光了，老子还有大票！

几个孩子看到钱，都放心了。小民又从手里扯出一元钱，放在他门前说："刘叔，我也下两块。"刘铭点点头，拿起色子，还是那么漫不经心地一丢，结果成了"豹子"。虽然小点儿，是个"豹子二"，但按照看见"豹子"别伸手的规矩，杀个全庄，一把赢十三块钱。

接下来是刘铭蹲庄，先掷出一个三四五来，通杀；又掷出个五猴来，算不上通杀，只赔葛晓强一块钱。四把下来后，他手中的钱已经变成一百多。看到有的孩子蔫巴下来，往后退着，刘铭摇晃着手里的钱问："谁还玩？"

铁蛋咬咬牙，又从兜里扯出二十块钱说："玩，大伙都得玩，谁不玩，谁是孙子！"

新的一轮开始后，赌局变成刘铭与铁蛋间的博弈。因为铁蛋的话，其他的孩子也在参与，只是一块一块地应付着。铁蛋总是撵不上刘铭的点儿，第七把时，刘铭掷出个三猴，几个孩子都撵上了，铁蛋却掷出个"老牛腿"。

刘铭又在劝铁蛋还是别玩了，说像你这样的，玩到天黑，得输到太阳落山。刘铭越是劝，铁蛋越是不听。把手里的二十块钱输光后，他又从葛八赖手里借了二十块钱。这次他不让别人下注了，要跟刘铭脚蹬脚地单挑。刘铭看看手中的一百五十多块钱，又看着铁蛋手中借来的二十块钱说："我还你十块，别玩了，行不？"

铁蛋梗着脖子说："不用你还，愿赌服输。咱们一把十元的，谁不敢玩，谁是孙子。"

这时，昨天打麻将的三个人都来了。他们看到刘铭手里有了钱，就招呼他别跟小孩子扯淡了。刘铭也恋着去打麻将，说不玩了。可铁蛋不依不饶，说："那你就是我孙子。"

刘铭被弄得有点儿下不来台，扯出二十块钱扔在桌上说："最后一把，玩二十的，一锤子定乾坤。谁先掷，你说了算。"

铁蛋真是输红眼了，也把二十块钱拍在桌上说："还是你先来。"

刘铭掷出个三猴，觉得这把怕是得输了，他也真想以此结束赌局。铁蛋似乎又看到希望，拿起色子，在手里搓揉半天，这才全力地掷出去，没想到弄出个"双飞"，有两个色子跑到碗外边。按照规则，刘铭不用再掷，可以直接收钱了。他的手刚伸到桌子边，看到大伙都在瞅他，又缩回来。

刘铭说："这次不算，让你再来一次，我杀你个口服心服。"

铁蛋并不领情，气呼呼地端起碗，像筛面一样，在胸前晃着，等色子都在碗里旋转起来，把碗往桌子上一蹾，大声叫道："老天爷，你就开开眼吧！"

三个色子在碗中转动两圈，两个色子在五上坐住，还有一个在滚着。

大伙都在帮着铁蛋五啊六啊地招呼着，铁蛋自己也在呼叫着。可色子滚到最后，停在"幺"上。那个大红色的圆点儿，像所有人的嘴，都在张大着。铁蛋气得从炕上跳到地下，指着刘铭说："你等着，我回家取钱，我还不信这个邪呢！"

大伙七嘴八舌地俏皮刘铭几句，说他这水平，对付小孩子还是绰绰有余的，便开始打麻将。刚玩下一圈，刘铭就和了两把，第二把还是庄飘。他喜形于色，确信自己的运气来了。他在心里想，这运气肯定是高速公路的消息带给他的，是葛连带给他的。今天要是真赢着，先把葛连买消息的一百块钱兑现了。

玩到四点多钟，曹学文首先提出不玩了。他连输两底，带来的二百来块钱，分文没剩。其他的两家多少也各有所输，只有刘铭独赢。连掷色子带打麻将，他共赢三百四十多块钱。

打麻将的三个人还有扒眼的几个人都说刘铭今天点儿太高了，发财了。刘铭也按捺不住内心的兴奋，把兜里的烟掏出来，挨个儿地发一圈，觉得还不足以表达他的心情，他得意扬扬地说 ：“赢这两个小钱也算发财？看来你们真没见过钱！告诉你们吧，发财的日子在后边呢！兴许是几万，也兴许是十几万。”

“做你的春秋大梦吧！就是天天赢，把合庄耍钱的大人还有那几个刚想耍钱的孩子都赢干巴了，也弄不上万儿八千的，赢两个子儿，不知道咋嘚瑟了。”曹学文撇着嘴说。

“我说的不是这个。不光是我，还有葛连、葛晓伟、曹子海都发财了。”看大伙对他的话嗤之以鼻，刘铭赶忙辩解。

听说有这么多人要发财，或者说，听到发财的人里没有自己的份儿，大伙都很上心，纷纷打听咋回事。刘铭把高速公路的消息公布出来，大伙还是不相信，说这大山沟子，连台拖拉机都没有，还修啥高速公路 ；连从来不多言多语的李玉都说刘铭这是想钱想疯了，在说胡话。

本来打算以村民组长的身份把消息公布出来，让这个消息正本清源在自己的名下。看到大伙根本就没拿他的话当回事，无奈之下，刘铭只好把葛连抬出来。大伙这才渐渐地打消疑虑，说要是葛连说的，那八成是真格的。

在座各位并没有受益者，议论一会儿也就拉倒了，陆陆续续地散去。看到大伙对自己如此不信任，又对葛连如此信任，刘铭取消了给葛连一百块钱的计划。他买了两盒烟，揣进裤兜，带着一丝的兴奋，又带着一丝的失落走出小卖部。

见到刘铭，郝桂花眉眼中透着一丝温柔与妩媚，问他下午干啥去了。刘铭看着盖帘上的饺子和老婆的态度，感觉今天没有撒谎的必要，从容坦白。

郝桂花笑着说："赢着了！"

刘铭问："你咋知道的？"

郝桂花冲他挤咕两下眼睛说："就你这个小样的，一撅尾巴，我都知道拉几个粪蛋。从你进院的脚步声中，我就能听出来，快说，赢多少？吃完饭全部交公，也省得你明天再颠颠地给人家送回去。"

"没多少，也就是五十多块钱。"

不知道老婆的葫芦里卖的是啥药，看到她往脏水桶里倒水，刘铭赶忙把脏水桶拎到猪圈前倒掉；放下水桶，借着给驴添草的机会，往驴圈的燕子窝里藏起二百块钱；回到屋里，看到灶火坑前的劈柴没了，跑出去，抱回几块；接着又到碗橱子里找出一个蒜臼子和一头蒜，去东屋砸蒜。

刘天栋正坐在炕头上摆弄小牌。他这辈子没耍过钱，这副小牌不是赌具，是用来算卦的。当队长时，每月农历初一，他都要占卜一次；刘铭接过家里外边的全部担子后，他则是每天占卜一次，基本选择在早晨；自打前年得上轻微的脑血栓，他是不厌其烦地算每个时辰的运气。卦象好时，嘿嘿地笑几声；不好时，也不在乎，洗了牌，重新算。

刘铭趴在炕沿上，边扒蒜边说："爹，吃完饭，也给我算一卦，看看我最近的运气。"

刘天栋抬头瞅儿子一眼说："扒头蒜，有啥大不了的，还犯得上跟她生气？"

刘铭愣下神儿，哈哈地笑了两声，往刘天栋的跟前凑了凑说："爹，这岔让你打的，都有国际水平了。"

刘鹏举回来后，郝桂花开始煮饺子，还在饺子锅里煮上五个咸鸭蛋。刘铭砸完蒜，看到锅里滚动着的鸭蛋，去套间屋里倒来两杯酒。给他爹的，还是用原来的杯子；给他自己的，换成个大杯。合庄人有这样的说法：吃饺子不喝酒，等于喂狗。他不能放过这个喝酒的机会，况且今天，他能找到好几条喝酒的理由。

饭后，刘铭把那副小牌拿过来。他打小就看爹摆弄，对各种算卦的方法都掌握。他先把属于“万”字系列的挑出来，拆了个“十二月”，只有六月没拆开。按季节推算，这时候他应该在工地上。在工地上能有啥不顺心的事呢？是自己不小心磕着碰着了，还是老板跑了，没要到钱？刘铭一边在心里设想着各种可能出现的结果，一边把牌收敛到一起，重新洗过，又摆一种叫“八门”的卦。结果开了七门，只有东南角的那门没开。他下意识地往东南方向看一眼，正是他打工的县城方向。他心里猛然一惊，手都哆嗦了。他把小牌赶忙递给父亲，看着父亲摆弄完一次“八门”，竟然有五个门没拆开，他心里才安然些。父亲天天在家里待着，要吃有吃，要喝有喝，应该没啥别扭事，也拆不开，看来这东西不灵验。他对父亲说：“别天天鼓捣这破玩意儿，早点儿睡觉吧。”刘天栋并没停下来，抬手向东套间屋指了指，嘴唇动了动，示意刘鹏举还在学习，他得等孙子一起睡。

外屋门已经插上，尿桶放在门口处。西屋关着灯，郝桂花正趴在被窝里看电视。刘铭刚要脱鞋上炕，脚下却踢到另一个尿桶。他双手扶着炕沿，有点儿不知所措。

“还傻站着干啥，把电视关了。”郝桂花轻声地命令。

关掉电视，屋里整个黑下来。刘铭摸到自己的枕头，爬上炕，刚脱完衣服想往被窝里钻，被郝桂花伸手拉住说：“上我这儿来，这儿热乎。”刘铭只好贴着她躺下，脸朝天，四肢并拢，一动不动。

对于老婆的脾气秉性，刘铭有时还真吃不准。这娘儿们变得太快，从好到坏，像放个屁一样，没有预警，没有过渡，且没有规律可循。

让人永远猜不透她心里想的是啥、她要干啥。最直观的感觉就是她像只猫，温柔的时候，怎么摸她抱她都行，但不知道她啥时候冷不丁地回头咬你一口。因此，她骂你时，未必是坏事；她甜兮兮地往你跟前凑合时，又潜藏着危险。让你时时得防着她，但又防不胜防。

“看你和个死木头疙瘩似的，想啥呢？”郝桂花把左手伸过来，搭在刘铭的脖子上，见他仍然没啥反应，又扳住他的左脸，往里一搂，把他的脑袋拧过去。这样，刘铭的身子也不得不跟着侧过去。他心里越发地没底，不知道下步该怎么做，只好以不变应万变，还是一动不动地躺着。

又等一会儿，见刘铭还没行动，郝桂花把右手强行塞入他的脖子下边，左手拿起他的右胳膊，搭在自己的后腰上；又拿起他的左手，放在自己的胸脯上；最后抬起左手，在他的脸上轻轻地拍两下说：“下午不是赢钱了吗？咋还不高兴了？”

“哦，我没……没……不高兴。”刘铭赶忙回答。

“高兴，那你的手咋不动弹呢？”

遵照郝桂花的明示或暗示，刘铭的左手开始动作。他张开五指，扣在郝桂花的奶子上，按顺时针方向转动着，像是在揉搓着盆里的面团。郝桂花又拧了拧屁股，他的右手也动起来，一推一拉地摩擦着，像木匠在刨着木头。他没有一点儿感觉，像是在做着一项工作。

过一会儿，郝桂花把左手撤回到被窝内，顺着刘铭的后背往下滑动，在屁股上拐个直角弯，停在他的两腿之间。她轻轻地摸了摸刘铭的那个东西，发现还软塌塌的，就用力地推了他一把说：“这就叫高兴？”

“桂花，求你了，有啥话，照直说吧。”刘铭的口气也和他下边那个东西一样，软塌塌的。

郝桂花把右手往后撤出半截，翻过身子，胸脯侧压在刘铭的身上，还抬起左腿，搭在他的腿上，这才轻描淡写地说："我把小庙前的地要回来了。现在合同在我手里，钱也退回去了。我为咱家立这么大的功，你不得犒劳犒劳我？"

"啊！人家包得好好的，你又出啥幺蛾子！"刘铭挣扎两下，没把郝桂花从身上翻下去，也只好作罢。

"我这不也是为这个家嘛！你以为那合同那么好要呢？我费多大劲，知道吗？你还不领情。我当初真是瞎眼了，咋嫁你这么个窝囊废！"郝桂花的语气一句比一句生硬，她的左腿已经从刘铭的腿上滑下去，上身也在一点点地下滑着。

感觉自己正抱着一颗炸弹，一旦落地，就会爆炸，刘铭赶忙抬起右手，搭在郝桂花的肩膀上，把她拢住，轻拍着她的肩膀说："要回来就要回来吧，刘伟没难为你就行！"

"刘伟没在家，我是从马艳手里要回来的。"郝桂花顺势往上爬了爬，垂下来的头发，落在刘铭的脸上，蹭得他痒痒的。他不得不抬起右手，把她的头发向后理了理，颇显关心地说："过几天，我就出去干活儿了。这么多地，你自个儿咋种？"

"下午我都想好了，咱们在小庙前种上西瓜。要是高速公路征地，苞米赔五百，西瓜就能赔一千。你不用出去受那个累了，也省得扔下我天天晚上孤零零的。"

突然觉得郝桂花像换了个人似的，刘铭心里涌起一团热浪。再加上他又想起刚才算卦的事，要是有个磕着碰着，或者白受累挣不着钱，还真不如守家在地，老婆孩子热炕头呢。他越想越感动，越想越激动。他慢慢地扭动着屁股，两腿之间的那个东西在郝桂花的大腿上轻轻地蹭着。

五

铁蛋几乎是一路跑回家的。刚进门，他对陈桂荣说：“妈，给我五十块钱。”陈桂荣问他要钱干啥，铁蛋气呼呼地说：“报仇。”

他在平常说话时，总好提到“报仇”“雪恨”“灭了谁”这类字眼儿，陈桂荣都听习惯了，也没往心里去。她把儿子伸过来的手扒拉到旁边说：“这咋又跟钱结上仇了？前几天不是给你五十吗？整哪儿去了？”铁蛋嘎巴几下嘴，没说出子午卯酉来，但手还是固执地伸着。

陈桂荣就铁蛋这么一个孩子，还是她跟曹子海结婚第七个年头后怀上的。算不上老来得子，也是“千呼万唤始出来”。别看名字听起来挺皮实的，其实打小娇生惯养。

刚结婚那会儿，在庄上那些女人的鼓动下，陈桂荣也曾试图以被窝里的那种事来操控丈夫。在连续拒绝两次之后，把曹子海惹急了，竟然找绳子把她捆起来，嘴里塞上毛巾，强奸过她一次。从那以后，她倒是不敢拒绝了，可曹子海却对那种事失去兴趣。有好几个月，无论她怎么勾引，曹子海似乎一点儿感觉都没有。这下可把她吓坏了，觉得这事是她引起的，她必须对这个结果负责。她每天都和哄小孩子似的哄着曹子海，用了差不多半年的时间，才再次唤醒他的性能力。可曹子海对她的感觉，随着心情而变化，时有时无，阴晴不定。也恰恰是因为这个，陈桂荣一直没怀上孩子。

曹子海的母亲抱孙子心切，望着儿媳妇的肚子，由叹息渐渐地变成指桑骂槐，最后发展到公开地指责甚至是叫骂。曹子海又是合庄出名的孝子，对母亲的话几乎是百依百顺。这样陈桂荣就更倒霉了！不管婆婆怎么骂，她连大气都不敢喘。分辩必然会招致婆婆不高兴，她不高兴，她儿子就不高兴。曹子海只要不高兴，连瞅都不瞅她一眼，怀孕更不可能了。没办法，陈桂荣还得委曲求全地哄着婆婆。也就是那些年，把她磨炼得无论是在丈夫跟前还是在婆婆跟前，都是言听计从，纵然后来生了铁蛋，也一直没硬气起来。

陈桂荣平常明着暗着总给铁蛋零花钱，不过有个原则，就是要钱的时候，必须把上笔钱的去向说明白，哪怕是买了吃的、喝的，甚至是抽的都行。她明确表示过，不许儿子耍钱。曹子海从来不耍钱，连耍钱场的边都不沾，这是陈桂荣这辈子最引以为傲的事，也是她唯一可向庄上的娘儿们炫耀的地方。她也按照丈夫的标准，塑造着儿子。

铁蛋不肯说那五十块钱的去向和再要五十块钱的用途，自然没要到钱。陈桂荣惯着孩子不假，但还没到无极限的地步。铁蛋在离开小卖部时，曾扔下过狠话，要再回来跟刘铭一决高低，没有钱，他也没法再去。

快到傍黑天时，陈桂荣想让铁蛋去菜窖拿棵白菜，可招呼半天，也没听见动静。她扒着东屋门的玻璃瞅一眼，看到铁蛋躺在奶奶的身边睡着了。那个瞎老太太还轻轻拍着孙子的后背，嘴里哼哼唧唧的，像是在哄着一个婴儿。

三年前，老太太得了白内障，两只眼睛几乎失明。每天除了大小便下地，其他时间全待在炕上。不管黑夜还是白天，坐累了就躺下睡一会儿，睡醒了就起来坐着。到吃饭时，她也不上桌子跟前，只要给她盛上一碗饭，把菜拌到饭里，递给她就可以了。除了眼睛不好，老太太并没有别的毛病，日常起居，也不需要太多照顾，只要有人帮着倒屎倒尿就行。

在陈桂荣的记忆里，儿子白天从来没睡过觉，且别说这大冷天的，就是三伏天的中午，他也不睡。这让她又想起儿子要钱时的神情，觉得儿子今天有点儿不正常。她有些担心，想去找那些平常跟儿子一起玩的孩子问问。

陈桂荣刚出门口，正好赶上曹学文从小卖部方向回来。此时的曹学文，正在为高速公路跟自己不沾边而气恼着，见到陈桂荣，想起这事跟她家有关，就把刚听到的消息告诉给她。因为其间提到刘铭，他顺便把他们掷色子的事也一起捅了出去。陈桂荣出来的目的就是打听铁蛋的事，自然是把这当成主要的。听说儿子不但赌钱，还借钱跟人争强斗狠，她都气哆嗦了，骂儿子是个败家子，是个不争气的东西。

曹学文十几岁就参与赌博，又刚从赌场回来。陈桂荣的话，听起来倒像有些针对他的意思。而他当好事汇报的事，人家挂口没提，也没啥反应。这让他很失落，也很气恼，没等陈桂荣骂完，他转身回家了。

从当街的柴火垛上拖起一捆苞米秆往院里走，陈桂荣心里还想着儿子跟刘铭赌博置气的事。在走到屋门口时，才由刘铭又想起高速公路。从刚才曹学文说起此事的神情上看，这不只是天上掉馅饼，而是天上掉人民币的感觉。既然老天爷都开始往他们家扔钱，那么孩子输的这点儿钱又算个啥？这样想着，儿子赌钱的事也就不算个事了，她的怒气也渐渐地散去。

整个冬天，曹子海白天很少着家。他家有一台铡草机，对外出租，按时间收费。与其他的出租者不同，他在租机器的同时，把自己也同步租出去。他不放心别人添草，怕他们塞得太多，把电器给烧坏了，每次都是亲自把关。对于铡草的人家，无形中多出个帮工的，自然高兴。而曹子海无论给谁家干活儿，都是实心实意，甚至比给自己干活儿还卖力、还用心。这样，不单合庄铡草的活儿让他全包了，连附近的几个村子，也都愿意找他干活儿。

人家帮着干活儿又不收工钱，按照人之常情，总得管饭吧！曹子海去谁家干活儿，也就在谁家吃饭了。他好喝两口，可他给自己立下一条规矩，早上和中午从来滴酒不沾，怕影响干活儿，也怕喝多了，不小心铡着手。他把一天的酒全放在晚上喝，每次回到家里，总是醉醺醺的。有心情时，扯过陈桂荣来解解酒；没心情时，上炕倒头便睡。

听到高速公路的消息，曹子海倏地坐起来，埋怨老婆昨天晚上为啥不说。陈桂荣争辩道："你醉得跟个死猪似的，咋跟你说？"

曹子海瞪她一眼说："早告诉我，不早就醒酒了？"

天刚放亮，曹子海就出现在小庙前了。他弓着腰，沁着头，四处寻找着，除了满地的脚印和羊蹄子印，并没发现什么新情况。他想起在说这件事时，陈桂荣提到是刘铭通知的，他直接奔向刘铭家。他必须趁着这个时间把事情弄清楚，今天白天没时间，他还得去给葛晓会家铡草。

等了两根烟的工夫，才听到大门里有动静。郝桂花打开大门，还吓了一跳。她说："哎呀妈呀，曹哥，大早上的，你杵在这儿干啥？"

曹子海也觉得有些不好意思，只是含糊地说："我找刘铭有点儿小事。"

郝桂花说："他还没起来，上屋说吧。"

曹子海连摇头带摆手地说："不了，我在这儿等他一会儿吧。"

郝桂花听出话里的意思，这是让她把刘铭招呼出来。她从当街抱了捆柴火，赶忙回屋去了。

按照惯例，每天早上都是刘铭先起床，把尿桶倒掉，把大门打开，把柴火抱进屋，郝桂花才下地做饭。今天刘铭没起来，确切地说，是到起床的时候，他还没醒。昨天晚上他们两口子折腾得挺起劲儿的，也很尽兴，十一点多钟才睡。郝桂花醒后看刘铭睡得正香，看着尿桶里扔得白花花的手纸，心里洋溢着一丝别样的感动，也就没忍心叫醒他。

听说曹子海来找他，刘铭顿时慌了神。昨天他赢了铁蛋的钱，心里老觉得挺不得劲儿。虽说愿赌服输，可铁蛋毕竟还是个孩子。玩麻将时，他还在想，如果这孩子再回来找后账，他索性把钱退给他算了。可等到晚上，铁蛋也没着面，当时他就害怕孩子小心眼儿，窝囊出毛病来。现在看，自己担心的事果然发生了，曹子海一定是为这事来的。他边穿衣服边不停地问郝桂花："曹子海是自己来的吗？他没说找我有啥事吗？"

在往大门口走的路上，刘铭在心里盘算着，如果事态严重，就把曹子海请到屋里，免得在当街吵吵起来，惊扰四邻，引来看热闹的；要是没多大的事，就到门外去谈，别让郝桂花知道。所以，他选择站在门槛子这个位置，以进可攻退可守的姿态。他冲着曹子海点了点头说："曹哥，找我有事？"

"对不住啊！大清早的，给你折腾起来。其实，我也没啥大事，就是想问问高速公路是怎么个情况。"曹子海满面愧疚地说。

听完曹子海的话，刘铭悬在嗓子眼儿的心呱嗒一下沉到肚子里。刘铭往前走两步，来到门外，不耐烦地说："指不定哪辈子才实行呢，这么着急干啥？和火上房似的。"

"我不是故意来的。我去小庙前转了一圈儿，路过你家门口，正好赶上桂花开大门，这不……”曹子海也觉得事情让他做得有点儿唐突，迭忙掏出烟，递给刘铭一根，并掏出打火机，给他点上。

刘铭把从葛连那里听到的消息跟曹子海学说着，还没等说完，曹子海挥挥手说：“嗐，原来你也是听说的！早知道这样，我敲葛连家的门去。”此刻，他脸上的歉意完全消失殆尽，好像不是他打扰刘铭，而是刘铭耽误他时间了。

来到葛连家门口，曹子海毫无顾忌地推门进院。这个家里没有女人，也确实没啥可顾忌的。他跟正在做饭的葛连简单地打过招呼，蹲在灶火前，边暖和着身子，边问起高速公路的事。当他听说那伙人在小庙前测量完毕，是从他家树林子穿过去的，腾地站起来，指着葛连说：“这么看，占不占我家树林子，还是没准儿的事。这事让你弄的，这不是扯淡吗！”

曹子海脸色阴沉，步履零乱地走出屋门。葛连在身后招呼他，说饭熟了，在这儿吃吧。他连头都没回，好像他被骗了，而行骗者，就是葛连。

回到家里，曹子海先把陈桂荣骂了一通，说她捕风捉影，说她听风就是雨，说她遇事不过脑子！

“刘铭的话你们也敢信。”铁蛋在旁边帮腔。

陈桂荣没敢辩解，赶忙拾掇着放桌子，伺候曹子海吃饭。她还不停地冲铁蛋挤咕眼，示意儿子闭嘴，别再提这件事了。

喝下去两碗小米粥，又吃完一个馒头，曹子海的脸色才渐渐地缓和过来。他对陈桂荣说：“一会儿你去告诉葛晓会，上午我有事，下午再铡吧。”他匆忙地从柜里掏出两盒平时出去铡草时别人给他的好烟，又到南墙根前夹起半捆秫秸，出了院门。他又去找葛连，他不相信也不甘心这么好的事能把他落下，他要亲自去测量，去定点，去把这件事搞清楚。不然别说是铡草，就是吃饺子，他都没心情。

来到小庙前，曹子海让葛连找到那些人测量的地点。每找到一处，他插上一棵秫秸。等插完第三棵时，他放心了。顺着这三棵秫秸所指的方向向西北望去，直接对着他家的树林子，而且是那片老树林子。他把那两盒烟塞给葛连说：“如果你说的这几个点没差的话，这条路的方向就算定下来了。”

收了烟，葛连也认真起来，又把三个点检查一遍，确定没错。有两个地方，甚至找到了测量时戳三脚架的痕迹。

葛连被羊群裹挟着往北移去，曹子海并没回家，而是按照那三棵秫秸所指的方向，又插上十几棵，直到他家的树林子边上。他撅下个杈子，在林子中画出被占的面积。刚才闲聊时，葛连已经把他和大军算出来的高速公路的宽度告诉他了，他只要以那排秫秸为中心，向两边步量一下，就能确定大致的位置。

画好路基，曹子海开始在这个范围内清点起树木。第一遍查的是已经成材的，有一百三十多棵。第二次查的是尚未成材的，有一百五十多棵。虽说还不知道上边按什么标准赔钱，他必须先统计出数字来，这样觉得心里有底。

从大树林子出来，曹子海又转悠到南边小树林子里。这片树林子也算是他的，只是在所属权上有所不同。大树林是他花钱买下的，名正言顺。而这片小树林，当初只是些刚栽上不几年的小树，还没小孩的胳膊粗，卖给谁都没人要。那会儿还是刘天栋当队长，他说既然是挨着曹子海的树林子，就让他看管着吧，反正一只羊也是赶着，两只羊也是放着，等以后成材再说。当时全村子的男人基本在场，均表示同意。之后的这些年，村里也没人经营起这个事。现在那些小树，都长成材了。曹子海也一直把它们当成自己的东西看待，每到夏季，他在给大树林子修枝时，也顺便给小树林修剪一下。他对外从来不提起这片树林，也不止一次地警告老婆孩子，在人前不许提起。

在树林子中转悠够了，曹子海按原路返回。他边低着头走，边在心里合计着。偶然一次抬头时，他突然停住了，愣愣地站在那里。按照他确定的线路，再往前延伸，是大头马家和佟满堂家的后墙。这个发现，让他觉得像脑袋撞在墙上一样，一时有点儿发蒙，也让他对自己确定的这条路线产生怀疑。要是真按照这条路线走的话，就得把这两家房子扒掉；要是不扒这两家的房子，就得改变路线，那样就不可能再走他家的树林子。

曹子海在原地来回地转着圈，像木匠一样，一会儿用左眼吊线，一会儿用右眼吊线。他转得有些累，就蹲下来抽支烟，歇一会儿，起来接着转悠。在抽完第二支烟时，他突然想明白了——国家要干这么大的工程，山都能劈开，水都能跨过去，还在乎两栋房子？给点儿钱，扒了算了。

每向前走出十几步，曹子海都回头瞅一眼，校正自己的方向。他还用剩下的秫秸，稀疏地插上几棵。他甚至在想，如果近一段时间高速公路就施工的话，就按照他确定的这些个点走，保证没问题。他决定把这个发现告诉这两户人家。这是葛连不曾提到的，是刘铭也不曾知道的，是属于他的。他不是听来的，是经过实地测量和分析出来的，是具有技术含量的。他觉得同是受益者，他有责任这么做，让他们也高兴高兴。

站在后墙边上，曹子海真想直接跳进院，把满堂叫过来，让他看看自己的杰作。可觉得这么大个人跳人家后墙有些不地道，让别人看着以为怎么回事呢。况且，满堂家跟大头马家只是一墙之隔，他就更不敢跳了。他把剩下的十几棵秫秸扔到墙下，顺着墙根，向前绕去。

曹子海敲了几下满堂家的大门，没人答应。又推了两下，这才发现门锁着。只是锁头太小，没有鸽子蛋大，跟铁门又是同一种颜色，很难被发现。他拉着那把锁头自言自语地说，这真是防君子不防小人！

路过大头马家门口时，曹子海的脚步下意识地停顿一下，不想被正在往猪圈倒脏水的燕子看见了，以为曹子海要跟她说话，放下水桶跑过来，说："曹叔，忙啥呢？"

曹子海左右瞅了两眼，低声问："你妈在家吗？"

燕子说："在家呢，你有事吧？"

曹子海点点头，说："你让她出来一趟。"

燕子一副大惊小怪的样子说："外头多冷！有啥事还不能上屋说去？"

曹子海犹豫片刻，还是决定上屋坐一会儿。

大头马的真名叫马桂芹。六年前，她去城里伺候她表妹坐月子，回来时把头发烫了，卷毛烘烘的像个大箩筐，才落下这么个外号。她是合庄第一个烫头的，也是到目前为止唯一的。她回来的第十天，付小富去街里赶集，被汽车给撞死了。合庄上点儿岁数的人，都认为这与她烫发有关，说她身上沾染了妖气，是这种妖气把付小富克死的。年轻人就算不信这套，也认定付小富的死，与她有关。

与原来的马桂芹相比，从城里回来的大头马，从头到脚，由表及里，简直判若两人。不单白了，还胖了，是那种白胖白胖的；走起路来也不是原来的姿势，而是摇来摆去的，像个模特；说话的声音也变得细软，听起来让人痒痒的。于是，人们进行推理：付小富都三个多月没见到女人的荤腥了，久别胜新婚！况且此老婆又非彼老婆，这等于又当一次新郎，两个人能不没黑天带白天地折腾吗？付小富被折腾得身体空虚了，神魂颠倒了，这才钻到汽车底下的。男人们都郑重地警告过自己的女人，不能跟她学。女人们都认为烫发挺好看，却没人敢效仿。

肇事司机赔偿了十万块钱，让大头马一下子变成合庄的富婆。这几年，她把这笔钱贷出去，把家里的地也承包出去，靠收取高额利息和包地款过日子。除了晚上睡觉身边没有男人，其他的比有男人的女人过得还滋润。

这是付小富死后，曹子海第一次登大头马家的门。寡妇门前是非就多，他不想给自己找事，也不想给人家添乱。但今天不把这个发现传递出去，他心里就像有啥东西堵着，而且这东西就像是刚出锅的年糕，不赶着热吃，凉了就不好吃了。

大头马正端坐在炕头上，织一件大红色的毛裤。从腰的粗细上看，像是给她自己的。见到曹子海，她非常惊讶地问："你咋来了？"

曹子海一时无法回答，红着脸，手足无措地站在那儿。

"妈，看这话让你说的！我曹叔找你有事。"燕子推着曹子海坐下，转身从箱子上拿起一盒已经抽去一半的"红梅"，放在炕沿边上。

"其实我是有事想跟满堂说，他家没人，才上你这儿来的。"曹子海已经从刚才的尴尬中挣扎出来，边说边贴着炕梢的墙边坐下。

"看来这事是跟我们两家子都有关系呗？"大头马也觉得刚才的话有点儿冒失，脸红脖子粗地问。

曹子海点上一支烟，才把高速公路的事从头到尾地叙说一遍。在说到他的发现时，特意强调已经把秫秸一路插到他们两家的房后了。

"打早上我就听着喜鹊在房后的树上叫，刚才我还跟燕子说呢，今天指定有好事，没想到这好事说来还真就来了。"大头马放下手里的毛裤，挪到炕沿边上，趿拉起地上的棉拖鞋，往她家的房后跑去。

燕子也跟着跑出去后，葛子海也只好跟出去。

六

这两天，家里的老母猪下崽儿，刘铭在家当接生婆，没捞着出来玩，早就刺痒得搓手磨脚。好不容易等到十一个小猪崽子都睁开眼，各自找到属于自己的奶头，他跟郝桂花商量，要出去玩一会儿。

郝桂花正坐在外屋过道上洗衣服。她慢条斯理地搓着，用提示的口气说：“你出去玩也行，不过每隔十分钟二十分钟，得回来看一眼，给猪圈里的炉子添劈柴。要不天这么冷，小尕尕指定冻死。”她说话的语速也和搓衣服的节奏一样，几乎是每搓一下，说出一句。

刘铭咧了咧嘴，说：“那还玩个屁！我跑到东头，没等抓完牌就得往回跑。谁还跟我玩？你就替我照看一眼呗。”他蹲在郝桂花对面，脸上流露出殷勤的笑意。

郝桂花确实照看刘铭一眼，似笑非笑地说：“我凭啥替你？咱们可是说好的，平常喂猪归我，配种下猪归你。你坐在炕头上热乎乎地打麻将，我跑里跑外地喝西北风，你想得美吧。”

“我雇你还不行吗？每天给你二十块钱，上打租。”刘铭说。

“二十块钱就想雇我，你耍大刀呢？这么着吧，从现在起，我雇你在家喂猪做饭，我出去玩，每天给你交五十。咱们订个长期合同，只要我出去一天，就给你交一天的，也是上打租。行不？”

刘铭听出门道，赶忙拿出五十块钱，递给郝桂花，说：“这回该行了吧。”郝桂花没去瞅刘铭递钱的手，而是扫一眼他装钱的兜。她没停下来，也没有接钱的意思。刘铭往前探了探身子，把钱塞到她蜷起的双腿之间，起身跨出门外。

站在门口听一会儿，又来到猪圈，往炉子里添几块劈柴，刘铭这才走出院子。他知道人的运气是分时间段的，风水轮流转嘛！他想就着这拨手气好，多赢点儿，要是一天赢一百，交五十，自己还剩一半呢。

来到东头小卖部，正好赶上前几天一起玩麻将的人三缺一。曹学文说：“我以为你赢着钱就不来了呢。我们都商量好了，再不来，中午就上你家吃烤乳猪了。”

刘铭赶忙脱鞋上炕，把炕梢的位置抢占下来。他走前看了一眼日历，今天财神在正东方向。他边码牌边说：“我能便宜你们！我不来，你们的钱输给谁去？”

刚打完一圈，刘铭就和了两把，有一把还是三家闭门。他正美着，刘伟进屋了，径直地奔到他身后，扒拉着他的肩膀说：“你腰不疼了？”

刘铭并不知道刘伟话有所指，顺口搭音地说：“疼啥？不疼。”

刘伟往后退两步，一屁股坐在东墙根的春凳上，脸涨得通红，冲着大伙说：“你们给评评这个理，哪儿有这么干的？两口子赶上唱二人转的了，一个屁八个谎，逮着谁骗谁。还亲门近支呢，狗屁吧！”他显得很激动，声音挺高，断断续续的，语气中透着极大的委屈。

把包地退给郝桂花的当天，马艳就把这事告诉丈夫了。刘伟疑惑地说：“大哥天天在打麻将，腰板拔得溜直，不像腰疼的样，别是郝桂花蒙你呢！”

马艳摇着头说：“不能，嫂子都转好几次泪了。要不是真有难处，为这疙瘩地儿，不至于那样。她那人你还不知道，心气高着呢，从来不向别人低头。”

尽管还是半信半疑，刘伟并没责怪马艳，说：“退回去就退回去吧。大哥也真不能再出去了，他在外头给人家修长城，家里的院墙都快出豁子了。可这事他们应该早点儿说，我把粪都送完了，那些粪咋办？”

马艳听后也傻眼了。当时她光顾着兴奋，没想起送粪的事。事已至此，她只好安慰刘伟，说：“那点儿粪就别要了，反正大哥家种地也得上粪，给他们吧。他们两口子都是明白人，还能让咱们吃着亏？到时候给咱们两袋化肥就得了。”

刘伟是正儿八经的庄稼人，上山干活儿时，总是背着个粪筐子。这些粪都是他一点儿一点儿地捡回来的，有些舍不得。他皱着眉头说：“这要是放别人身上，给五袋化肥，我都不换。”

第二天上午，刘伟到葛八赖家小卖部扒眼时，就听到高速公路的事了。他立即寻思过味儿来，且越寻思越不是个味儿。当天刘铭没在场，他认定这是在故意地躲着他。勉强看下两局，就连是谁和的，和的是啥，他都没看明白。

知道自己上当后，马艳气得直跺脚，要去找郝桂花说道说道。刘伟拦在门口说，你找她还能说出个理？她那人没理都能辩三分！要是闹扯大了，她不怕寒碜，咱们还怕笑话。咱们还是认了吧，但那些粪不能便宜他们，无论如何得拉回来。

当天下午，刘伟套上马车，开始往回拉粪。那些粪都散成小堆，均匀地分布在地里，想收起来，比送的时候还费劲。送的时候，一车粪拉到地头开始卸，车是越走越轻快，而现在是越装越多，越走越沉。再加上两口子都带着情绪，唯恐收不干净，便宜郝桂花，把粪装光后，把地上的浮土也都刮得溜光。

整整干了三天，送粪时拉出去十五车，现在拉回来二十一车。刘伟嘴上说没吃亏，等于在刘铭家地里拉回五车好土，但心里的火却是一天比一天大起来。

今天早晨，刘伟确实是看到刘铭来这儿才跟来的。本想还装糊涂，就坐在刘铭身后扒眼，等他主动去解释这件事。可进屋后，看到刘铭咋咋呼呼、得意扬扬，刘伟一时没搂住火，这才把事情摊到桌面上。

大伙都被闹愣怔了，不知道刘伟这东一耙子西一扫帚地说的是啥。刘铭也不知道他在说啥，郝桂花只跟他说把地要回来了，至于怎么要的，他当时光顾着忙活被窝里的那点儿事，没来得及问。他也瞅着刘伟，神情与大伙一般无二。

“刘伟，这说谁呢？”别人能沉得住气，葛八赖沉不住气了。

“还能说谁，这屋还有谁能干出这种缺德事？到现在还装没事似的。真快赶上演员了！”刘伟指着刘铭的脑门儿。

刘铭面红耳赤地扫大伙一眼，又把目光转向刘伟说：“这事是你嫂子干的，我都不知道啥情况。你跟我叽叽歪歪的有啥用？你找她说去。”

“别动不动就拿老娘儿们来当挡箭牌！包地的时候都讲好了，你打发她来跟我胡搅蛮缠找后账，眼见着那块地有便宜可赚了，你又打发她去我家哭泪拉泪地装可怜。你做的这叫啥事？还叫个爷们儿吗？老天爷白给你长两个卵子，还不如割下来喂狗，挂上两个茄子呢。”刘伟越说越激动，站起来，往前凑去。

刘铭也被激怒了，把手里的牌往里一推，转过身来，指着刘伟的脑门子说：“你不找后账，你这是干啥？合同不是我们偷回去的，也不是我们抢回去的，不是你乐意给的吗？你二货，你怨谁啊！”

两人的手都指着对方，眼瞅着要碰在一起。

看到这种情景，葛八赖赶忙跑过来横在中间，他说：“不就是几亩破地吗？多大个事儿，你们哥俩儿犯得上这样吵吵巴火的？你们在我家打起来，这算啥事？都少说两句，该玩的玩，该扒眼的扒眼。”他先把刘伟推着坐在春凳上，又推着刘铭转过身去，帮他把推倒的牌扶起来。

刘伟抽完一支烟，情绪稳定些，抬眼看着刘铭，见他低着头，在一声不响地出牌。刘铭偶尔也抬下头，只是迅速地在屋子里扫描一圈儿，目光走到刘伟跟前时，拐回去，像闪电遇到避雷针一样。刘伟分明感觉到，只要他待在这里，整个屋子的气氛都是沉闷的。特别是葛八赖两口子，在不停地瞅他。人家之所以招打麻将的，是指望着多集些人，拉动消费。他既不打麻将，也不消费，似乎是不受欢迎的人。他觉得再在这里靠下去，也没劲，气呼呼地走了。

在回家的路上，刘伟是越想越来气，决定去老叔家待一会儿。

刚进门，老叔就看出刘伟不高兴，问他咋的了，刘伟开始讲述事情的经过。老叔默然地听着，其间没搭话。刘伟说完半天了，见老叔还不言语，又说：“老叔，你是明白人，你给评评这个理。”老叔这才不得不表态，认为刘铭两口子做得不仗义，接着安慰几句，算是为刘伟出气了。

从老叔家出来，刘伟觉得心里好受些。看看离中午还早着呢，回去也没别的事可做，他又拐进五叔家里。五叔跟他虽说远着一层，但家族观念强，人也正直，刘伟想再跟他诉诉委屈。但作为男人，他不好意思主动说起这事，怕五叔认为他没气量，不压事。他还是采用刚才的办法，在进院之前，把自己的表情酝酿成一副苦大仇深的样子。这个法子果然见效，他刚贴着炕梢坐下，五叔就看出来了，问他怎么了，他以不得不说的口气把事情说了。五叔的反应的确比老叔激烈，骂刘铭两口子心术不正，见利忘义，还说哪天见到刘铭，当面敲打敲打他。

在两个叔叔这里得到同情和支持，让刘伟备受鼓舞，从五叔家出来，自然而然地拐进三哥家。他挨家挨户地走着，快到中午时，在七哥家，遇上马艳。他刚提起这件事，七哥说，他已经知道了。原来马艳跟刘伟是前后脚出来的，她从西往东挨家挨户地串门子，也是为说这件事。

刚到十点半，刘铭押底的一百块钱就输光了。他把输钱的原因归罪在刘伟身上，认为他冲了自己的时运。自打刘伟走后，他只和过三次，还都是斗边子碗沿子的小和。但别人和的时候，不是赶上他的庄，就是他还没开门。他总是在赢小钱，输大钱。对此，他还能接受，不停地在心里宽慰自己，赌博总会有输赢，自己不也赢过人家吗？最让他窝火的是今天玩麻将的三个人，都在冲着他使劲。别人少给个块儿八角的，没人在乎，到他这儿，总是丁是丁，卯是卯。他上把欠谁个零头，下把总被算回去，即使没有直接的账目，也被拐个弯顶了。最后三个人看到他没底了，问他还续不续底。他说不续，本来已经码好的牌，他们立即推倒，多一把都没玩。按照惯例，其中的一个人输光后，大伙都再陪着玩两把，给个翻本的机会。这两把赢了，继续玩下去，要是还输，那么输的钱也不用掏，散场走人。可今天，他们把惯例都破坏了。这让刘铭心里很不是滋味，看到那三个人在分钱，他跳到地下，头也没回地走了。

看到老叔正蹲在当街门口抱柴火，刘铭打老远地打招呼，说这么早就抱柴火做饭了。老叔停顿一下，接着划拉地上的苞米秸。刘铭以为他没听见，往前走几步，又问一句。老叔回头瞅一眼，只点了点头，抱起柴火直接进院了。刘铭感觉很奇怪，也没多想。合庄总共腚大个地方，大伙低头不见抬头见。有时候一天都见好几次面，说不说话的，没人在乎。

回到家，刘铭先扒到圈门子上看一眼，炉火早就熄灭，老母猪正搂着那群猪崽子安然地睡着。直到这时，他才感觉上郝桂花的当了。其实，白天是不用生炉子的。猪圈被他用塑料罩住一大半，经太阳一晒，里边暖洋洋的，和屋里的温度差不多。

郝桂花正在锅上一把锅下一把地做饭，要是搁在往常，刘铭会蹲下来，帮她烧火。但今天，他没有，而是头不抬眼不睁地走进东屋。看到爹在摆弄小牌，他贴着爹身边坐下，默默地注视着。

刘鹏举放学后，郝桂花招呼放桌子吃饭。刘铭还是没动弹，只是对刚进屋的儿子冷冷地说："放桌了去。"饭菜收拾到桌子上，刘铭又对他说，"去，倒两杯酒。"还没等郝桂花进屋，刘铭已经喝上了。也就是十来口，酒杯见底，儿子赶忙给他盛饭。刘铭抄起盛菜的小盆，往饭里泡些菜汤，又是十来口，连汤带饭地扒拉完。这期间，他只夹过两口咸菜，惹得桌上的三口人，都和瞅怪物似的看着他。

回到西屋，刘铭先倚靠在炕沿上抽根烟，然后爬上炕，从被褥垛上扯下个枕头，头朝里，脚朝外，贴着炕头躺下。

等儿子上学后，郝桂花先把东屋门带上，这才走进西屋。关好西屋门，她把后背倚靠在门板上，轻声地咳嗽着。从声音中，能明显地听出来，她是在给刘铭使动静。她咳嗽完三次，发现刘铭还在无动于衷地躺着，走过去，推了推他的腿说："嗨，咋的了？"

刘铭把腿往上蜷了蜷，仍然没吱声。郝桂花又推着刘铭的脚说："输了吧？我知道你这两天刺刺痒痒的，像母鸡憋着个蛋似的，不下出来难受。快说，输多少？"

腿已经蜷得无法再蜷，刘铭往边上挪了挪身子，让脚离开郝桂花的手，还是没吱声。从打放桌子那会儿，郝桂花心里就窝着火，只是在饭桌上，碍于公公和儿子的面儿，没好发作。现在她终于憋不住了，照着刘铭的小腿就是一拳，骂道：“看你个熊样！输不起就别往那地方凑合。这哪儿像个爷们儿，老天爷白给你长两个卵子！”

“反正是白长了，还要这么个玩意儿干啥？”刘铭像被针扎疼一样，腾地一下坐起来，抬起右手，照着自己的裤裆猛拍下去。可能是用力过猛，真的打疼了，他的手没再抬起，而是直接捂在那里，龇着牙，咧着嘴，脸上表现出十分痛苦的神情，身子向前佝偻着。

郝桂花扑过去，抱往刘铭的胳膊说：“这是抽的哪门子风啊！”松开胳膊时，又搂住他的头，揽进自己的怀里。刘铭挣扎几下，渐渐地安静下来。他的脸正对着郝桂花的胸口，急促地喘着粗气。浓烈的酒味儿透过棉袄，从脖领子处散发出来。郝桂花的手上下移动着，抚摩着刘铭的后脑勺，和风细雨般地说：“咱不闹，听话啊，快跟我说说，到底咋的了？”

刘铭挺了挺脖子，从郝桂花的怀里挣脱出来。他的脸涨得通红，显得更黑了。他微皱着眉头，眼睛里流露着愤怒而又无奈的神情，极其委屈地说：“还不是你惹的祸，让我挨一顿骂！”

“是马艳还是刘伟？”郝桂花问。

刘铭把刘伟骂他的过程叙述一遍。话音刚落，郝桂花竟然哈哈地笑起来。她说：“你是我老爷们儿，有没有卵子，跟他有个狗屁关系？就是挂上两个茄子，只要我不嫌乎，别人说啥都是扯淡。”她的这番话，算是安慰刘铭的，之后又指着当院说，“你瞅着，等我见着刘伟，我问问他，我爷们儿的卵子碍着他们家谁的事了？他有卵子，让他亮出来给大伙看看。”

“你还想没事找事啊！这个上午，臊得我都没法抬头。要不，也不会输得这么惨。你再闹下去，还让我出屋吗？”开始的几句话，刘铭说得还很硬气，到最后那句，却近似于哀求。

“那是咱们的一亩三分地，我想包给他就包给他，不想包给他，就要回来。他们让我耍得团团转，都没害臊，还觍着脸出来说呢，你害的哪门子臊？看你这点儿出息吧！”郝桂花说着把兜里的二百多块钱掏出来，拍在炕上，指着刘铭说："甭管他那个事，下午还玩去。哪儿人多往哪儿凑合，听狼叫还不生孩子了！”

半个小时后，刘铭又出现在小卖部的麻将桌上。他神情振奋，谈笑风生。

七

听到满堂家铁门响动，大头马扔下手中的活计，跟头流星地跑过去。

“哎呀呀，你们两口子上哪儿野去了？这一走就是五六天，这个家不要了？”刚跨进屋门，大头马就高声地叫嚷起来。语气中还多少带有些责怪的成分，给人感觉像她是这个家的户主。

屋子里冷得跟冰窖似的，满堂正蹲在地上生炕炉子。可能是多日没烧火的原因，炕洞里的潮气太大，柴火只在炉子门口燎着，烟气一点儿不往里走。他只好撅着腚，同时也噘起嘴，冲着炉膛口呼呼地吹着。烟被他吹入炉膛里，也被他吹到眼睛里，每吹一次，都停下来使劲儿地眨巴几下眼睛。

刘玉兰正拿着一个抹布，东一头西一下地擦着窗台上的尘土。擦完窗台后，也没洗，接着擦炕。等她把炕擦完后，淡绿色的地板革炕面上，比原来更脏，看起来像一幅写意的山水画。

看到满堂两口子没啥反应，大头马这才注意到，刘玉兰的胳膊上戴着一块黑纱。她赶忙贴着满堂的屁股挤过去，扯住她的胳膊，关切地问："玉兰，谁啊？"

刘玉兰把抹布扔到炕沿边上的水盆子里，扭头时，眼睛里已经噙满泪水。她小声地说："我娘家妈没了。"话还没等说完，泪水就淌下来。

"去年腊月来这儿时，不还挺硬棒的吗！这才几天，咋说没就没了？啥病来得这么快？"大头马从侧面揽住刘玉兰的肩膀，柔声而急切地问。

刘玉兰往前去够水盆里的抹布，从大头马的手里挣脱出来，勉强地挤出一丝苦笑说："嫂子，上炕待会儿吧。"

"就你们家这炕，和坐在雪地上没啥两样！"大头马又扯住刘玉兰的胳膊，把她手里的抹布抢过来说，"你歇会儿，我给你擦。看这炕让你擦的，跟个花脸猫似的。"

刘玉兰转身从柜上扯下一截卫生纸，去了房后。

"嫂子，别提这事了。这几天，她哭昏过去好几次呢！"满堂小声地嘱咐。

大头马蹲在炕上从里向外地擦着，正好也擦到炕沿处，她点点头，还是忍不住压低声音问："你丈母娘啥病？这么快！"

满堂寻思一小会儿，抬手扒着炕沿，抻着脖子向窗外看一眼，小声地说："我告诉你，可千万别往外说。她妈是自己寻的短见，这事说出去寒碜人。"满堂又低下头去，像是已经寒碜到他了似的。

听完满堂的话，大头马一屁股坐到炕上，不停地咂着牙花子，说："怪不得她不肯说呢！这事搁谁身上也不能说，这算是横死的。好好的日子，有啥想不开的？为啥呀？"她的话刚出口，下意识地向窗外扫一眼，见刘玉兰回来，故意地咳嗽两声，示意满堂不用回答了。她蹲起来，又闷着头继续擦炕。

把炕擦干净，大头马端起水盆，递给满堂。又到炕梢的被褥垛上扯过一条褥子，铺到炕头上，招呼刘玉兰说：“炕没时候热上来，你先坐这儿歇会儿吧。”

刘玉兰佝偻着腰来到炕沿边上，手扶着炕沿，左脚先蹬掉右脚的鞋，爬上炕沿，再换右脚蹬去左脚的鞋，跪着往前爬几步，歪坐在褥子上。她瞅着大头马说：“这个月真倒霉，啥事都往一堆儿赶，早来一天，又晚走两天，这都快一个星期了，还没干净呢。”

“那是着急上火再加上忙里忙外的受凉了。唉，咱们女人都是这样，遇上点儿事就不够跟裤裆麻烦的了。我们家你大哥没的那时候，也正好赶上我来事。发送他那两天，我也顾不上管。等完事后，我那条黄秋裤，都快变成红的了。”大头马挨着刘玉兰坐下，拉起她的手，又说，“这生老病死的事，谁摊上也没辙，人有时候得信命。这就是啊！好在老天爷不灭大傻瓜，能让你遇上坏事，也能让你摊上好事。我今儿个来，就是给你报喜的！”

“这半年，我家是先死鸡，后死猪，这又摊上死人的事。真是喝水都塞牙，放屁都砸脚后跟，还能有啥喜事？嫂子，你就别拿我们两口子开涮了。”满堂往炉膛内添两块劈柴样子，站起来，扑打两下手上的灰尘，语气中带着不满。他脸朝着后墙，把屁股也挤到褥子上，掏出旱烟口袋，弓着腰，沁着头，开始卷烟。

“涮你干啥？你以为你是羊肉片！我是那种没深没浅的人吗？别说今天这种场合，就是搁以往，咱们当这些年邻居了，我涮过你是咋的？你个没良心的货。”大头马伸腿在满堂的屁股上蹬一脚，踹得他一激灵，刚放到烟纸上的一捏旱烟末，全都扣到地下。

满堂气得跳到地下，蹲到炕沿根下边。大头马瞅着满堂嘻嘻地笑两声，这才转过脸来，对刘玉兰说：“我这人属喜鹊的，只要是上门，不是报喜就是报财。真有好事，就是这几天发生的。不信，你扒后墙上瞅瞅去，就在房后呢。”

大头马还想多卖一会儿关子，看满堂两口子都低头耷拉脑的，只好言归正传，说起高速公路的事。她把这几天听到的消息，经过排序加工，从来龙到去脉，一股脑儿地全倒出来。

还没等大头马说完，满堂就跑了。刘玉兰也边听边往炕沿移动着，大头马的话音刚落，她也跑出去。大头马也只好跟出去，等她跑到房后，见满堂站在墙上，正抻着脖子，手搭在眼眉上，向远处张望。刘玉兰也蹿上墙头，两条腿离地面有一尺多高，脚不停地蹬着墙，还在努力地往上爬。

再次回到屋里，炕已经热上来，屋子也变得暖烘烘的。窗上的霜花在太阳和屋内温度的双重作用下，迅速地融化。水泥面的窗台上，已经有一汪子水。满堂两口子一扫脸上的忧郁，把大头马让到炕头上，刘玉兰也挨着她坐下。满堂知道大头马这两年学会抽烟了，从柜里找出大半盒"红梅"，给她点上一支，自己也顺手点上一支。

"嫂子，你说，上边要是真拆咱们这房子，能给多少钱？"满堂问。

"这我可不知道。这两天听大伙瞎呛呛，说根据房子的质量。有的说给十几万，有的说给几十万，还有的说得上百万。前天我特意去找郝桂花扫听口风，以为她能知道点儿底细。她说上边还没通知，这事不能瞎猜。"大头马抬头看着满堂，却不停地摇晃着刘玉兰的胳膊说，"我家没有爷们儿，我心里也没章程，这不才来找你商量的。你合计一下，咱们要多少合适。我就听你这个爷们儿的了。"

在跟人说话时，大头马总好拉拉扯扯。跟女人这样也就罢了，每到激动时，跟男人也拍拍搭搭。合庄的女人看不惯她这一出，都在暗中防备着她。而作为一墙之隔的刘玉兰，所做的防范自然比庄上的其他女人更严密更细致。她对大头马的态度，是根据情况而变化的。满堂在场时，她就冷淡些。这不只是提醒大头马，也在警示她的丈夫；

满堂不在场时，她又挺热情的。她对大头马是既烦，又怕；惹不起，又躲不开。

“要是按质量给钱，那咱们两家子可不一样。我家的房子去年才盖，还是新房子。你家房子都盖七八年了，快成旧房子了。这大闺女能和小媳妇比吗？”刘玉兰趁着说话的空儿，把胳膊抽出来，抬手理理头发，放下时，双手背到身后。

“理倒是这个理，但你这话我不爱听。我家房子比你家的早盖几年，这不假，可我家房子是装修过的，里里外外地花去小两万块呢。这难道不算钱了？要照你这么说，这肥猪还顶不住瘦壳郎了？说句不怕你不高兴的话，现在拿你的这几间新房子换我的旧房子，我还不一定干呢。”大头马说得红头涨脸，身子向炕沿边上挪动着，右脚已经耷拉到地下。

“嫂子，你干啥去？”刘玉兰抬手扯住大头马的胳膊，没让她的屁股滑下去。

“听到你家大门响，我迭忙溜地就跑出来。家里盆朝天碗朝地的，我得回去收拾收拾我那个破屋子。”大头马把胳膊抽出来，抬手理了理头发，放下的时候，也顺便背到身后。

“这才几天没见，咋还变成小心眼儿了！我就随口那么一说，你还当真了？咱们老邻旧居的这么多年，谁还能看谁的热闹？这种事我们也没经历过，都不知道咋办。”刘玉兰把目光由大头马转向满堂，迟疑片刻后说，“要不这么着吧，过两天让满堂去趟县里，跟他大哥商量商量。人家走南闯北的见识多，让他帮咱们出出主意。”

“那敢情好了！还是你心眼儿来得快！我咋就把满贵给忘了呢？那让满堂明天就去吧？来回的路费，我掏一半。”大头马兴奋得又拉起刘玉兰的胳膊。

“嫂子，看你说的，去我哥家，咋能让你掏路费！你这不是成心寒碜我吗？”满堂打进屋后，一直趴在柜上，脸冲着后墙上的大镜子抽烟，听大头马提到路费，立即转过身来搭话。

大头马放开刘玉兰的胳膊，边下地穿鞋边冲着满堂说：“明天就去呗！早一天有主意，咱们早一天把心放到肚子里不是？你们不用我掏路费也行，嫂子请你们吃饺子。”她走到门口处，又回过头来冲刘玉兰说，“你也怪累的，晌午就别做饭了。我们家正好还有一疙瘩驴肉，我这就回去剁馅子。”

“不用，嫂子。你再待一会儿吧。”等刘玉兰下地穿鞋追出来时，大头马已经走到当街大门口了。刘玉兰在后边又叫两声，大头马像没听见似的，连头也没回。等刘玉兰追到大门口，大头马又恰好拐进她家的院子，随手关上大门。

回到屋里，刘玉兰发现满堂还在对着镜子抽烟，在他身后左右晃了两次，见他没啥反应，用胳膊肘子撞他一下问：“寻思啥呢？”

满堂慢悠悠地转过身来，把手里的烟头扔到地下，用脚来回地碾着，说：“这事对大头马家是好事，对咱们家未必是好事。”

刘玉兰不解地问：“真要是给几十万块钱，咋还不算好事？”

满堂说：“你也不想想，这房子虽说是咱们自己盖的，但房基地是爹留下来的，到时候大哥真提出来分一份儿，咱们还真说不出啥来。”

刘玉兰听后不停地摇着头说：“大哥才不能那么干呢！人家有的是钱，还在乎这几个子儿？”

“哼，钱多还烧手？你是不知道，越是有钱人，越是拿钱当好的。你忘了，给娘治病时，外边的药比医院的便宜几块钱，他都打发我去外边买。从那之后，我就知道他是个啥人了。”满堂说着又从烟盒里抽出一支烟，还没等叼到嘴上，就被刘玉兰伸手给抢走了。

“还抽，打拿出来，你都抽几根了？抽光了，明天大头马再来串门，你拿啥孝敬她？”刘玉兰把手中的烟重新放回到烟盒中，把烟盒放进柜里。

从老婆的语气里，满堂嗅出点儿酸味儿。刚才他给大头马点烟时，刘玉兰都瞪他一眼了。他也习惯了，懒得去计较，赶忙把话题又回归到房子上。他问刘玉兰："你说我哪天去大哥家好呢？"

刘玉兰反问："你打算哪天去？"

他试探着说："就着现在没事，要不明天就去吧，连看看大栓，两天就能回来，正好赶上你家老太太烧头七，不耽误事。"

"看来大头马的话是真好使，让你明天去你就明天去。去就去吧，还拿孩子和妈当啥幌子？"刘玉兰从柜上的兜子里拿出一片卫生巾，这次她没去房后的厕所，而是爬到炕上。她把换下来的那片卫生巾拎在手里，冲着满堂说，"去，给我扔到厕所里去。"

满堂很不情愿地走过来，先从地下捡起一个树枝，折成筷子那么长的两段，像夹菜一样，把卫生巾夹住。走到门口时，探身向门外看一眼，见大门口没人，快步向房后走去。

把卫生巾扔进厕所，满堂顺便撒泡尿。回来时，听到东院传来剁肉馅的声音。他站在墙边听一会儿，感觉裤裆里有点儿不得劲儿，好像秋裤没提正当，打着绺儿，裆下的那个东西被勒得有些难受。他深吸一口气，手贴着肚皮掏进去，想把秋裤抻平，手触碰在那个东西上，发现已经有些膨胀，只是还没有完全硬起来。他匆忙地跑进屋，蹲在炕沿下，往炉膛内添些劈柴，以此来分散自己的注意力。

满堂对大头马的这种冲动，由来已久。他还是小伙子时，就经常梦到她。在他的感觉中，他们已经有过无数次男女之欢，只是每次都把激情排泄到内裤上。直到刘玉兰过门后，那种梦才渐渐地消失。可这种消失的梦，随着付小富的去世又复活了。现在满堂对大头马的感觉，并不像原来的那种火烧火燎的样子，而是觉得她一个人过日子有些孤单，有些可怜。特别是夜里，每次和刘玉兰办那种事时，他都能想到大头马，想到她此时一个人躺在炕上，应该是怎样的情形。他也曾趁着刘玉兰回娘家时，以开玩笑的口气在话里话外点拨过大头马，说："这几天，要是晚上有啥事，你往这院扔块石头，狗一叫，我就能听到。"大头马却只当他是在开玩笑，冲着他飞个媚眼儿说："我晚上能有啥事？我只要吃饱了，喝足了，脑袋沾到枕头边上，一宿连身都不翻。"

满堂弄不明白大头马葫芦里卖的是啥药，一直不敢造次。他时时刻刻关注着东院的风吹草动，也打听着庄上关于她的风声。从内心里，他不愿意看到大头马跟哪个男人有关系，觉得无论从天时地利人和等因素上，他都应该是近水楼台，捷足先登。可他又盼望大头马能跟谁有点儿关系，觉得大头马就像个西瓜，明明摆在自己面前，却下不了口，吃不到嘴。一经有人把她割开，虽然不再属于自己，但他也能分到其中的一牙儿。

"又插那么多劈柴干啥？现在炕都热上来了，一会儿做饭时还得烧火呢。"刘玉兰倚靠着墙脚，听到动静，闭着眼睛喊道。

"还做啥饭！刚才我上厕所时，听东院嫂子在剁馅子呢。"满堂说。

"你也太没脸没皮了！人家给你个棒槌，你还当针了？你上辈子没吃过饺子是咋的？你还真拿自己当她老爷们儿了？"刘玉兰气得把盖在腿上的褥子往上扯了扯，把脸也盖住了。

这要是搁在往常，刘玉兰这么抢脸掉腚的，满堂早就急眼了。但今天，他并没在意。一方面考虑到她妈刚去世，又赶上来例假，心里有点儿焦躁；另一方面，因为高速公路的事，满堂的心情极佳。他把炉膛添满后，贴着炕梢坐下，头倚靠在被褥垛上，眯上眼睛。这几天，他也没休息好，不久便睡着了，还打起呼噜。

快到十一点时，燕子跑过来。刘玉兰刚要说话，被燕子摆手阻止住。她到柜上拿起个鸡毛掸子，用前边的长毛轻轻地在满堂的脸上拂几下。满堂像被蜂子蜇了一样，忽地坐起来，揉揉眼睛，看见是燕子在跟他调皮，微微皱下眉头，往后一仰，又躺下去。

燕子的性格有点儿像男孩子，说话脆生生的，笑起来也毫无掩饰。她几乎是被满堂哄大的，她大了点儿，又哄着大栓玩。她打小就长在这院里，赶上满堂家吃饭，她像在自己家一样，拿起筷子就吃。有时候玩困了，躺到炕上就睡。小时候，见到满堂总是上头扑面，嬉闹个没完。这几年倒是不闹了，两个人见面，总打嘴官司。

看到满堂又躺下，燕子推动着他的腿说："老叔，还睡呀，太阳都晒屁股了。"而此时，正午的阳光正透过窗户照在满堂的脸上。

满堂再次坐起来，拍打两下左腮，故作严肃地说："这孩子，咋还越来越没大没小了，这是屁股吗？"

燕子做个鬼脸，说："那是你自己要那么想的，我又没看到太阳照在你脸上，这属于歪打正着。"

两人闹够了，燕子这才郑重其事地说："我妈让你们上我家吃饺子呢。她都包好了，菜也炒出来了，正烧水呢。"

"燕子，回去告诉你妈，我们不去了。今儿个我身上难受，哪儿也不想去。"刘玉兰脸上带着笑意，语气却平淡如水。

"我知道，我妈跟我说了。可那也得吃饭啊！你身上难受，正好不用做饭了，到我家吃一口，回来接着睡觉，下午我保证不来吵你们！"

"你们娘俩儿的好意，我们心领了。你快回去吃饭吧，一会儿菜都凉了！"刘玉兰的话，等同于逐客令。

"我婶子难受，不乐意动弹。老叔，你去吧，吃完给我婶端回点儿来。"燕子转过身冲着满堂说。

看见刘玉兰不是好眼神地瞅着，满堂只好跟着说："我也不去了。

你们吃吧。”

送走燕子，满堂两口子各就各位，还在那儿眯着。听到大门响动，他们竟然同时起身，顺着窗户望去。大头马端着一盖帘饺子走在前边，燕子端着两盘子菜走在后边。燕子的上衣兜里，还揣着一瓶子白酒。

八

满贵是合庄考出去的第一个大学生。这份光荣，不仅属于他，也照耀着这个家。他比满堂大两岁，哥俩儿长得还特别相似。所不同的是，他的眼神中透着机灵，相比之下，满堂的眼神略显得呆滞些。

在满贵考上大学的第二年，也就是满堂刚毕业的那年腊月，媒人去刘玉兰家说亲，首先提到的不是满堂，而是满贵。用媒人的话说，这叫“扶犁杖看托托，相女婿看哥哥”。意思是种地时，只要犁杖前边的犁托不跑出垄沟，犁杖就不会跑偏，种出来的垄就是笔直的。而相女婿时，只要哥哥是好样的，弟弟也差不到哪儿去，毕竟是相同的种子在同一块土地上长出来的庄稼。

满贵自然是没说的，在这方圆几十里，算是百里挑一的人物。就算他弟弟比哥哥差点儿，达不到十全十美，也应该是八九不离十。所以，刘玉兰才同意从一马平川的黑龙镇来合庄这个小山沟子里相亲。

他们到来时，满堂去镇上买菜，刘玉兰首先看到的还是满贵，她确实是相中这个人了。刘玉兰的父亲对此提出异议，说：“我们是来相人的，你们却把人打发出去，这叫我们相啥？你们家也不是没人，为啥不让老大去买菜？”当时佟家给出的答复是大儿子现在不比以往，都一年多没走过山路了，怕累着。

等到十点多钟，满堂回来了。刘玉兰一行人经过比较，哥俩儿确实没有太大差别，就当场把亲事定下来。直到结婚后，刘玉兰才知道，那天满堂去赶集，是媒人和她公公婆婆有意安排的，先让哥哥火力掩护，再让弟弟冲锋陷阵。

刚嫁过来时，刘玉兰确实沐浴在满贵给这个家带来的光芒里。庄上的人，都在夸奖满贵。当然在夸完满贵之后，也顺便夸满堂几句，说他比他哥老实，比他哥能干。在十几年前，这种夸奖对于一个男人来说，还是至高无上的荣耀。对于男人的妻子来说，自然是一种满足和踏实。

按照惯例，有两个以上儿子的人家，每有一个儿子结婚，都要批一处新的房基地。满堂结婚时，老佟头子硬是没要房基地。他说满贵不可能再回合庄，家里这处老宅留给满堂。等满贵有了房子，他们老两口子也搬到城里去享清福。

满堂两口子跟父母生活在一起，家里的收入，几乎都拿去供满贵念书了。对此，刘玉兰并没有任何怨言。有时候满堂背地里发牢骚，刘玉兰还劝他，说：“等过两年大哥毕业就好了，到时候他要是当大官，说不定咱们还能沾上光呢。”

在满贵读大四那年，合庄遭雹灾，家里没啥进项。刘玉兰主动回娘家借来一千块钱，给满贵交上学费。这件事在合庄引起很大的反响，大伙都夸刘玉兰是个好媳妇，回娘家借钱供大伯子上学，是一种大仁大义。但与此同时，也有一种说法在暗地里流传，说刘玉兰是“身在曹营心在汉”，身子嫁给弟弟，心里装着的还是哥哥。

这种说法传来传去的，最终传到满堂的耳朵里。有一次他喝醉了，扯着刘玉兰问："你心里到底装的是谁？"

刘玉兰没正面回答，而是挣脱出来，跑到外屋拿来一把尖刀，递给满堂说："你挖出来看看不就知道了。"满堂不接，她就比画着要自己挖出来给他看看，吓得满堂酒也醒了，连连求饶，这事才算过去。打那之后，他再也不敢提这茬儿了。

满贵在大学里读的是土木工程专业，毕业后分配到县属建筑公司。当时单位效益还不错，不但准时开支，而且月月都有奖金。没过两年，他还当上供应科长。虽然不再从家里拿钱了，可也没见他往家里拿钱。顶多是过年过节的回来，给父母带回几瓶子好酒，给满堂带回两条好烟。

满贵也给刘玉兰送过礼物，是一条金项链，细得像一根线似的，下边有个苞米粒大小的桃形空心坠。这是他去上海出差时，花五百多块钱买的。刘玉兰怕满堂看着不舒服，从打拿回那天起，一直放在箱子里。只有她一个人回娘家时，偷偷地戴过几次。

毕业的第三年冬天，满贵和一个开建材门市的女老板结婚了。当时，佟家人都不愿意。老佟头子嫌刘淑芬不是大学生，又没正式工作，说这是门不当，户不对；老佟婆子嫌刘淑芬长得瘦，说赶上大风天，都不敢让她出门；满堂嫌满贵把婚结到老丈人家里，说女方家又没有儿子，这不跟招养老女婿差不多吗？咱们家好不容易养起一头牛，没等出力，让狼给吃了；刘玉兰没公开表态，也背地里跟满堂说，我以为大哥得找个啥样的！嫂子的个儿比我还矮呢！

儿子住在媳妇家里，跟前还有亲家公婆俩，老佟头子自然没法去凑热闹。他进城的梦想彻底破灭后，在人前说话时，再也不提及他的大儿子。满贵结婚的第二年冬天，他便突发脑血栓死了。老佟婆子是五年前得的肝癌，被满贵接到县城。满贵两口子都忙，没工夫照顾。满堂在那里伺候她两个多月，最后病死在医院里。

两个老的活着时，没在床前尽过孝道，可在合庄人的眼里，满贵却不失孝子的身份。在发送两个老人时，他哭得死去活来，说自己有愧于父母的养育之恩。大伙都劝他，说你在外面干事业，便是尽忠，自古忠孝难两全，尽忠就是尽孝。

满堂在跟前伺候父母这么多年，连个新房子都没盖上，心里感觉委屈，嘴上却说不出啥来。发送两个老人再加上老太太住院，前前后后产生四万多块钱的费用，都是满贵一个人掏的，没用他摊一分。就连他去伺候老太太，满贵也没让他白受累，暗地里塞给他三千块钱。这几年，满贵有钱了，他用钱把弟弟的嘴堵得严丝合缝。

建筑公司是在七年前破产的。对于其他职工来说，是一件坏事，可对满贵来说，却是一件好事。他当科长的这些年，单位的材料，基本都是通过刘淑芬的手明着暗着购进来的。可以说，他赚个钵满盆满。正在他觉着单位已经再没油水可捞，也是要出问题或是最危险的时候，问题解决了，危险过去了。借着这个机会，他还把单位欠他家的几十万货款收回来。他不用再提心吊胆、偷偷摸摸地小鼓捣，而是名正言顺地、大张旗鼓地做起生意。他家里的门市由原来的一处变成三处，他也逐渐地取代他老婆的地位，成为总经理。刘淑芬只负责其中的一个分店，另一个分店，则由满堂的儿子打理着。

喝了大头马的酒，吃了大头马的饺子，刘玉兰只好同意满堂在第二天去县城了。下车后，满堂没去满贵的总店，而是直奔西街的三分店，他想先看看儿子。

来到店门口，满堂并没急于进去，而是扒在窗户上看着。大栓左手夹着香烟，右手比比画画的，正在跟顾客谈价。等谈妥后，他去收银台收款，并指挥着两个伙计装货。满堂这会儿放心了，知道儿子过年回来时跟他说的话不是吹牛，他确实相当于这儿的经理。

过了这个年，大栓才十八岁，可他来城里已经两年多了。他学习不好，连初中都没考上，满堂想花钱让他把初中读下来，他又不肯，自己做主跑到这儿。满堂来找过他，可满贵却说：“既然孩子不愿意学习，也别难为他了，让他在这儿跑个腿打个杂吧，一个月给他一千块钱。”当时满堂心里还挺感激的，好像赚多大便宜。现在看，这哪儿是跑腿打杂？完全可以独当一面。满堂欣慰的同时，心里涌起一股愤然和失落，觉得大哥给孩子的钱太少。孩子干的可是两份工作，白天卖一天的货，晚上还得住在这里，相当于一个打更的。

等门市里的几个顾客走后，满堂才推门进屋。大栓看到父亲，显得很意外，扯住满堂的胳膊问：“爸，你咋来了？”

满堂往后侧了侧身子，把儿子的手甩掉，颇为严肃地说：“我过来找你大爷谈点儿事。”

大栓还是抑制不住兴奋，把那两个伙计叫过来，把父亲介绍给他们。那两个人都二十五六岁的样子，他们满面春风地管满堂叫二叔，态度毕恭毕敬。

这是一间长方形的筒子屋，宽度也就五米，长度却有二十多米。靠近后窗户的地方，被一个木隔段分开，里边放着一张单人床，还有个办公桌，桌子左边是一个电磁炉，右边有一台电脑。大栓指着这个小屋说：“我就住在这儿。”满堂坐到儿子的床上，问他自己在这儿住害怕吗。大栓笑着说：“我个大小伙子有啥可怕的？到晚上关门时，我大爷就把货款拿走了。这屋里的其他东西，都死沉烂重的，小偷都不要。”

满堂放心地点点头，又指着桌上的电脑问：“这是你买的？”

大栓摇摇头说：“我大爷买个新的，把这个给我玩了。怕我晚上没意思，让我偷菜。”

“偷——偷啥？”满堂疑惑地问。

大栓从兜里掏出三十块钱，让紧跟在身后的那个伙计去买饭，说："今天咱们仨的伙食费都归你们了，不用买我那份儿。"那个伙计接过钱，乐颠颠地走了。大栓这才指着电脑对父亲说，偷菜是一种游戏，不是真偷。

等那个买饭伙计回来，大栓招呼父亲出去吃饭。满堂还在那里坐着没动，他说："你在这儿吃吧，我去你大爷家吃。"

大栓说："我大爷家白天没人，他们也在外边吃。晚上再去吧。"

满堂寻思一下，跟着儿子走出门市。在路上，他问："中午吃饭的钱是你掏，还是你大爷掏？"

大栓说："我们三个中午吃饭的钱，我大爷掏。咱俩出去吃饭的钱，就得我掏了。"

满堂立即停下，说："你还是在门市吃吧，我去你大爷的门市。我大老远地扑奔着他来了，咋也得管我饭！"

大栓又往前走几步，回头看父亲还在原地站着，转身往回走。满堂见儿子往回走，以为他是想回门市，也转身往回走。大栓紧跑几步，扯住父亲的衣服说："你管谁掏钱呢！反正羊毛出在羊身上。这点儿钱算啥？我秤头秤尾的就找回来。"

来到附近一家叫"好运来"的饭店，老板娘笑着问："小老板，今天有客人啊？"

大栓指向身后说："这是我爸。"

老板娘立即伸出右手说："原来是大叔啊！你们爷俩儿难得见面，上二楼的小雅间吧，好好聊聊。"

满堂迭忙冲着老板娘不停地摆手说："大妹子，你忙你的吧。"看到大栓回头瞅他一眼，满堂这才觉得有点儿不对劲儿，立即低下头，跟着儿子走上楼梯。

大栓随口点好四个菜，要一杯白酒和一瓶啤酒。等服务员走后，满堂凝视着儿子问："你经常上这儿来吃饭？"

大栓点点头说："有时候我大爷和大娘都不在家，晚上我就在这儿吃。"

满堂又问："那钱谁掏？"

大栓瞅父亲半天，显得很不高兴地说："我每个月的工资不都如数地给你带回去了？不管谁掏，反正不是你掏的！"

满堂让儿子的话噎住了，半天没再吱声，但心里却觉得挺舒服的。刚才他还在为儿子抱不平呢。现在看来，连吃带喝的，已经不再是一千块钱的事了。

在来之前，满堂只想与满贵商量高速公路的事，没想让儿子知道，认为他还是个小孩子，没权参与。是大栓刚才的一系列举动，让满堂不得不刮目相看。在吃饭期间，他主动提到此行的目的。他现在觉得，儿子的意见更为重要。

"真给力！"大栓兴奋地说，"有了钱，你和我妈搬这儿来吧！咱们也开个建材门市，你俩看摊儿，我出去跑销售，以后咱们就在城里过了。"

满堂被儿子的想法吓了一跳，把刚端起来的酒杯又放下。从理智上，他不赞同这种做法，从感觉上，又很在意这种想法。从满贵考上大学那时起，城市对于满堂来说，就成为一个梦。他向往过这里，却又对这里充满着恐惧。他以自己家能有一个人进城而骄傲着，也在说话时经常提到城里，却从来没想过要到这里来生活。他觉得城里都是些识文断字有能耐的人，自己来到这里除了捡破烂儿掏厕所还能干啥？当初满贵说把大栓留下，他还有很多顾忌，怕儿子到城里后不适应，七衔八路的，走丢了；怕这里车来车往的，给撞着。现在看，儿子俨然是个城里人了。他愣愣地看着儿子，过了半天，小声地说："那都是以后的事，眼下是先合计合计要多少钱。"

“有啥可合计的？这不是你想要多少就给你多少的事！你以为那是在市场上卖白菜呢，可以讨价还价。这事是人家说了算，给多少得看房子值多少。”大栓把杯里的啤酒干下去，回头冲着门口喊道，“服务员，再来一瓶啤酒。”

“那你说咋办？”满堂用商量的口气问。

“先让我大爷找人打听一下是不是真的。”大栓边倒酒边说，“要是确定了，你不能光盘算房子值多少钱，你得盘算着让房子长钱。比如说值十万，你让它再长五万，这不就十五万了？”

雪白的泡沫溢出杯子后，又变成啤酒，在桌子上慢慢地流淌着。

“长钱？怎么个长法？”满堂激动地站起来。他看儿子仍然不紧不慢地倒着啤酒，感觉有点儿失态，只好把自己门前的这盘醋熘排骨跟儿子跟前的那盘尖椒炒干豆腐调换一下，坐下后，指着排骨说，“大栓，你吃这个。做得有点儿欠火候，我牙口不好，啃不动，剩下白瞎了。”

“装修呀！里里外外全装修，不就值钱了吗？”大栓夹起一块排骨。

从去年秋天，满堂就计划着装修房子，只是钱还没攒够，一直往后拖着。自从听到高速公路的事，才打消这个念头。他满心喜悦地以为儿子能给他出一个多高明的主意，原来只是装修。他颇为失望地说：“就算是能多得几个钱，去掉人工材料，也是瞎子点灯白费蜡！”

“爸，这你就不会算账了。我大爷的库房里有的是积压材料，你跟他说一声，拉回点儿去，他还能跟你要钱？你把这些材料往墙上一贴，不就来钱了吗？”大栓在说到那个“贴”字时，把刚擦过嘴的一张餐巾纸顺手往墙上一拍，那上边的油还真就把纸给粘住了，手都离开半天，那张纸才慢慢地掉下来。

这次，满堂没站起来，而是把小半杯酒一口扬下去，放下杯子，也冲着门口喊道："服务员，再来一杯。"服务员应声而至，问是要一杯白酒吗，还没等满堂回答，大栓说："不要白酒了，再来一瓶啤的吧。"服务员刚退出门口，大栓拿起自己的半瓶啤酒，给满堂的杯子斟满，又说，"爸，别喝白的了。留点儿量，晚上跟我大爷喝，要是把他喝乐和，这事就成了。"

满堂是在下午两点多见到满贵的，哥俩儿寒暄几句，满贵以为他刚到，还没吃饭，拿起手包说："走，咱们吃口饭去。"

满堂赶忙摆手说："吃了，在大栓那儿吃的。"

满贵以为是在门市里吃的，随口问道："给你买的盒饭吧？"

满堂胡乱地点点头，说吃盒饭也不便宜。

满贵拿起电话，拨了个号，告诉对方，家里来人了，晚上多准备几个菜。

满堂赶忙说："别麻烦了，大嫂也怪累的，简单吃一口得了。"

满贵挂断电话后，又拨了个号说："淑芬，满堂来了，晚上你早点儿回去。"

满堂这时才明白，原来第一个电话是打给家里保姆的，第二个电话才是打给大嫂的。

按照儿子的安排，满堂先跟满贵说起高速公路的事，托他打听一下是否属实。满贵听完也表现得很兴奋，说真修了高速，以后回家就方便了。他立即给在政府机关的同学打电话询问，在问到第四个人时，得到证实：这条高速公路叫锦赤线，现在测量工作已经完毕，正在准备施工。

听完这个消息，满堂激动得差点儿蹦起来。他特意在心里默念几遍"锦赤线"这三个字，还在心里想，别看这事是你葛连发现的，别看你刘铭是村民组长，别看你曹子海插一溜秫秸，你们统统的不好使。你们只知道要修这样一条路，却说不出来龙去脉，现在合庄只有我一个人知道。仅凭知道“锦赤线”这三个字，他觉得这趟就算没白来。回到合庄，再说起这条路的时候，他就是权威。

满贵哥俩儿到家时，是小娜给打开的房门。小娜见到满堂，愣一下，很平淡地笑了笑，说老叔来了，之后立即返回她的房间。这让满堂心里挺不是滋味，似乎被冷落了。他心里说：这还是亲侄女呢，都没东院的燕子感觉亲近。等大栓到来后，房间里立即传出两个孩子的欢声笑语，满堂才觉得并不是侄女瞧不起他这个农村叔叔，只是见面的机会少，显得生分些罢了。也觉得这怪不得孩子，是他做得不够，以后有事没事的，应该多往这里跑着点儿。

装修的事，是在晚上喝酒时提出来的。满堂说这几年合庄的收成不好，家里也没攒下钱。原本是打算再拖延一段时间，现在有高速公路的事，只好提前进行。如果不装修的话，光这几间破房壳子……

话还没等说完，刘淑芬就接过话茬儿，说：“那还等啥？你回去就找人收拾吧。材料我们可以赊给你，啥时候有钱啥时候还。要是连雇人的钱都没有的话，还可以先把大栓全年的工钱提前支付给你。明天走时，连钱带物一起带走。”

嫂子的这番话，说得既明白又体面，简直是无微不至又无懈可击。满堂嘎巴几下嘴，没说出啥来。他有些后悔太听儿子的话了，下午是有机会跟大哥单独谈的，是儿子让他喝酒时再提。他借着夹菜的空儿，侧过脸去看着大栓。

“爸，这大老远的，你犯得着从这儿赊材料吗？咱们装修房子也不是想住，就为糊弄两个钱！过几个月兴许就拆了，也不用啥好玩意儿。这样吧，你回黑龙镇找家建材门市，仨瓜俩枣地划拉点儿库底子。”停顿一下后，大栓又接着说，“咱也不用雇人，过几天我回去帮你整，咱们爷俩儿有两个月就鼓捣完，不一样给钱吗？”大栓说这些话时，语气中透着责怪，边说还边用手指戳点着桌子。

“咋跟大人说话呢？”满贵训斥大栓时，冲着老婆使了个眼色，又转换成领导讲话时的那种口气说，“孩子说的也不是没道理。既然是糊弄一下，还上黑龙镇去划拉啥！咱们家有的是库底子，还有送货车，明天给你装一车不就完事了。你回去后，也不用雇啥正式的木工和瓦工，从庄子上找两个帮工的，管两顿饭，用不了几个钱，有省下的材料钱和车费，差不多够饭费了。”

见满堂爷俩儿都在不停地点头，满贵又把目光转向老婆，用商量的口气问：“淑芬，你看呢？”

刘淑芬先拍一下自己的大腿，一副如梦初醒的神情对满堂说：“你看，我这一天真是忙昏头了。咋就忘记咱家库房还一大堆库底子呢！这事就不用你们爷们儿操心了，好好喝酒吧。”

吃完饭，满贵留满堂在家里住，说咱们哥俩儿一个屋，让你嫂子和小娜一个屋。满堂瞅瞅儿子，大栓说：“不用，让我爸去门市住吧。他睡床上，我打个地铺，反正是地热，睡哪儿都不凉。”

九

满堂是在第三天上午回来的，拉回一车装修材料。

车刚停到大门口，大头马从东院跑出来，围着汽车转两圈，幽幽地说：“想装修吧？看来这是动真格的了。”满堂站在后备厢里，边解绳子边冲大头马点头说：“是真格的，待会儿我再跟你细说。”

刘玉兰也从院里跑出来，围着汽车转了大半圈，在大头马的身后停下，小声地嘟囔：“是得装修了，再不装修，新房子都不如人家旧房子值钱了。”

大头马转过身，冲着刘玉兰笑呵呵地说：“就算你装修了，也赶不上我家的值钱。咋说呢？你三间，我六间，比你多一倍。有能耐你把西厢房盖上，你要是盖西厢房，我就再盖东厢房，还比你多三间。”刚说完，正好赶上满堂把一捆扣板递下来，她抢在刘玉兰之前接到手里，扛起来就往院里走。进入大门口后，又冲着门外喊道：“玉兰，这东西放到哪儿？”

刘玉兰也从满堂手里接过一捆，边走边说：“放到西屋去吧，我们家又没有西厢房。”

大头马从屋里出来时，与刘玉兰碰个对面，两个人谁都没说话。来到当街，她绕过车头，返回自己的院子里。刘玉兰望着大头马的背影，心里暗暗地骂道：甭你个骚货看我热闹，等你有事时，我也唱呀儿哟。她从满堂手里接过一箱瓷砖，扛到肩膀上，气呼呼地说："再给我来一箱。"

满堂直下腰，也向大头马的背影扫一眼说："两箱你拿不动。你上车来递，我往屋里扛吧。"

"二叔，要我看咱们先别往院里搬了。你在车上递，我在下边接，先卸到门前，老板让我中午前赶回去呢。等一会儿我走了，你们再慢慢往屋拾掇吧。"司机从车里找出个蓝布大衣穿上，冲着满堂说。

刘玉兰再次从院里出来时，见大头马领着燕子过来了。娘俩儿都换上一身破衣服，大头马还用个绿塑料袋儿把她那个和大筐似的头发套上。

"嫂子，你歇着吧，先让他们把车卸完，一会儿我和满堂慢慢鼓捣。"刘玉兰知道是自己误解大头马了，脸上闪过一丝歉意，打老远就打招呼。

"在当街放着也不是个曲子，我们帮你拖拉到屋里去，一会儿你们两口子爱咋鼓捣咋鼓捣吧。"大头马在说到最后那几个字时，加重语气。别人倒是没在乎，那个司机回头瞅一眼，冲着她嘻嘻地笑起来。

差不多用了半个小时，满堂和司机才把车上的东西都卸下来。这期间，三个女人尽管不停地往院里连抬带扛的，但当街门口上，剩有一半还多。大头马用手背抹着额头上的汗水说："女的干这活儿确实不行，这要是爷们儿，早整完了。"

满堂从车上跳下来，回身扫一眼，见刘玉兰和燕子都没在跟前，笑嘻嘻地说："嫂子，那你说，女的干啥行？"

大头马冲着满堂呸一口唾沫，说："我们就是喂鸡喂猪伺候牲口行。”看司机又在冲着她笑，她对司机说，“让你们城里人见笑了，我没说你，别多心。”

打发走司机，满堂招呼大伙歇会儿，说反正东西拉到家了。燕子听出门道，笑着说：“老叔，这些东西该不是从我大叔那儿偷来的吧？”

满堂在她后脑勺上轻轻地拍一巴掌，说：“这孩子，这叫啥话？就是偷，我也不能偷你大叔的。”

燕子缩下脖子，又笑嘻嘻地说：“不是偷的，也是蹭的，反正你是没花钱。”

满堂也嘿嘿地笑着说：“就你这丫头鬼精，不蹭，这么大的一车东西，得多少钱！”

刘玉兰听到这些材料是蹭来的，脸上顿时呈现出喜悦。她小声地问：“这事嫂子知道吗？”

满堂冲她瞪起眼，愤然地说：“要是连嫂子都不知道，那不又成偷的了？不过，这事还多亏咱儿子，要不然……”

“先别说你儿子了，先说说房子吧。”大头马打断满堂的话，问起房子能值多少钱的事。

满堂说：“这个我哥也不知道，说这事上边有死政策，该多少是多少，到时候有专家评估。”

大头马听完颇为失望地说：“看来你这趟就是拉装修材料去了！”

“拉材料是顺捎的事，我打听到机密了。”满堂把头探出门洞子外看一眼，压低声音说：“我哥托好几个同学，从县里打听到市里，最后打听到省里才弄明白，这条路叫‘锦赤线’，过几天就开工，这消息绝对可靠。”

“哎呀妈呀，过几天就把咱们房子扒了！咱们上哪儿住去？”燕子像被蝎子蜇了似的大叫起来。

三个人好像都是第一次意识到这个问题。大头马愣在那里，喃喃自语："是啊，要是这么快，这还算是啥破机密？"满堂则皱着眉头，向院子里看着，端详着他那三间房子。刘玉兰抬头盯着满堂，眼中流露出急切与无助的神情，看他半天没吱声，用胳膊撞他一下说："你倒是说话啊！真要是把房子扒了，咱们咋办？"

"实在不行，就按大栓说的办吧。"这话像是回答刘玉兰，又像是自言自语。刘玉兰迫不及待地问儿子说啥了，满堂说："大栓不让在合庄盖房子了，让咱们拿上钱到城里去，也开个建材门市。"

"你看着了吧，人家算是有着落了。咱们娘俩儿咋整啊？咱们也得想个法子。"大头马拍燕子一把，又把头上的塑料袋扯下来，在手里来回地揉搓着。

看出大头马已经没心情帮忙了，刘玉兰赶忙说："嫂子，你们娘俩儿回去歇会儿，剩下这点儿，我们俩慢慢往屋里拖拉吧。"

大头马回头瞅一眼地上的东西，又抬头看一眼天上的太阳，说："时候也不早了，咱们都做饭去吧。你们两口子也先别拖拉了，等下午我再过来帮你们收拾。"

回到屋里，大头马一言没发，直接趴到炕头上。她头朝里，脚耷拉在炕沿下，两只手重叠着，平放在炕上，脑门子顶着手背。燕子也没说话，她换下那身破衣服，只穿着毛衣毛裤，先对着镜子照了照脸，又拿起暖瓶，往盆子里倒些热水，洗过脸后，顺便把手巾也扔到盆里浸湿又拧干，裹在手上，自上往下地擦着头发。她看不到母亲的脸，但从她一耸一耸的肩膀上，感觉到母亲是在哭。她知道母亲又想起父亲，是因为房子的事想起他的。

这几年，别看大头马平常跟别人有说有笑，但她的情绪像"例假"似的，每到一定的时间，总得波动一次。每次都是边哭边骂，说的全是"挨千刀的""下油锅的""狼心狗肺的"这些难听的话。有时候，脸上还透着狠歹歹的劲儿。没人知道她是在骂付小富，还是在骂轧死付小富的那个司机。总之只有骂够了，她才能消停下来。像今天这样不言不语地“蔫哭”，还是有史以来的第一次。

对于大头马来说，以往的放声大哭，是一种纯粹的发泄，就像火山喷发一样，把能量释放出来，也就结束了，是一种不需要结果的行为。而今天却不同，就算哭得天昏地暗，日月无光，也解决不了实际问题。因此，她在哭的同时，脑子中却在快速地旋转着，在寻求着解决的办法。

与其他遇到困难的女人一样，大头马也是首先想到娘家。可她哪儿还有娘家？老爹老妈早就都没了，家里只有一个窝窝囊囊的哥哥，还当不起嫂子的家。哥哥在家里都吃不上热乎饭，她回去怕连一口热水都喝不上，且别说是住了。况且连批地方带盖房子，又不是十天半个月能完工的事。

既然娘家没有指望，只好先在合庄租一间房子住下。可这个想法实施起来，似乎比回娘家更有难度。合庄本来没有姓付的，付小富的父亲是刘铁匠家招来的养老女婿，到了付小富这辈，又是他这么一棵独苗，在这里连个亲门近支都没有。现在她又成了寡妇，还领着一个二十多岁的大姑娘，谁敢把房子租给她？就算有人敢租，她也不敢住，她早就感觉到合庄的那些和她年纪差不多的爷们儿都在打她的主意。他们表面上一本正经，在人多的时候，都假装绕着她走，但背地里都向她献过殷勤。而那些娘儿们，都在像防贼似的防着她。且别说是住到一个屋檐下，就是她平常到谁家串个门，背后都有风言风语传出来。

大头马想一会儿，就得哭一阵儿，哭够了，还得去想。她像普查户口似的把合庄的所有人家筛了个遍，最后，她选中葛连——这应该是全村最有可能把房子租给她的人。可一个寡妇和一个老光棍儿汉子住在同一个屋檐下，这又算怎么回事呢？就算两个人之间没事，在别人的眼中也是个事。再想到接下来还要批房基地盖房子，大头马更是胆怯，那得一个好人去张罗，她现在已经没那份心劲儿，也没那份力气。她原来的打算是消停地再过三年两载的，给燕子选个合适的女婿招上门，自己就乐乐呵呵地当姥姥哄孩子了。可现在突然从天上掉下这么条高速公路，把她的计划和生活全部打乱，就算现在给燕子招个养老女婿，都解决不了目前的问题。想到最后，她在心里对付小富说：你个死鬼！你两腿一蹬去享清福，把我们娘俩儿撇下受这份洋罪。我也守你快六年了，也算对得起你。我本来是没打算走这步，现在是不走也不行了。我冷点儿热点儿还都能将就，不能让闺女跟着我睡在露天地上。

打定主意，大头马决定下午去找刘玉兰，因为她曾提到过这件事。

去年夏天，大头马家的猪圈墙倒了，满堂两口子帮她砌墙，中午在她家吃的饭。他们三个人喝了一瓶白酒，她和刘玉兰都有点儿喝多了。屋里就她们俩时，刘玉兰问她："一个人过日子孤单不？"她说："你寻思呢？"刘玉兰以半真半假的口气说："你要是熬不住，干脆去和葛连搭伙算了。我看你们俩挺合适的。你有闺女，他有儿子，你们俩凑合在一起，还是儿女双全。你要是有意思，我给你们撺掇撺掇。"

这事要是别人说的，也许大头马会当成一种善意去理解，就算没那份心情，她也不会往歪处想。但这事是刘玉兰说的，大头马考虑的却不是那么回事了。那段时间满堂对她是大献殷勤，刘玉兰是有所察觉的。大头马不认为刘玉兰是为她好才提出来的，而是觉得刘玉兰是怕她跟满堂有啥瓜葛，才想出这个办法对付她。所以大头马当时就表示，她闻不惯葛连身上的那股膻味儿，也看不上葛连那个和个羊圈似的家。打那之后，她不但见到刘玉兰有些气愤，就连见到葛连，也有意识地警觉起来，人多时彼此还打个招呼，人少时就谁也不理谁了。

葛连是庄上的孤男，她是庄上的寡女，以前她认为孤男和寡女是水火不容的，今天她突然想明白了，孤男和寡女就像弯刀对着瓢切菜，才是最佳的组合。她确实是不乐意闻羊身上的那股味儿，但那也比没地方住或溜别人家的房檐强得多。

到了中午，看到母亲没有起炕的意思，燕子只好扎上围裙，去外屋做饭。但她还是不放心，时不时地扒着门缝，往里瞅两眼。

听到炒菜的声音，大头马爬起来，扯起燕子刚才用过的湿毛巾，简单地擦了把脸，招呼燕子："快放桌子，我饿了。"燕子有些不相信自己的耳朵，推开门，用怪异的眼神看着母亲。以往大头马哭过之后，总是两三顿不吃饭，都得三番五次地端上来又端下去。像今天这样，还是头一次。燕子有点儿弄不明白，今天母亲是正常了还是不正常了！

在吃饭时，大头马表现出狼吞虎咽的样子。第一碗饭，没用几口就吞下去。她把碗递给女儿时，小声地问："你觉得葛连那人咋样？"

燕子一时没明白母亲的意思，边盛饭边试探性地反问："你说啥咋样啊？"

大头马接过饭，又低着头吃起来。她没夹几口菜，却总是大口大口地吃着咸菜。她没有再说话的意思，燕子也没敢再问。

撂下饭碗，大头马又把那个绿塑料袋套在头上说："一会儿你收拾碗吧，我再去帮他们往屋拖拉点儿。"

燕子说："你们慢点儿干，我收拾完也去。"

大头马冲着她摆了摆手说："不用你，我就是过去看一眼，也许人家早就鼓捣完了。"

走出大门口，大头马看见满堂家门口已经溜光二净。一阵风吹过来，她头上的塑料袋被吹得呼呼嗒嗒地飘动着。她用手掌压着头顶，还是奔过去，直到走进满堂家的屋里，才把塑料袋扯下来。

“看你们两口子，这咋和火燎屁股似的，我不是说下午来帮你们鼓捣吗？”大头马冲着正在做饭的刘玉兰抱怨着，蹲在灶火坑前，帮她添起柴火。

盖上锅盖，刘玉兰招呼大头马去东屋。两个人都把腿斜跨在炕沿上，面对面地坐下。大头马说：“你们先吃饭，吃完饭，我跟你说个事。”

刘玉兰说：“不忙，有事你就说吧，等满堂收拾完再吃饭。”

“去年夏天你说的那个事，我想好了，帮我撺掇撺掇吧！”大头马面红耳赤地说。

“去年说的，那谁还能记住是啥事啊！”刘玉兰说。

“那就等你想起来再说。你们快吃饭吧，干一上午活儿，估计饿透气了。”从家出来时，大头马下定了决心，但到这个时候，她还是没开得了口。她搪塞几句，匆忙地离开。刘玉兰送到大门口时，她回头摆摆手说：“回去吃饭吧，我的事不着忙。”

接下来的五天里，大头马几乎是每天都去满堂家两次，上午下午各一次。有时候打个照面，有时候一坐就是半天，但刘玉兰压根儿就没提起大头马委托她的那个事。她每天所说的内容，不是啥时候动工装修、怎么装修、都找哪些人帮工，就是夸耀她儿子如何有出息、在城里怎样吃得开；再就是盘算着房子扒了，拿到钱，去城里过日子。这让大头马很恼火，也很沮丧。同时，也确信她当时的判断是正确的，刘玉兰并不是真的为她好，而是另有图谋。现在他们全家要进城了，来自她的威胁已经解除，所以对此事不上心了。

到第六天下午，在说话时，大头马又提到房子的事。刘玉兰问她有啥打算，她叹口气说：“还能有啥打算！实在不行，我就再走一步，只要能找个有房子的人家就行。”

刘玉兰听后点点头，说：“这倒是个应急的办法，但这急三火四的，哪儿有合适的？”

大头马冷笑两声，说：“三条腿的金蟾不好淘弄，两条腿的活人还没的是？我不挑他的长相，也不挑他是干啥的，只要让我们娘俩儿有个窝儿住就行。”

“按说这个条件不高，要光你自己是好办，可你跟前还有个燕子，这是个累赘啊！”刘玉兰颇为感慨地说。

恰恰是这句话，把大头马惹火了，也让她更加确信，刘玉兰不是没想起她说的那件事是啥，而是压根儿就没打算给她管。大头马越想越来气，赌气似的说：“这个社会，说别的都没用，有钱才是真格的，赶明儿个我把那三间厢房也装修了，只要能拿到钱，还怕没地方住？大不了我和燕子上镇上租旅店，天天下馆子，连饭都不用做了，更省心。”嘴上这么说着的同时，她心里也暗暗地下定决心，不用别人去撺掇，凭着自己的能力，她有信心搞定葛连。

本来是跟刘玉兰赌气时产生的想法，回到家里，大头马细细地琢磨一下，还确实可行。既然房子是按质量给钱，满堂装修能挣钱，她装修也一定能挣钱。满贵的库房里有积压材料，别人的库房里一定也有。正好家里还有一万多块钱，是前段时间葛八赖家小卖部还回来的，暂时也没借出去，放着也不下崽儿，不如用来装修，也许这比放高利贷还高利！

第三天吃过早饭，大头马骑上自行车直奔黑龙镇。来到街里，凡是卖装修材料的店铺，她都挨个儿地走了一遍。第一轮比较的是哪家的老板好说话。等到第二轮时，她进门就跟人家直说，我就要你们家的货底子，只要能便宜些就成。

大头马不懂装修，不知道要把房子装成啥样，都需要些啥材料，但前几天她帮满堂往屋里搬材料时看见过，满堂拉回啥，她就买啥。她觉得满堂能用得着，她也一定能用得着。

经过讨价还价，在中华建材门市定购三十五箱瓷砖；在大海建材批零商店定购七捆扣板；在镇东门窗商店买下三扇木门，还有地角线、华丽板等。至于用多少，大头马说出她家的房子多大，是卖材料的人帮她算的。她还跟人家约定好，不够再来买，剩下的给退回去。中午她在饭店吃了两碗面条，下午从街里雇一辆拖拉机，直接把材料拉回来。

车停在大门口，大头马先攀上后备厢，冲着从屋里跑出来的燕子说："叫你满堂叔去，让他帮我卸车。"她的声音非常大，几乎是在喊。

还没等燕子走到门口，满堂从院子里跑出来。他扒着车厢看一眼说："嫂子，看这事闹的，你要是早说也有装修的打算，我顺带给你拉回点儿。你在咱们这儿买，多贵啊！"

大头马斜满堂一眼说："我可不敢沾你们哥们儿的光。反正花多花少的，都是上边掏钱，只不过是多挣点儿与少挣点儿的事。要是到时候给不上价，就甭想动我的房子。爱往哪儿绕往哪儿绕去，现在我还不稀罕这条破路打咱们这儿走呢。"

满堂从大头马的话中听出些警告的味道，这是在告诉他，甭看我的材料是花钱买的，要是给不上价，我就把这事给搅黄了，让你这个没花钱买材料的，也甭想得着好处。咱们俩是一根绳上的蚂蚱，跑不了我，也蹦不了你。满堂了解大头马的性格，知道她是个敢于拉硬又惯于拉硬的人。他没敢去反驳，只是不停地点着头说："那是，那是。到时候给不上价，咱俩就往房顶上一躺，看他们谁敢拆。"

大头马从车上跳下来，挥了挥手说："还是你上去吧，我在下边。"

满堂爬上车厢，回头嘻嘻地笑着说："这就对了，娘儿们就应该在下边。"

大头马反应过来，小声地骂："对你个头！快干活儿得了。"

快卸完车时，刘玉兰出来了，见到大头马，带着一种责怪的口气说：“嫂子，咋不叫我一声呢？我正睡得稀里糊涂的，听到当街叮啊当的，我以为是收破烂儿的来了，原来是你在作妖。你可真行！前儿个说的事，今儿个就办了，比别人家的老爷们儿都利索。”来到车跟前，她用脚踢着地上的一箱瓷砖问，“这都是从镇上买来的吧？”她的语调适度，语速舒缓，给人和风细雨般的感觉，却把“老爷们儿”和“买来的”这几个字咬得特别重。对于大头马来说，被重点强调的这几个字，像是细雨中夹杂着的两道闪电。

刘玉兰迟迟没着面，大头马本来就积了一肚子怨气，听完刘玉兰的话，更是气不打一处来。她用不阴不阳的语气回答：“不买咋整？我可没你命好，有个好老爷们儿，还摊上个好大伯子。难怪大伙都说，整个合庄的女人，就数你最有眼力见儿。我当年算是瞎眼了，找了个短命鬼不说，还没个大伯子。”

大头马连续两次提到“大伯子”，还没等刘玉兰有反应，满堂先敏感了。他从内心里觉得事情是老婆先挑起来的，人家不过是自卫还击。他回头瞪刘玉兰一眼，沉着脸子说：“要干就帮着干点儿，不干滚回去，别在这儿闲扯淡。”

从吃过中午饭，满堂两口子就开始收拾驴圈旁边的草屋子，打算把西屋的破烂东西倒腾到草屋子里，倒出地方装修。听到大头马招呼，满堂连个招呼都没打就出来了，而且是跑出来的。因为生满堂的气，刘玉兰才故意磨蹭到现在。她是带着火种出来的，现在又被满堂泼了一桶汽油，她的怒火点燃了，冲着满堂吼道：“你个帮狗吃屎的脑袋！你等着，回去我再跟你算账！”

回到院里，刘玉兰没好拉气地关上大门，还从里边把门插上了。

给大头马卸完车，满堂叫了半天，刘玉兰也没给他开门，最后他是从墙上跳进去的。当天晚上，刘玉兰没做饭，满堂赌气也没做饭，两个人炕头一个炕梢一个地睡下。第二天早上，刘玉兰倒是起来做饭了，自己热一碗剩饭。等满堂起来时，她已经吃完。满堂东翻翻，西找找，没找到可吃的东西，赌气自己煮五个鸡蛋，蹲在灶火坑旁吃了。中午刘玉兰又没做饭，直挺挺地在炕上躺着。等到一点多钟，满堂靠不起，自己下地做的，直到两点多才做熟。盛上饭来，刘玉兰拒吃，他还说了一堆好话，刘玉兰才勉强地吃一口。之后两个人自然而然地形成默契：早饭刘玉兰做，晚饭满堂做，家里由原来的三顿饭活生生地就改成两顿了。

睡觉时，两个人也是炕头一个，炕梢一个，大有“隔窗闻鸡犬鸣，老死不相往来”的架势。到第四天晚上，满堂觉得刘玉兰的气也消得差不多了，等到关灯后，他光着腚往炕头爬去，刚掀开被子，就被刘玉兰给蹬出来。她还恨恨地说：“我一脚把你蹬到东院去得了。”满堂弄个没趣，把被子蒙在头上，顺着刘玉兰的话，又想到大头马，想着想着居然睡不着了，直到鸡叫时分，才眯瞪一会儿。

十

满堂和大头马先后拉回两车装修材料，再次引发合庄人对高速公路的猜测与关注。刘铭得知此事后，急三火四地赶到满堂家，进屋就单刀直入地问起满堂为啥装修房子。

“我为啥就不能装修？都盖两年多了，还不该装修吗？”满堂说话的时候，脸上的笑意像笼罩在山顶上的雾气，让人感觉有些扑朔迷离。

满堂的这种表情，更加刺激着刘铭的好奇，他说：“这不是该不该装修的事，我也不管你装不装修的事，我是说你这时候装修，这里边肯定有啥说道吧？”

满堂听后依然是笑着反问：“这个时候咋的？天也要暖和了，种地还不到时候，不装修干啥去？不就是装个修吗？还能有啥说道！”

两个人绕来绕去地绕了半天，满堂一直吊着刘铭的胃口，不肯给他想要的结果。刘玉兰在旁边看不过眼了，她先对刘铭说：“别听他的，他蒙你呢。他大哥打听到准信儿了，这条路叫‘锦赤线’，确实打咱们这儿路过。”又扭过头对满堂说，“这还有啥可藏着掖着的，过一阵子就开工了，早晚大伙都得知道。”

“我这不是跟老弟闹着玩吗？我们哥俩儿打小闹惯了。”满堂只好笑着说。

“其实我早就猜个八九不离十了，只是不知道这条路叫啥名，是从哪儿通到哪儿。”刘铭也笑着说。

送走刘铭，满堂责怪刘玉兰嘴欠，说大哥嘱咐过，这事不让对外人说。刘玉兰听完就火了，说：“是我嘴欠还是你嘴欠？你要是不打算让人知道，压根儿跟谁都别说。刘铭是外人，大头马是你内人？我早就看出来你们俩眉来眼去的，你还死不认账，这回终于招了！你不是拿她当内人吗？我给你们腾地方。”

刘玉兰一边数落着，一边跳到地下收拾衣服，摆出要回娘家的架势，吓得满堂赶忙跳到地下按着柜盖说：“你别瞎猜疑，都老夫老妻的，你还不了解我！我就是有那个色心，也没那个色胆。这种事，不能乱说，整不好会出人命的。”见刘玉兰还不依不饶，满堂又指着太阳起誓发愿，“我要是跟她真做过啥对不起你的事，就随着太阳下山去。”他劝说老半天，刘玉兰才算是消停，又上炕躺着去了。

从满堂这里打听完消息后，刘铭兴冲冲地回到家，告诉郝桂花早点儿做饭，下午他要往小庙前那片地里送粪。郝桂花翻了他一眼说：“咋不玩了？是把本钱输光了，下不去场了吧！”刘铭郑重地点点头，算是承认。见郝桂花没有啥反应，心里还挺得意。这样他兜里的几百块钱，老婆也不惦记着了。刘铭没把打听到的消息告诉郝桂花，怕她知道后，跟着参与，啥事都得听她的。

其实刘铭家的粪，在去年腊月就送完了。现在门前的粪场上，只有锅台大小的一堆，是用来种园子的。他所谓的送粪，是从各片地里把送出去的粪敛回一些，再拉到小庙前的这片地里。如果是种别的庄稼，放点儿化肥还能将就，但种西瓜必须得上农家肥，化肥烧苗。别的庄稼缺点儿苗还可以，间距小，不怎么影响产量。西瓜本来间距就大，差不多一米远一棵，再出不全苗，一亩地里也就没多少棵了。所以宁可别的地里少上一些，也要确保西瓜地里的农家肥充足。

送到山上的粪，都像小坟包一样均匀地分布在地里，又不能可着一个粪包去敛，只能是每个堆上装几锹，这样不但费事，而且还窝工。正常从家里往地里送粪，重车走的是光溜平整的路面，车到暄地里，就开始往下扒粪了。每往地里走几步，就扒下一堆，车是越走越轻快。而现在恰恰是相反，越装越沉。好在刘铭还算是庄稼地里的老手，先估摸好每个粪堆敛多少，大约需要多少个粪堆能装满一车，直接赶着空车去那个粪堆旁，从地当中往两头装，这样车装满了，也到地头了，不会陷到地里。即使是这样，到黑天时，才勉强完成两车，他和那头大叫驴，已经满身是汗。

听到刘铭进院，郝桂花跑出来帮他卸车，说："你上屋歇歇吃饭吧，我喂牲口。我得给它加点儿豆料，要不明天干不动活儿。"进屋后，看到桌子上的饺子，刘铭心里暗骂：这娘儿们，真是个势利眼，用人朝前，不用人朝后。

整整干了五天，刘铭才把小庙前的这片地的粪送完。接下来他要做的，就是找这片地的邻居商量种地的事。每年的这个时候，他们也相互商量这个问题，尽可能地在同一片地种同一种庄稼。这样种地的时间大致相同，谁也不踩谁家的苗；庄稼的生长速度也相同，谁也不遮挡谁家的光。

按照曹子海插秫秸的路线，高速公路是斜着穿过小庙前的，只占合庄三户人家的地。就算不确定路有多宽，其他的人家也只是地头地脑或刮边蹭沿的。在被占的这三家里，刘铭家的地在西边，葛连的地在当中，东边是葛晓伟家的。现在刘铭想种西瓜，就得动员葛连也种西瓜。如果他种上高棵作物，挡得风烟不透的，西瓜没法生长。况且刘铭还留着一手，如果满堂的消息有误，人家到秋后才征地动工，这块地今年也得有个好收成，至少得比包给刘伟划算。

在当街遇见葛连时，刘铭问他小庙前那片地打算种啥，葛连想都没想地说：“种苞米呗，还能种啥？”

刘铭启发他，说：“你又不是不知道，高速公路要占那片地，你得寻思一下种啥来钱多。”

这回葛连倒是寻思一会儿，说：“还不一定得啥时候占呢！还是种苞米吧。”

刘铭把从满堂那里听到的消息端出来，说也许化冻后就开工。葛连听后仍然平静地说：“既然今年就被人家占了，种啥不都是白瞎吗？还受那个累干啥？干脆撂荒算了。”

刘铭看葛连还没明白他的意思，只好说：“我盘算好了，种西瓜。到时候真要是被占了，赔得多。”

直到这时，葛连似乎才彻底明白过来。他说：“照你的意思，上边赔你的地钱，还能再赔你庄稼钱呗？”

刘铭笑着说：“那当然了，除非是不等咱们种上就占了。只要是把种子埋到地里，甭管出不出苗，也甭管苗长多大，只要占地就得给钱，还得按全部收成。今年这块地，算是旱涝保收了。”

“既然这样，我不种苞米了！”葛连说。

刘铭兴奋地说：“这就对了嘛！放着挣钱的不种，谁种……”

“我得种谷子。”葛连又说。

刘铭刚刚灿烂起来的脸上，立即泛起一片乌云，因为谷子同样遮挡西瓜。他不解地问：“为啥不种西瓜？”

葛连说：“你又不是不知道，我家就我一个人干活儿。西瓜那玩意儿，不好莳弄，连种瓜带放羊的，忙不过来。还是谷子省心，要是半道地被占了，谷苗子正好用来放羊。西瓜就那么几棵苗，放羊都用不了一天就吃光了。”

刘铭听得哭笑不得，他说：“我的大哥，你真是笨得坐着翻身，眼里就你那几只羊。有了钱，还放啥羊？咋这么想不开呢？”

葛连又想一会儿，最后还是决定种谷子。他说不是想不开，是忙不开，宁可少收入点儿，也得这样了。

刘铭最终没说动葛连，只好把从满堂那里打听到的消息和去找葛连的结果都跟郝桂花说了。郝桂花气得大骂，说：“怪不得他打光棍儿！这人是死性。像这样的人，谁嫁给他都是瞎了眼。”

刘铭也跟着骂葛连两句，算是解气了。接着他跟郝桂花商量，说：“既然葛连不配合，咱们也种谷子算了，好歹谷子也比苞米赔得多。”

郝桂花立即掉转矛头，指着刘铭说：“你也是个榆木疙瘩脑袋，比葛连强不到哪儿去，你们俩是背着抱着一边沉的玩意儿！这么屁大点儿的事，就摆不平了？”

从郝桂花的口气中，刘铭听出点儿门道，赔着笑脸求老婆给指条明路。郝桂花又数落他几句，这才郑重地告诉他：“你去找葛晓伟，只要你把咱们种西瓜的打算跟他说了，其他的事，不用你操心，他就知道咋办。”郝桂花说话时，脸上闪过一抹意味深长的微笑，这让刘铭感觉极不舒服。他不确定这个办法能不能成，自己又想不出更好的主意，只能去执行。

刘铭是两天后遇见葛晓伟的，先问他小庙前那片地打算种啥，葛晓伟说：“还没寻思，这两天正想找你商量呢。你说种啥划算？”

刘铭不假思索地说：“要讲划算，除了种大烟，就数种西瓜了。”

葛晓伟点点头：“那就听你的。”

刘铭装成若无其事的样子说：“种啥你自己拿主意，反正我是定死种西瓜了。”

当天晚上，葛晓伟就去找葛连了。他进门时，葛连正蹲在灶火坑前烧火。他站在外屋门槛子上，兴奋地说：“老叔，你还不知道吧，高速公路今年就动工，这回咱们整着了。”

“知道，刘铭跟我说了。”葛连表现出一副无动于衷的神情，淡淡地说。

听说刘铭已经找过老叔，葛晓伟显得更加兴奋，信步走到葛连跟前说：“这回咱们来个搂草打兔子，先收一茬儿西瓜钱，再收一把占地钱。这真是天上掉馅饼，让咱们爷们儿嘴大给接着了。”

“你们种西瓜吧，我得种谷子。你们吃你们的馅饼，我还是吃我的小米饭。”葛连站起来，掀开锅，把放在锅叉上的一盆小米干饭端出来，又找个大碗，开始盛菜。

怪不得刘铭没跟我提起这件事呢！敢情他是没商量妥！葛晓伟心里想着，嘴上却问：“老叔，西瓜赔得多，为啥不种？”

“我倒是想种，顾得过来吗？你们骑驴的不知道赶脚的苦！看看我这个家，里里外外就要我一个人。种西瓜可不是那么简单，那得有人手才行。”葛连端着菜碗上屋里了。大军早就把桌子放好，碗和筷子也拿到桌子上。葛晓伟只好端起锅台上的饭盆，也跟到屋里。

“你吃了吗？”葛连放下菜碗，回过头来问葛晓伟。

“这都啥时候了，还不吃？”葛晓伟把饭盆放到桌子上，掏出烟来，点了一支，身子靠在炕对面的箱子上抽着，看着葛连爷俩儿吃饭。同时，也在寻思着咋样才能把这事商量成。他知道葛连很犟，而且是一犟一个坑。人们都背地里管他叫葛老凿，啥事只要是他认定了，八匹马也拉不回头。所以他在心里暗暗地叮嘱自己：只能智取，不可强攻。

打定主意，葛晓伟用商量的口气说：“老叔，反正你也没工夫鼓捣那块地，不如包给我算了。如果今年不占，我按正常包地给你钱。要是今年真占了，我按当年收成的谷子给你钱，行不？”

葛连先点点头，从桌上抄起一棵葱白，到酱碗里抿一下，咬下半截，边吧嗒着嘴边摇着头说：“不行。我这么大一帮羊，到冬天得嚼东西，还是我自己种吧。这样不管是占与不占，人有吃的，还能出产些干草，羊也有吃的。”

“那点儿破草值几个子儿？况且要是刚种上就占了，还收得哪门子的草啊？”葛晓伟尽力地克制着气愤，竟然把自己的脸憋得通红。

葛连又低下头去吃饭，看得出来，这次他是故意地低着头，就连夹菜都是低着头进行。葛晓伟又摸出一支烟，跟手里的烟头对着，急切地吸了几口，被呛得咳嗽起来，声音却像是故意使出的动静。看到老叔停下手中的筷子，他又说：“要不把这块地换给我吧？我家也是三口人的。你种我那块，愿意种啥种啥。我跟刘铭种西瓜，遮就遮吧，我豁出去白瞎两条垄了。”

“不行，我那块地跟你那块地可不一样，比你多出一亩二分地呢。”葛连把头摇得像拨浪鼓似的。

葛晓伟刚才确实忘记这茬儿了，赶忙说：“那我再多给你一亩二分地的钱总行了吧。”

葛连刚想点头时，立即改成摇头，显得很无奈地说：“我把粪都送完了。”

“我也送完了，拉去整整十车，顶数这块地粪多。”葛晓伟觉得有门儿，站起来，凑到葛连的跟前，以带有夸耀的语气说。

“哼，你那也叫粪？你们家总共就两头猪一头驴，能拉几个粪蛋？还不全是土。我这百十多只羊，这一天得拉多少？你那粪十车也不顶我的三车。”葛连的话，让葛晓伟心里立即又凉半截，往后退几步，又返回原来的位置上。

屋子里沉寂下来，能听到的，只有葛连父子吃饭吧嗒嘴的声音。

“老叔，这么着吧。只要你把这事定下来，把种子预备到那儿，到时候我们两口子帮你种，平常也帮你经管着。咱们地挨着地，垄挨着垄，我早起一会儿晚睡一会儿，就帮你收拾完了。”葛晓伟寻思来寻思去，只好大包大揽下来，觉得只有这个办法可以说服老叔。

“这不好吧？这不是三天两早上的事。从种到收，得好几个月，咋能让你们两口子平白无故地受累呢！”

葛晓伟看出老叔动心了，赶忙摊了摊手，做出一种无所谓的样子，说：“这有啥？我不搭金子也不搭银子的，不就搭点儿力气吗？咱们一家子当户的，受累不受累的都说不着，只要到冬天宰羊时，送我两副羊下水吃就得了。”

“别说是羊下水，就是送你一头羊又能咋的！”葛连听侄子开出的条件并不高，就赶忙点头应承下来。他又冲着葛晓伟很不好意思地笑了笑，说：“既然你们盘算种西瓜，我要不种，还影响你们，那就种吧。反正咱们两家都是三口人的地，种子也一起买吧，到时候我掏一半儿钱。”

好你个葛老凿，刚才还说比我多一亩二分地，转眼就一边多了。你也不怕被便宜噎死！葛晓伟心里暗骂。

事情敲定后，葛晓伟连个招呼都没打，转身走了。葛连抿口酒，冲着窗外喊：“晓伟啊，你不待一会儿了？”

葛晓伟家在村东头，他却气呼呼地向西奔去。他想去找刘铭，一是把种瓜的事告诉他，更重要的是找他诉诉委屈，撒撒气。

刚走出十几步，抬头看见小庙前的那块地时，葛晓伟又觉得自己其实也没吃亏。他的地不同于刘铭的那块地，人家的地在最西边，再往西就是河套了，没有啥遮挡，就算葛连种谷子，也只影响他其中的一面，还勉强可以种西瓜。而他家的地就不同了，要是葛连种上谷子，东边的曹玉民家再种高粱庄稼，他夹在中间，且别说是种西瓜，就算种蒺藜，都爬不出个蔓来。经过今天的争取，现在他的情况至少和刘铭当初的情况一样了，只有曹玉民家的庄稼遮挡他的一边。

想到这儿，葛晓伟突然又有了主意，决定再去动员曹玉民。按照曹子海测定的路线，他家的地不在占用范围之内。可要是把这条路往宽点儿说或者往偏点儿说，那不就占到他家的地了吗？只要曹玉民一时冲动，也跟着种上西瓜，自己的地就变得在中间了。东边不论是种啥，就算是栽上树，遮挡的也是他家的地了。

没了委屈，自然没有诉说委屈的必要，葛晓伟转身兴冲冲地往回走去。

十一

春季的天气就像各家各户的炕头，只要添上一把柴火，一会儿的工夫就热上来。不知不觉中，田地里的积雪不见了，地面上湿乎乎的。早晚踩上去，还像走在路上，硬邦邦的。到午后，就有些粘脚了。当然，粘的只是葛连的脚，对于羊，影响似乎不大。

快圈羊时，两只公羊为争夺交配权打了起来。当时羊群正走到北大沟的边上，葛连被羊群甩得太远，也爱莫能助。他甩过两块石头，不但没打着羊，还拧得肩膀子生疼。就在他找个树杈子正在剜鞋上泥坨的空儿，“黑脊背”把它父亲“黑蹄儿”顶到沟下去了。等他跑到跟前，“黑脊背”正趴在母羊身上一耸一耸地用力，而“黑蹄儿”则卧在沟底下，凄惨地嚎叫着。

葛连抡起鞭子，照着“黑脊背”的后背抽了两下。这要是换作往常，他是舍不得抽它的。不但舍不得抽，还得把其他的羊赶走，给它创造一个安静舒适的环境。他也会饶有兴趣地欣赏着，还会情不自禁地跟着耸动几下身子。但此时，他还觉得不解气，又绕到沟底，举起鞭子，照着“黑蹄儿”的后背也抽了两鞭子，愤然地骂道：“你个孬种，连个龟儿子都收拾不了！”

“黑蹄儿”动了动，后腿站起来，前腿仍然跪着。葛连围着它转一圈，才拍了拍它的屁股，略带悲戚地说：“你也是老了！没那个能耐了，还不服输！”

把羊群赶进圈里，葛连拿起绳子和扁担来到当街，看到葛晓伟家的丫蛋在门口玩，把她叫过来说：“我家有只羊摔断腿了，在北大沟那儿呢。你回去招呼你爸，让他帮我抬回来。”丫蛋答应一声，跑回家去。葛连也没等侄子，自己气呼呼地先走了。等葛晓伟赶到时，他已经把羊捆好，正坐在一块石头上抽烟。

大军放学后，没见到爹，就自己在家做饭。大军不会做别的饭，只会煮挂面。他把挂面煮熟，卤子也打出来，还不见爹回来，就找出英语课本，在屋里大声地读单词。大军有个习惯，不管爹回来得多晚，都等他一起吃饭。

两个人把羊抬回来，天都黑透了。葛连把“黑蹄儿”扔到羊圈边上，没稀得管它。在吃完两碗挂面后，他才算缓过精神来。他从被褥垛空里扯出个破褥单子，用牙在横边上咬出两个豁口，把两条竖边撕下来，到柴火垛前找来几根小拇指粗细的木棍，把棍子贴在羊腿上，用破布条子捆紧，又从圈里找来一个小塑料桶，到水缸里弄了半桶水，放到“黑蹄儿”的嘴边。进屋时，他对正在刷碗的大军愤愤地说：“两条腿都断了，捆也白扯，实在不行，就得杀了。”

这要是放到去年年底，葛连不至于这么着急，杀了也就杀了，大伙都在准备年货，有两天就处理出去。可现在这个时候，家家过年准备的猪肉还没吃光，谁还买羊肉？可是不杀吧，想让它站起来，几乎是没有可能。而“黑蹄儿”从打摔着后，几乎没吃过草，勉强喝点儿水。这样再挺下去，身上的膘掉光后，就更赔钱了。每次看到“黑蹄儿”，葛连就不停地追打着“黑脊背”，吓得这只平常不可一世的公羊，回到圈里就把头扎在墙角，一声不吭地待着。

正在葛连闹心之际，大头马来家里找他了。进院后，她先围着“黑蹄儿”转了一圈，还蹲下去，在它脊背和屁股上捏了两把。站起来时，她两手相互地扑打几下，冲着屋里喊道：“葛连，在家吗？我跟你商量个事呗。”也没等葛连回应，她推门进屋了。

葛连正蜷缩在炕头上，处于半睡半醒之间。前天抬羊时，他累出一身汗，经山风一吹，有点儿感冒。这两天，他嗓子疼，身上也疼，连脚后跟都觉得疼。他不打算上山了，想好好地睡一觉，发发汗。见大头马进屋，他很不情愿地坐起来，往炕沿边上挪蹭两下，没精打采地问：“啥事啊？”

“听说你家羊摔着了，杀不？我买点儿羊肉。”大头马说完，提鼻子嗅了嗅，又抬手在眼前晃了晃，像是在驱赶什么似的，小声地嘀咕，“这屋子让你整的，赶上羊圈了。”

听说是来买肉的，葛连有些来气，这不是幸灾乐祸吗！又听到大头马把他的屋子说成羊圈，更是怒从心头起。他停在炕沿边上，没好拉气地说：“不杀，也不卖。嫌乎羊味儿，还吃啥羊肉！”

“不杀你留着那么个瘸腿羊干啥？它都那个鬼色了，你还指望它配种？”大头马好像并没在意葛连的态度，说话的同时，抬头端详着挂在东面墙上的照片。她突然觉得有些事，真是上天注定的。照片上葛连和王素霞中间的那个空隙，应该是留给她的。

“杀了也不好卖，这不年不节的，卖给谁去？”葛连的口气也缓和些，像是对刚才的话加以解释。

“卖给我呀。我不是说了吗？来买肉的。”大头马转过身，贴着炕沿坐下。她坐的位置是炕中央，离葛连有一米多远。

“你买那几斤好干啥！剩下的呢？”葛连觉得离大头马太近，有点儿不自然，往后挪了挪身子，靠在墙上。

“我跟你说买几斤了吗？”

“你们娘俩儿能吃多少啊！死贵的，谁天天吃那玩意儿？”

“我就想天天吃，不光我们娘俩儿吃，还有五六个人呢。”

“嫂子，你不是来拿我寻开心的吧？”葛连往前探下脖子，疑惑地问。

“我哪儿有心思拿你寻开心，我是想让你真开心！”大头马把目光垂下去，盯着自己的脚，轻轻地叹了口气，又说，“昨天我就听说这事了，知道你挺闹得慌。这不，我们家正好要装修，得请人帮工。我寻思吃啥不是吃，买猪肉也得花钱，不如把你的这只羊买下来，这样不也算成全你了？”

“啥？你全买啊？”葛连情不自禁地叫起来。

在一个庄子上住这么多年了，大头马的为人，葛连是清楚的。虽然她很有钱，在合庄算是个富裕户，但日子过得十分精细。她舍得花钱的时候，有两种情况：一种是能给她带来荣誉感。比如到谁家随份子，别人都随二十，她随三十。别人都坐在地桌上，随便吃一口，因为多出的这十块钱，她就能坐到炕头上去陪新亲，让这个家的人，一拨一拨地前来敬酒。另一种是能捡到便宜。比如去年夏天她上街赶集，正好街里一个商场搞有奖销售。北沟村有个老娘儿们抓到一个冰柜。奖领到手后，觉得家里没有要放的东西，也付不起电费，当场提出卖掉。一千五百多块钱的冰柜，只要八百块钱。大头马正赶上，毫不犹豫地买下来。但买回来后，她也没用处，连包都没拆，一直放在厢房里，说等燕子结婚时，给她当嫁妆。

这个时候大头马提出买肉，显然不是为了获得荣誉感，那么一定是来捡便宜的。沉默大约两分钟，葛连以试探的口气问：“嫂子，这头羊，你打算给我个啥价？”

“我又不是卖肉的，哪儿知道现在市面上啥价？你说啥价就啥价呗。我一片好心来了，你咋着也不能蒙我。”大头马一本正经地说。

这次，葛连是真激动了。他倏地抬起手来，冲着大头马伸过去。在把胳膊快伸直时，发现这只手就像仓皇起飞的飞机，没有着陆目标和着陆点，又拧回来，放在自己的头上，不断地挠着头皮。

大头马被葛连的举动吓了一跳。别看这几天她想好了，今天是特意来套近乎的，但看到葛连的手伸向她，还是下意识地往后闪了闪，抬起手来要去阻挡。看到葛连的手撤回去，她的手也显得没地方放了，也跟葛连一样，顺势理了理头发。

“那就按……现在……毛斤的价……算吧，我帮你……杀利索了。羊皮……先放到我这儿，等卖了……再把钱……给你，成不？”葛连把话说得断断续续的，每停顿一次，都瞅大头马一眼，准备着随时改口。

“成，我不是有言在先吗？你说了算。”大头马抬起屁股往外走，在跨出门槛时，又扭过头来说，“啥时候有空儿就杀了吧。”

“今儿个下午就有空儿。”葛连也跟着跳到地下，光着脚站在地当中，急切地对大头马说。他不想再耽搁，一则是怕大头马变卦；再则那只羊在一天天地掉膘，每隔一天，也许就得少卖十几块钱。

大头马停住，回过头来问：“下午不上山了？”葛连说不去了，原来也没打算去，身上挺难受的。大头马返回两步，关切地问：“感冒了？”葛连点点头，大头马又用命令的口气说：“找几片药吃上，眯一会儿吧。我不着急，得过几天才用，等你好了再说。”葛连走到自己的鞋跟前，边穿鞋边笑嘻嘻地说：“其实，我是让这头羊给闹的。现在好了，不难受了，就着你在这儿，咱们先过下秤吧。”

大头马看出葛连的心思，笑着说：“哼，一个大老爷们儿，心眼儿和针鼻儿似的。当院那么多只羊，摔死一只两只的算个啥事？还犯得上着急上火！真把你急病了，跟前连个端汤送水的都没有。你傻不傻呀！你可别跟你爹一样，要钱不要命！”

这些年，葛连最怕别人提起他爹。一般的情况下，谁提他跟谁急眼。这不仅仅是因为他爹是横死的，他娘也死在他爹这件事上，他还会因此联想到他老婆。他才不到四十岁，就发送三位亲人。每次有人提起，他都感觉是拿着刀子在他身上往下割肉。可今天大头马提起来，他竟然全无以前的感觉，像是没听见似的。可他分明听见了，还微微地点着头，表示认可。

两人来到当院，葛连去羊圈边上的草屋子里把大秤找出来。他家年年卖羊，用别人的秤不放心，自己买了一杆。他先用绳子把羊的四条腿捆好，把羊拖到羊圈边上，又找来一条扁担，插入大秤的吊环里，把扁担的一头搭在墙头上，另一头放到自己的肩膀上。他弯下腰，让秤钩子落到羊跟前，对大头马说：“嫂子，你帮我把羊挂上，你去把秤。”

大头马挂好钩子，来到葛连身后说：“我不认秤，还是你去吧，我抬。”

要是换作往常，不用别人说，葛连都要亲自把秤。他知道这种公斤秤，头高头低、星里星外的就能差出两三斤。但今天，他确实是被大头马给感动了，说你就看大星吧，大约估摸就行了。说着他一挺腰，“黑蹄儿”离地了，秤杆像勃起来的阳具，在一挺一挺地颤动着。

大头马也没再推辞，跑过去，扶住秤杆，把秤砣顺着秤杆来回地撸着。在调到平衡的位置时，她并没去读数，而是用食指按住那个地方，告诉葛连放下来。她把秤杆转到葛连的跟前说：“就这儿，你看吧。”

葛连探头瞅一眼，说：“一百八十五斤，去了绳子，按一百八十斤吧，这样好算账。”

大头马瞅了那条绳子一眼，说：“不行，那绳子没有五斤，按一百八十四斤算吧。你天天起早贪黑地放羊也不容易。”

葛连看一眼地上的羊说：“就按我说的，羊腿上还绑着些木棍呢。”

大头马又看一眼羊腿上的木棍，没再吱声。

“是抬到你家杀去，还是在这儿？”葛连问。

“在你这儿杀吧，省得整得我满院全是膻味儿。”大头马说。

“那你上屋烧锅开水，一会儿好洗羊杂儿。灶火里有煤底，插上鼓风机就得了。”葛连一边吩咐着，一边从草屋子里找出刀子，准备下手。他每年都要处理一批羊，有的是囫囵个儿滚出去，有的则是应人家的要求，杀成羊肉。对他来说，杀羊跟放羊一样，不过是一种劳动。

从过秤那时起，“黑蹄儿”一直叫个不停，可能是因为捆了它的腿，加重了它的疼痛吧。它的叫声与以往不同，透着惊恐，透着哀怨，让葛连这个杀羊的老手，都有些许的犹豫。他把“黑蹄儿”拖到一扇破旧的门板上，围着门板连转两圈，拿起扁担，照着羊的脑门儿狠狠地砸下去，并冲着屋子大声地喊：“嫂子，给我拿个盆来。”

大头马听到呼喊，拿着个塑料盆跑出来。葛连已经把刀架在羊脖子上，让她把盆子放在羊头下接血。大头马扔下盆子，向屋里跑去，还边跑边说：“你不知道我怕血吗？”望着大头马的背影，葛连想起来，当年付小富被车撞成血葫芦，她可能是那时候被吓破胆了。

羊被开膛破肚后，大头马才从屋里出来。她端来两盆热水，葛连把那些肠肝五脏冲洗干净。她端起盛羊杂儿的盆子说：“这些我拿回去。”又指着那盆羊血说，“这个你留下吧。”

葛连扬起头问：“你不敢吃？”

大头马说：“吃倒是行，我不敢端。”

葛连点点头说：“敢吃就行。”

端着那盆羊血刚走进屋，葛连愣住了。屋里完全变了模样，锅台上的瓷砖，被擦得溜光锃亮；柜上扔得乱七八糟的东西，都被规整得顺条顺绺；就连那两条黑乎乎的毛巾，也洗出本色，晾在墙角的一条绳子上。葛连倚靠着门框端详半天，冲着墙上王素霞的照片说："看来家里没个女人是不行啊！"

葛连正在愣神，听见燕子在当院叫他："葛叔，我妈让你晚上别做饭了，上我们家喝羊杂汤去！"燕子的声音很大，左邻右舍的人足可以听到。

葛连赶忙从屋里跑出来，摆着手说："不用了，不用了，不方不便的，我还是在家鼓捣一口得了。"

燕子又说："我妈说你感冒了，喝点儿羊杂汤，出点儿汗就好了。"葛连心里突然温暖一下，眼眶子有些酸酸的感觉。自打老婆走后，他不知道感冒多少次了。严重时，大军看出来，帮他倒点儿水，找几片药，但男孩子毕竟粗心，也不注意观察这些。更多的时候，他都不让别人看出来，自己咬着牙根硬挺着。燕子虽然是转述她母亲的话，不带啥感情色彩，但葛连的感觉中，好像已经喝上热腾腾的羊杂汤了。

葛连没再推辞，把盆中已经凝固成坨的羊血割成豆腐大小的块儿，装进一个塑料袋里，递给燕子说："这个你拎回去，做羊杂汤不放羊血不好吃。"他又找出一把用来砍肉的刀递给燕子，"我顺便把肉剔出来，吃的时候就省劲儿了。"

羊杂儿早就煮到锅里，整个屋子中，飘散出一股羊肉的膻腥味儿。

大头马把炕桌放到外屋地上，让葛连把羊放到桌子上，又递给他一个小板凳。葛连刚坐下剔肉，大头马就招呼燕子，让她去东头的小卖部买瓶料酒，说那东西去腥味儿最好了。

燕子走后，葛连和大头马边忙着手里的活计，边漫无边际地闲聊。大头马先问起这只羊是咋摔着的，葛连不好意思地笑了笑说："抢母羊呗，老子没干过儿子！"大头马立即转移话题，问起大军的学习情况。开始时，还是大头马问什么，葛连答什么。几句话之后，葛连变得神情振奋，如数家珍。在列举儿子几项优点之后，他又略带夸耀地说："大军知道的可多了！连高速公路多高、多宽、占多少地，都能算出来。"

"可别提这条破路了，这些天，我都闹死个心了。"大头马立即接过话茬儿。

"不是说顶数你家赔得多吗，还闹得哪门子心？"葛连不解地问。

"哼，赔多少好干啥？那些纸票子能遮风还是能挡雨！"大头马用漏勺把锅里煮着的羊杂儿翻两下，把铝锅盖咣的一声盖上。这个动作跟她说话的语气结合在一起，像是有多大的愤怒似的，吓得葛连右手里的刀差点儿出溜到左手上。他停下来，抬头瞅着大头马，半天才小声地说："有钱还愁没房子？"

"说得容易，你以为盖房子是杀只羊呢？从扒到盖，咋说也得两三个月，这个空当儿，我们娘俩儿上哪儿住去？"大头马余怒未消，听那语气，好像是葛连要扒她房子似的。

"别冲我发火呀！我又没扒你房子。再说了，活人还能让尿憋死？先找个房子住着。有钱盖房子还不快，几个月的事，咋的还将就不了？"

大头马往前走两步，来到桌子跟前，冲着葛连笑着说："那就找你们家房子了，行不？你们爷俩儿住东屋，我们娘俩儿住西屋，我给你双倍的房租。"

葛连再次停下来，被大头马半真半假的神情给闹得有些不知所措。他嗫嚅道："我家不行，脏兮兮的，你哪儿住得了。再说，咱俩这种情况，也让人说闲话。"

"哼，你个老光棍儿汉子都怕说闲话，不敢招我，谁还敢招我？"大头马愤然地说。

听到这儿，葛连终于听出点儿味道来了。他把刀放下，抬手去上衣的口袋里掏烟。他的手刚凑到兜边，大头马赶忙说：“你手上净是油，我来吧。”她转到葛连身后，从他肩膀上把手伸过去，掀开兜盖，把里边的烟掏出来。

这盒“石林”是葛连昨天晚上去东头小卖部买挂面时顺捎买来的，刚抽三五根。以前他是舍不得抽香烟的，自从有了高速公路的事，觉得家里可能有一大笔进项，从心理上，开始纵容自己的消费。

大头马抽出一支烟，叼在嘴上，从锅台上拿起打火机点着，抽了一口，把烟嘴掉过去。葛连刚想接，她又把手缩回来，说：“你一上手，这烟都变成烤羊肉串了。”葛连只好往前抻了抻脖子，把嘴张开，大头马直接把烟插到葛连嘴上。她又抽出一支，也点燃，倚靠在门框上。

两个人都默默地吸烟。

外屋门上边的小窗子早就被打开，夕阳的余晖透进来，正好映在大头马的脸上，她的脸上反射出微微的红光。

大头马的烟才抽到一半，葛连的烟就抽完了。他把烟头弹进灶膛，抬头看大头马一眼，见她眼睛盯着窗口透进来的那丝光亮，眉头有些微皱，目光中透着迷茫和怅然。葛连拿起砍刀，照着羊脊骨猛然砍了两刀，又停下来，一本正经地说：“嫂子，你要是不嫌乎我那院的味儿，到时候就搬我家去吧。等天暖和了，我把西屋给你们收拾出来。”

十二

从确定装修的那天起，大头马就盘算好了，必须抢在满堂家前边进行。因为她要找的人，也是满堂家准备找的，刘玉兰曾经掰着手指头跟她说过。实际上，庄上能干这种活计的，只有两个木匠和两个瓦匠。而这四个人，这几年一直在城里打工。她害怕天气暖和上来，人家该走了。

上街买菜时，大头马特意买回四条纱巾子。她知道，这几个爷们儿都当不了娘儿们的家，就算他们乐意来帮工，也得家里的娘儿们同意才行。她不能做那种隔着锅台上炕的事，她得先用东西把这些娘儿们的嘴堵上，让她们无法拒绝。

四条纱巾子是有区别的，其中的三条，尽管颜色上有差别，但价格是相同的；另外的那条绿底带白花的，看起来和那三条差不多，但价格上，高出一倍还多。这条是送给王长海老婆的。王长海是他们的头儿，他们都在跟着他干活儿。大头马知道，只要是能拔动王长海这根萝卜，其他的人，便是萝卜带出来的泥。

大头马刚进屋，王长海的老婆就猜到她此行的目的。两人简单地打过招呼，大头马把纱巾子掏出来说：“给你的，看看喜欢不？”王长海的老婆没想到会给她送东西，一愣神的空儿，大头马凑过去，把纱巾子系到她的脖子上。王长海的老婆被套住后，没法拒绝了。她知道这个忙如果不帮，指定会被村里人说闲话。光大头马的这张嘴，就能扒下她两层皮来。既然是定下来帮忙，又没法收工钱，那么大头马给的东西，不要白不要，要一点儿是一点儿。她走到镜子前，前后左右地照个遍，笑着说：“嫂子，你这就见外了。老邻旧居地住着，谁不求谁啊？不就是想让长海帮着干几天活儿吗，还犯得着这么破费？让燕子过来招呼一声就行了。”

大头马转身回到炕沿边上，从包里把那三条纱巾子也掏出来说：“不光给你买了，别人也有份儿。”她把纱巾子晃了晃，递过去。王长海老婆并没接，而是从柜上拿起一个梳子，漫不经心地拢起头发，洋溢在她脸上的喜悦也渐渐地淡下去。

大头马往前跨一步，再次把手里的纱巾子往前递了递，王长海的老婆被逼得只好接过去。她一搭手，就感觉到这三条纱巾子与自己的那条不同，也感觉得出大头马的良苦用心。她冲着大头马挤咕两下眼睛说：“嫂子，你放心，晚上我嘱咐嘱咐他，让他们干活儿麻利点儿。好几个人这一天人吃马喂的，也得点儿钱呢。你一个女人家，啥心都得操，也真是不容易。”

从王长海家出来，大头马直接拐进葛玉柱家。在说到装修的事时，她首先拿出纱巾子，又提到王长海，葛玉柱的老婆很痛快地就答应了。等到葛玉林家，她不但提到王长海，还提到葛玉柱。最后到王子忠家，她只说要装修，已经找了三个人，都有谁。王子忠的老婆竟然主动地说：“嫂子，如果人手还不够的话，让我们家那口子也去帮忙，反正在家闲着也是闲着。”

木工和瓦工找好后，现在只缺两个小工。刘玉兰当初没提找小工的事，因为他们两口子就可以当小工，再说人家还有好几个娘家兄弟，随便叫一个来就行。而大头马家得找小工，她家虽然也有两口人，可燕子干不了和泥搬砖的活儿。就算能干，大头马也舍不得。她倒是能干些力气活儿，但她还得一天三顿给这些人忙活吃的，也腾不出个空儿来。

就在大头马满脑子里物色小工的时候，葛连找上门来，单刀直入地说要来帮工。大头马问那些羊咋办，葛连说反正也用不了几天，圈着就行。大头马看他态度坚决，又不忍心那些羊在圈里受委屈，用商量的口气说："要不这样吧，让燕子帮你放羊。"葛连兴奋地说："这倒是个法子，不过……"他转过身，显得很愧疚地对燕子说，"你不用像我那样满山跑，找块空地，让羊溜达着就行。吃不饱，晚上回来我再添点儿干草。等礼拜六和礼拜天，大军放假，让他再放两天，这样一凑合就完事了。"

葛连是晚上圈完羊后来大头马家的，说完帮工的事，匆忙地走了，说还得回去给大军做饭。大头马把葛连送出大门口，望着他大步流星的背影，轻轻地叹了口气，心里泛起一股子同情和酸楚，同时也飘荡着丝丝的暖意，直到葛连都进了院子，她还在那儿张望着。她倒不是很在乎葛连来当小工的事，找两个小工也不是多难的事，她在乎的是葛连的表现。在吃羊杂汤那天晚上，她要把羊肉钱付了，葛连没要，说："你现在装修得用钱，我又不等钱花，你拿着吧。啥时候房子拆了，上边给钱再说。"如果说那时葛连还只是体会到她的心意，在被动地接受着，现在看来，他是决心已定，开始主动出击了。

动工那天早上，听到这院电锯响起，满堂先扒着墙头看一眼，直接跳过来。见到大头马，他略显不满地说："嗬，真麻利！咋也不吱个声，我好过来帮工。"

满堂的出现，应该在大头马的意料之内，这也是她所以找一个小工的缘故。她从桌上拿起烟，递给满堂，笑着说：“这还用吱声吗？我这院放个屁，你那院都能听得真亮的。不吱声不也知道了？你要是没闲工夫，吱声还让你为难。”

“有啥为难的？这些年，这院的活儿我少干了？三十六拜都拜了，还差这一哆嗦？连人家隔墙迈寨的都来帮忙了，咱们这邻里邻居的还有啥说的。”满堂匆忙地点燃一支烟，叼到嘴上，从窗户下抄起一把铁锹，过来帮着葛连和泥。刚把泥和好，又拎起一个手锤，去屋里帮着瓦工砸门框去了。

“佟满堂，你快死回来，驴跑了。”上午九点多钟，刘玉兰扒着墙头喊道。

葛连正在当院筛沙子，听到后，冲着屋里传话：“佟满堂，驴跑了，叫你呢。找驴去。”葛连的声音极大，语气中透着一种起哄味道。

“你去撵吧，我忙着呢。”满堂拎着锤子从屋里出来，冲着墙头说。

“它跑得比你都快，我撵不上。”刘玉兰的脑袋消失在墙下。

听到喊声，大头马从屋里跑出来说：“你快撵去吧，要真丢了，我可担待不起。”看到满堂还站在那儿，大头马又推了他一把。满堂把锤子没好拉气地扔到地上，悻悻地走了。

看到驴卧在槽前打盹儿，满堂气冲冲地用脚踢开外屋门，走进里屋。刘玉兰正端坐在炕头上，脸色阴沉得像个火药桶，冲着东面墙上那张财神爷发呆。满堂在地上来回地晃了两圈，见刘玉兰没啥反应，贴着墙坐到财神爷的下边，强行地闯入她的视野之中。他在等对方发作，先搞一下侦察，再确定攻击的火力和手段。

两人大眼瞪小眼地坐了有五分钟，刘玉兰也没吱声，只是把目光慢慢地移向窗外，望着斜射进来的阳光，眯起眼睛，脸上的坚冰也被阳光一点点地融化，变成冰水混合物。她平伸着的两只脚微微地晃动着，两只脚的大拇指一下一下地撞击着。她的态度很明确，也是想后发制人。这让对峙的双方，显得有些心照不宣。

见刘玉兰跟自己玩起战术，满堂索性从被垛上扯下一个枕头，头朝里，脸冲墙躺下去，把脊背扔给对方。他的这个举动，看起来像是妥协，实际上仍然是一种战术，其目的还是想激怒对方。他瞪着眼睛又等十多分钟，仍然不见刘玉兰有所作为，便放弃警惕，眯上眼睛，没过多久，竟然真的睡着了。

收工时，四个师傅在外屋洗完手，看到大头马还没炒菜，估计离吃饭还有一段时间，找了副扑克，去东屋玩“填大坑”。

葛连是最后洗完手的，把脸盆里脏水倒掉，也去了东屋。王长海问他玩不，他扫一眼，见他们的赌注挺大，炕上五元十元地放着一堆钱，摇摇头说，不玩，没带钱。四个人也就没理他，知道他就算是带了钱，也舍不得。

葛连点燃一支烟，信步返回外屋。大头马正在炒菜，他扯过一个小板凳，坐到灶火坑前，往炉膛里添煤。大头马笑着说：“不用你，上屋跟他们玩去吧！我自个儿能行。”葛连笑了笑说，跟他们玩不到一起去。大头马停下手中的铲子，小声地问：“那你跟谁玩到一起去了？”见她脸上充满着一种暧昧的笑意，葛连颇受鼓舞，小声地说：“跟你呗！”但他的声音小到连自己都没怎么听清楚。

燕子把羊群赶进葛连家，把大门锁上，兴冲冲地跑回来。她进屋就朝着葛连笑嘻嘻地说：“葛叔，放羊这个活儿挺好玩的！我现在也会用叉子甩石头了，就是打不准。”葛连也笑着说，打不准没关系，别打着自己就成。

大头马侧过身来问燕子：“你查好了，没把羊跑丢了？”

燕子满不在乎地说：“还跑丢了？那两只公羊瘸瘸搭搭和老太太

似的，抽它都不跑。”

大头马停下手里的铲子问：“怎么瘸了？是不你打的？”

燕子一边往盆子里舀洗脸水一边说：“嘁，我有那么大能耐吗？是我葛叔给它们戴上脚镣了。”

大头马没明白，把目光转向葛连，问咋回事。葛连笑着说：“有两只公羊总带头跑，我怕燕子撵不上，就把它们前后腿之间用绳子给绊上了。”

大头马听后也笑起来，说：“真有你的，要是把四条腿都绑上，也不用放羊的了。”

燕子洗完脸，刚要去东屋，被大头马叫住，说：“西院你老叔也帮咱们干一会儿呢，你过去招呼他吃饭。”燕子刚走出门口，又被叫住，大头马说，“他要是来就来，不来别强求啊！”

没超过五分钟，燕子回来说：“我老叔撵驴时把脚腕子崴了，不能下地，不来了。”

大头马问：“看到你老叔了？”燕子说看到了，在炕上躺着，好像睡着了。大头马又问：“睡着了，你咋知道他脚崴了？”燕子说：“是我婶说的。”

“哼，我都猜到了！”大头马转身对葛连说。

葛连咧咧嘴，想笑而又没笑出来。他又往灶膛里添上一铲子煤，走到门口处，往天上斜一眼。他在看时间，他的时间就是太阳。

“你不用惦记着，一会儿我让燕子在门口等着，让大军也上这儿吃。”大头马边从锅里往外盛菜边小声地说。

葛连侧过头，见大头马背对着自己。这让他心里陡生一分感动，没想到这个看着大大咧咧的女人，心思这么细密，连他心里想啥都一清二楚。同时，也让他产生一种冲动，真想奔过去，抱住她的后腰。他的脚也确实在动，却是往门口方向。他站到门外，慌忙地说：“不用，早上我都把饭菜带出来了，热热就行。”

葛连的本意是说儿子回来自己热热就行，可能是心慌意乱，没说明白，再加上他向外走的这个动作，给大头马造成误解，以为他要回去给儿子热饭。大头马一转身，跨到门外，去扯葛连的袖子，而葛连也没有思想准备，下意识地往回缩一下胳膊。这样，大头马抓到的便是葛连的手了。瞬间，两个人都被彼此电到了。大头马抖搂着手说：“费那个事干啥？我这都做现成的，还在乎多一双筷子？”而葛连则用左手揉捏着右手，呆呆地看着大头马的手。她刚切完肉，手上沾着油，在阳光下反射出一种光泽。这一方面刺激着葛连的情欲越发的旺盛，感觉到两腿之间的那个东西已经有所行动；另一方面，也让他有些相形见绌，赶忙把自己那又黑又糙的手背到身后。

吃饭时，那四个大工脱了鞋，盘着腿坐在炕桌前。葛连坐在最外边，右腿弯曲着，和屁股一起跨在炕沿上，左腿支在地下。这样半坐半立的姿势，便于活动自如，左右逢源——发现谁的酒喝没了，他探身倒满；听到大头马送进菜来，只要一转身，就能接住，摆放到桌子的合适位置上。

看起来，葛连还是以小工的身份出现的。小工本来就是伺候大工的，天经地义，也无可厚非。可大工与小工的区别，是在干活计时。在饭桌上，没有大工和小工之说。大工是来帮工的，小工也是来帮工的，同样是帮工，待遇应该一样。要是在其他人家，葛连这样做，别人一定会看出点儿什么。或者说，也不可能让他这样做。他所坐的位置，是这个家男主人应该坐的。他所做的事情，也是男主人应该做的。而在大头马家，没人去留心这件事，这个家没有男主人。

开始给大工们倒酒时，他们还有点儿顾忌，用手过来迎着杯子，说让你这么大岁数的人倒酒多不好意思。等喝下两圈，便没人在乎了。喝到最后，葛玉柱居然大声地叫道：“哎，老葛大哥，我不喝白酒了，拿瓶啤酒来！”

大军被燕子截进院，没到东屋来，和燕子一起在西屋吃的。大头马给他们盛过去几样菜，拣上一盘子羊肉馅包子。两个人还悄悄地喝了两杯，燕子喝的是啤酒，大军喝的是饮料。上学前，大头马再三叮嘱大军，让他放学后直接上这儿来，往后的这些天，他们爷俩儿全都在这儿开伙了。

晚上放学后，大军还是回了家。他先把羊饮完，又往羊圈里抱两抱干草。他知道父亲是不可能回来给他做饭了，他准备吃早上的剩饭剩菜。他先添上大半锅水，边烧火边背英语单词。他想先烧出点儿开水，除了喝之外，也用来洗脚。他大约两三天洗一次，每次洗脚时，都把水倒好，让父亲先洗。葛连对洗脚的事不主动，有时甚至是不太情愿，没人给他整水，他十天半个月不洗一次。大军大把大把地往灶膛里添着柴火，中午家里没开火，炕已经凉透气了，要是不烧，晚上没法睡。水已经开老半天了，他也没急于往暖瓶里灌，任凭火在锅底下呼呼地燃烧着，任凭锅里的热气顺着锅盖边缘腾腾地冒着。

大头马是在放好桌子时才想到大军的，还是让燕子去招呼他。等燕子跑到葛连家门口时，见门口的天窗上冒着浓烈的热气，燕子进门就大呼小叫地说：“这咋还做上饭了？中午不是说好了吗？去我们家吃。这还没等考上大学呢，就这么大架子！还得人专门来请。”燕子边吵吵着边把锅盖掀开，见锅里只是开水，用命令的口气说，“走吧，快点儿，家里忙着呢！”

大军本想推辞，看到燕子气势汹汹的样子，只好说：“燕子姐，你先走吧，我把水灌上。”燕子好像对他不放心，怕他耍花招，从里屋拎来暖瓶，开始灌水。大军只好往灶膛里添上几铲子煤，压在刚烧过的木炭上，这样能保证炕是热乎的。

吃晚饭时，葛连的这个小工当得更加顺理成章了。因为吃饭的不只是中午那些人，又多出五口。为感谢曹子海在高速公路测量过程中做出的突出贡献，大头马把他请来了。为答谢那四个大工为她家的建筑事业添砖加瓦，大头马把他们的老婆也都请来了。这样，自然地分成两桌子。东屋是一群男人，西屋是一群女人。大头马以女主人的身份在西屋陪着那帮女人，东屋的事，全权交给葛连负责。他不但为他们倒酒，还受大头马的委托，替她敬了三杯。

大军以与葛连相同的姿势坐在父亲对面的位置上，匆忙地吃了一碗饭，冲着大伙点点头说："你们慢慢喝，我回家做作业去了。"他刚出东屋，被站在西屋地上的燕子看到了，把他送到大门外，再三地嘱咐他，明天放学直接过来，还扯住他，伸出小拇指，逼着他拉钩，约定说话不算数的是小狗。

大头马家吃晚饭的时候，满堂家也在吃晚饭。

整个白天，满堂两口子谁也没理谁，现在依旧如此。满堂望着桌子上的白菜炖土豆，真是没有食欲。他夹起块土豆，咬去一半，勉强咽下去，把另一半又扔到菜盆中；又夹起一片白菜帮子，没等拖到跟前，也送回去。他端起菜盆，往米饭里泡点儿菜汤，夹了两筷子咸菜条子拌到一起，低着头一下接着一下地往嘴里扒拉着，也就几分钟，一碗饭就让他吃光了。

放下碗，借着给驴添草的机会，满堂绕到东墙根下，听着东院的动静。他越听越来气，那感觉有点儿像他家树上的杏被人吃了，而吃杏的人，还在冲着他可劲儿地吧嗒嘴。他把草倒入驴槽，那头驴刚想过来吃，他突然朝驴屁股上狠狠地踢了一脚。那头驴的脾气一直都比满堂大，也抬起后腿，冲着他踢过来，吓得他连叫带骂地跑出驴圈。

满堂站当院中，没想到那头驴还不依不饶，扬起脖子，冲着他哏嘎哏嘎地大叫。在他看来，这是对被踢的不服，是为没踢着他而愤怒，是一种示威，是一种挑战。满堂的怒火再次被浇上汽油，从身边的车上抄起鞭子，又冲回到驴圈，对着驴劈头盖腚地抽起来。每抽一鞭子，他都侧目向屋门口看一眼，抽了十来鞭子，也没见到刘玉兰的影子。他把鞭子扔回到车上，悻悻地回到屋里，见刘玉兰还在津津有味地吃饭，表情淡定，像啥都没听到似的。

第二天早上，刘玉兰不到六点就起来做饭。她在往东屋炕上放桌子时，见满堂还在被窝里蜷缩着，顺手推他一把，和颜悦色地说："快起来，吃饭了。"满堂以为在做梦，揉了揉眼睛，将信将疑地坐起来。看到刘玉兰端进两碗面条，把上边卧着两个荷包蛋的那碗放到他跟前，另外一碗没有鸡蛋的，还在端着。满堂光着膀子直愣愣地瞅着，被弄得有些受宠若惊，不知所措。刘玉兰笑着说："瞅啥？从里到外都让你瞅个遍了，还没瞅够？还不快吃，吃完了，好上东院帮工去！"

这句话，让满堂更摸不着头脑了。他随手摸起毛裤，把胳膊往裤腿里伸去。刘玉兰看见后，一脸严肃地说："看把你激动的，连胳膊和腿都不分了。"但她并没和以往那样借题发挥，而是带着警告的口气说，"让你去，不是帮着干活儿的，是去接人的。你必须把那四个大工维护好，等那院干完了，把他们拉到这院来。"

十三

田里的冻土刚化开，刘铭找葛晓伟商量整地的事。葛晓伟又跑到东头，把曹玉民也找来。这几天，他没事就往曹玉民家溜达，终于把他撺掇得动心了。刘铭还要把葛连也找上，葛晓伟嘿嘿地笑了两声说："别找了，找也没用，帮工呢。"接着又感叹，"我就纳闷儿了，让他干自己的活儿没工夫，帮大头马就有工夫了。这真是光棍儿打三年，老母猪赛貂蝉，闻着点儿腥味儿，吧嗒着嘴就上去了。"

"帮工是个好活儿，不但能吃到羊肉，整不好还能吃到马肉。"刘铭的话音刚落，郝桂花从外屋进来，把刚洗的一盘子酸梨打老远扔到炕上，那些酸梨骨碌得满炕全是。她瞪刘铭一眼，说："你要觉得是个好活儿，你也去。打早上我就看你魂不守舍的，敢情是惦记着马肉呢！"

"你这叫啥话？我咋又魂不守舍了？"刘铭辩解。

"嫂子，别生气，这都是我嘴欠引起来的。我们哥儿几个也就是过过嘴瘾，谁敢去招惹她！"葛晓伟立即出来打圆场。

曹玉民从裤裆下掏出个梨来，咬一口，笑嘻嘻地说："这梨酸牙，赶上醋了。嫂子，你是不天天吃这东西？"

“你们男人没个好东西。”郝桂花摔门而去。

三个男人相互看两眼，哈哈地笑起来。曹玉民说：“你们俩扯淡，让我也跟着挨骂。”

刘铭瞅葛晓伟一眼说：“全村子就你老叔省心，想干啥就干啥；不想干的，还有人替他干。他那块地，你真替他莳弄了？”

葛晓伟也拿起一个梨，咬一口，边嚼边咽边愤愤地说：“不替他咋办？我还没找你算账呢。你小子真不是人，自己碰了钉子，还鼓动着我去碰。我要是知道你去商量过，我才不去呢。这下可好，我自己一身的老鼠疮，还得给他治牛皮癣。”

“你也不是白捞忙乎，替出你老叔来，给你勾搭老婶子去了。这事真要是成了，到时候你老婶子也能请你吃马肉。”曹玉民也是边说边笑边啃着酸梨，拧着鼻子，皱着眉头，半眯着眼睛，龇着牙，还吧嗒着嘴。

三个人说笑够了，回归到正题上。刘铭问他们是否都同意种西瓜了，两个人同时点头。刘铭不放心，看了曹玉民一眼，问他跟家里商量了吗。曹玉民说：“商量了，就算没有高速公路的事，种西瓜也是最来钱的。这几年我就想种，就是没人配合。”刘铭说既然都种瓜，地中间也别打界埂了，每家还能多出一条垄来。葛晓伟听后率先表态：“听你的，你说咋整就咋整，你说啥时候整就啥时候整。我们选你当队长了。”停了停，他又说，“咱们也别你家我家的，反正一家子出两口人，合着干吧。早上一起出工，晚上一起收工，这样干着还有劲儿，咱们再找找生产队的那种感觉。”

刘铭和曹玉民几乎是同时对视一眼，半天没说话。葛晓伟左瞅瞅，右看看，明白怎么回事后，笑着说：“我老叔的那份儿，既然是我答应的，也不能让你们跟着吃亏。让我儿子也去，我家出三口人还不行吗？”

话说到这个份儿上，刘铭和曹玉民也没有再说不行的道理，点头同意。曹玉民还冲着刘铭说：“队长，你问问你家我大爷，早先的那个哨子还有没？哪天动工时，你也站到当街吹哨。”

送走葛晓伟和曹玉民，刘铭来到东屋，在墙角的木箱子里翻拾半天，还真找到那个哨子了。他往前襟上抹两下，擦去哨子嘴上的尘土，竟然迫不及待地吹了一下。听到哨子声，在炕头上睡觉的刘天栋嗖地坐起来，冲着刘铭的背影训斥：“都动工了，你还磨蹭啥呢？”当看到儿子嘴上叼着哨子，这才如梦初醒，瞪刘铭一眼骂道，“都多大个人了，还没个正形。”

动工这天，刘铭还真把那只哨子揣在兜里，但没敢站在当街吹，只是走到葛晓伟家门口时，对着院子吹两声。郝桂花用铁锹把捅着他后腰说：“你个缺心眼儿的玩意儿！这真是给你个碌碡不知道沉，给你个鸡蛋不知道轻！”在走到曹玉民家门口时，刘铭没敢再吹，只好敲起大门。

第一天是从刘铭家的地开始干的。十点多钟，刘铭把郝桂花叫到一边说：“你回去做饭吧，中午叫大伙都上咱们家吃去。”郝桂花瞪他一眼说：“家里有个屁可吃的？人家封你个队长，你就找不到北了！”刘铭笑着说：“前有车，后有辙。今天咱们请了，往后三天中午，就不用你做饭了。”郝桂花回头看一眼，算是默认，问这些人吃饭得整几个菜合适。刘铭说能整几个算几个，多少都是那么回事。郝桂花寻思一下说：“我做个酸菜炖粉条，煮点儿咸鸭蛋，再炒个麻辣豆腐。一会儿你回去时，从东头的小卖部走，再买点儿火腿肠和花生米，这些够吃吗？”刘铭说：“够了，不过酸菜你得多炖点儿，炖半锅吧。”

得知中午去刘铭家吃饭，大伙还真找到点儿生产队的感觉。他们管刘铭叫队长时，变得自然了，刘铭答应得也比刚才爽快了。又甩开膀子大干一阵子，刘铭估摸着饭差不多熟时，挥了挥手说：“收工了，收工了。”大伙扛着铁锹，兴冲冲地往回走。特别是葛晓伟的儿子，没经历过生产队时期，不知道生产队是个啥样子，缠着大人问这问那，几个大人你一言我一语地给他讲述着。在讲的时候，也勾起他们对那个年代的一些回忆。他们都认为，那时除了吃得差点儿，其实还真是挺省心的，热热闹闹，一晃一天就过去了。现在吃的是比那时好些，但啥心都得操，各顾各的，人与人之间没了联系，日子变得平淡了。

以前没啥交往的三家人，像亲戚一样围坐在一起。男的喝的是白酒，女的喝的是啤酒。除了刘鹏举下午上学，不能喝酒外，其他的两个孩子也都加入到喝酒的行列里。大伙还延续着生产队的话题，因为不论说到哪件事，都与刘天栋有着关联，都顺便地夸他几句。刘天栋也变得特别兴奋，在喝完第一杯后，竟然举着杯子对刘铭说："再给我来点儿。"

借着酒劲儿，大伙下午干得更欢实了。三点多钟，就把刘铭家的地平整完毕，自然转入葛连的地里。第二天的十点多钟，葛连家的活儿便干完了。看到人们转移到自己家地里，葛晓伟的老婆没用谁说就回家做饭去了。

收工后，葛晓伟招呼大伙去他家吃饭。郝桂花说不去了，家里还有老的和小的，她得回家给他们做饭。葛晓伟说："还费那个事干啥？叫他们也过来吃得了，还和昨天一样，三家人在一起热热闹闹的多好。"郝桂花又推辞一次，葛晓伟有些生气地说："嫂子，我这可是真心实意的。"郝桂花说："那好吧，你们先去吧，我回去给猪添点儿食，我们三口人一起过去。"

在喝酒时，刘铭跟曹玉民摽上劲了，两人你一言我一语，谁也不服谁。开始时，你一盅我一盅地蔫端，后来曹玉民提议磕杠子——老虎吃鸡，鸡吃虫子，虫子咬杠子，杠子打老虎，谁赢谁坐庄，三个人都参加。又喝一会儿，葛晓伟说他净输，玩不起了，退出去。刘铭说：

“就咱俩喝酒，干脆改划拳得了。”曹玉民说：“划拳就划拳，我还怕你？”两个人又划起拳来。一直喝到下午两点多，两个人都喝得东倒西歪，刘铭操着和木片似的舌头说：“本队长——现在——郑重宣布——放假半天——全体休息。”

曹玉民被他的老婆孩子搀扶回去，郝桂花搀扶着刘铭也走了。葛晓伟看了看，只好搀扶着刘天栋。在路上，他对刘天栋说：“大爷，你是生产队最后一届队长，你说说生产队最后为啥黄了？”刘天栋本来脑袋就不好使，再加上喝点儿酒，想了半天才说：“国家的政策呗。”葛晓伟摇头晃脑地说：“不对，大爷，这不对，不是那么回事。你这个末代皇帝是白当了。”刘天栋问那是因为啥，葛晓伟郑重地说：“这还看不出来？人心不齐呗。”

第三天上午，大伙收拾的还是葛晓伟家的地。到十一点多钟，都不正经地干活儿，都戳着铁锹扯闲篇，时不时地看着葛晓伟。看得他实在是忍无可忍，冲着老婆喊道：“都几点了，还不回家做饭。”他老婆咣地一下扔下铁锹，头也没回地走了。

中午，大伙又在葛晓伟家吃的。葛晓伟媳妇饭是做了，不过，所做的菜无论是从数量上还是从质量上，都大打折扣。昨天是四个炒菜还有一个小鸡炖蘑菇，今天变成两个菜，一个是酸菜炖粉条子，一个是大白菜炖豆腐。昨天喝的是成瓶的白酒，今天换成散装的二锅头，酒桌上的气氛也没昨天那么热烈。因为没有啤酒，三个女人上桌就吃饭，几个男人各自喝一杯，也跟着吃饭了。

下午收拾的是曹玉民家的地，干到三点多，葛晓伟就招呼干不动了。刘铭说干不动就收工，反正离种地早着呢，自己家的活计，也不着急。第四天中午，自然是去曹玉民家了。这是他们这轮集体生活的最后一顿饭，曹玉民显然是有所准备的，四凉四热八个菜，有鸡有鱼有肉还有大棚里的新鲜货，不但准备了白酒和啤酒，还给孩子们准备了三瓶饮料。

酒喝至正酣时，刘铭举起酒杯，清了清嗓子，很郑重地说："这次我们这个小生产队，整得挺像那么回事。我这个临时的小队长，敬大伙一杯。以后有些事，我们还得像现在一样，抱成团才行。"他举起酒杯，大伙都陆续地响应。

葛晓伟是最后一个端起来的，却先够过去，与刘铭碰一下杯说："来，为龟田小队长带领着咱们种西瓜，干杯！"大伙哄堂大笑，接着与刘铭碰杯，每人都喝了一大口酒。

放下酒杯，刘铭余兴未消地说："既然大伙都信得着我，我就做主了。前几天我去街里打听过，人家都说'黑美人'这个品种好，咱们街里的门市也有这个种子，今年咱们都种'黑美人'吧。哪天我去联系一下，跟他们讲讲价，大伙在一起买，指定能便宜些。"

对于刘铭的倡议，曹玉民首先表示支持。他说既然咱们是一个生产队，就和早先一样，啥事都听队长的。叫种啥就种啥，叫咋种就咋种，你说了算。

"哼，问题是这不是生产队那时候了！"葛晓伟接过话茬儿说。

大伙感觉到葛晓伟的话从语气到内容都有点儿不对劲儿，目光齐刷刷地转向他。就连他老婆孩子，也和大伙一样看着，不知道他葫芦里卖的是啥药。

"要种你们种吧。啥黑美人白美人的，反正我是不种那玩意儿。我早就想好了，我种'小地雷'。我老叔那份儿我说了算，也种'小地雷'。"葛晓伟索性亮明观点。

看到葛晓伟的神情不像是开玩笑，大伙又把目光转向刘铭，眼神中带着杂七杂八的成分。刘铭扫大伙一眼，竟然拿起筷子，去够郝桂花门前的五香花生米。

郝桂花也和大伙一样看着刘铭，见他来夹花生米，把盘子端起来，没好拉气地放到他跟前。刘铭愣了一下，但筷子并没停住，还是夹起一粒，放进嘴里，若无其事地嚼着。他也看出来葛晓伟是在故意地跟自己作对，但他不想跟葛晓伟产生冲突。这两天，他这个小队长当得挺滋润的，刚刚找到点儿感觉，还沉浸在幸福中。他认为葛晓伟说的是气话，等过去这个气头，也许就没事了。

“种瓜得瓜，种豆得豆，要我说，谁爱种啥就种啥！”郝桂花亮出自己的观点后，把头侧向刘铭说，“好喝酒的不进茶坊，个人有个人的口味。你喜欢‘黑美人’，人家就喜欢‘小地雷’。你管这种闲事干啥？你没看人家都说你是龟田小队长了？你再管闲事，把你当成日本鬼子赶出去！”她后边的几句话，是带着笑意说的。说完后，又咯咯地笑几声。她这一笑，那三个孩子也跟着笑，桌上的气氛立即显得轻松些。曹玉民趁机招呼大伙吃菜，才把这场小小的不愉快暂时粉饰过去。

在回家的路上，葛晓伟媳妇埋怨葛晓伟，说：“你这个人真格路，刘铭说种啥就种啥吧，种啥还不都是西瓜。你还犯得上得罪人？整得大伙心里都堵得慌，连饭都没吃好。”

葛晓伟回头瞪媳妇一眼说：“你个娘儿们家的，知道个屁。‘黑美人’好是好，个头大，口感甜，这我知道。可要想结那么大的瓜，就得稀零地种，一亩地才多少棵！‘小地雷’瓜小点儿，但株密。上边要是按地的亩数算钱，咱们不吃亏。要是按棵数算钱，比他们得多赚一倍还多。”葛晓伟说话时，脸上闪着狡黠的笑意。

第二天上午，都快到九点了，葛晓伟才起炕。他掀开锅盖看一眼，老婆给他留的疙瘩汤已经坨成糨糊。他在厨房转了两圈，又没找到其他可吃的东西。他没去西屋，知道老婆正领着儿子和西院的二红、五哥家的四丫打麻将。几个人不玩钱，干磨手指头，但瘾头特别大，有时候达到夜以继日的程度，只要有个空儿，几个人就凑到一起摸两把。

本来是光明正大的事，却让他们搞得偷偷摸摸，除了洗牌时发出轻微的麻将撞击声外，听不到一点儿别的动静。

来到东头小卖部，葛晓伟想买点儿吃的，顺便扒一会儿眼。他进屋时，那些扒眼的，都跟他点点头；四个打牌的，有三个也抬头瞅一眼。只有刘铭头没抬、眼没睁，而且连抓牌时，脑袋都在故意地耷拉着，手带动着身子越往前够，头低得越明显。

倚在柜台边，葛晓伟要了一根麻花、两根火腿。刚吃几口，觉得嘴里有点儿干巴，又打开一瓶啤酒。屋里的人都不停地回头瞅他，唯独刘铭，依然目不斜视地盯着桌子上的麻将。

“这连吃带喝的，看来真是要发大财了！”曹学文笑着说。

“吃不穷，喝不穷，算计不到才受穷！有钱嘛，宁可自己吃它喝它，也不能再让人算计了。”葛晓伟也笑着说。

葛晓伟的话，听起来有些莫名其妙，却没有引起什么反响。除了刘铭，没人理解他话里话外的意思。刚看到第二圈，曹学文打出一张三条，被刘铭飘上了，而且是庄飘，望着刘铭收钱时得意的神情，葛晓伟结了账，气呼呼地离开了。

在路过葛连家门口时，葛晓伟突然转向大头马家，他要把这几天的事跟葛连说说。他知道说了也是白说，老叔是不会掏那顿饭钱的，但就算是白说，他也一定要说。他得让老叔知道，因为给他干活儿，自己被人算计了，受了委屈；同时也让他知道，哪头儿炕凉，哪头儿炕热。让他以后在跟他们共事时，分出个里外来，别拿谁都当自己人。

葛晓伟并没急着进院，而是躲在半开着的大门后，顺着门与框之间的缝隙，往里看着。见大头马出来往猪圈倒脏水，这才闪身出来，冲着院子里大声地喊：“嫂子，叫我老叔一声，我找他说点儿事儿。”

大头马被这突然的喊声吓了一跳，水桶掉到猪圈里。她回过头，面带嗔怒地骂道："你个死鬼，从哪儿冒出来的？你吓死我得了。"葛晓伟则嘻嘻地笑着，幸灾乐祸地说："你不是有名的马大胆吗？也有害怕的时候！"大头马指着猪圈说："还不快点儿去给我捡出来。"葛晓伟站在那儿没动，说："你也不请我喝酒，我凭啥给你捡？"大头马装出一副妥协的样子说："只要你给我捡出来，中午就请你喝酒。"

来到猪圈前，葛晓伟打开圈门子，猫着腰钻进去。他把水桶从圈门子上边递出来，刚要往外钻，大头马随手把圈门子关好，并把外边的插棍也插上。她站在圈门子前，也是一副幸灾乐祸的样子说："在里边老实地待着吧，中午我给你送点儿泔水来。"葛晓伟晃动着圈门子说："嫂子，别走，别走啊！"大头马停下来，仍然远远地看着。葛晓伟没办法，只好嫂子长嫂子短地说好话，大头马这才把他放出来。他还是坚持要把葛连叫出来，大头马说："都进院了，有话不会到屋里去说？这院里现在全是男人，你还怕啥！"

大头马给葛晓伟找来烟，扔到他跟前，去厢房把葛连叫进来。葛连问啥事，这么着急忙慌地找到这儿来了。葛晓伟没好意思开门见山就提到吃饭的事，而是从整地的第一天开始，详细地汇报着。等把这几天的情况都说完时，葛连站起来说："我当初就不愿意种那破玩意儿，又操心又费事的，你们偏不听！"扔下这句话，葛连竟然走了，留给葛晓伟的感觉是：这事是你撺掇的，受委屈活该！

"去个屁的，你那疙瘩地儿，我还不管了呢！你爱种啥种啥去吧。"葛晓伟也站起来向门口走去。

"你看你们爷俩儿，这可是一根秧上的瓜，没差了种。咋还说急就急了呢！你们都是光着腚一起玩大的，你老叔那个破脾气你还不知道，甭跟他一般见识。"大头马拦住葛晓伟，并把他推回到原来的椅子上，又拍了拍他的肩膀说，"你要是怨就怨我吧，要不是我找你老叔干活儿，也不至于出这档子事。"她的语气和动作都很亲切，让葛晓伟的心情得以慰藉，气也消了一半。他指着门口说：“嫂子，刚才你也看到了。这哪儿像个长辈的样儿？简直是茅坑里的石头，又臭又硬。你说说我这是何苦的，这不成了猪八戒端盘子吗？这不成了耗子钻风箱吗？这不成了……”他越说情绪越激动，又站起来。

大头马再次把葛晓伟推坐到椅子上，转身到外屋拎进一捆芹菜，扔到圆桌上说：“帮我择菜吧，晌午我请你吃羊肉芹菜馅包子。”葛晓伟连忙摆手说：“我这平白无故地生一肚子气，都气成包子了，还吃什么包子！”大头马安慰他说：“这些年你老叔一个人过日子不容易。他说话是有点儿不中听，但心眼儿不坏……”开始时，葛晓伟还在气呼呼地撕扯着芹菜的叶子，听着听着竟点头表示认可。从大头马的言谈中，他听出“老婶”的味道。他对葛连刚才所产生的怨恨，也渐渐地烟消云散。在他的感觉中，老叔不近人情，但“老婶”给足了他面子。他替老叔管了一顿饭，“老婶”真心实意地留他吃饭，这也让他找到一丝心理上的平衡。

中午，葛晓伟被大头马当成重要人物让到炕里。葛连在给他倒酒时，面带愧疚地说：“让你受累了，哪天我好好地请请你。”在葛晓伟看来，老叔给他赔了不是，也就彻底把那篇儿揭过去了。酒过三巡之后，葛晓伟借着酒劲儿说：“嫂子，反正我也没事，你这儿要是忙不过来，我帮你忙活两天。”大头马高兴地说，那敢情好，下午就别走了。葛晓伟痛快地答应一声，把半杯酒一口干了。

第二天上午，是黑龙镇的集日。大头马家里的菜快吃光了，她要上街买菜。她来到厢房门口，当着大伙的面对葛连说：“你和我赶集去吧！我得买一袋大米，一个人怕拿不回来。”葛连答应着，把手里的铁锹随手递给葛晓伟，跟着大头马出去了。正在当院筛沙子的满堂望着两个人的背影，往手心里吐口唾沫，把铁锹抡得呼呼生风，整个当院立即变得暴土扬尘。

十四

曹子海的这片老树林子，离庄子近便，还在生产队时，谁家缺个镐把锹杠扁担什么的，都偷着到这儿来砍，直溜点儿的，打小都被选走了；等分到曹子海手里，他担心那些成材的树木被盗，再隔三岔五地监守自盗两棵。看着面积挺大的，其实树并不多，现在只剩三分之二左右，地上到处是大大小小的树疙瘩。这次曹子海上山，是以挖树疙瘩为名，可大伙心里明镜似的，他是想一举两得——树疙瘩拉回去烧火，留下树坑子栽上树苗。挖树疙瘩只是个借口，主要是为获得高速公路的更多赔偿而做着准备。

刚开始时，三口人还挺齐心协力的，每天能挖出二十多个坑子。到第四天上午，将近两个小时，铁蛋才挖出一个狗头大小的树疙瘩；又用两个多小时，挖出一个更小的。地上的坑子，也是一个比一个小。最小的那个，和大碗似的，且别说是栽树，就是栽棵花，也不是很充足。

围着树坑转悠两圈，曹子海来到铁蛋跟前说：“从现在起，你算我的雇工，咱们实行按劳取酬，每挖一个合格的树坑，我给你五块钱。当天结算，这钱归你任意支配，你想用它干啥就干啥，我不管。”他又转身对陈桂荣说：“从今往后，零花钱一分也不兴给他。想要钱，就自己挣去，不在我这儿挣，就到别处去挣，我省下钱来雇别人。”他还狠狠地瞪儿子一眼，边走边嘀咕，“有钱能使鬼推磨，我还不信治不了你个小鬼。”

这招还真灵，实施的当天下午，铁蛋就挖出四个树坑。晚饭前，曹子海开给他二十块钱。铁蛋拿着钱，去了东头小卖部。不一会儿，买回两根麻花、一袋蛋糕、一袋鸡爪子、两瓶饮料，还有一盒烟。他大模大样地把东西拎回来，放到东屋柜上。除了把那袋蛋糕递给奶奶，把那盒烟打开，当着爹妈的面抽一支，其他的并没动。

第二天上山时，铁蛋拎着那袋食品。在车上，铁蛋说：“爹，你的那个规定还算数吗？现在反悔还来得及。”曹子海见儿子夹着烟，扬扬得意的样子，挺来气的，却又没法发作，用上边的大板牙咬了咬下嘴唇说：“算数，老子有的是钱，就怕你小子没尿挣。”曹子海边说话边挥舞着鞭子，在空中甩了几个鞭花，最后落到驴屁股上。那头驴狂叫着，拉着车跑起来。

上午九点多钟，铁蛋给自己加了顿饭，把带去的食品消灭掉一半。曹子海看着儿子连吃带喝，不停地吧嗒嘴。陈桂荣看到后，冲着儿子使眼色，铁蛋拎着剩下的一半食品来到曹子海跟前说：“爹，你也垫补垫补吧。不收你钱，就当我孝敬你了。”曹子海气呼呼地说：“我可没你那么大的谱！干这点儿活儿，去了粮钱没有火钱了。”铁蛋笑着说：“这你就不懂了。要想鸭子多下蛋，就得给它米吃。”他又转身对母亲说，“老板不给面子，老板娘给个面子吧！”陈桂荣也确实有点儿饿了，想先借儿子点儿吃的，中午回去再给他补上。看到曹子海没要，她也摆了摆手，咽了两口唾沫接着干活儿。铁蛋也没太在意，以为他们不饿。他把那半袋食品挂回到树杈上，还坐到一个树疙瘩上，跷起二郎腿，美美地吸了支烟。

当天铁蛋挖出八个树坑，要走四十元钱，又去小卖部，准备明天的吃喝。儿子走后，陈桂荣说："要不咱们也备点儿吃的吧！"曹子海瞪她一眼说："你不会也想要工钱吧？"陈桂荣说："我没想要工钱，备点儿吃的喝的总可以吧？"曹子海说："那就蒸锅馒头，再把暖壶拿上不就得了。"

第二天，曹子海两口子在山上也增加两顿饭。看到爹和娘坐下来吃饭，铁蛋也拎着他的食品袋凑过来，摆放在一起。但曹子海拒食儿子的任何东西，就算儿子递过来，他也不接。陈桂荣看着儿子伸着手递了半天，接过一个鸡爪子，却被曹子海连三迭四地瞪了好几眼，吓得她又放回去。这让铁蛋不再是不好意思，而是有些来气，拎着自己那袋食品，单独找个树坑子猫起来。

之后的几天里，曹子海两口子吃馒头啃咸菜疙瘩喝开水，铁蛋吃麻花啃鸡爪子喝饮料，三口人大有两军对垒、天各一方的感觉。曹子海对儿子有什么指令，通过陈桂荣去传达。铁蛋也只有晚上回家后，才凑到曹子海跟前，伸着手说："老板，把今天的工钱给开了呗。"曹子海也摆出老板的派头，从兜里扯出一沓钱，从中抽出几张，不是递给儿子，而是丢到炕上或桌子上。

树坑挖到一多半时，曹子海开始着手准备树苗。想到树苗，也就想到魏大奎。这个人是他姑奶奶的孙子，在设平县的林业派出所当所长。可是自从姑奶奶死后，两家一直没走动过。没走动的原因一方面是离得太远，走动起来确实不方便。另一方面，是姑奶奶去世时，魏大奎的一句话，让曹子海至今耿耿于怀。魏大奎在向来宾们介绍他时说，这是我的表弟，合庄的农民。这句话，按理说没啥毛病，魏大奎在介绍其他人时，也同步介绍了这个人的职务或身份。可当天在场的人，除了曹子海是个农民，其他的人，都是有公职的。

曹子海打小没见过姑奶奶几回，也没啥感情。可出殡那天，他哭得却特别尽力，眼泪稀里哗啦，声音抽抽搭搭，让所有人都相形见绌，让魏大奎也自愧不如。发送完姑奶奶，本来是有一趟班车可以回来，曹子海也是一刻不想停留。魏大奎却死活不让他走，给他在政府宾馆开个单人房间，住了两天。魏大奎还亲自开车把曹子海送到车站，给他买好车票，并拉着他的手说："别人都是冲着我的地位来的，只有你是真心实意地来送我奶奶的。老弟，以后有啥事，尽管来找我。在别处我不敢说，在设平县，没有你哥摆不平的事。"曹子海连连地点着头，却在心里说：眼珠子都没了，剩下个眼眶子，还走动个啥劲！可现在，他还真得走动。在他家亲戚中，能买到树苗的人，应该有很多，能少花钱或不花钱搞到树苗的，只能依靠魏大奎了。

在去县城之前，曹子海到黑龙镇上转一圈，想给表哥买点儿东西。这次他不是去走亲戚，而是去求人办事，空着手去怎么说也不合适。就算表哥不在乎，还有表嫂，不能让人家挑了理。可走了几家商店，曹子海竟然空着手出来了。那些烟和酒之类的东西，能拿得出手的，都太贵；便宜点儿的，感觉又拿不出手。不过，他也不是没有收获。从商店老板嘴里，他得到一个信息，那就是去城里看亲戚，最好带当地的土特产，城里人稀罕这个，这是老板向他推荐土特产时说的。而商店里的土特产，曹子海同样没相中。小米和绿豆这些东西，都被装成小口袋，包得花花绿绿的，和方便面差不多，不再土气，也不再特别。他在当时就盘算好了，既然要送土特产，就得搞点儿特别的。

打定主意，曹子海骑上自行车出发了。他在附近的几个村子转悠一天，到傍黑天时，收购上来三只野鸡、五只野兔，还有二十多只鸽子。这些动物都是当地人下套子套住的，有的自己舍不得吃掉，放在笼子里养起来，等着有人来收购。这种交易在当地大张旗鼓地进行，像卖自家产的鸡兔一样，也有着固定的价位。到晚上八点多钟，他才把明天要送的礼物宰杀利索，又把去年秋天捡的红蘑找出几串，一起封在两个用过的大米袋子中。

知道表哥两口子都上班，下车后，曹子海拎着那两袋礼物，直接去魏大奎的单位。哥俩儿见面，寒暄几句。魏大奎看见两个袋子被塞得鼓鼓囊囊的，问是啥东西。曹子海有些不好意思地说："大哥，知道城里啥都不缺，也没啥可给你们拿的，弄了几只山鸡和野兔，都是我昨天才杀的，给你们尝个鲜儿。"

曹子海的声音很大，而此时所长室的门又敞开着，走廊里人来人往。魏大奎迭忙从那张宽大的写字台后站起来，一边向曹子海摆着手，一边跨步门前，把门带上。他背靠着门，耷拉着脸子问："你知道这是什么地方吗？"曹子海说："这不是林业派出所吗？"魏大奎似乎更加愤怒，说："你还知道这是林业派出所啊！就冲你拎的这些东西，我现在就可以抓你。"曹子海本来是坐在魏大奎对面的沙发上，吓得腾地站起来，指着那两个袋子辩解："大哥，我知道现在不让当官的收礼，但这不是啥贵重玩意儿！再说，咱们是亲戚，不能算是……"

"看来你们农民是真不懂法！"魏大奎感慨着走向办公桌前。

"又不是金子、银子，就是几只野鸡、野兔子！"曹子海用脚踢着地上的袋子，再次强调。

"现在国家有《野生动物保护法》，野鸡和野兔都不让捕猎了。"魏大奎拿起桌子上的电话，边拨号边说，"我就是管这个的，你把这种东西送到我这儿来了，要是让人知道了，这不成笑话了！"

听到自己犯法了，本来就很惊慌，还没等缓过神儿，又看见表哥打电话，曹子海赶忙把听筒抢过来说："大哥，我是真不知道。看在我姑奶奶的面子上，你别报案了。"

“我报什么案！我找杜玉红。”魏大奎愤愤地说。

听说是找表嫂子，曹子海赶忙把听筒递过去。这时电话已经通了半天，杜玉红一声比一声大地喊着：“老魏，说话呀！老魏，怎么了？”

“你赶紧过来一趟，有事！”

杜玉红也在林业局工作，是财务科的。不到五分钟，她就从楼下跑上来，见魏大奎坐在椅子上抽烟，气呼呼地说：“老魏，你又抽啥风呢？”当她转身看见曹子海在身后的沙发上坐着，转成笑脸说，“怪不得这么急三火四的，原来是表弟来了。”曹子海站起来，只点点头，算是打过招呼。魏大奎指着曹子海说：“我现在有事走不开，你把他送回去。你也别上班了，准备点儿饭菜，中午我回去吃饭。”

曹子海拎着那两个大袋子，跟着杜玉红走出所长室。在下楼时，他们遇上两个穿警服的。那两个人停下来跟杜玉红说话，眼神却集中在曹子海手里的两个袋子上，这让他的心又立即提到嗓子眼儿。他往杜玉红的身后靠了靠，自己挡住一个袋子，让杜玉红挡住另一个袋子。可能是那个袋子撞到杜玉红的腿了，她回头瞅一眼，见曹子海的身子紧贴着自己，往旁边闪了闪，把曹子海暴露出来，并指着他向两个警察介绍说：“这是你魏哥的表弟，从合庄来的。”没想到那两个警察还十分热情，跨步上前，把手伸过来。这就逼得曹子海不得不把两个袋子扔到地上，把两只手同时地伸向两个人。两只手被两个警察抓到的一瞬间，他的全身都哆嗦了，脑门子立即沁出一层细密的汗珠子。好在两个警察只是蜻蜓点水式地接触一下就放开了，冲着他微微地点了点头，又把视线转移到杜玉红身上。他们彼此又说些什么，曹子海似乎都没听见。他赶忙拎起那两个袋子，两只手仍然背在身后。看到放过袋子的地方有些血水的痕迹，他往前跨一步，用脚踩住。等两个警察拐上三楼，曹子海才敢抬起脚。

走出派出所的大门，曹子海才真正地松口气。看到杜玉红摆手拦下一辆出租车，已经打开车门，坐到副驾驶的位置上，他也来到车跟前，先把两个袋子塞进车里，这才倒出手来，用胳膊抹一下脑门子上的汗珠子，还回头往派出所方向看一眼。

等进屋后，杜玉红一边给曹子海找拖鞋，一边指着那两个袋子满脸疑惑地问："这里边是啥东西，把你吓成那样？"

曹子海把袋子送进厨房，扔到地上，这才吭哧吭哧地说："几只野鸡，还有几只野兔子。"

杜玉红咯咯地笑着说："你大哥跟你发火了吧？"

曹子海点点头，说："嫂子，我真不知道这破玩意儿还不让吃啊！"

杜玉红看着那两个袋子，说："不是不让吃，是你送错地方了。你把这东西拎到他办公室去，确实有点儿不像话。"

曹子海听后这才如释重负，说："我大哥不会生我的气吧？"

杜玉红说："不会，上边说是不让吃，那是针对老百姓的，哪个当官的都没少吃。他们没收的那些，还不是都让他们吃了？"杜玉红找来一个大铝盆，让曹子海把东西倒入盆里，她拎起一只野鸡笑着说："这真是想啥来啥。我娘家妈刚做完手术，身体特别虚弱，这几天我还盘算着托人弄点儿给我妈熬汤呢。"

曹子海见表嫂特别高兴，也跟着兴奋地说："嫂子，让大娘先吃着，过几天，我再给她送点儿来。"

曹子海被请到客厅，杜玉红到角柜里拿出两条烟，问他爱抽哪种。曹子海抬头扫一眼，一条是"玉溪"，另一条是"中华"，赶忙摆手说："不用，不用，我这儿有。"说着把自己兜里的"红梅"掏出来，晃了晃。杜玉红也没再问，抠出两盒"中华"扔到茶几上，说抽这个吧。

这两种烟，曹子海特意地问过价格，都是他想买而又没舍得买的。现在看，不买便对了，人家根本不缺这个。人家拔根汗毛，都比自己的腰粗，就算是送腰那么粗个礼物，在人家的眼中，也不过是一根汗毛。

两人随便地聊几句家常后，杜玉红试探着问："你大老远地跑来，不光是给我们送这些东西吧？"

曹子海不好意思地笑了笑说："我也好几年没来了，确实挺想你们的。就着现在还没种地，有点儿闲工夫，过来看看，顺便托我大哥帮我买点儿便宜树苗。"杜玉红问起买树苗干啥，曹子海把高速公路的事大致地说了一遍，并强调树坑都挖好了。

杜玉红想了想，说："这事就别惊动你哥了，他出面反而不好。我找哪个苗圃给你要点儿，反正你也用不多少的。"

曹子海从表嫂的口气中听出门道——她没说买，而是说要。他激动地赶忙站起来说："嫂子，那就麻烦你了。"杜玉红说，既然是为了让高速公路赔点儿钱，也没必要用太好的树苗，反正用不了多久就砍了。曹子海点头说："是，叫树就行。"杜玉红去了卧室，进屋后，顺手把门带上。

大约十多分钟，杜玉红笑盈盈地从屋里走出来，说："我跟你们镇苗圃的费老板联系了，他正好有一批次品苗子想处理呢。不过，你可能得自己去挖。咱们不掏钱，再让人家给出劳力，有点儿不好意思。你看，有时间去挖吗？"

"有，嫂子。时间，有。都闲着呢！人，有的是！"曹子海再次站起来，语无伦次地回答。

"你坐着吧，我去做饭。"杜玉红转身去厨房。不一会儿，她拎着一把大砍刀，扒到门口对曹子海说，"快过来帮我把这些玩意儿砍巴砍巴，冰箱里装不下。"

到了中午，魏大奎打回电话，说市里来个检查组，他不回来了。放下电话，杜玉红显得很气愤地说："你看看你大哥，也不知道他天天忙些啥，这都说好回来吃饭，又不回来了。你多少年不来一趟，好不容易来的，他也不回来陪陪你。这明白人，知道他忙，没时间；不明白的，还以为他多大个架子，冷淡亲戚呢！”她的脸色随着声音渐渐变化着，到最后转变成很愧疚的样子。

曹子海并没把这个事放在心上，相反，倒有一丝高兴。他来的目的很单纯，就是为搞点儿树苗。现在他的目的达到了，别说还能在这儿吃上饭，就是吃不上饭，他都无怨无悔。至于冷淡不冷淡的，他不在乎。这次不比上次，上次他是代表姑奶奶的娘家人来的，是贵客。这次，他早就做好被冷淡的准备了。他笑着说：“嫂子，看你这嗑唠的，咱们是骨血相连的亲戚，这么说就把话扯远了。我大哥是个干大事的人，就别再为我操心了。”

吃过饭，曹子海张罗着要走，杜玉红留他住下：“等晚上你哥回来，请你下饭店。”

曹子海连连摆手说：“高速公路的事不知道哪天定下来，早一天把树苗埋到坑里，早一天安心。咱们不能白忙活！”

杜玉红没再深留，说：“这是大事，看来你也是个干大事的人。”杜玉红把那两盒“中华”硬是塞到曹子海的衣兜里，让他路上抽，还打车把他送到客运站。曹子海买票时，杜玉兰跟售票员借了支笔，给他留下手机号码，说有事给她打这个电话。上车后，曹子海把写着电话的纸片叠得方方正正，放进兜里，还用手在上面连拍两下。

十五

铁蛋是在曹子海走后起床的，揉着惺忪的眼睛问：“今天还上山吗？”

陈桂荣说：“得去啊，你爸走前特意交代了，让咱们接着挖。”铁蛋伸了个懒腰，问他的工钱怎么办，陈桂荣说和原来一样，到晚上给他。铁蛋点点头，扫一眼桌子上的饭菜，转身出去了。

来到小卖部，铁蛋要了两个面包和一根火腿。他刚吃几口，小民进来了，瞅着他嘿嘿地笑着说：“铁哥，给根烟呗。”铁蛋把烟盒掏出来，拍在柜台上，小民刚想去拿，却被他扯回去。他说这烟也不是大风刮来的，想抽，自己买啊！小民扑个空，仍满脸堆笑地说：“我不是没钱吗？算我借你的，以后我买烟时还你。”

铁蛋把烟盒晃了晃，随手揣进兜里说：“没钱你不会挣去吗？”

小民看他把烟揣起来，脸上的笑容戛然而止，冲着李秀芹说：“婶子，先赊给我一盒，过几天，我给你算钱。”

李秀芹站在那儿没动，好像是没听见似的。小民往前走两步，指着柜台里的白盒“红梅”说：“给我拿盒这个。”这次李秀芹倒是动了，来到柜台前，不是伸手拿烟，而是伸着手说："不赊，拿现钱。"

小民咧了咧嘴，说："欠不下你的，等我有钱立马就还你。"

李秀芹说："我知道你不赖账，有钱立马就还，可是你啥时候有过钱！上回赊的那盒到现在快半个月了，不是还没钱吗？"

小民嘎巴几下嘴，低着头，转身向门外走去。

"哎，回来！"铁蛋冲着门口喊道。

小民站住，却没回来，咧了咧嘴，愤愤地说："不就是一根烟吗？不抽能咋的？又不当吃又不当喝的。"他故意把一根烟说得有些含糊不清，听起来像是一盒烟。他脸冲着铁蛋，眼睛却盯着李秀芹。

铁蛋把手里的面包塞入嘴里，走过去，拍拍小民的肩膀说："兄弟，想挣钱不？"小民一副不服不忿的样子，耸耸肩，把铁蛋的手甩掉说，傻子才不想挣钱！铁蛋笑着说："想挣钱就好，今天跟着我去挖树坑吧。挖一个两块钱，当天结算，怎么样？"小民开始像是没听明白，又问一遍，等听明白后，连眼儿都没打就点头了。他问铁蛋一天能挖几个，铁蛋说能挖八个。小民说："连你都能挖八个，那我挖十个没问题。我这就回去拿铁锹，一会儿上你们家找你。"

铁蛋要完吃的喝的，又要一盒烟。李秀芹问："你的那盒不是刚打开吗？"

铁蛋说："这是给小民拿的，要是不给他买一盒，这一天他还不得全蹭我的？"

李秀芹笑着说："没看出来，你小子还是块做买卖的材料。"

铁蛋还没到家，小民就扛着镐头铁锹来了。陈桂荣问他干啥，小民还挺机灵，没提受雇之事，只是轻描淡写地说："帮我铁蛋哥挖树坑。"这让陈桂荣感觉很意外，也产生一丝顾虑。别看他们两家都姓曹，实际上，却没有任何血脉关系。曹富贵他们这一族，是合庄的坐地户；而曹子海这一支，是他奶奶改嫁时带过来的。他们像是一条小河融入一条大河中，平时称兄道弟，但过年请家堂时，所请的却是不同的祖宗。

就算平时，他们之间也能看出区别。有人欺负曹子海，老曹家的人肯定不干，会站出来维护，但这个人如果是老曹家的，那么就没人管了。如果其间曹子海占上风，也就是说，他欺负了老曹家的任何人，他们都会群起而攻之。这种处境，让曹子海时刻地加着小心。他甚至不止一次地警告老婆孩子，还为此定下三条基本原则：首先，宁可得罪其他姓的，也不能得罪老曹家的；其次，尽可能地与老曹家的人少来往，来往多了，容易产生矛盾；再次，就算是不得已的情况下需要来往共事，宁可自己吃点儿亏，也不能惹人家不痛快。

根据丈夫确定的原则权衡之后，陈桂荣觉得让小民帮忙有些不合适。她说："这活儿太累人，你还是个孩子，正在长筋骨的时候，干不动。"

小民笑着说："铁蛋哥也只比我大一岁，他能干，我就能干。"

陈桂荣又说："本来也没多少坑要挖，我们都干这些天了，快挖完了，况且这活儿也不是怎么着急的活儿，早一天晚一天的都行，怪脏人的，你就别跟着风吹日晒的了。"

没想到小民竟然有些不乐意了，咧了咧嘴说："大娘，看来你是拿我当外人了！"他沮丧的语气加上失望神情，让陈桂荣不好再说什么。再说下去，很可能得罪这个孩子，这同样是违背丈夫所确定的原则。

小民的体格本来就比铁蛋健壮，再加上经常帮家里干力气活儿，掌握一些干活儿的窍门，还不到十点，挖出四个树坑。陈桂荣看到这孩子干活儿实心实意的，心里挺感激，招呼他坐下歇一会儿，吃点儿东西。铁蛋很不情愿地拿出一根麻花递过去，小民却坚持不要，说他不饿，也没有吃零食的习惯。

陈桂荣看到儿子又把麻花放入方便袋里，走过去，瞪儿子一眼，抢过一根，强行塞到小民手里说：“先垫补垫补，一会儿大娘回去做饭，中午在我家吃吧。”小民叼着麻花连连摇头，陈桂荣也略显嗔怒地说，“看你这孩子，还说大娘拿你当外人，是你拿大娘当外人吧！”小民看一眼铁蛋，只好答应下来。

陈桂荣又挖了两个树坑，先回家做饭去了。她刚走，小民凑过来问铁蛋，中午吃饭怎么办。铁蛋满不在乎地说：“让你去就去呗！不过不能白吃，一顿饭收你两块钱的伙食费，不贵吧？”

小民咧了咧嘴说：“贵是不贵，可我不想吃饭，只想要钱，我回家吃饭不就省两块钱吗？”

铁蛋仍然是满不在乎地说：“你愿意回去吃也行，不过，下午我妈肯定不让你再干活儿了，你的工就算打到头了。”

小民又咧了咧嘴，说：“那就去你们家吃吧。”小民说话前总好咧咧嘴，这是他的习惯。他往哪边咧嘴，带动着哪边的眼闭起来，如果距离近的话，能看到他最里边的那颗槽牙。

陈桂荣把那些野鸡野兔的内脏与酸菜炖在一起，又煮几个咸鸭蛋，还炒一盘花生米，饭桌上也算是比平时丰盛些。她还给两个孩子拿来两瓶啤酒，让他们解解渴也解解乏。铁蛋把酒瓶子拎起来放到身后，说他不喝，喝酒犯困。看到小民已经把另一瓶打开，嘴对嘴地喝着，才略显勉强地说：“那好吧，我就陪你喝点儿！”

曹子海家平常吃饭都在东屋，只有来了外人，才把桌子放到西屋。他家的瞎老太太吃饭时好用手抓，陈桂荣怕别人看不习惯，影响食欲，她是把饭菜都拾掇到桌子上，才去东屋给婆婆送饭的。看到两个孩子的酒喝光了，她端上一盆馒头说：“饿了吧，快吃饭。”

铁蛋吃完第三个馒头，小民已经吃完第四个。铁蛋撂下筷子时，小民又拿起一个。他看铁蛋一眼，想放下又舍不得，想吃还不好意思。

看到这种情况，陈桂荣只好又掰了半个馒头说：“吃吧，慢慢吃，大娘陪着你。”

太阳快下山时，陈桂荣还要留小民在家里吃饭，吓得他连镐头和铁锹都没顾得拿就跑了，还边跑边回头，那感觉像是怕被抓回去的逃兵。

当天，铁蛋挖了九个树坑。而小民，则挖了十一个。

回到家，铁蛋缠着母亲兑现他的劳务费。陈桂荣从柜里拿出五十块钱，递给儿子。铁蛋没去接，而是抱着膀子歪着头看着。陈桂荣又往前递了递，并嘱咐他：“你可得省着点儿花，这回得罪了你爹，往后再要零花钱，怕是不容易了。”

“妈，你连小学都没毕业吧？”铁蛋笑着问。

“今天你也没少干活儿，趁着你爹没在家，多给你五块。”

“这哪儿是多给我五块，是少给我五十。”

“你不是挖九个坑吗？五九四十五，这不是多给你五块吗？”

“那小民挖的就不算了？”

“小民挖的是小民挖的，还能算到你身上！”

“他是来帮我挖坑的。没有我，他能来吗？”

“就这些，爱要不要！”陈桂荣把钱甩在炕上，去厨房烧火做饭。

铁蛋拿起钱，气呼呼地来到当院，扛起小民的镐头和铁锹，向门口走去。刚出院门，就听身后有人喊他，回头时，见小民正躲在他家门洞的墙垛后边。他小声地问：“你是来要钱的吧？”小民点点头。铁蛋把镐头铁锹扔到他脚下愤愤地说：“你真是受穷等不到天亮。”

“你不是说当天结算吗？”小民小声地反驳着。

铁蛋从牛仔裤的屁兜里扯出一沓钱，这是他这段时间攒下的，大约三百多块。从钱的中间抽出一张十元的，又从最上层抽出一张五元的递过去，不屑地说：“阎王不欠小鬼的债，给你。”

小民接到手里，手并没撤回去，冲着铁蛋问：“不对吧？”

铁蛋不耐烦地说：“怎么不对了？自己算去。”

“我早都算好了。我挖十一个坑，应该是二十二块钱，去掉两块钱的饭钱，再去掉三块钱的烟钱，剩十七才对呢。”小民每说一项，都咧咧嘴。

“那根麻花呢，你就白吃了？”

“那是你妈硬塞给我的。”

“她塞给你一包耗子药，你也吃？”铁蛋咣的一声关上大门。

等陈桂荣做熟饭，往东屋给婆婆送饭时，发现铁蛋早就睡着了，而且是脱光衣服睡的。她推儿子一把，叫他起来吃饭。铁蛋只是翻个身，把脸转向里边，没理她。

那个瞎老太太不知道怎么回事，在磨磨叽叽地埋怨着陈桂荣：“没你们这么使唤孩子的，才多大啊，还是个嫩秧子，哪儿架得住你们这么祸害，看把孩子都累病了。我告诉你们，真要是把我大孙子累坏了，我跟你们没完……”

受两个孩子的影响，陈桂荣今天比以往多挖两个树坑。本来就很累，刚才又跟铁蛋生点儿气，现在看着儿子没吃饭就睡下了，还挺心疼的。再加上婆婆磨磨叨叨，她也没心情吃饭了，在西屋炕头坐一会儿，感觉到眼皮发沉，从被褥垛上扯下一条毯子，横搭在肚子上，也睡着了。

曹子海是在晚上八点多钟到家的，顺手把铁门插上，又到东房头上撒泡尿，感觉到家里的气氛不对。这要是放到以前，听到铁门响动，陈桂荣早就开门迎出来了。他都没顾得扎裤腰带，就提着裤子跑进屋，先扒着东屋的门口看一眼，见母亲和儿子一个炕头一个炕梢地睡着，悬着的心才放下来。来到西屋，他推了推陈桂荣的腿说：“哎，哎，铁蛋他娘，车都过二道岭了，醒醒呗。”

陈桂荣毛愣怔恍地坐起来，揉着眼睛问："拉回来了？"

曹子海愣了半天，才明白老婆在说树苗。他耷拉着脸子说："你以为那是咱家的，想拉回来就拉回来？"

陈桂荣往炕边上挪了挪说："看来这趟是白跑了！我就说嘛，你那个表哥……"

"先别管我那个表哥了，赶紧给我整口吃的，我都快饿死了。"

"你拎着东西去看他，不会连顿饭都没混出来吧？"

"你也不看看现在几点了！我吃了晌午的，还能顶晚上的？"

"那正好，我们也没吃呢！"陈桂荣跑到外屋，先往灶膛里添上一铲子煤，把鼓风机拉着，又赶忙来到东屋，推铁蛋一把说："你爹回来了，赶紧起来吃饭。钱的事，你朝他要去吧！"

这次铁蛋倒是挺痛快的，倏地坐起来，扯过毛衣往身上套。陈桂荣看到儿子起来，扭头去了厨房。她这边还没等把菜饭端上去，人家爷俩儿已经坐到桌子旁了。曹子海问："这么晚了，你们咋还不吃饭？"

铁蛋回答得挺干脆，说："这不是等你呢！"

陈桂荣正好端着一盆大米饭进来，也随声附和："你是去办大事的，你不回来，我们娘儿们敢吃吗？"

曹子海被儿子和老婆的话所感动，从兜里掏出一盒"中华"，扔给铁蛋说："这可是好烟，别抽瞎了。"

第二天早上，曹子海去黑龙镇联系树苗。陈桂荣收拾利索厨房，想找铁蛋上山，可找遍院里的犄角旮旯，也没见到他的影儿。她以为儿子去买上山所带的食品，一会儿就能回来。可等到九点半，儿子也没回来。她觉得儿子可能是太累了，想歇一天，好在昨天干出两天的活儿，能跟曹子海交代过去，她也没再计较。

铁蛋确实是在东头的小卖部里，但他今天没买东西，而是在卖东西——在卖他爹给他的那盒“中华”烟。昨天赔了十五块钱，他得想法儿赚回来。

铁蛋倚靠着柜台边，点燃一支。他抽得很谨慎，轻轻地吸一小口，紧紧地闭着嘴，让烟在口腔内停留到实在憋不住的时候，才慢慢地开启嘴唇，让烟从嘴里自然地飘出来。与此同时，他又用鼻子贪婪地往里吸着，那感觉就像是在抽大烟似的。依靠这种神情，他已经以每支两元的价格卖出七支烟了。当然，他自己也抽了三支。

买烟的人，都听说过这个牌子，但真没见过，更别说抽了。他们好像连做梦都没敢想抽这种烟，真让他们买一盒，他们可能永远也舍不得。但现在遇上零售的机会，都想尝尝这种烟是个啥滋味，还大有千载难逢的感觉。最先买烟的是炕上玩麻将的人。赢钱的自然没啥可说的了，花的钱是别人的，感觉是在抽别人的烟，不心疼；就连输钱的葛四海都买了一支，他的理由是有输的，还没抽的？扒眼的人看到连输钱的都敢抽，何况自己没输钱，也跟着凑热闹似的来一支。

在四个打麻将的人中，只有刘铭没买。他今天是赢着钱的，也不在乎这两块钱，而是看不惯铁蛋的神情。他坐在炕里的窗台下，正对着地上的柜台，无论是抓牌还是打牌，只要是抬头，都能看到铁蛋。从上次掷色子赢了铁蛋的钱，两个人就没说过话。他是觉得有些不好意思，而铁蛋对他，则是余怒未消。每次瞅他的眼神中，分明地带有挑衅的成分。

将近十一点时，刘铭和一把庄飘自摸，每家三十元，直接给葛四海清了底。葛四海把手里仅有的二十七块钱扔到桌上说：“输光了，不玩了。”刘铭刚想去拿，又被他抢回两块。他向铁蛋挥着手说：“再来支好烟。”铁蛋把烟送过去，还亲自给他点着。曹学文和李玉看到葛四海又抽上好烟了，纷纷提出异议：“给你二十五的都抽上‘中华’了，我们给你三十，你咋的也得给我们买一支吧？要不我们这心里也太不得劲儿了。”

“不都是烟吗？有啥好抽的！”刘铭把钱卷起来，掖到兜里，往地下挪去。

曹学文和李玉上前扯住刘铭的胳膊，死活不让他走。刘铭只好从兜里掏出十块钱，扔到桌子上说：“那就来三支。”铁蛋拿起钱，先递给曹学文一支，又递给李玉一支，之后找出六块钱，也扔到桌子上。

刘铭看着桌上的钱气愤地问：“我不是说要三支吗？”

铁蛋笑嘻嘻地回答：“就卖两支，剩下的不卖了，留着自己抽了。”

刘铭把钱扯到手里说：“不卖拉倒，我还不稀得买了！老子这儿有。”

铁蛋盯着刘铭掏出来的烟盒说：“像你这样的，也只配抽‘都宝’。”铁蛋又从烟盒里抽出一支，在空中晃了晃说，“这就叫贵人抽贵物，土鳖吃豆腐。”

铁蛋最后的这句话，真把刘铭气急了。他冲着李秀芹说：“嫂子，给我来两个猪蹄子、两瓶啤酒，我倒要看看，谁是土鳖？”

大伙看到这架势，都转身走了。铁蛋本来是想跟大伙一起走的，看到刘铭瞅着他，那神情似乎在说：“你不是土鳖，别走啊！”铁蛋也冲着李秀芹说：“婶子，给我也来两个猪蹄子、两瓶啤酒。”

刘铭坐在炕上连吃带喝，铁蛋倚靠着柜台，也连吃带喝。李秀芹瞅瞅这个看看那个，笑着说：“看来合庄真是要发财了！往后我这个小卖部，也得进点儿上档次的东西喽！”

十六

农历五月二十这天，是刘天栋的生日。刘铭两口子没对外声张，只是在头两天，郝桂花淘了二十斤大黄米，打算蒸豆包，又怕引起人们的注意，打发刘铭跑七里多地，到康家窝铺去加工的。今天早上，她又把拉好的一个单子和三百块钱交给刘铭，让他去街里赶集，买酒买肉。他们粗略地估算过，就算没有外人，光老刘家这伙子，一桌子怕也坐不下。

而第一个来刘铭家送礼的，却是大头马。她拎着一个白柳条筐子，上边还盖着一方红布。看上去，这份礼物显得既喜庆又庄重。大头马没直接进院，她站在院门口，不紧不慢地敲打着敞开的大门。等郝桂花迎出来，她又小声地确认一遍，这才绕过郝桂花，往院里走去。

大头马能想到刘天栋的生日，还是燕子提醒的。早上燕子说，她又梦见她爸了，穿得干干净净的，手里还拿着个公文包。这让大头马不但想到付小富就是六年前的今天没的，同时也想到今天是刘天栋的生日。她清楚地记得，付小富在上集之前，还跟她说要给刘天栋买几盒点心，等回来送过去。

刚想起付小富时，大头马的心情沉重一会儿，等用凉水洗过脸，立即从过去回到现实中。她想到房子一经被扒，就算自己有了着落，以后燕子也得有地方住，还得盖房子。要想批房基地，就绕不过刘铭家。这几年，两家子基本没啥来往，不就着现在的这个机会沟通沟通，到时候红嘴白牙地求人家，怕是不好张口。

在决定去给刘天栋过生日时，大头马又想到葛连，觉得他肯定不会想起这种事，得去告诉他一声，让他也有所表示。毕竟他跟着刘铭一起种西瓜，他又没时间经管，还得依仗人家照看着，给人家打点进步，也是应该的。可她去的时候，还是晚了一步，葛连家的大门已经上锁，这样，她只好替他做主了。

大头马打算给五十块钱，也替葛连给五十块钱。但想到一百块钱就这样给了人家，从内心里，又觉得亏得慌，她已经把自己和葛连当成一家人了。她思量再三，最后还是决定把这五十块钱记在葛连身上。男人嘛，脸面毕竟比女人更重要。但她跟葛连还没什么正式的名分，她还需要再置办一份礼物才说得过去。在往冰柜里放早上吃剩下的馒头时，看到冰柜里的肉，这才想到送块肉是最恰当不过的。这些肉是她前天才买回来的，二十多斤呢。她扒拉了半天，才选中一块合适的，大约三斤多。她用手掂量着，为自己这个创意而得意。这样不但比掏钱显得亲近、显得有人情味儿，最关键的是省下二十多块钱。

大头马的到来，显然出乎郝桂花的意料。她跟在大头马的身后，用讨好的语气说：“嫂子真是个细致人，难为你还记着。”

大头马回头苦笑一下，这才幽幽地说：“我能不记着吗？我们家那个死鬼就是六年前的今天走的。”话出口后，又觉得此时此地说此话有点儿不合适，赶忙冲着前方“呸呸”地吐了两口唾沫，像是要把刚才的话淹没似的。

“没事的，我家没那么多说道。”郝桂花笑盈盈地安慰着。

走进东屋，大头马把筐子落到炕沿边上，对着正在炕上摆弄小牌的刘天栋说："六十六，吃闺女一刀肉。你也没个闺女，我给你送疙瘩肉。"她把盖在筐子上的红布扯去，方方正正的一块猪肉露出来，显然是刚从冰柜里拿出不久，还冻得硬邦邦的。从买下葛连家那只羊，大头马就把本来打算给燕子当嫁妆的冰柜启动了，到现在一直使用着。

虽然听明白大头马的话了，但刘天栋并没有过于激动的表示。一是他平常就不待见大头马，嫌她太过于张扬，也看不惯她那个和大筐似的头发；再加上二十多年的队长当得他对别人的尊敬失去了感觉。他向筐子里扫一眼，嘴角带动下巴上的那绺山羊胡子翘了翘，没了下文，又把目光转移到那副小牌上。

"嫂子，还是你想得周到，看把我爹高兴得都不知道说啥了。"郝桂花本来是站在门外的，赶忙进屋打圆场，她扯了扯大头马的袖子说，"走，咱们上西屋待会儿去。"大头马把筐子递给郝桂花，跟着她往外屋走。看到郝桂花去了厨房，她扭头冲着刘天栋小声地说："这真是越老越傻了。"

两个人来到西屋，大头马又从兜里掏出五十块钱，说这是葛连让她捎来的，他忙着上山放羊，就不过来了。郝桂花没去接钱，她往回推着大头马的手，笑着说："你们俩都那样了，还分啥你啊他啊的！你来了，就等于他也来了。"

大头马的脸立即红了，用攥着钱的手捶打郝桂花两下，笑着骂道："我们俩哪样了？你个小蹄子，再敢胡说，我撕烂你的嘴。"看到郝桂花边躲闪边求饶的样子，她又顺势扯住她的胳膊，满脸幸福地问，"我们的事，是不是全庄子的人都知道了？"

"这种事还能瞒住人？你们俩天天黏黏糊糊的，瞎子都能看出来。不过，满大街贴告示，也有不认字的，我们家就有。"郝桂花把胳膊挣脱后，顺势指向东屋，意思是像刘天栋这样的就不知道。

大头马把手里的钱扔到炕上，满不在乎地说："看出来就看出来呗！他是孤男，我是寡女，我们有资格谈情说爱，没啥可藏着掖着的。要不是跟前有两个孩子，我早就搬着行李上他家过去了，也省得大伙在背后嚼舌头！"

"听这口气，你们俩早就那个了吧？"郝桂花往前凑了凑，抬手搂住大头马的脖子，把嘴贴到她的耳边，亲昵地问。

"你寻思呢？"这次大头马没显示出不好意思来，意味深长地反问一句。

在衡量两个女人的关系时，一个非常重要的指标就是说到这种事。两个人一经毫不忌讳地说到了，等于把自己连同自己的男人都向对方敞开了。一个女人把自己向另一个女人敞开，这不算什么；把自己的男人都向对方敞开之后，那种心情就不一样了。郝桂花没想到大头马会以那样的方式答复她，这是等于直截了当地告诉她了。她再次扯起大头马的手说："既然你拿我没当外人，又把当闺女应该做的事都做了，我和刘铭以后也不叫你嫂子了，叫你大姐，你看成不？"

大头马是来跟人家套近乎的，没想到一下子能套得这么近乎。她也激动地说："那敢情好！就着今天这个日子，我去给老爷子磕个头，这事就这么定了。"她边说边向东屋走去，郝桂花拉她一把，居然都没拉住。

跨进门槛，大头马直接跪到地上，冲着刘天栋说："老队长，你也没有个闺女，认我当干闺女吧。以后我每年都来给你过生日，祝你长生不老。"说完，她郑重地磕了三个头。

刘天栋刚拆完一卦，酒、色、财、气四条卦面摆在炕上，正歪着脑袋端详着。卦象提示：他有七分的酒、八分的财和五分的气。对于酒，这自然是不用说了，每天都不断，今天肯定是要多喝点儿。

财也好理解，以往过生日，总有侄男外女的送东西。东西就是财，这个也在意料之中。在对于色的问题上，从年轻时，他就不看这个卦面。在摆放时，每次都直接把牌扣过去。最让他不解的是哪儿来的气呢？在平常的日子里，都很少有人惹他。今天他应该是最重要的人物，谁还敢惹他生气？

看到大头马进屋就跪到地上，刘天栋下意识地往边上挪了挪身子。可能是有点儿紧张，他并没听清楚大头马说的内容，以为是在给他祝寿。他冲着大头马连连摆手，并以略带责怪的口气说："这都啥年月了，还行这么大的礼？快起来，不就是过个生日嘛！"

大头马被随后跟进来的郝桂花拉起来，往前跨两步，手扶着炕沿，探了探身子，冲着刘天栋笑着说："我认你当干爹，头也给你磕了。以后管你叫爹时，你可得答应啊！"

直到此时，刘天栋才弄明白大头马磕头的意思。他一时没了主意，抬头看着郝桂花，征求她的意见。看到郝桂花点头，他也跟着点头说："我答应，我答应。有人管我叫爹，能不答应吗？"

"大姐，你家里不是没啥事吗？那就别走了，一会儿和我蒸豆包吧。"郝桂花边说边冲着大头马使了个眼色，向外屋走去。大头马回头对刘天栋说："爹，你接着玩吧。"没等刘天栋有反应，也跟了出去。她都走出门口后，才听到身后传来很爽快的答应声。

第二个来刘铭家的是曹玉民。他左手拎着一筐子鸡蛋，右手拎着一捆挂面。他进院时，正赶上郝桂花往当院泼刷锅水。郝桂花看到后，迎下台阶，笑着说："你看你，心意到就行了呗，还拿这么多东西干啥？"

"这是我的。"曹玉民抬了抬拎着鸡蛋的左手。

"这是葛晓伟的，让我给捎过来。"曹玉民又抬了抬拎着挂面的右手。

从春季整地闹完那场不愉快之后，葛晓伟家和刘铭家几乎没再来往过。他们之间有啥需要商量的事，全靠曹玉民来沟通。曹玉民似乎也很乐意做这个使者，觉得这两户人家越生分，他的重要性越突显出来。

曹玉民在五天前就知道刘天栋今天生日，是刘铭在干活儿时无意说到的。曹玉民把这个事特意告诉给葛晓伟。他确定葛晓伟是不可能去的，他也不希望他去。他的目的是想从中整出点儿事来。他的潜台词是：你看到了吧，这事刘铭告诉我了，而没告诉你吧。之后再去刘铭那里买个好，说我把你家老爷子过生日的事告诉葛晓伟了，你看他没来吧。可他没想到葛晓伟竟然一反常态地买了一捆挂面，还委托他给捎过来。这让他有些失落，有些像偷鸡不成反搭上一把米的感觉。所以他在抬左手时，只抬到肚脐眼附近，就迅速地放下；而在抬右手时，却拎到眼前的位置，并来回地晃动几下。他的这个动作给人的直觉是：左手的鸡蛋要比右手的挂面沉重得多。

大头马听到曹玉民的声音，也从屋里迎出来。她不再是外人，而是这个家的女儿。家里来了客人，她应该这样做。

曹玉民本来是打算进屋待一会儿，告诉郝桂花，葛晓伟知道这个事，是他的功劳，是他为缓和两家矛盾而煞费苦心的结果。在来的路上，他盘算好了，既然事与愿违，就退而求其次，买个好也好。但看大头马在这儿，觉得这话没法说了。最近这段时间，葛晓伟跟大头马往来频繁，已经把她当成婶子了。

停在台阶下，曹玉民把左手的鸡蛋筐递给郝桂花，把右手的挂面递给大头马，说：“我就不上屋了，车还在门外停着，我得去地里干活儿呢。”

之后陆续到来的人，都是刘铭的本家，都是计划内的。送来的礼物基本都是鸡蛋、鸭蛋和鹅蛋。有的是女人来的，有的是打发孩子来的。到九点多，刘铭家外屋的过道上，已经摆放了一溜大大小小圆圆扁扁的筐子。大头马说："这么多鸡蛋，可咋吃啊？还不如送点儿挂面实惠呢！好歹能放得住，想啥时候吃啥时候吃。"

郝桂花笑着说："这还算多？咱爹过六十大寿那年，比这还多。我用腌酸菜的大缸腌了半缸，吃了半年。吃得咱家鹏举说连放屁都是臭鸡蛋味儿了。"

把豆包蒸到锅里，大头马边洗手边对郝桂花说："趁着现在没事，我得回去一趟。"郝桂花问她回去干啥，她支吾半天，说没啥事，就是回去看看。郝桂花笑着说："大姐，你甭惦记燕子，等晌午鹏举放学，让他招呼燕子上这儿来吃不就得了。"大头马摆了摆手说："要光是燕子，我就不回去了。她那么大个闺女了，吃饭咋也没事。"郝桂花愣了半天，还是没寻思明白大头马家除了燕子还有谁，用诧异的目光看着。她的眼睛本来就大，再目不转睛地盯着，给人的感觉像是自己内心的那点儿活动全部让人家看透了似的。大头马只好坦白："我回去整口饭，中午让大军上我家吃去。"

"行啊，大姐！"郝桂花露出一副如梦初醒的神情说，"那就让两个孩子都来吧。大军在学习上，没少帮助咱家鹏举，两人好得像亲哥们儿似的，就算咱们想不到，到时候鹏举也能想起来。"

大头马连续说三个"不行"之后，才解释不行的原因。她说："甭看大军是男孩，脸皮比女孩子还薄，不乐意往人多的地方凑合。把他叫来，闹哄哄的，他还吃不好。不如我回家做一口，让两个孩子消停地吃点儿，这样大人孩子都省心。"

郝桂花也不好深说了，往门口送了两步，看到大头马走下台阶，撇了撇嘴，小声地说："这后妈当的，还挺上心。难怪人家背后嚼你舌头，活该。"

大头马做好午饭，嘱咐燕子，让她早点儿去门口守着，看到葛连圈羊，把替他随礼的事告诉他，让他别做饭了。她怕葛连不知道此事，刘铭叫他吃饭时，整露了馅儿。这也是她一定要回来的原因。

大头马再返回到刘铭家时，刘铭已经回来了，好像是刚进屋不久的样子。外屋地上放着两个丙纶丝袋子，里面装得鼓鼓囊囊的。袋子的边上，还有一箱设平县酒厂产的凌河牌白酒。

“大姐，回来了。”刘铭显然是知道大头马认刘天栋为干爹的事了，亲切地说。这话的本意是知道大头马来过，又回家去了，强调的是再次回来。而大头马听起来，却是另外的一种心情。像是这里是她的娘家，她是从另外的一个家回到娘家。自从父母去世，她跟娘家几乎是断绝来往，也好几年没回过娘家了。听到这话，她有着一种久违的亲切感，接二连三地答应好几声。每次答应时，都很郑重地点着头。

郝桂花把袋子里的肉和熟食拿出来去厨房了，大头马把青菜倒在地上，扯个小板凳，开始择菜。刘铭站到她身边小声地说：“大姐，你上屋里陪老爷子说话去吧，我来。”

大头马推他一把说：“你都跑老半天了，快去歇歇脚！”

郝桂花边切肉边把她计划做的十个菜报给大头马，征求她的意见。大头马说：“菜好点儿孬点儿没多大关系，就是量得足点儿。这青黄不接的，大伙肚子都没油水，少了不够吃。”郝桂花又拿过一块肉，准备再切点儿。大头马晃着手中的青菜说：“肉就别添了，多加菜不是一样嘛！”

郝桂花把那块肉送回到碗橱子里，笑着说：“行，大姐，听你的。”

听到有炒菜的声音，刘铭来到郝桂花的身后，问都谁来过，他去叫他们吃饭。郝桂花一边忙活着，一边报着人名。她是最后一个提到葛连的，刘铭面带疑惑地说：“我上集时，他就在西树林子放羊。我回来时，他还在那儿，他啥时候来的？”郝桂花扭头瞅一眼正在往东屋放桌子的大头马，刘铭便明白咋回事了。他小声地嘟囔着：“看这架势，往后得管‘葛老凿’叫姐夫了呗！”

酒席开始后，大伙轮班地向刘天栋敬酒。能说会道的，说一些“福如东海”之类的祝福词；拙嘴笨腮的，只是端起酒杯，跟刘天栋碰一下说，“话都在酒里了”，狠狠地喝上一大口。等轮到大头马敬酒时，郝桂花把她认刘天栋当干爹的事情公布于众，酒桌上又掀起一轮小高潮。大伙都抛开主题，纷纷冲着大头马使劲儿，在敬她酒时，都捎带上葛连。比刘铭小的，改口管大头马叫大姐；比刘铭小一辈的，则管她叫大姑了。

那些管大头马叫大姐的，嘴上还称葛连为大哥，但态度上，已经有所转变，俨然一副小舅子的架势，由原来单纯的尊重变成连打带闹。葛连被他们逼得点头哈腰，频频地举杯，脸上洋溢着幸福的神情。

大伙都在热热闹闹地划拳行令时，西屋的电话铃响起，郝桂花跑过去接电话。她再回到东屋时，脸上原有的喜悦消失了，人也变得直眉愣眼的。大头马问她咋的了，她支支吾吾地说没事。可大伙分明地感觉到有事，都停下来注视着。刘铭又问两遍，郝桂花这才颇显沮丧地说：“电话是王主任打来的，高速公路有消息了，只占用曹子海代管的那片小树林子。”

轻描淡写的几句话，让酒桌上立即炸了锅。首先爆炸的是葛晓伟，把端着的酒杯重重地往桌子上一蹾说：“这叫啥事！这酒还喝个啥劲儿！”又侧过头指点着葛连说，“老叔，不是当侄小子的埋汰你，你这一辈子，净整这种狗滋尿的事。”

听到这个消息，葛连的眼睛一直盯着大头马。他有些茫然，有些惶恐，有些由沧海到桑田的惊诧。从打坐到这里，他一直地处于高度的兴奋和幸福之中。这些年，他一个人忙里忙外的，村里的人情往来有时候照顾不到，没少留下遗憾。现在有人替他想着，让他终于找回了一份满足和得意。而这一切就像黄粱一梦，刚刚闻到米饭的香味儿，就醒了。他一肚子的怨气正没处撒呢，看到葛晓伟指着他，立即把所有的怨恨都转移到侄子身上。他把本来放在桌子上的杯子端起来，也重重地蹾一下，指着葛晓伟的脑门儿骂道："你个小兔崽子，说谁狗滋尿呢？"

看到这个场景，刘铭也顾不得想高速公路的事，赶忙抬手挡在他俩中间，赔着笑脸说："大伙能来给老爷子过生日，我十分感谢。看在老爷子的面子上，都少说两句。"看到葛连叔侄俩都把手放下，他扫视一圈说，"现在天也不早了，咱们干了这杯，吃饭吧。"

老刘家的这些人，尽管没受这个消息的影响，但看到主人下达限酒令，心情也跟着黯淡下去。五叔家的儿子率先起身说："我下午还有事，得先走了。"其他人也都放下酒杯，跟着站起来，往外走。炕桌上的人看到地桌上的人走了，也跟着往地下跳，大伙一个接着一个地涌出门口。刘铭两口子也没挽留，只是跟在后边，前言不搭后语地致谢。刘天栋望着桌子上一片狼藉的杯盘，满脸气愤地说："往后，谁也别来给我过生日了！"

十七

回到家，葛连习惯性地冲着墙上的照片愤愤地说："高速公路的事黄了，这回你放心了！"那语气和神情，好像高速公路这件事，是王素霞一手造成的，是她盼望已久，现在终于如愿以偿的感觉。

与其他的跟高速公路有关的人不同，葛连遭受的打击是双重的。刚开始时，他并没拿这条路当回事，甚至还有些排斥，为即将失去的土地而耿耿于怀。但这段时间，睡不着觉的时候，眼前曾无数次地出现过大把大把的钞票。这些钱铺在土地上，把土地的本来面目掩盖住。渐渐地，土地的颜色再也不如钞票的颜色看起来顺眼了。特别是跟大头马有了关系后，他觉得生活甚至生命都有了另一种景象和意义。这一切，都是高速公路带来的。现在，他担心这些随着这条路的偏离而离去或即将离去。

当院的羊群在不停地抗议着。按照习惯，此时应该是它们在山上吃草的时间。它们绝大多数聚集在大门口，有的还不停地用头拱着大门。当然了，这些基本是母羊，公羊们都在顶架。从"黑蹄儿"摔死之后，"黑脊背"就一手遮天了。它把所有的母羊，都视为它的妃子，不允许其他弟兄接近。现在正是青草茂盛的季节，母羊吃得饱，营养足，正是发情的高潮期。它刚从一只母羊的身上下来，发现另一只公羊在拱母羊的屁股，就风风火火地赶过去。那只公羊吓得掉头就跑，它还在后边不依不饶地追赶着，院子里乱成一团。

大头马也是被人群裹挟出来的，走到自己家门口，并没进院，而是一路向西。来到小庙前，她停住了，茫然地向远处张望着。这片地离她家最近，她却很少来这里。一方面是这儿没有她家的地，更主要的是她很在意这块地的名字。她原来是挺敬重神灵的，从付小富死后，她不再迷信。她觉得神仙不但是眼睛瞎了，连心都瞎了！像付小富那么老实厚道、连放个响屁都怕吓着别人的人，神仙都不放过他，这世道真是没有公理可言。她每次想到小庙，心里就不舒服。

在葛连家的瓜地边绕了大半圈，大头马突然又觉得冥冥中还是有神灵的。要不好好的一条路，怎么说改道就改道了？这应该是神仙的意思。神仙不乐意这条路从他们的房子上穿过。而不从神仙的房子上穿过，也就不能从人的房子上穿过了。这样看来，神仙也是自私的，利用手中的权力为自己谋求私利，全然不顾及人的想法。人在神的面前，永远是牺牲品，甚至是祭品。

找到高速公路不通过这里的依据，大头马的心情立即开朗许多。既然是神的旨意，岂容得她患得患失？她冲着原来小庙的位置愤愤地骂道："爱哪儿走哪儿走去吧，关老娘个屁事！"她转身往回走，在路过她家大门口时，仍然没进院，还是直接向前。她有点儿不放心葛连，想去安慰安慰他。

大头马刚推开葛连家的大门，聚集在门口的羊群向外冲去。她抬起双臂左挡右挡，也没挡住。她早上才换上的一条干净裤子，已经让羊群给蹭得全是泥土了。开始出去的母羊，对她还有所惧怕，连躲带闪。后面的公羊，直接向她冲来。她吓得赶忙往院里跑，却没跑利索，摔倒在门口。她冲着屋里大喊：“葛连，快出来，羊跑了。”

葛连正头朝里脚朝外地在炕上趴着，随着钞票花花绿绿的颜色渐渐褪去，他满脑子里只剩下大头马了。他知道大头马跟他相好是有前提的，即房子被扒之后，有个安身之处。现在前提不存在了，结果也不可预知了。他正在胡思乱想的时候，听到大头马的喊声，他像睡毛愣似的坐起来，向窗外望去，见大头马坐在地上，赶忙下地穿鞋，跑到大头马跟前。他刚伸手要去拉她，却被大头马摆手拒绝了。她指着门外说：“我没事，快去撵羊，别吃了人家的庄稼。”

羊群在“黑脊背”的带领下，已经往西树林子跑去。葛连在后边跟头流星地追着，不停地叫骂着。

在地上坐一会儿，见屋门开着，几只鸡在外屋走动，大头马站起来，向屋里走去。刚把鸡赶出门口，转身时，她又瞥见东屋墙上的照片。从打装修完房子，她跟葛连每次见面，都在她家进行。她拒绝来这儿的原因，与这张照片有关。总觉得在这个家里，她是个外人，背后总有一双眼睛在监视着。每次看到这张照片，她都像是做啥亏心事似的。在走出门口时，她还在心里辩解：我是进屋撵鸡的，要不我才不稀罕来呢！

大头马回到家，燕子大惊，指着她裤子上的泥巴问：“这是咋弄的？是喝多了摔的吧！”

大头马摇摇头说：“没事，是你葛叔家的羊蹭的。”

燕子立即转成笑脸问：“你上他家去了？”

看到燕子的笑容里有内容，大头马皱了皱眉头说：“他喝多了，我顺便过去看看。刚开大门，就把羊给放跑了。他撵羊去了，我们连一句话都没顾得上说。”

“他喝那样了，还能放羊吗？”燕子边问边观察着大头马的表情，看到母亲也是一副忧心忡忡的样子，又自告奋勇地说，“要不，我去帮他放羊吧。反正我在家里也没事。”

这段时间，燕子与葛连相处得挺愉快。一方面是燕子看到母亲从与葛连相处之后，脸上总洋溢着喜悦之情，活泛着红晕之色，她体会到母亲的幸福，也分享着她的幸福。另一方面，葛连特别宠着燕子，对她甚至比对大军还好。他上集买回好吃的，在路过大头马家门口时，总是分给燕子一半。有时候看到她喜欢，还分给她一多半。从情感上说，燕子已经认可葛连这个后爹了。

追到山上，燕子抢过放羊的鞭子，让葛连回家睡一会儿，等到晚上该圈羊时再来接她。当时葛连倒是很听话，简单地交代两句就走了。可进了村子，他不再听话。他没回家睡觉，而是拐进大头马家。进院后，他还直接把大门插上了。

从燕子走后，大头马就坐在炕头上发呆。她的心情就像个乱线团子，不管怎么撕扯，始终找不到头绪。这几年，她已经没有创造自己幸福的渴望。换句话说，她把自己的幸福全部寄托在女儿身上，燕子的幸福便是她的幸福。她肯主动与葛连交往，最初确实是抱着寻求一个安身之所的目的，是一个无奈的甚至是仓皇的举动。随着时间的推移和她与葛连情感的深入，原来的目的性渐渐地淡化了。她现在面临的，是如何去处理与葛连的这种关系。按照原来的计划，房子被扒了，她顺理成章地搬到葛连家，房子完全可以暂时不盖，将就两年，等燕子有对象，给他们盖个新房子，让他们结婚。可现在的情况是，房子不扒了，她就没有理由搬到葛连家去。就算是她与葛连名正言顺地结了婚，也得和现在这样住着。葛连家只有三间房子，能住人的就是东屋和西屋，他们俩住在一个屋里，那么两个孩子怎么住？那样只能让燕子还住在这儿，她无论如何是不能把女儿一个人扔下的。但如果放弃这段情感，还回到从前，那也是不可能的事。首先是她和葛连都独身这些年，两个人都很珍惜这段情感。在别人看来，他们的这段情感的选择权掌握在她手里，但这恰恰是让她为难的地方。对于她来说，就算葛连放弃，她都不能放弃。合庄人背地里怎么议论这件事，她是知道的。如果真分了手，那么人们对她的那些议论就变成真的了。她的这段感情，就会具体到为了骗葛连一只羊，或者还有更难听的说法。她在合庄也就没法待下去了，能被唾沫星子淹死。

听到大门响动，大头马并没在意，以为葛连不用帮忙，燕子回来了。等葛连撩开门帘进屋后，她才如梦初醒般地回过神来。她顺着窗户向外看一眼，冲着葛连嚷道："大白天的，插上大门干啥？"

葛连站在炕沿边上，眼睛直勾勾地看着大头马。他的脸本来就黑，再加上喝点儿酒，从山上回来时，走得又急，出了点儿汗，整个脸的颜色像是煮熟的猪肝，硬邦邦，油渍渍，没有任何表情。

大头马正在心烦意乱中，而葛连插上大门的举动，又让她特别反感，以为他要做那种事呢！她有些来气，索性把脸扭向窗外，眼睛盯着远处杏树上几只跳动的麻雀。

葛连的呼吸声越来越重，是在用鼻子往里吸气。鼻子里好像有清鼻涕，每次吸气时，都伴有突噜突噜的声响。突然，他蹲下去了，双手抱着脑袋，扎在两腿之间。随着人的消失，炕沿下边传来呜呜的哭声。声音透着委屈，透着愤怒，带着一种沧桑与悲凉，像从远方飘荡过来的，有渐行渐近的感觉。

大头马被这突如其来的声音吓了一跳，几乎是连滚带爬地窜到炕沿边上。她显得有些慌乱，抖搂着手说："你这是咋的了？"她又往前伸了伸手，想去拉葛连的胳膊。葛连穿的是个半袖，她的手指尖刚触到他的皮肤，立即缩回来，像被烫到了似的。她觉得此刻的葛连，一下子变得陌生了。他们之间，好像隔着一层玻璃。

注视葛连一会儿，大头马感觉眼睛在膨胀，脑袋在膨胀，身体在膨胀。从头到脚，像是被一股气流贯穿着，再不把嘴张开，身体就会爆炸。她也哭起来，声音比葛连更有爆发力，有点儿像吹满气体的气球，放开手后，先是噗的一声，球体里的空气泄出去一大半，之后才是哧哧的出气声。她的声音像是从这里出发，渐行渐远。第一声哭出来，她感觉舒服很多，也理解葛连为啥要哭了。

葛连也被大头马吓着了，停顿一下，还松了松抱着脑袋的手，头也往上抬了抬，只不过是几十秒的时间，又继续下去。从声音上听，葛连与大头马像是迎面奔跑的两个人，在相遇瞬间，彼此打个招呼，还是朝着自己原来的方向，各跑各的。只是他们的强度和频率受到彼此的影响或制约，变得统一起来，像是男女声二重唱的组合。葛连在领唱，大头马在配合。大头马发出的声音，像是葛连所发出的声音撞到后墙上的回音。

两个人各自哭了一会儿，大头马率先停下，用手背抹干眼泪，抬手扯起葛连的胳膊，使劲儿地往上拖着。葛连也顺势站起来，略一侧身，坐到炕沿上，不过，脸是冲着后墙的。他的左胳膊被大头马扯着，只好用右手在脸上划拉几下，把眼泪抹光，似乎是不愿意让女人看到自己的眼泪。

大头马松开手，苦笑着说："咱们这是干啥呢？不就是一条破路吗？等于没有那个事就得了。"叹了口气，她又说，"钱倒是个好东西！有钱可以吃香的喝辣的，还不用起早贪黑地受累了。可没钱咱们也得过日子不是？以前咱们不是都过得好好的吗？这都是命中注定的，还按照以前的样子过吧！"

大头马本意是想安慰葛连，没想到最后的那句话，却让葛连立即紧张起来，猛地扭过身来，一把扯住大头马的手说："没钱我不怕，可咱俩的事咋办？"

大头马下意识地往回抽了抽手，没抽出来，却被葛连拉得屁股都翘起来了。她只好往前送了送胳膊，才让身子坐直，显得很无奈地说：

“都这样了，还能咋办？”

“咱们结婚吧。”葛连扯着大头马的手，神情中透着渴望和乞求。

大头马用左手推着葛连的胳膊，才把右手拽出来。她往炕里略微地挪了挪屁股，整理两下头发，这才说：“人都给你了，还差那个手续吗？”

“差。”葛连斩钉截铁地回答。

两个人都低着头，僵持在那里。

“我也不想这么稀里糊涂的。可你不想想，真结了婚，咱们怎么住？”

“你们娘俩儿都搬到我那儿去啊！”

葛连答得十分轻松，还表现出一脸如释重负的样子。在这之前，他确实没想到过结婚，觉得那是个很遥远的事。他所有的想象都是以高速公路占用他家的土地和大头马的房屋为基础的。没想到这条路会“改道”，让他的打算也不得不“改道”。

看到大头马皱着眉头，葛连这才想到自己家的房子和这两家子人员构成问题。他也皱了皱眉头说：“还按原来说的办，你们娘俩儿住西屋，我和大军住东屋。”

“那和现在有啥两样？”

“有啊。怎么没有？这能一样吗？”

大头马摇摇头，表示不赞同葛连的说法，或者是没看出这其中的区别。葛连郑重地说：“有了结婚证，再待在一起，没人敢说你啥了。”

大头马对这个解释还算满意，她也从中感觉到葛连的良苦用心。但她还是摇着头说：“你只看眼前这疙瘩儿，以后的事想过吗？”

葛连疑惑地看着大头马，认真地想了想说：“以后也没啥不好办的。等燕子结了婚，让她单过；等大军结了婚，也让他单过，我养活着你。”

大头马被葛连的话感动得再次泪流满面，立即把脸扭向窗台，使劲儿地眨巴几下眼睛，让已经憋不住的泪水尽快落下，让能憋回去的，不再涌出来。

从立在柜上的镜子中，葛连看到大头马扭头，以为她信不过自己，又补充说："我这体格你也知道，再干二三十年没问题。我能养活得了你，绝不会让你受委屈。"

"再往后想。"大头马柔柔地说。

"再往后就咱们俩过日子呗。你在家里给我做饭、洗衣服，我出去干活儿，和别人家一样。"

这些年在一个村子里住着，葛连的为人大头马是知道的。他确实是个好人，就是有点儿一根筋。无论是想事情还是做事情，都跟放羊一样，只在后边跟着跑。有些话，她本来是不想直说的，觉得说出来挺尴尬，也会影响两个人的感情。但不说出来，葛连也许真想不到，也不会往那方面去想。她犹豫了半天，还是狠了狠心说："人总有老的那天吧。等我死了，怎么埋？你这不是让孩子们为难吗？"

这次葛连是彻底沉默了。

按照这一带的风俗，如果大头马名正言顺地跟葛连结婚，等她老了的那天，就应该埋入老葛家的坟地里。也就是说，与葛连和王素霞同穴。他们排列的顺序是：葛连在最东边，王素霞占中间，大头马只能在最西边。按风水学的说法，最西边的这个位置，处于给人家挡西北风的地方。这对于一个女人来说，算是一个莫大的羞辱。这也是很多女人宁可嫁个离婚的也不愿意找个丧偶的的原因。对于大军来说，只要大头马过门一天，就是他父亲的女人。他就得像对待他父亲一样对待继母。不这样做，就会被视为不孝。而在自己的生母边上再放上另外一个女人，他心里也肯定不是个滋味。对于燕子来说，也只好眼睁睁地看着自己的母亲埋入别人的坟里，而自己的父亲只能独守空穴，这也是一件让人情难以堪的事。

经大头马这一说，葛连才如梦方醒。他后悔不迭地拍着自己的脑门儿，打得啪啪直响。大头马既然想到这儿了，这件事就会像一块石头一样，一直地压在她的心上，会压到她临闭眼的那一刻，甚至死了都闭不上眼睛。葛连的本意是不想让大头马受一点儿委屈，可那样的结果是她所受的委屈将更大。他转过头来，很歉意地看着大头马，小声地问：“那你说该怎么办？我听你的。”

“要我说，咱们还和现在这样。你过你的，我过我的。你想我了，就过来看看我；我想你了，就去看看你。别人不怕累，就让他们说去吧，我不在乎。”大头马说完，勉强笑了笑。

“我在乎。这样过，我心里不踏实。”葛连立即反驳。

“你还有啥不踏实的？这个大门，你不是想进就进，想插上就插上了吗？”大头马的语调升高，指着窗外说。

“不是那么回事！不跟你走个手续，总觉得对不起你。”

大头马被气乐了，略带嗔怒地骂道：“怪不得人家背地里叫你葛老凿，你是够凿的。那你说咋办吧？”

“就算不领结婚证，也得操办个婚礼，拜拜天地吧。”

“咱们俩都没爹没娘，拜谁？你要是想拜，上有天，下有地，现在你就跪下磕两个头不就完事了！”

葛连听后站起来，不声不响地向外走去。他先到西屋，从炕上拿起冬天挂在外屋门口的棉门帘子，又来到门外，把它铺到门口的左边。

在合庄，家家户户都供神仙，每个神仙都有着固定的位置，天地爷就供在这个家正门的左边。每到过年，人们在墙上钉上牌位，设置香炉，烧香祭拜。从打付小富走后，大头马把神仙也赶走了。但不管是有牌位与否，烧不烧香，这个地方都是天地爷的地方，这是永久不变的。

从脚步声中，大头马已经明白葛连要干啥了。她觉得葛连的这个“凿”劲儿有些气人，又不乏可爱之处。此时，她感觉到的竟然是后者大于前者。

再次返回到屋里，葛连直接走到炕沿跟前，不由分说，左手搂过大头马的脖子，右手从她的腿下包抄过去，把她抱起来。大头马小声地惊叫着，并没反抗。在葛连转过身时，她把右手抬起来，紧紧地搂着他的脖子。

把大头马放到棉门帘子上，葛连先冲着天地爷的位置作了三个揖，嘴里还在小声叨咕着什么，倒身跪下，指着身边说：“拜吧。拜过了，我也就放心了。”

大头马哭笑不得地站在那儿，葛连抬手扯着她的裤子。她没再坚持，她感觉到葛连手上的固执。她也跪到葛连身边，看到他磕头，她也跟着磕头。她心里想：今天就是磕头的日子吧？打早上到现在磕六个头了。

把大头马抱回屋里，放到炕上，葛连也爬上炕，先到窗台前，抬手把窗帘拉上，又去炕梢的被褥垛上扯行李。大头马略带羞赧地说：“这又是抽的哪门子风？”葛连回过头来嘿嘿地笑着说：“天地都拜过了，还不该入洞房！”

与以往的做爱不同，这次，两个人没有羞涩，没有胆怯，当然也没有激情。他们的每个动作，都是那样的从容镇定，按部就班，没有主动，没有被动，更像是在完成一种仪式。对于大头马来说，她更愿意把这看成上天的安排。六年前的今天，她失去一个男人；六年后的今天，她又得到另一个男人。

太阳快偏西时，大头马醒来，看到葛连还在睡着，推了推他说：“起来呗，该圈羊了，一会儿燕子等急了。”

葛连睁开眼，注视着坐在身边的大头马，显得有些不好意思地说：“今天真是喝多了。”

大头马撇了撇嘴，没搭理他。在葛连穿好衣服下地时，大头马说：“圈完羊就领着大军过来吧，晚上咱们吃顿团圆饭。”

来的时候，带着几分醉意，葛连还知道左顾右盼之后，才慌慌张张地闪进院子。现在酒醒了，反而无所顾忌地打开大门，像每天早上打开自己家的门一样，大大方方地走出去，还边走边唱：

腊月三十月光明，八月十五黑咕隆咚。天上无云下大雨，树梢不动刮大风。刮得石头满街滚，鸡蛋一动也不动。石头碰到鸡蛋上，石头撞个大窟窿。天底下没见过的新鲜事儿，小老鼠生了窝大狗熊……

十八

与其他三户种西瓜的人家相比，曹玉民有所不同。按照曹子海划定的路线，他是不在高速公路占地范围的。他所以选择种西瓜，算是一颗红心，两手准备。一是种西瓜比种其他的作物来钱，同时，他也多少抱有些侥幸，一旦那条路稍偏一点儿或者再宽一点儿，也许就刮着他的地边了。

可能是没抱太大的希望，在听到高速公路的确切消息后，曹玉民也没有太多的失望。相反，内心里还多少产生一丝的喜悦，也找到一种平衡。终于所有种西瓜的人家都一样了！终于谁家种的都仅仅是西瓜而不是人民币了！

从刘铭家出来，曹玉民兴致勃勃地拐进曹子海家。他跟曹子海也不属于真正意义上的本家，但曹子海的亲奶奶，毕竟埋在他老太爷的坟里。较比老曹家的其他人，他们的关系，应该算是最亲近的，两家子平时也比其他人家走动得频繁些。

在曹玉民的内心里，基本上认可那片小树林是曹子海家的。他要在第一时间给这个“本家”叔叔通个信，也算是道个喜，让他高兴高兴，也让他早做打算。

听到高速公路不走他家树林子的消息后，曹子海像嗑瓜子时误吃到嘴里一粒鸟屎一样，脸上立即呈现出一副痛苦不堪的神情，不停地摇头说："这绝对不可能，扯淡呢！不是郝桂花听错了，就是你们听错了。"他前边的两颗大门牙，紧紧地咬着下嘴唇，像是要活剥了造谣者的皮似的，吓得曹玉民赶忙把高速公路通过小树林的消息说出来，曹子海又愣了几秒钟，从炕上跳到地下说："我得去趟刘铭家。"

曹玉民在说这件事的时候，陈桂荣和铁蛋都在场。陈桂荣就站在门口处，是她抬手把曹子海挡下的，她说："你现在去不合适吧？"

曹子海怔一下，这才想起曹玉民提到刘天栋过生日的事，觉得是有些不合适。但他又是个急性子，一会儿也不想多等，便吩咐陈桂荣："给我也拣一筐子鸡蛋，我顺便拿过去不就合适了！"

"现在拎着东西去，更不合适吧！"陈桂荣用商量的口气说。

这次曹子海并没意识到有啥不妥的地方，气愤地吼道："就你们老娘儿们事多，咋更不合适了？"

陈桂荣看了曹玉民一眼，又看看铁蛋，指望着他能替她解个围，但他以与曹子海相同的眼神看着她，似乎也在疑惑这个问题。她只好指着曹玉民说，人家才撤下桌，你现在拎着东西去，晚上不留你吃饭，人家觉得不合适；留你吃饭吧，你觉得合适吗？

"送一筐子鸡蛋，当然得在那儿吃饭了。"铁蛋插言。

曹子海把愤怒的目光转向儿子，吓得铁蛋吐了吐舌头。

曹玉民点点头，表示赞成陈桂荣的意见。他说："刘铭两口子也在闹心，我看你还是改天再去吧。今天这酒喝的，本来是挺高兴的，半道整出这么件事来，闹得大伙都没喝尽兴。"曹玉民在说这番话时，眼睛瞄着曹子海，以为曹子海能感谢他来报信，接着话茬儿留他晚上继续喝呢。没想到曹子海只顾着在地上来回地绕圈，竟然对他的话无动于衷。曹玉民没了指望，只好站起身说："有点儿困了，我得回去眯一会儿。"曹子海痛快地点点头，好像是巴不得他早点儿离开的样子。曹子海还紧跟在他的身后，每次抬脚都几乎踩到他的脚后跟。陈桂荣倒是听出曹玉民话外之音，她又没权决定这种事，只好从后边跟出来。

送走曹玉民，曹子海径直地往西走去。陈桂荣喊了两声，他似乎没听见，一点儿反应都没有。他的脚步匆忙而零乱，有时还深一脚浅一脚的，从后边看，他倒像个醉汉。

从打把林子里的树补齐到现在，除了下雨，曹子海几乎每天都去那里巡视一圈。有时是起早，有时是贪晚，他不想引起人们的注意。早晨去，只是匆忙地看一眼；晚上去，在那里绕上几圈，挨棵树都检查一遍，直到天黑到伸手不见五指才离开。这样几个月下来，形成一个习惯，只要是早饭前和晚饭后，出了院门，腿就不由自主地往西边迈去。赶上这天家里没活儿，他闲得难受，还有去三趟的时候。中午到林子里，找个树荫凉儿下，眯上一小觉。好像那地方已经不再是一片树林，而是一大堆钱。他不去看守着，不放心。

在曹子海的脑子里，曾有过无数种想象。每次所想的内容都是不同的，是根据每棵树所赔付的金额进行的。即每棵树给一百元，他将怎样；给二百元，他又将怎样。想象的结果也无非是盖多大的房子，垒多高的院墙，给儿子娶个啥样的媳妇，办个多大排场的婚礼，之后，银行还有几位数的存款。当然，他也往坏处想过，那就是这条路根本就不从这里经过。对于这种结果，因为没有可往下联想的空间，每次也只是在脑海中一闪就结束了。他唯一没有想到的，就是现在的这种介于好与坏之间的结果。这个结果让他尴尬，他知道这片被人们遗忘多年的树林子，将会吸引来全村人的目光。他极力遮掩多年的一件事，终于浮出水面了。

来到树林子边上，曹子海已经是满头大汗。他蹲在两片树林交界处的一棵大树下，张着嘴，呼呼地喘着粗气。这两个多月来，只要是来到这里，他都会在这个位置停下来，左右打量一会儿。

对于这两片树林子，曹子海所寄托的情感是复杂的。从理智上说，这片大树林是自己的亲儿子，能为他养老，能给他带来丰厚的回报。而那片小树林，只是别人寄养在他家的孩子，早晚会被人领走。可平心而论，曹子海还是喜欢那片小树林。大树林子的树是本地的老品种，长得七扭八歪的，树皮黑乎乎的，像长满皴的脚后跟，还裂着大大小小的口子。况且这种树一经长到檩子那么粗，就意味着衰老了。树冠上的枝杈，有些已经枯干，就像人有了白头发，看起来不再精神。而那片小树林，是当时生产队里花大价钱买来的新品种。说是小树林，只是大伙的一种叫法而已。其实林子里的树，现在基本成材，棵顶棵地挺拔健壮，枝繁而叶茂，像是一群朝气蓬勃的小伙子。

特别是栽上那两百多棵小树之后，曹子海觉得这片大树林子显得更难看了，参差不齐，像一锅乱黏粥似的。他把这看成他的杰作的同时，也视为他的败笔。在很小的时候，他就听爹说过，宁在人下做人，不在树下种树。在人下做人，只要你肯于努力，还有出人头地的机会；而在树下种树，就算是所种的树不死，也绝对不会长成材。作为一个地道的农民，他知道这种做法有悖常理，是要被人笑掉大牙的。他在栽树时，曾想到过这个问题，但为了钱，他顾不得那么多了。他还在内心不停地宽慰自己，笑话就笑话吧，好在不用多久就砍掉了。而现在的结果，不仅让他这个春天的努力全都白费了，还成为他的一个耻辱，一个对于庄稼人的耻辱。他知道用不了两天，高速公路的最新消息一经传开，全村的人都会把这个事当成一个话柄去传说。他的名声将会受到诋毁，他的人格也会受到质疑。他不能任由这种事情发展下去，必须去制止这种事情的发生。此时，这些小树苗在他的眼中，已经不再是摇钱树，而是谷地里的莠子，是眼中钉、肉中刺。

这些小树只有小孩子的胳膊那么粗，虽然成活了，长出嫩绿的新叶，但毕竟还没有根深蒂固。曹子海两手掐住树头，往怀里一扽，再往外一推，地面上就被撕开一个长条状的口子；小树不再挺立，而是东倒西歪；再把它挟在腋下，向上一提就拔出来了。

到太阳落山时，所有的小树都被清除，横躺竖卧地扔得满地。曹子海也累得不行，跟这些小树一起，躺在地上。直到此时，他才意识到，自己又犯了个错误，那就是心太急了。这样做，人们不再笑话他不懂事理，但是会认为他太势利。原来他栽树的目的，只有那些细心的大人能看得出来。现在可好，这个目的性且别说大人，就连十来岁的孩子都能看得出来。原来只是被大人们耻笑，现在怕连孩子们都在笑话他了。

做好晚饭，陈桂荣见曹子海还没回来，打发儿子去找。铁蛋是骑着自行车去的，本来通往那片树林子是没有路的，经过这一春天驴车的辗压，再加上曹子海每天的踩踏，在河边的草地上，已经有一条明显的路。

“这是谁这么缺德！”看到满地的小树，铁蛋以为有人破坏，冲着树林里骂道。

“号啥？回去把车赶来。”曹子海腾地坐起来，训斥完儿子，又仰面躺下去。

这片树林子是老葛家的坟茔地，里边有好多坟。从声音上，铁蛋确定是他父亲，可只看到一个身影在几个坟头后一闪便消失了，心里还是有些毛溜的。他骑上自行车，稀里哗啦地往回跑，还不时地回头看一眼。

等铁蛋赶着车，拉着陈桂荣来到树林子时，曹子海已经把那些树苗子划拉到一起。铁蛋娘俩儿弄不明白把这些树苗拔出来的用意，但在他们心目中，只要是曹子海做的事，一定是对的。他们也觉得这些树苗换不来钱，就应该死，而且是死有余辜。因此，谁都没敢多问，默默地把树苗子装上车。

三口人回到庄子，很多人家都吃过晚饭插上大门了。曹子海家的那个瞎老太太似乎是饿急了，正用笤帚疙瘩敲打着炕沿叫骂着。她针对的自然是陈桂荣，骂她不守妇道，串门子也不分个时候，都这么晚了，还不回来做饭。

勉强地吃了口饭，一家人默默地睡下。头半宿，曹子海连眼皮都没合，像烙饼一样，每隔几分钟，都要翻一次身；每过半个多小时，都要爬起来抽支烟。他在炕头翻身打滚地折腾，陈桂荣也没敢睡。她只是静静地躺着，不能和曹子海那样做大幅度的动作，怕惹得他更心烦；她还不能被认为是睡着了，每隔一段时间，还得发出点儿轻微的声音，这是在告诉丈夫，我陪着你呢！直到大约一点多时，陈桂荣听到曹子海的呼噜声，这才放心地睡去。

第二天早上，在去刘铭家之前，曹子海从箱子里拿出五百块钱。他此行的目的是讨要个说法，毕竟这片小树林子，当年是刘天栋指定他看管的。他兢兢业业地照顾这些年，总得有个说法吧？况且现在的村民组长仍然是他家的人，找他们说无论是就过去还是现在，都说得过去。他觉得只要刘天栋父子认可这片树林子是属于他的，其他的事就能好办些。或者是他们作为主要当事人不出面反对，这事也许还好办些。他准备的这五百块钱，就是用来堵他们嘴的。

简单地寒暄过后，曹子海把五百块钱掏出来，送到刘天栋的面前，说："老队长，不知道你昨天过生日，我也没来。这点儿钱，你想吃啥就买点儿啥吧。"

没等刘天栋有所反应，刘铭伸手挡在父亲前边说："曹哥，你这是干啥？你别吓着我家老爷子。"他把曹子海推到炕梢，把他按坐在炕沿边上，赶忙掏出烟，递给他一支。

在点烟的时候，曹子海顺捎把钱放到炕上。刘铭看到后，又拿起来，强行地塞回他的衣兜里。从钱的金额上，刘铭已经判断出曹子海此行的目的不是为老爷子过生日这么简单。他说："曹哥，有啥事你就照直说吧。"

"听说高速公路要占我们家那片小树林子，来跟你们爷俩儿商量商量，这事咋办？"曹子海故意把那片小树林子说成是他家的，想看看刘铭父子的反应。

"那片小树林怎么成你家的了？那是大伙的。"刘铭急不可耐地亮明观点。

尽管反应迟钝，刘天栋也听明白了，点点头，对儿子的话表示赞成。

郝桂花倚在门框边上，看到曹子海皱起眉头，脸色有些难看，立即接过话茬儿说："是大伙的不假，可曹哥看管这么多年，没有功劳还有苦劳呢！在分钱时，咋的也得多给点儿，不能让人家白受累！"

"那当然了。"刘铭接着话茬儿说，"曹哥，你放心，到时候我跟大伙提。"

探明刘铭一家人的态度，曹子海先冲着郝桂花笑了笑，侧过头来对着刘铭说："我就是这个意思。这不老队长在这儿，小组长也在这儿，到时候你们可得替我说句公道话！"看到刘铭父子点头，他觉得话说到这个份儿上，也没有再往下进行的必要，立即转移话题，问起刘铭家西瓜的长势。说到西瓜，刘铭的气愤也被勾起来，他不停地骂着设计这条路的工程师是个混蛋。这在曹子海听起来，与骂他没什么区别，毕竟那条路线，是他勘定的。

勉强地把那根烟抽完，曹子海起身告辞。刘铭和郝桂花把他送到大门口，刘铭还特意强调："等啥时候确定下来，我一定帮你争取。"

曹子海只是微微地点了点头，拐过墙角后，小声地嘟囔着："哼，等你争取，黄花菜都凉了！"

快到家门口时，曹子海突然转身，向西走去。他要去那片小树林看看，计算出占用多少棵树，再根据被占用的数量，决定下一步该怎么做。

曹子海是顺着他踩出来的那条小路走过来的，他所处的位置是这片小树林子的北头。按照曹玉民的说法，完全不占用合庄的土地和西头两户人家的房屋，高速公路就必须从小树林子的南头路过。他从北往南走着，离哪棵树近时，就抬手在树干上拍两下，那感觉像是在说：这真是不知道哪块云彩有雨啊！

在快走到树林子一半时，曹子海来到树林子的边上，环视四周一圈，很快就找到高速公路的位置了。他确定就应该是这里，再往北，就占合庄的地了；再往南，就是黑龙山的悬崖了。

确定好路线，曹子海还是不放心，又前后左右地端详了半个小时，他是越看越佩服那些勘测者，怪不得人家叫工程师，真是高明。你看人家取的这条线，不但笔直，而且还平坦，不过山，不涉水，又不占农田，还不需要扒房子，好像这个地方就是为这条路天生的，地设的。他在佩服的同时，开始怨恨起葛连，要不是他的误导，在雪地里找到支三脚架的地点，自己当初怎么会确定那么一条蹩脚的路线。

因为有着上回测量的经验和数据，曹子海迅速地划定出被占的范围。这次他没用挨着棵地去查树，这片林子的树种得很规整，横平竖直，他只要查好横着多少排、竖着多少棵就得了。

把竖排查完，横排刚查到一半，曹子海不得不停下来，眼前横卧着的两个坟包，挡住他的路。他停在最北边的坟包前，在心里说：老佟头，你真是好眼光啊！他知道这条高速公路的受益者不仅是他，还应该有满堂哥俩儿。而他的事还有变数，人家的事却是板上钉钉。

对于这个发现，曹子海心里很不舒服，感觉就像种地记错了垄一样，不但把自己的地种了，还把邻居家的地种上几垄。他在心里骂满堂：你真是好命！老子成你的勘探队了，两次都让你捡了便宜。

这次，曹子海决定不再把这个发现传递出去。倒不是他嫉妒或故意使坏，主要是怕再出现几个月前的事。当初要不是他告诉大头马，人家也不至于装修。昨天晚上他睡不着时还在想，大头马和满堂指不定背后咋骂他呢！他无论如何不能再嘴欠了。

曹子海掏出烟，刚点着，感觉光自己抽有点儿不合适，这儿毕竟还住着两户人家呢！这是老佟头子的地盘，人家才是地主。他又抽出两支，一起点着，往每个坟门口处的石台上摆放一支。

快到十点，曹子海才从山上回来。在路过满堂家门口时，他还是停住了。他觉得要是满堂在家的话，不告诉他也就罢了。可他去内蒙古打工了，家里就剩个女人在家过日子。况且迁坟是件大事，不是女人能做得了主的，总得让人家有个合计和准备的时间吧！

敲开满堂家的大门，曹子海没进院，站在大门口处，把这两天发生的事和他刚刚测量的结果，从头到尾地说给刘玉兰。末了，他还特意地强调："怕出现上次的情况，本来是不想告诉你的，又怕到时候急三火四地抓瞎，先给你通个信，也好有个打算。"

回到家里，曹子海匆忙地从门后的钉子上摘下那身看起来还不脏，但毕竟上集时穿过两次的衣服，递给陈桂荣说："一会儿给我洗洗，我明天出门。"

陈桂荣问他去哪儿，他说去县城。陈桂荣猜出他一定是为树林子的事去找魏大奎，没往下再问，只是说："下午你还得去收点儿山货吧？这个季节，怕是不好淘弄了。"

曹子海微微地摇了摇头，说："不用了，这个时候的山货也不好吃了。”

陈桂荣说：“找人家办事，咋也不能空着手丫子去！”

曹子海小声地说：“这回得动点儿真格的了。”

陈桂荣盯着曹子海的手，见他右手的大拇指和食指捻来捻去的，像是点钱的样子，不无担心地说：“这回给钱啊！你可想好了，可别再和上回一样，打了水漂。”

曹子海瞪了陈桂荣一眼，刚想骂她是乌鸦嘴，转瞬间又觉得她的话不无道理。他在心里合计，这回直接跟表哥摊牌。要是他能把这事鼓捣成了，所得的钱，二一添作五。这样，树林子就有一半是属于表哥的，为自己的事，他能不上心吗！

十九

大头马家装修房子时，刘玉兰打发满堂去帮工，是想等那院的活儿干完，直接把干活儿的拉到这院来。可没想到今年春天气温升得快，没等大头马家的活儿完工，城里就来信了，让那几个大工立即去工地。几个人勉强给大头马家收拾利索，拍拍屁股走了，这样，满堂家只好到街里雇人装修。

虽然材料没花钱，可连工钱带吃喝的算下来，满堂家的成本和大头马家的相差无几。由于材料是库底子，装修出来的效果也不好，甚至还赶不上大头马家的呢！人家装修的是厢房，不住人，好点儿歹点儿也就罢了。满堂家装修的是正房，人得天天住在这里。从早上睁开眼睛开始闹心，一直闹到晚上关灯睡觉。从装修完房子后，刘玉兰就在不停地埋怨满堂，骂他窝囊废，都不如个娘儿们下手快。她甚至认为满堂是故意拖延时间，才让大头马抢了先。满堂先前还忍着，后来实在忍无可忍，一气之下背起行李出去打工，说怎么着也得先把装修的钱挣回来。

春天种地时，满堂来过一次电话，打到葛八赖家的小卖部，说老板怕他们跑了，压着工资不开，暂时是回不去了。那次李秀芹是特意来转告刘玉兰的。之后，满堂好像又来过几次电话，只是问问高速公路有消息吗。李秀芹只是在上山干活儿时偶尔遇见刘玉兰，才跟她提起，说："你放心吧，你家爷们儿来电话了，他在外边挺好的。"每次听完这句话，刘玉兰心里都挺不是滋味，似乎满堂都不是自己的爷们儿了。

满堂家住在村子的最西头，属于这个村庄的边远地区，任何消息走到这里，都是强弩之末。再加上从打满堂走后，家里就刘玉兰一个人，又是猪又是鸡的，她是扔不得放不下。除了上山干活儿时让锁头看一会儿门，更多的时候，她都是亲自看着门。原来她的消息来源，基本是依靠大头马。现在她几乎不跟大头马说话，最重要的情报源也断了。刘玉兰不乐意出门的另一个原因，也是在有意地躲着大头马。每次走到大门口，她都得先听听门外的动静。如果大头马在当街跟人说话，她就拧回去。因此，对于高速公路的最新消息，刘玉兰竟然一无所知。

送走曹子海，刘玉兰又回到杏树下的小板凳上坐着。这个板凳几乎是整天地放在这里，没事的时候，她也几乎是整天地在这里坐着。在屋里待着闹心，特别是看到新装修的房子，她更闹心。平常的日子，尽管感觉孤单，但仅此而已，是能克服的，是不让她为难的。但现在，她不知道下步该怎么办。特别是关于坟地的事，她是无论如何不敢做主。对于这种事，也不只是她，好像所有的女人都做不了主。

坟地是先人的归宿，而中国的先人永远是有儿无女的。任何一个女人，都不属于自己的先人。用那句俗话说，她们是泼出去的水，没有收回来的可能性。就算有一天多年的媳妇成了婆，她们也是归宿到男人的归宿里。就算还没来得及被泼出去，她们也是没有归宿的。她们的亲兄胞弟们，是不可能让她们归宿到自己先人名下的。她们天生就没有选择权，自然也没有决定权。

坐了差不多半个小时，刘玉兰觉得心里像着火似的。她到屋里拿起水瓢，从水缸里舀了半瓢凉水，咕咚咚地灌下去，锁上大门去刘铭家了。

刘铭没在家，在瓜地干活儿。见到郝桂花，刘玉兰问起高速公路的事。郝桂花把事情的经过和王主任的原话复述一遍。刘玉兰疑惑地问："没说到我们家的坟地吗？"郝桂花愣了半天，这才想起来满堂家的坟地在那片小树林里，她还是肯定地点点头。刘玉兰疑惑地问，又像是自言自语地说："小树林能占，我们家的坟地咋就不能占呢？"说完后，她觉得这话听起来有些别扭，又补充道，"我这也是听曹子海说的，他说占我们家坟地，他都测量好了。"

郝桂花笑着说："你还敢听他的？春天那会儿，他倒是测量好了呢！"

刘玉兰寻思一会儿，反问道："你刚才不也说确实经过那片小树林吗？"

郝桂花一时不知道怎么回答，转身走到电话前，说："嫂子，别着急，我打电话给你问问。"

电话打通后，郝桂花听出不是王主任的声音，也没问对方是谁，冲着听筒冷冷地说："给我找王主任。"之后她就拿着听筒等着，眼睛斜视着柜上的一个大镜子，从中看着刘玉兰。

从电话拨通的那时起，刘玉兰的眼睛就盯着西面墙上的石英钟。她知道往外打电话是要掏钱的，而这个电话，是为她的事而打的，所产生的电话费，就理应由她来付。就算是人家不要，她也要做到心中有数，知道欠人家多大个人情。

听到电话那边传来王主任的声音，郝桂花脸上有了些许笑容，说："大哥，你干啥去了？这么长时间才接电话。"对方似乎说是上厕所了，郝桂花咯咯地笑起来，说："早知道这样，我往你的手机上打啊！拉屎看报纸两不耽误。"对方好像也在笑，郝桂花跟着又笑。

刘玉兰的眼珠子随着石英钟的秒针在转动着，感觉到时间是那么漫长，也心疼起电话费。她微微地皱了皱眉头，被郝桂花在镜子里看到了，立即收敛笑容，转成一副正式的口吻说："王主任，咨询个事儿。"经得对方应答后，她问起小树林里坟怎么办，刘玉兰听不到对方在说什么，看到郝桂花不停地点头，她也跟着一起点头。

"主任咋说的？"看到郝桂花挂断电话，刘玉兰急不可待地问。

郝桂花回身时，也扫一眼墙上的石英钟，这才冲着刘玉兰笑着说："怪不得王主任说咱们笨蛋，看来咱们俩真是站着翻身，是够笨的。既然树林子都占了，树林子里的坟还用问吗？上边让咱们等消息，过几天画上线后，就来人跟咱们谈判了。"她又扭头向电话的那个地方扫一眼，说，"这个电话打的，一点儿意义都没有。"

郝桂花的这几句话，不像是精心设计的，却体现出她高明的说话技巧，也有着令人琢磨的味道。本来是王主任说的，她却换成"上边"，增加了消息的权威性，感觉这话是从国务院一路传下来的，这期间的任何人，包括省长县长镇长村主任，都不过是个传达者，都要等到画线之后才能确定，话没说满，留下可进可退的空间。另外，她又把谈判的对象说成是"咱们"，似乎是在告诫刘玉兰，别看坟地是你家的，可谈判的时候，找的不一定是你。那块地是合庄的，跟合庄的所有人都有关系，特别是跟我家更有关系。

琢磨出滋味后，刘玉兰赶忙从裤子兜里掏出一把钱，把最外层那张五十的抽出来，递给郝桂花说："让你受累了，这是电话费。"

"嫂子，成心埋汰我是吧？"郝桂花把钱扒拉到一边，力量很大，像是极其气愤的样子。

刘玉兰是真心实意地想给郝桂花五十块钱作为答谢，只不过是想借给电话费的名义罢了。而她说出口后，才觉得这个名义着实不可信，还很可能给人家造成虚情假意的嫌疑。真要是想掏电话费，那些钱里明明有五块十块的不拿，为啥偏扯出这张五十的？她先摇了摇头，有点儿不好意思地说："昨天不是老爷子过生日嘛，我也没来，这点儿钱是给老爷子打酒喝的，别嫌少。"

"嫂子，我知道你们都惦记着老爷子，心意我们领了。你刚装修完房子，家里也不宽绰，就拿回去吧！老爷子不缺酒喝。"

两个人又撕扯几下，郝桂花感受到刘玉兰的诚意。或者说，再不给刘玉兰找个台阶，两个人都有点儿下不来台了。她再次把钱塞入刘玉兰的手里说："既然是给老爷子打酒的，你给我干啥？我不给你当这个二传手。"

刘玉兰受到启示，扭头走向东屋。刘天栋正在睡觉，她把钱放在枕头边上，转身出来了。郝桂花又客套几句，说："嫂子，这事你放心，上边有消息，我就去告诉你。不过，你家也得提前想好咋办。"

再次回到家里，刘玉兰仍然没想好该咋办。她想给满堂打个电话，让他拿个主意。可满堂从离开家，就像一滴水溶进水里，一丝风融进风中。她能感受到他的存在，却看不到，也摸不着。她没心情做饭，只是把昨天晚上剩的两张饼撕碎，泡在半碗剩菜汤里，草草地吃了一口。其实自打满堂走后，她几乎每天都这么对付着。一个人的饭本来就难做，做少了，不值当烧回火；做多了，大热天的，家里没有冰箱，又怕酸。她几乎是做一顿，吃一天。其中有一顿是吃热的，其他两顿基本就是吃凉的。这样冷一顿热一顿的不说，有时还饥一顿饱一顿的。剩得多了，就得多吃点儿。赶上剩得少，没吃饱也只好将就着了。

从被垛上扯下个枕头，斜倚在炕梢墙边，刘玉兰接着想高速公路的事。她觉得世上的事也真是神奇，本来指望的是阳宅，却突然变成阴宅了，这真是东方不亮西方亮，该着她家有外财。她越想越佩服起爷爷公公。她倒是没见过他老人家，但她听公公婆婆不止一次地提起过，知道他们家的这块坟地，是她爷爷公公死后选定的。

在辽西，只要是有儿有女的人家，老人去世后，都是用人往外抬的。而且棺材一经离开地面，在没到达坟地之前，是不准许落地的。对于那些坟地离得远的人家，在请抬杠的人时，都请两拨甚至是三拨，大伙轮换着。实在是太远了，像当年黑龙镇上的杨举人，死在百里之外的县城，中途需要吃饭休息，也都用车拉着长条的凳子，把棺材放到凳子上。

满堂家的祖坟本来是在北大地的树林子里，满堂的爷爷出殡那天，大伙抬着他路过小树林那片地时，大拇指粗的绳子突然就断了，棺材掉到地上。那时这个地方还不是树林子，是合庄的耕地。满堂的父亲看到这种情景，当机立断，来到刘天栋跟前，咚的一声跪下说："队长，既然我爹相中这儿了，就成全他吧。"

按当时的政策，是不许在耕地里埋坟的。刘天栋也没含糊，竟然一口答应下来，说："这事我做主了，要是上边追究下来，我兜着。"合庄的老少爷们儿基本也都在场，他们为孝子的孝道而感动，也为队长的仗义而感动，大伙纷纷表示赞同，说咱们就在这儿举手表决一下，出了事，大伙都有一份儿。大伙表决后，就地挖了个坑，把满堂的爷爷埋在那里。

事后，满堂的父亲对这个临时的决定心存疑惑，特意去了趟老爷庙村，带去四只公鸡和一筐子鸡蛋，把已经还俗的本慧和尚请来。本慧和尚把罗盘往坟头上一放，只斜了一眼，面露惊诧，不停地点头，说确实是块风水宝地。满堂的父亲询问怎么个好法，本慧和尚摇头说："这是天机，不可泄露，说出来就不灵验了。"

满堂的父亲不敢再问，却又心有不甘。他一直围着坟头转圈儿，总想看出点儿名堂来。本慧和尚见他迟迟不肯走，提示道："等着吧，不出五年，你就能知道了。"

果然第五年时，满贵考上大学。当时合庄的人说起这件事，都不说是上大学，而是说中状元。自此，满堂的父亲对于风水宝地一说，深信不疑。在满贵接到通知的第二天，他领着两个儿子去上坟，烧了半车纸钱。当时满堂也在念书，只不过才上高二。

满贵考上大学的第二年春天，国家号召栽防风林带，这片地被确定成树林子。听到这个消息，满堂的父亲非常担心，害怕大伙在那块地方挖得遍地是坑，把风水给破了，又拎着两只鸡去找本慧和尚，说明自己的来意，想求个保全之法。

这次本慧和尚没来现场，他掐指算了算，说凡事自有定数，天意不可违。风水可能是得破坏一些，但这只是暂时的。等以后树长起来，就会把失散的风水再集回来。有了这片树林子，后人还可以乘凉。

有了这个说法，满堂没考上大学，父亲却欣然接受，把这归结到天意上，说要是一家子出两个状元，那还得了？咱们这种小门小户，也担当不起。满堂不接受这个说法，吵着要再复习一年，被父亲阻止了。为了安抚满堂的情绪，在当年冬天，父亲就给满堂张罗说媳妇。自从和刘玉兰订婚后，满堂也接受了风水这个事实。每次遇到不如意的事，他都会说，人的命，天注定，争强好胜都没用。

在想起坟地的来历之时，因为想到满贵，刘玉兰也找到了解决的办法。她从炕上跳到地下，简单地洗了把脸，又从柜上拿起梳子拢了拢头发，去了东头小卖部。

合庄有二十几部电话，只有刘铭家的和葛八赖家的在正常使用着。当初上边号召安电话时，也只有这两家是主动报名的。但只有两户人家，电信部门不给安装。可村委会又要求所有的村民组长家必须有电话，这样，经村委会同意，合庄出台了个土政策：凡是安电话的人家，多给一亩机动地，白种三年。很多人家为了这块地，也跟着报了名。一亩地一年好歹也能收入五百块钱，一年的月租费才二百多块钱，这样能纯赚三百多。三年过后，地收回去，有些人家也陆续地办了停机手续。他们有事需要打电话时，都去葛八赖家。他家的电话是公开收费的，尽管每分钟多加一毛钱，但打起来理直气壮，不需要搭人情。

拨通满贵的手机，刘玉兰把坟地的事叙述完毕，问他咋办。满贵不相信风水之说，也不认可他考上大学是因为坟地的原因，但他毕竟是在合庄长大的，跟这里所有人一样，对坟地充满敬畏，他不停地叨咕："怎么会这样？不是说从小庙前经过吗？怎么又改了呢！"他还安慰刘玉兰，"先别着急，我明天就回去，托人打听打听情况，到时候再商量咋办。"

刘玉兰打电话时，李秀芹就趴在柜台边听着，对于事情的来龙去脉，她听得清清楚楚、明明白白。刘玉兰刚撂下电话，她立即阴阳怪气地说："这真是有福之人不用忙，没福之人跑断肠！看你多有福，男人出去给你挣钱，孩子出去给你挣钱，就连死人还在给你挣钱。摊上这么大的好事，还不请我吃个喜儿？"

"祖坟都快让人家扒了，还算好事？"

"啥祖坟不祖坟的，人死如灯灭，在哪儿不是个埋啊！"李秀芹撇着嘴说。

刘玉兰没再就这个事往下理论，她问多少钱，李秀芹扯过电话翻看一眼时间说，四块二毛钱。刘玉兰扯出五块钱递过去，李秀芹接过来扔到钱匣子里，顺手从柜台里拿出四块泡泡糖，说："没零钱，给你几块糖吧。"她把其中的两块扔到柜台上，把另两块中的一块三下五除二地扒开，塞到嘴里，边嚼边说，“算吃你喜儿了。”

刘玉兰没去拿柜台上的两块糖，说：“这些也给你了，我嚼不了这玩意儿，一嚼就恶心。”她转身向门外走去，咣的一声关上屋门。可能是关门的声音大了点儿，李秀芹以为刘玉兰在故意摔打她，冲着门口骂道：心里装着大伯子的，才恶心呢!

就在刘玉兰打电话的第三天晚上，满堂又把电话打到小卖部。李秀芹在把高速公路最新消息告诉他的同时，也把刘玉兰给满贵打电话的事顺便说了。

对于坟地的事，满堂所在乎的与满贵不同，他是信风水一说的。当他听到该占的地方没占，却把不该占的地方占了，他遭受的打击是双重的，也是沉重的。他恨死这条破路了，恨不得把确定这条路线的人抓过来咬几口。

被房子和坟地的事折磨大半宿，满堂才算接受这个现实。他不断地安慰自己，尽管房子装修得不理想，总是比不装修要好看些，也不算白忙乎一场。而坟地呢，也不光是他一个人的，况且这个坟地就算是风水再好，也没给他带来切实的利益，自己没考上大学，儿子连中学都没考上。他甚至气愤爷爷偏心眼子，向着大哥，把好处都给他了。他觉得要是因为风水问题受到什么影响的，首先应该是他大哥，而不是他。本来就没得到啥好处，还怕有啥不好！满堂这样来来回回地想了几遍，心情渐渐地好起来。他觉得娶媳妇就比出殡强，好歹这次还有自己的份儿，没让大哥一个人独享。

心情刚刚平复，满堂又想起老婆给大哥打电话的事。李秀芹说的时候，他没太往心里去，甚至还觉得刘玉兰做得对，家有长子，国有大臣，这种事不找老大找谁。况且自己离家这么远，找也没用。但现在，他突然觉得有点儿不大对劲儿。事情还没确定，大哥匆忙地回去干啥？李秀芹在提到这个事时，说家里你就放心吧，有你大哥替你照顾着呢！这话什么意思？满堂回忆着李秀芹当时的语气，越发地不放心起来。

好不容易挨到天刚放亮，满堂轻手蹑脚地溜出工棚，来到离工地不远处的翠瑛小卖部。人家还没开门，但他知道那扇门是随时可以敲开的。他的那些工友们都管这儿叫便民服务部，不单平时买东西上这儿来，就连衣服掉个扣子刮个口子什么的，也过来找翠瑛帮忙缝上。满堂大约十天来一次，每次除了给家里打个电话，还顺便买走两瓶“牛栏山”二锅头和一条白盒“红梅”。

满堂来这儿是想给大哥打个电话，一则是商量坟地的事，更为重要的是借着这个由头探测大哥的行踪。本来连怎么说都想好了，可敲开门后，他又有些担心，甚至害怕。事情要不是他想的那样，这么早给大哥打电话，显得有点儿荒唐；如果真探测到什么，那可怎么办！

看到满堂犹豫不决的样子，翠瑛抛给他一个挺暧昧的微笑说：“来都来了，还在那儿愣着干啥？进屋吧！”

“给我来盒烟。”满堂说。

翠瑛走进柜台里，拿起一盒白盒“红梅”扔到柜台上。她盯着满堂，伸个懒腰，又打个哈欠，带着满脸的倦怠问：“你就要盒烟啊？”

“不，我主要想……打个电话。”满堂赶忙向电话机走去。

“想老婆了吧？大哥，我跟你说，想也没用，远水解不了近渴！”翠瑛笑着说。

“没有……没想她，我是想……哦，打给我儿子。”本来是句敷衍的话，却不得不变成真的。除了儿子，满堂也找不到别人了。

电话里传来一阵歌声，这首歌满堂听过，工地里的几个小伙子经常哼哼。他只记住“如果有一天，我老无所依，请把我留在，在那时光里”这句，心情不好时，他也哼哼过这句。但还没等听到这句，歌声戛然而止，那边传来如梦话般的声音，问他是谁呀。满堂赶忙答应，儿子听出是父亲的声音，好像从梦中醒过来，问他有事吗。满堂的脸上又呈现出刚进门时面对翠瑛的神情，迟疑一下，说：“没事，我就是想问问，你大爷这两天忙啥呢？”

大栓如释重负地长出口气，说他出门了。满堂追问：“还没回来吗？”大栓说：“没有。”又补充道，“我昨天晚上九点从他家出来时，没回来呢。”

满堂呆愣在那里，过了半天，突然反客为主，问大栓有事吗，那语气像是这个电话是大栓打给他的，而他又是刚接起来。大栓迟疑一下，说：“没事，是你打的电话。”满堂急急忙忙地说他也没事，便挂断了。

算完烟钱和电话费，翠瑛疑惑地问：“你起个大早，就为打这么个电话？”满堂点点头。她仍然觉得这是个借口，单刀直入地说：“离开饭还有一个多小时呢，要不，你在这儿睡个回笼觉呗！”

看到满堂没吱声，翠瑛绕出柜台，关上房门。

当天上午十点多，大栓的手机又响起来。来电显示，是他父亲早上打过的电话号。他接起来，刚叫了声“爸”，一个男人的声音说：“我不是你爸，你爸从架子上掉下来了，在市医院呢，你们家赶紧过来个人吧！”

二十

曹子海秘密赶往县城又悄然潜回合庄的几天里，有一则关于那片小树林的消息从他家流传开来。除了那个瞎老太太，他家全员出动，根据自己的性别和年龄寻找各自的宣传目标。

铁蛋几乎是逢人必说，大张旗鼓，而且对于反驳者，态度强硬。为此，还跟几个半大小子闹个半红脸儿；陈桂荣则是走家串户，在拉家常中有意无意地透露出来，委婉迂回，晓之以理，动之以情；曹子海从不主动提起，却总往人多的地方凑合，多咱等别人提到，才不露声色地回应两句。三个人的宣传方式不同，内容却是一致的——这两片树林子是一起分给他家的，而且他们手中执有合法的产权证。

为证实此话不是空穴来风，他们每个人的兜里都揣着一张产权证的复印件，时不时地亮出来。合庄人对产权证并不陌生，每家每户几乎都有，他们管这东西叫林照，但他们基本是第一次看到复印件。从理智上，他们认同这种东西，知道这就像生育一样，没有母猪是下不出来小猪的；可从情感上，并不等于他们承认这件事。当着曹家人的面儿，他们表现出一副漠然的神情，一副事不关己的样子，在背地里，又三五成群地讨论着、串联着。特别是几个月前还跟高速公路不刮边的人家，这次感觉到终于有自己的份儿了，表现得异常兴奋。

自从这片地没有指望之后，地里的西瓜成为刘铭两口子的指望。现在的季节，正好是给西瓜掐尖打杈施肥的时候。他们起早贪黑地上山干活儿。刘天栋嫌屋里太热，总拿着小板凳到大门口坐着。

那些听到消息的人，自然是第一时间找刘天栋求证，问他当年是怎么个情况。刘天栋说："当年分树林子时，你们不是都在场吗？就算你们不知道，你爹也知道，就那么个情况。"这些人对老队长还是信任和敬重的，他们对曹子海的话更加怀疑，说他是在放烟幕弹，是上坟烧报纸——糊弄鬼呢。其中的一些人，再与曹子海说起这件事时，把刘天栋的话也顺便抖搂出去，以示态度。

刘铭两口子发现父亲闷闷不乐的，问他怎么回事。刘天栋知道儿子媳妇很忙，也很累，不愿意给他们添乱，没跟他们说。可是没过几天，关于小树林的事，又有新的说法，那就是在分树的当天，曹子海请刘天栋到家里吃饺子喝烧酒，那片小树林就是在酒桌上说定的，当时还有曹老五和曹老八在场，林照也是那之后办下来的。

消息传出后，有人又来找刘天栋，问他有这么回事吗。刘天栋点着头说："吃饺子喝酒的事有过，曹老五和曹老八也确实在场。"他又摇着头说，"我并没答应过树林子。"他还非常气愤地骂曹子海胡说八道，说话嘴不碰心。

大伙怕刘天栋记不清楚，或者当时喝多了，酒后失言，去找曹老八核实。曹老八想了半天才想起来，说那天酒喝到半道时，他家的电线着火了，他被孩子招呼回去。他走之前，没听刘天栋说过这话，至于他走后说没说，就不知道了。他还特意强调，他走的时候，曹老五和刘天栋还在划拳。

问题到此，没法再求证了，另一个当事人曹老五在三年前就死了。

人们分不清他俩谁说的是真的，信曹子海的人，背后骂刘天栋；信刘天栋的人，背地里骂曹子海。这件事，又成为人们关注的焦点。

刘铭两口子听到消息，十分气愤。郝桂花本来还指望着为曹子海争取最大利益，再从他那儿得到点儿回报呢。现在看来，他的胃口太大了，已经不是想多得多少，而是要独吞，且是明火执仗地硬吞。所以，刘铭赌气去找曹子海时，她也没阻拦。

来到曹子海家，刘铭开门见山地问起这话是谁说的。没想到曹子海居然很坦率地承认是他说的，还一口咬定确有此事："你不信可以回去问问你家老爷子，吃没吃我家的饺子？喝没喝我家的酒？"对于这件事，刘铭不需要问，他清楚地记得那天父亲喝多了，回家时已经是半夜。刘铭说喝酒归喝酒，树林归树林，这是两回事。曹子海嘿嘿地笑着说："我要不为那片树林子，凭啥请你爹喝酒？不图三分利，谁起早五更！"

两个人吵吵半天，最后还相互地对骂起来。刘铭没得到好气，赌气来到当街，逮着人就说起这件事。包括曹子海去找他，拿了五百块钱。而且表明自己的态度：赔偿的钱，必须是按人头平均分配，谁也别想多得一分。

刘铭是上午跟曹子海吵起来的，到了下午，从曹子海的嘴里又爆出一个新的说法，当年刘天栋所以答应他，是在吃饱喝足之后，还收了他二百块钱的礼。这片小树林子算是他家买来的，谁也别想分到一分钱。

这话没过两天，又传到刘铭家。这次，消息是郝桂花带回来的。刘天栋听完后，气得狠狠地抽自己两个嘴巴，还不停地叨咕："让你嘴馋，让你吃人家的饺子，让你喝人家的酒，这回说不清道不明了！"

看到父亲难过的样子，刘铭跑到当院拿起一个镐把，要去找曹子海拼命。这次，他被郝桂花拦下了。郝桂花说："去了也没用，你也不敢保证咱爹喝大了时没说过这话，真要闹出事，经了官，咱们连个证人都没有。"

晚饭时，看到儿子倒酒，刘天栋连连摆手说："不喝了，以后再也不喝了。"刘铭知道他还是为下午的事耿耿于怀，劝他两句。郝桂花也跟着说："爹，别听那套。该吃就吃，该喝就喝。就算拿了又能怎么的？你就一口咬定没答应过，反正他们也没证人。"

下半夜一点多钟，刘铭被外屋传来的响声吓醒，立即摸到墙壁上的开关，把灯打着。郝桂花也被灯光晃醒，以为刘铭要下地解手，向右翻了个身，把脸转向炕梢，并把胳膊抬起来，挡在眼睛上。

刚推开西屋门，借着门口的光亮，看到刘天栋躺在走廊的过道上，刘铭两步跨到跟前，蹲下去，推了推，大声地喊叫："爹，你咋的了？爹，你醒醒啊！"

听到刘铭的叫声，郝桂花也赶忙起身下地，来到外屋。她先打着走廊上的灯，看到刘天栋佝偻着身子，一动不动地躺在地上，身上的秋裤，还没来得及提上去，那个尿桶也被砸翻了，尿洒了一地，把秋裤的左腿浸湿半截。刘铭还在推着父亲，刘天栋的身体像面板上的一个面团，随着刘铭的手在移动着。

郝桂花还算冷静，上前把刘铭推了个腚蹲，说不能动，快打电话叫救护车。刘铭跑进屋，拿起电话，却一时不知道拨什么号，大声地喊着："你快来呀，我不会打医院的电话。"

郝桂花跑进屋里打电话，刘铭又跑到外屋。这时，东屋的刘鹏举也跑出来，他和刘铭刚才一样，正蹲在刘天栋跟前，推着爷爷在大叫着。刘铭上前拉起儿子说："快去叫你老爷爷和你五爷爷，让他们赶紧过来。"

打完电话，郝桂花顺便把衣服穿好，来到外屋，指着刘铭说："你还在这儿蹲着干啥？还不穿衣服去，一会儿车来了，你光着腚上医院啊！”

刘铭进屋穿衣服时，郝桂花把刘天栋的秋裤提拉上去，把手放在他的鼻子边上试了试，冲着里屋喊：“你快过来看看吧，我总觉得没热乎气了。”刘铭刚把手伸到父亲的鼻子下边，就一屁股坐到地上，呜呜地哭起来。

等老叔和五叔前后脚赶到时，刘铭两口子已经哭得抽抽搭搭。老叔来到刘天栋跟前，扯起他的右手，在脉搏上摁了一会儿，抬头对五叔说：“八成没治了，张罗后事吧。”

听完老叔的话，刘铭嗖地站起来，抹了把眼泪说：“我爹是让曹子海气死的，不能就这么算了，我把人抬他们家去，得跟他说道说道。”他快步走到门口，去摘门板。郝桂花也跟在后边说：“对，他气死就得让他给发送，要不然，就把老爷子放到他家的炕头上。”

门还没等摘下来，刘铭两口子被老叔扯到当院。老叔说：“这事你们不能瞎整，咱们得合计合计。”他把五叔也叫出来，问他怎么办。刚才刘铭两口子摘门板时，五叔是跟着点头赞成的，但到表态时，他想了想说：“这事咱们别急着下结论，不是叫救护车了吗？等一会儿大夫来了，先确准是啥病，回头问问跟生气有关吗，如果真像你们说的那样，别说是你们，我也饶不了那个瘪犊子。”

老叔被刘鹏举叫走后，老婶叫上东西两院的侄子，一起赶过来。老婶进院一看这种情况，招呼郝桂花说：“人都这样了，不穿衣服，还等啥呢？”老叔说先别穿，等救护车来了再说。老婶说就算不穿，也该把应用的找出来。她拉着郝桂花，去找应用的东西。

老叔见两个侄子在身边，吩咐其中的一个去西头的道边上等救护车，让另一个去把老刘家的人都叫来，说一会儿报庙时，咋也得有几个哭道的。

救护车是半个小时后到达的，大夫扒开刘天栋的眼睛看了一眼说："没救了，死至少有二十分钟了。"他似乎是怕有人抱怨他们来得太慢，便提前抱怨："这是条啥破路，你们也不想法儿修修，中间有两个地方过不来，总拖底，是我们下车推过来的，你们看我这鞋上……"

还没等那个大夫解释完迟到的原因，刘铭打断他的话，说："你看我爹得的这是啥病？咋来得这么快？"大夫又转身看刘天栋一眼，说："应该是脑出血吧。"刘铭急着问："这病是咋得的？"大夫说："得这种病的原因很多，他血压高吗？"刘铭摇了摇头，说："没量过。"大夫接着问："血糖呢？"刘铭说："也没量过。"大夫皱了皱眉头，又问他平时抽烟喝酒吗，刘铭点了点头。大夫刚想再问什么，刘铭抢在前边问："跟生气有关吗？"大夫点了点头，紧接着又摇着头说："那不过是诱因，不是主要的。"大夫指着地上的尿桶说，"他是不是下地来解手的？"刘铭说可能是吧。大夫说："这种病的诱因也很多，很可能跟撒尿时用力有关系吧。"

送走大夫，刘铭凑到老叔跟前问他咋办。老叔说："该怎么办就怎么办吧，说不清道不明的，也没法再计较了。真要是把事情闹大，再整出别的乱子来，顾哪头的事啊！"老叔长叹口气，又说，"你爹死得不心静，死后就别让他心不静了。你要是觉得咽不下这口气，以后长点儿心，长长的垄头，还怕会不着亲家？"

刘铭蹲到地上，抱着脑袋冷静一会儿，突然想到三个月前用小牌算卦的事，卦面显示他六月不顺，还显示问题出在东南方向。现在正好是六月，而曹子海家就在他家的东南角上。这个念头闪过之后，他的心平静下来。看来凡事都有定数，这便是天意。他便顺势跪到地上，冲着老叔和五叔各磕了个头说："你们就替我张罗吧。"

看到刘铭放弃了，郝桂花狠狠地瞪他一眼，小声地骂道："怪不得刘伟说你没卵子。”她还想再往下说点儿什么，见刘铭突然站起来，眼睛瞪得跟牛蛋似的，老叔和五叔也都在盯着她，扭头回屋去了。

刘天栋的寿衣和棺材自然是早就准备好的。合庄有一条不知道沿传多少代的规矩，那就是家中的老人只要到六十岁，过完大寿之后，儿女们就开始张罗着给置办寿衣和棺材。在其他地方的人看来，这是一种不吉利的象征，甚至有诅咒的意思，是儿女不孝的表现，而在这里，恰恰相反。他们认为这才是对老人好，是一种大孝。死后用的东西必须在生前让他看到，让他满意，这才能算他的，他才能带走。如果人死了再现去预备，就会被人称为光着腚走的。对于儿女，是一种奇耻，也是一种大辱。

老婶先把褥子找出来，铺到一块门板上，让两个侄子把刘天栋抬到褥子上放好，她招呼郝桂花给刘天栋洗头洗脸刮胡子换衣服。这种事一般情况下应该是闺女的活儿，没有闺女的，儿媳妇只好代劳。郝桂花平时看着胆子挺大的，她不怕活人，却害怕死人。特别是她觉得刘天栋的死，跟她多少有些关系，毕竟那些话是她带回家的。她怯怯地不敢上前，还往老婶的身后躲，这样，老婶就不得不上前了。

在当院，老叔正指挥着几个侄子把棺材从厢房里抬出来，放到冲着院门口的位置上，又找来几块苫布，开始搭灵棚。除了刘伟，老刘家的亲门近支都到了。家里孩子大些的，两口子都赶来了。他们都是先进屋瞅一眼，掉几滴泪，再出来找老叔问自己干点儿啥。老叔给他们分配完任务，他们就各自去忙活了。只有刘铭既不知道应该干啥，也没人给他分配任务。他只是在当院呆呆地站着，不时地抹着眼泪，看到有人进院，跪下磕个头。

等一切收拾利索，天已经有些微亮，到了该报庙的时候。所谓报庙，相当于新生儿出生后，到公安机关上户口。人离开这边，就应该去那边，在那边相当于新生儿。从报庙那时起，就算纳入那边的管理程序，他们把庙宇当成连接阴阳两界的一个机构。

老叔找来一段秫秸和几张黑纸，扎成一个“纸人”，交给刘铭，让他捧着，在他爹的棺材边上转了三圈，这样他爹的灵魂就算附着在上面了。刘铭抱着“纸人”走在最前头，后面跟着家族的其他人，慢慢地向村外走去。出了村子，刘铭并没停下来，而是直奔葛连家的瓜地。后边的人渐渐地放慢脚步，与他拉开十几米的距离。

自从葛连把小庙的那堆石头清理光之后，合庄便没有小庙了。原来小庙前的那块地方，已经变成公私两用之所。如果逝者赶在冬天，到那个地方烧纸自然是没说的。如果赶在地里有庄稼时，报庙便没有固定的位置。报庙的人出发前，从家里带上三块砖，只要是出了村子，随便找块空地，把两块砖立着放好，把另一块砖横着搭在上边，做成个小屋子形状，便相当于小庙。这些年，死在夏季而能在小庙原址上举办仪式的，只有王素霞一个人。

郝桂花本来在人群中间，看到人群慢下来，而刘铭还在往前走着，她快步跑过去，扯住他袖子说：“还往哪儿走，就在这儿找个地方得了。”

刘铭使劲儿往前扯了扯胳膊，冷冷地说：“咱爹死得不清不白，怎么也得让他走得光明正大。”

郝桂花回头往身后瞅一眼说：“这么多人，踩了人家的瓜咋办？”

刘铭连头都没回，只冷冷地回答：“有咱们这片瓜，咋也够赔葛连的。”郝桂花没再吱声，知道再说下去，刘铭就得急了。现在这个场合，刘铭发多大的火，她也咋不地他。在走进瓜地时，看到刘铭走得曲里歪斜的，郝桂花抬手去扶他。她的手刚触及刘铭的胳膊，便被他给甩出去。

一行人来到小庙的原址上，把三块砖搭好，刘铭把手中的“纸人”倚靠在这个临时小庙前，大伙烧过纸钱，哇哇地大哭起来。此时的哭声，表达的不单单是悲伤，更主要的是传递信息，是告诉庄上还不知道信的人，这个家的老人去世了，有想来帮忙的或者吊唁的，可以来了。

大头马就是被报庙声叫醒的，她推了推睡在身边的燕子说："我怎么听到当街有人哭呢？"燕子全神贯注地听一会儿，说是有人哭。大头马说："像是报庙的，你快听听是谁家。"燕子站起来，把窗户推开，把头探到窗外又听一会儿，回头对母亲说："我听着好像有郝桂花的声音。"

大头马也坐起来，边穿衣服边说："那就是刘天栋没了！我得过去看看，好歹也管人家叫过两声干爹。"燕子也扯起衣服往身上忙乎着，问她用去吗。大头马回头冷冷地说："你个小孩子去干啥？在家老实地待着得了。"

左脚刚跨进大门槛儿，大头马就哭起来，边哭边大声地说："哎哟，我的那个老干爹哟，你咋走得这么快！也没人告诉我一声，我这个当闺女的来晚了。"她来到棺材前，双腿跪下，连磕三个头，顺势坐在地上，边哭边用右手拍打着棺材的底座，嘴里还在叨念着刚才的那几句话。

听到哭声，刘铭两口子赶紧跑出来，也跪到棺材前陪着。刘铭小声地念叨着："爹，我大姐看你来了。"

郝桂花则拉住大头马的手说："大姐，这事怨我，刚才我吓蒙了，忘告诉你了，要怪就怪我吧。"

大头马的右手被郝桂花拉着，换成左手，还是边哭边拍着地面说："我谁也不怨啊，就怨我的命苦！自个儿的爹死得早，这些年没人疼。刚认了个干爹，又说没就没了。我这是造的哪门子的孽啊？这都是那条破路惹的祸！"

进院的那几句话，大头马确实是说给刘铭两口子听的，是有意的，而后边的这番话，又是发自内心的。自从有了高速公路这件事，她就像是被一种力量裹挟着，每天都处于身不由己的状态。有些事情本来与她无关，但现在突然有了关联，那句关于高速的话，不过是一句由衷的感慨。

大头马在棺材前哭个没完没了，整得刘铭两口子又跟着号啕起来。老婶和几个侄媳妇劝了几句，生拉硬扯地把他们拖进屋里。大头马抽搭半天，才问起刘天栋去世前后的一些情况，边听边不停地感叹，说死得太突然了！前几天还能吃能喝的呢！从语气中不难听出，她也认为刘天栋的死，与这几天的事有联系。

老叔把刘铭两口子和大头马叫到西屋，跟他们敲定出殡时间。老叔说："既然应用之物都不缺，现在又赶上大热天的，不能放，今天上午就出吧。早一天入土，你爹也早一天安生。"刘铭则不同意，说老爷子在合庄也算是有头有脸的人物，这么草草地发送了，说不过去，咋的也得放三天好看。老叔把脸转向郝桂花，想听听她的意见，也知道在这个家里，她的意见才是最后的意见。而这次郝桂花没发表意见，她转过头看着大头马说："大姐，你经历的事比我多，你看咋着合适，我听你的。"大头马从郝桂花的神情中，已经看到她的意见。她清了清嗓子说："既然这样，我就说句话！老爷子活着时，不是那种张扬的人，他也不愿意咱们太闹腾，多放两天又能咋的？要我看，就按老叔说的办吧。"老叔又扭头看着刘铭说："在这些老哥们儿中，我跟你爹算是最近的。爹亲叔大，今天我就替你们当回家，按我说的办了。日后有人说啥闲话，你们就说这都是我的主意。"刘铭没再坚持，只是双手捂着脸，又哭起来。

回到当院，老叔首先挑出两帮人负责赶集，其中的一帮去办丧葬用品，指定他们八点半之前必须赶回来。另一帮去采买中午饭菜，十点前回来就行。其他的人，老叔也给他们分派了任务。有负责做饭的，有负责做菜的，有管借盘子借碗借桌椅板凳的，还有烧火劈柴刷碗机动跑腿的。领到任务的人，都开始忙活起自己的那摊子事，院子里的悲伤气息渐渐地暗淡下来。

刘伟是这个家族中最后一个出现的。他抱着一大捆纸，进院后，没跟任何人打招呼，直接奔棺材跟前，双腿跪下，把纸打开，拿起一刀，就着棺材头前的长明灯点着，放到跟前的丧盆子里说："大爷，我送你来了。"

看到刘伟烧纸，刘铭跑过去，也跪到棺材头前。刘伟像没看见似的，等纸燃尽后，郑重地磕了三个头，站起来，直接向大门外走去。刘铭跟在后面哭叽叽地说："你就在这儿吧，帮我照看着点儿。"刘伟没理他，跨出大门时，抬手抹了两把眼泪。

其他姓氏的人，是在出太阳时陆续到来的。他们每人都拿着一沓烧纸，都是从东头小卖部现买的。他们只是邻居，不沾亲，不带故。按常理，只需把纸递到东家手中，不必亲自去烧。可很多年轻人进院后，跪到棺材前烧了纸，还磕了头，刘铭两口子拦都拦不住。几个年岁大的，平常管刘天栋叫老哥的，也都蹲在棺材前，烧几张纸，抹几滴眼泪。

葛连是随大伙一起来的，烧过纸，刚站起来，被刘铭拉到房子东头的胡同里。刘铭先跪下磕个头，这才说到报庙的事，并承诺瓜地的损失由他负责。葛连赶忙摆着手说："看你扯到哪儿去了？还赔啥啊！我跟你大姐的事，你又不是不知道，从她那儿论，我也得管老爷子叫干爹呢。你要是早点儿通知我，我去铲出一条道，也省得你们走起来磕磕绊绊的。"

刘铭听出葛连话中有话，带着哭腔说："你都是我姐夫了，还挑我的理！我连气带忙，那会儿，都五迷三道的了。"

到上午八点，除了曹子海没着面，整个村子的男人，全都来过了。

这些人吊唁过后，几乎都没离开，他们也和老刘家的人一样，找老叔要求分派活计。老叔挑出十来个年轻力壮的，让五叔领着他们去坟地打坑子，岁数大点儿的，让他们找绳子找扁担，捆绑抬棺材的架子。

出殡仪式是十点正式开始的，让人没想到的是，其他姓氏的女人也都来了，有的还领着孩子。刘铭头顶上的丧盆子刚落地，人群中立即传出一片哭声。尽管她们不像老刘家的人那么连哭带号，但也跟在棺材后边抽抽搭搭地抹眼泪。大伙都在叫着，老队长，你慢走！由于人多，哭喊声响成一片。

老刘家的坟地在东头的树林子中，出殡的人群几乎穿越大半个庄子。棺材走到曹子海家的门前时，自然地慢下来，大伙的目光都不约而同地盯着曹子海家紧关着的大门，哭声陡然地提高了。郝桂花边哭边大声地叫着："爹，你死得冤枉啊！你老人家要是在天有灵，把冤枉你的人也拖去吧！"老刘家的媳妇，都跟着郝桂花喊着。有叫老叔的，有叫大爷的，还有叫爷爷的，只是称呼不同罢了。

大头马与郝桂花所用的称呼相同，但她只是跟着郝桂花喊前半句。因为比别人少半句，别人喊完一遍，她总是喊完两遍。

按照合庄的规矩，女人是不许去坟地的，只准许送到村口。女人们至此停止脚步，目送着棺材渐行渐远，而她们的哭声却越来越大。她们的目光，几乎都盯着曹子海家的大门。有几次，郝桂花边哭喊着边往门口移动，都被跟在她身后的老婶扯住。

尽管匆忙点儿，但刘天栋的葬礼是合庄最具规模的、最为隆重的。在每个人的心目中，甚至包括老曹家的人，都认为他是为大伙的利益而被气死的。哭的时候，他们自然多出一份真情，同时，也对曹子海多了一分愤恨。

出殡只完成葬礼的一半，另一半是晚上的送盘缠仪式。出殡送走的只是人的肉体，人的灵魂还在小庙上待着呢。只有等到孝子指路之后，死者的灵魂才能升天，肉身和灵魂才算合而为一。

经过一下午的准备，刘天栋的车马童子都齐全了，是刘铭置买的。大头马单独买了头牛。按照规矩，男人死后是不应该烧牛的，牛是给女人的专利。女人一生洗洗涮涮，据说因此所生产的脏水，到那辈子都是要自己喝掉。买头牛，就是让它来为女主人喝脏水的。而买牛又是做女儿的专利，是女儿应尽的责任。而没有女儿的人家，就算儿子再心疼母亲，再有孝心，可以给她买车买马，甚至买房子置地，也不允许买牛。大头马认刘天栋为干爹，也等于是认刘天栋的老婆为干妈。她主动提出给干妈买头牛，这不只是一种孝道，也算是替刘铭了却一桩愿望。让刘铭无法办到的事，一生感到遗憾的事，得以实现。因此，孝女马桂芹的名字也被名正言顺地写进刘天栋的文书中，与刘铭并列在一起。

来参加送盘缠的人，比出殡时还多，连一些老头老太太都来了，瓜地里站着黑压压的一大片。大伙都肃然站立，神情庄重。在烧那对童子时，郝桂花边哭边喊："爹啊，给你买了两个姓曹的仆人，有啥活儿，你支使他们干；还给你准备了鞭子，不听话，你就打他们。"她说得和真事似的，大伙听得毛骨悚然。

对于丧事来说，中午的那顿饭，是慰劳前来帮忙的，而晚上这顿饭，才算正席。凡是来的人，无论是亲属本家还是乡亲，都要随份子，向逝者表达敬意，向家属表示慰问。以往这种事的礼金，基本都是五十元，而今天，也不知道大伙基于哪种考虑，竟然齐刷刷地全是百元大钞。五叔和老叔这些和刘天栋辈分相同的，都掏二百块。大头马和葛连也跟着掏二百块，这次，他们没再各掏各的，而是以葛连的名义出现在礼账簿上。

在五叔的陪同下，刘铭到各个桌上答谢。在敬完酒磕完头时，刘铭问起那片小树林应该咋办。大伙都七嘴八舌地表态，说不能让老队长就这么被冤枉，那片小树林，一定要整出个甜酸来。老曹家的几个人没吱声，可在别人表态时，他们也在不时地点着头。

二十一

曹子海也是被报庙声吵醒的，他知道庄上有人没了。他穿上衣服来到当院时，哭声已经消失。他顺着梯子，爬到厢房上，看了半天，发现只有刘铭家当院的灯亮着，有黑影在门口出出入入。他吓得坐在房顶上，知道这回把事惹大了。

那天曹子海赶到县城后，把树林子的情况跟他表哥汇报了，当然也把他的承诺随同表达出来。和他预想的一样，魏大奎果然上心了，立即打电话把杜玉红叫上来，让她给曹子海弄几张假的产权证复印件。曹子海说："还费那个劲干啥？直接弄个真的不就得了。"魏大奎瞪他一眼，说："那是犯法，你不要命了？"他告诉曹子海回去之后大力宣传，一口咬定这片树林子是自己的，并出示这些复印件，看看村民有啥反应，这叫投石问路。如果大伙反应不激烈或是默认，过几天，他跟相关的部门打个招呼，找找人，这事就算成了；如果大伙都反对，那时就退而求其次，把占地的赔偿给大伙，把地上的林木想法儿弄到手。听了表哥的主意，曹子海佩服得五体投地。他在心里说：怪不得人家当所长，办事真是有谋略、有手段、有步骤。第二天，杜玉红把那几张复印件交到他手上，他觉得这几张纸就是钱，就是支票。回来的当天晚上，他给老婆孩子开会，向他们传达的不是魏大奎的话，而是一个林业派出所所长的指示。他也是严格地按照表哥的指示去做的，没想到最后做成这个结果。

从房上下来时，曹子海的腿哆嗦得没法再踩梯子，只好抱着梯子的两边，一点点地溜下来。进屋后，他扒拉着陈桂荣说："还睡呢，人都死了。"

陈桂荣听后毛愣怔怔地坐起来，以为是她婆婆没了，十分诧异地说："不能啊，半夜还嚷着要水来着呢。"她没顾得穿外衣，直接跳到地上。

"不是咱娘，是刘天栋。"

陈桂荣听后，神情比刚才更紧张，一边扯过衣服往身上胡乱地套着，一边不停地问："你听谁说的？这可咋办？"

"先别吵吵，让我想想。"曹子海有气无力地倚靠在炕沿上。

冷静一会儿，曹子海换成一副不太在乎的神情说，死就死呗，跟咱有啥关系？但他回头时，见陈桂荣正抻着脖子，透过窗户盯着大门口，他也不由自主地抻着脖子向窗外望去。当他确定大门是关着的，并没人敲门，这才又推了陈桂荣一把说："咱们也得准备准备。"

陈桂荣缓过神来，问怎么准备。曹子海说："你去把铁蛋叫起来，别惊动咱娘。要是他们来了，我和儿子躲出去，过几天就没事了。"陈桂荣又问："那我和娘咋办？"曹子海说："你们两个老娘儿们，他还能咋的？"说完后，觉得老娘儿们这个词用在母亲身上有些不合适，又补充道，"他们把大门砸碎，你也别开不就得了？"陈桂荣又抬头看一眼窗外的大铁门，觉得那个门应该是进不来人，点点头，算是默认丈夫的主意。

陈桂荣走后，曹子海打开箱子，从里边找出一沓钱，有七八百块，掖到裤子兜里。他又来到当院，把厢房边上的梯子搬到房后，搭到后墙上，还爬上去，先向远处的玉米地看一眼，又向墙根下看一眼。他从梯子上跳下来，没再回屋，而是坐到梯子最下边的那个横梁上。

不一会儿，铁蛋拎着裤子跑过来，到后墙根边上，边撒尿边气咻咻地说："也不是咱们整死的，怕他啥？他要是敢来，大不了……"

铁蛋的话还没说完，挨了曹子海一脚，不但把后半句话给踢断了，把后半截尿也给踢断了。曹子海抬手指了指左邻，又指了指右舍，提示儿子隔墙有耳。

扶着裆下的那个东西酝酿半天，没再挤出尿来，铁蛋没好拉气地甩了甩，把上边残留的尿抖搂干净，提上裤子，转身想往回走，却被曹子海扯住，他小声地说："他们要是来，就快了；待会儿不来，就没事了。"

爷俩儿在房后蹲了大约两支烟的空儿，没听到动静。曹子海向儿子挥了挥手，示意可以撤离。回到房前，见陈桂荣正站在大门洞子里，脑袋顶着大门，眼睛对着门缝，向外看着。曹子海故意咳嗽一声，冲着老婆挥了挥手，示意她也回来。

曹子海家的老太太别看瞎，但耳朵不聋。陈桂荣过来招呼铁蛋时，她说："我好像听着有人没了，你出去打听打听，是谁啊？"陈桂荣说："我也听到了，我招呼铁蛋起来，就是让他出去打听打听。"老太太点了点头，坐在那儿等上了。

等三口人从当院回来，老太太问："打听了吗？谁没了？"陈桂荣只好告诉她。老太太听后还挺惋惜地说："多好的一个人，怎么说没就没了呢？"她还特意嘱咐，一会儿可想着送点儿纸过去，帮着忙活忙活。陈桂荣只好答应着，说等吃完饭就去。

早饭是新熬的小米粥和昨天中午剩的馒头。曹子海拿起一个馒头，才咬了一口，还没等咽下去，听到有人敲大门。这次铁蛋比他爹还敏感，身子一纵，从炕上跳到地下，向外跑去。曹子海也跟着跳到地下，边穿鞋边从桌上又拿起个馒头，也向外跑去。陈桂荣本来就站在地下，也跟着往外跑。那个老太太紧嚼几口，把嘴里边的馒头咽下去，冲着外屋嚷道："开个大门，还用三个人去？"

听到刘天栋死讯后，曹玉民的第一反应也认定与曹子海有关。他是想告诉曹子海一声，让他有所防范。他敲了几下大门，听到院里没动静，以为他们还没起炕，就离开了。临走时，他还摇着头说："都是'心大'公司的，还真睡得着啊！"

曹子海爷俩儿跑到房后，并没急于跳墙，只是在墙根边站着。曹子海把手中那个没咬过的馒头递给儿子，两人边吃边听着外边的动静。陈桂荣跟着跑出来，她没去房后，只是站在屋门口处，两眼死死地盯着大门。

大约过十多分钟，三口人才回到里屋。老太太已经吃完饭，正侧着耳朵听着外头的动静。她说："哪有你们这么过日子的，这都几点了，还不开大门？来人还得让人家敲！要是早点儿打开，不就省事了？"见没人搭茬儿，她就把苗头又指向陈桂荣，说，"我年轻那会儿，早上起来第一件事就是开门，不开门怎么过日子？这事男人想不到也就罢了，女人咋还能忘呢？"见还没有人吱声，都在默默地吃饭，老太太大声地训斥，"铁蛋他妈，你就认吃，你倒是开门去！"

陈桂荣抬头看曹子海一眼，见他只顾闷着头喝粥，丝毫没有替她开脱的意思，转身向外走去。她来到大门口，叮叮咣咣地把大门打开。曹子海听到声音，立即搁下粥碗，扭头向窗外望去，铁蛋也抻着脖子看着。陈桂荣又双手抬着门，小心翼翼地关上，并慢慢地插好门闩。

吃过饭，老太太就撵儿子去刘铭家送烧纸。曹子海答应着，去了西屋。他从被垛上扯下个枕头，老老实实地在炕上躺着，连咳嗽都得捂着嘴，唯恐弄出声音被老太太听见。陈桂荣怕铁蛋没事跑出去，走里走外地盯着他。铁蛋感觉到了，索性也和他爹一样，扯个枕头，在东屋炕上躺着。

上午九点多钟，老太太听到陈桂荣在外屋洗衣服，又把她叫进东屋说："你也去送送刘天栋吧！到那儿哪怕不哭，戳戳个也是份心情。我都这么大岁数了，有今天没明天的，说不定哪天也和刘天栋一样。别人家里有事你不照个面，不去帮个忙，等咱们有事，人家也不会来的。过日子不能太死性，得有个人气。"陈桂荣只好答应着，说这就去。她不敢再洗衣服了，也扯个枕头，上炕老实地躺着。

刘天栋出殡的哭声一起，曹子海一家三口人竟同时坐起来，他们轻手蹑脚地来到当院，曹子海招呼铁蛋仍然去房后，他觉得最危险的时候到了。

陈桂荣还是去大门口，扒着门缝看着。郝桂花和老刘家那些媳妇的话，她都听得一清二楚。等那些女人散去，她也哭得抽抽搭搭的。回到房后，冲着正在抽烟的曹子海说："这回咱们家算完了，得罪的不是刘铭一家子，是把全村子的人都得罪了，往后这日子可咋过！"

三口人回到屋里，只有铁蛋是名正言顺的，曹子海两口子还得倍加小心，怕老太太听到。两个人在西屋大眼瞪小眼地坐着，不敢说话，也不想说话。陈桂荣坐在那儿，不断地掉眼泪。而曹子海则在心里埋怨着魏大奎，发誓从此往后，再也不登老魏家的门，这门亲戚一刀两断。

刘天栋入土为安，但对于曹子海来说，警报并没解除，甚至越发地让他感到不安。他认为刘铭不会这么善罢甘休，上午没来，可能是忙着发送他爹，没倒出空儿，等消停了，一定会来找他算账。随着时间的推移，他的担心变得有增无减。

曹子海是在下午一点多钟才出现在母亲面前的。老太太问他去送刘天栋的人多吗，他说多，全村子的人都去了。老太太用羡慕的口气说，人家这辈子算是没白活。老太太又问他晚上送盘缠时去吗，他略迟疑一下，老太太立即警告他说，白事比红事还重要，礼数是不能落下的。没多有少，多少是个心情。他听出母亲话里的意思，答应晚上一定去。这样，在傍黑天的时候，他又必须消失在母亲的听觉之外。

太阳刚偏西，曹子海终于在西屋躺不住了，来到房后，顺着梯子爬上墙头。远远地看到小庙前燃起火光，听着那些女人边哭边喊，他再也抑制不住眼泪，也面对小庙的方向哭起来。他在心里一遍遍地向刘天栋忏悔着，他突然觉得，不单这些天他错了，就在今天，他又错了。听到报庙声，他就应该第一时间去刘铭家，跪到刘天栋的棺材前磕头请罪，也许刘天栋的在天之灵能原谅他，也许刘铭能原谅他，也许合庄的人能原谅他。就算他们都不原谅，最起码自己心里好受些。就算被老刘家人摁到地上打一顿，也比现在这样好受些。而现在，一切都晚了，一切都不可挽回。他不知道明天怎么去面对刘铭，怎么去面对合庄人。他从裤子兜里把那张产权证的复印件掏出来，气愤地撕扯着，那张纸由两块变成四块再变成八块，直到撕得抓不住时，把它们抛向空中。纸屑纷纷扬扬地落下，让他感觉到一丝安慰、一丝快意，好像是终于出了一口气。他向远方那片小树林子瞭望着，那条让他欣喜、让他疯狂、让他投入太多心思的高速公路，通往美梦的那段，已经走到尽头；通往噩梦的那段，才刚刚开始。

接下来的两天，曹子海是在一天比一天的紧张中度过的。每天早上起来，陈桂荣都大张旗鼓地把大门打开，又悄无声息地关上并插好。他们没心思上山干活儿，三口人都待在家里等待着，等刘铭上门，又害怕他上门。

其间铁蛋出去两趟，也没走大门，怕一开一关的让奶奶听到，是从后墙跳出去又跳进来的。他去葛八赖家的小卖部买回四盒烟，给自己买一份儿，给他爹买一份儿。见到人时，他装成满不在乎的样子，有时还主动跟人打个招呼，但从那些人的态度上，他明显地感觉出与以往不同。且别说是大人，就是那些和他差不多大的哥们儿，原来对他俯首帖耳，现在对他爱搭不理了。

曹子海实在忍受不住这种折磨了。第三天早晨，是他去开的大门，打开后没再关上。他已经不再害怕刘铭来找他，而是盼望着刘铭来找他，甚至都想去找刘铭了。他觉得这个事一天不了结，对于他来说，一天不得安生。这就像若干年前人们防震一样，天天蹲在防震棚中，吃不好，睡不好，最后防得大家天天盼着地震，只要震过，是死是活也就见分晓了。

吃过早饭，曹子海显得极不耐烦地对老婆孩子说，从今儿个那块谷子该耪了。这个活儿本来是一个人的活儿，可陈桂荣一定要跟着。他懂老婆的意思，是不放心他，是怕刘铭在山上算计他。他嘴上说不用，你去也是站在地头上瞅着，心里还是挺感动的，也认为有必要。他没过分地反对，毕竟他与刘铭的事，还没最终了结。

刚走出大门口，曹子海又突然变卦，坚决不让陈桂荣去。他担心他们走后，铁蛋再没心没肺地跑出去玩，家里就剩下他娘时，刘铭找上门来怎么办？尽管不能把老太太咋地，但刘铭要是把事情的前因后果跟老太太一说，再骂几句，他知道以娘的性格，也很可能跟刘天栋一样，不被急死也得被气死。就算是铁蛋不出去玩，在家守着奶奶，情况可能会更糟糕。以铁蛋的性子，肯定得与刘铭打起来。铁蛋毕竟还是个孩子，不一定能打过刘铭。就算能，真把人家打坏了，那就得新账老账一块儿算了！曹子海不敢往下再想，觉得头皮有些发奓，有点儿要拉屎的感觉。他犹豫一下说："那就让铁蛋和我去吧。"他觉得这应该是个万全之策，让老婆在家保护着母亲，他和儿子也能彼此保护。陈桂荣把铁蛋叫出来，曹子海对她说："还是把大门插上吧。"

刘天栋烧过"头七"，那片小树林有了最终的消息，让合庄打发人去镇政府洽谈占地赔偿事宜。放下电话，刘铭去了当街。他从村西头走到东头，又拧回来，凡是遇到的人，都挨个儿地把这件事说个遍，征求大伙意见。大伙都让他看着办吧，似乎都知道他应该咋办。刘铭在说起那片小树林时，特别强调是咱们村的，之后大伙再传递这个消息时，也有意无意地特别强调着。在所有人的心目中，这片小树林好像跟曹子海根本没有一丝一毫的关系。

曹子海听到这个消息，已经是晚饭后，是曹玉民特意来告诉他的。

这几天，曹玉民没敢去曹子海家串门。他知道现在大伙都对曹子海有成见，特别是老刘家的人，拿他当作臭狗屎。这种时候，他再明目张胆地往前凑，肯定被怀疑成同党，肯定是自己找不自在。可让他也和大伙那样，觉得于情于理又有点儿说不过去。这次曹玉民从家里出来，没奔大门口，而是直接绕到曹子海家的房后，看看左右没人，从墙角爬上来。他站在墙头上刚想往下跳，看到不远处还立着个梯子。他自言自语地说："行啊，知道我从后墙进来，还提前给预备了梯子。"

曹子海正坐在屋门口抽烟，听到后院有动静，也开始目寻防身的武器。看到曹玉民转过墙角，他只淡淡地打个招呼，指着大门说："有门不走，跳墙干啥？"

曹玉民也没去解释，一屁股坐到曹子海跟前，从地上摸起烟盒，抽出一支，看到打火机在曹子海手里攥着，曹玉民把烟叼在嘴上，往前略探了探头。曹子海把打火机递过来时，问曹玉民有事吗。这句话要是搁在往常，可以去正常理解，但在此时，就不能按常规去理解了。人家没事能跳墙进来吗？来了一定是有事。这种明知故问的结果等同于一种催促，而且透着一种不欢迎不耐烦的味道。

“也没啥正事，就是来告诉你一声，咱们村子那片小树林有消息了。”

曹玉民的这句话，不只是带着不耐烦，还明显地有着挑衅的成分，最起码表露出两点意思：首先，他当成正经的事，没被重视，说与不说，也无关紧要了。他好心好意来这儿，属于没啥正事的行为，属于没事闲的，属于吃饱了撑的，语气中明显带有抱怨的成分；其次，他特意强调树林子的归属时，已经与他的来意背道而驰，不再是来通风报信的，好像是替刘铭或者合庄人下战书的。

曹子海只是答应一声，没了下文。似乎这是一个很遥远的往事，早已遗忘殆尽，早已不堪回首。他把烟盒拿起来，抽出一支，与手里的烟屁股对着，顺手把烟盒揣进衬衣的小兜里。他的动作很缓慢，看似习惯性的，但在曹玉民看来，刚才还把烟放在地上，现在揣起来，是有怕他再抽的感觉，换句话说，有撵他走的意思了。

曹玉民腾地站起来，把手中的半截烟连三迭四地吮了几口，扔到脚下，狠狠地捻灭，像是对曹子海告辞，又像是自言自语地说：“困了，回家睡觉去！”没等曹子海答话，他已经往房后走去，顺着梯子爬上院墙，咚的一声，跳到墙外。

如果说刚才曹子海的冷淡，只是怪曹玉民趁着天黑到访，而且是跳墙进来的，但那时大门插着，从外头确实打不开，尚且情有可原。而走的时候，大门是可以打开的，他又从墙上跳走，这就别有意味了。这分明是害怕被人看见，分明想跟他划清界限。他知道曹玉民这一走，在合庄，他一个至亲至近的人都没了。

不过，从曹玉民走后，曹子海一直悬着的心总算是放下了。他知道刘铭不会找上门来兴师问罪，从明天起，不用再提心吊胆。刘铭是在通过那片小树林打击他，报复他。他不敢再去与刘铭产生任何冲突。他身后站着的，除了老婆孩子和一个老瞎妈，不会再有别人。而刘铭身后站着的，几乎是合庄所有的人。他再与刘铭叫板，无异于拿着鸡蛋去撞石头。这是刘铭给他挖下的一个陷阱，正在等着盼着他去跳。他甚至怀疑曹玉民是刘铭放出来引诱他上钩的饵料。想到自己在合庄已经混到“灶火坑打井，房顶上开门”的地步，一阵悲凉涌上心来。

二十二

这次回黑龙镇，满贵并非专程打听坟地的事，而是来考察建材市场前景，准备在这儿设立个经销处。自从听到修建高速公路的消息，他感觉到这是个商机，这也是在几天前就计划好的行程。所以，刘玉兰打电话时，他才答应得那么痛快。

办完计划内的事，满贵才去镇政府找同学了解坟地的情况。那个同学跟他十来年没见过面，十分热情，又约上几个同学，强八伙儿地留他喝酒。满贵喝多了，没法开车，被安排住到政府招待所里。今天早上，他本想回家看一眼，但考虑到回合庄的路，就打消这个念头。他领证还不到三个月，买车还不到两个月，那条路根本不是他这个司机和他这台宝马车能走的。

离开黑龙镇不到十分钟，满贵就接到大栓的电话。大栓哭叽叽地说："大爷，我爸摔着了。"满贵赶忙把车停靠到路边，问怎么回事。大栓就把有人给他打电话的事叙述一遍。满贵说现在电信诈骗非常多，不一定是真的。大栓又把早上他爸打电话的事也说了，并强调用的是同一部电话。

满贵是学建筑的，了解工地上的情况，沉思片刻说，刚开工不久，楼房还不高，应该没多大问题。听到大栓在那边哭得抽抽搭搭的，他说：“再有四十多分钟我就到家了。你准备一下，我们一起去看看。”

满贵和大栓赶到住院处，是下午两点多钟。满堂已经从手术室出来，麻药似乎还没过劲儿，还在昏迷之中。床头柜前的椅子上，趴着一个衣服上全是水泥点子的民工。他也睡着了，两个人还一唱一和地打着呼噜。

来到民工跟前，满贵轻轻地扒拉他两下。民工一个激灵站起来，他倒是没忘记他的职责，先看一眼挂在头顶的滴流瓶子，发现药液马上就没了，按下墙上的按钮，喇叭里传来护士的声音，问他有啥事。他告诉人家换药后，这才转过身来不好意思地问：“你们俩是满堂的家人吧？”满贵点点头。民工又指着满堂说：“没多大事，就是左胳膊摔断了，右脚崴一下。”满贵回头看大栓一眼说：“跟我估计的差不多。”民工上下打量满贵几眼，说：“你是他弟弟吧？”满贵说：“我是他哥。”民工笑了笑说：“那你长得可够面嫩的。”民工指着满贵手里的车钥匙说，“你这么有钱，咋还让你弟弟出来受这个累！”满贵咧了咧嘴，又勉强地笑了笑说：“让你也跟着受累了。”在得知大栓是满堂的儿子时，民工盯着大栓手里的手机说：“儿子也比他老子有出息啊！”

换药时，民工告诉护士：“这两位是病人家属，以后有啥事，就找他们吧，一会儿我得回工地，要不我那个活儿，就让人抢走了。”护士走后，满贵说：“这儿让大栓看着就行，咱们俩出去抽根烟。”

满贵走后不久，满堂的点滴就不滴了。大栓按墙上的按钮，护士进来看一眼说，鼓包了，重扎吧。满堂是在护士给他扎针时醒的，见儿子在身边站着，先是惊诧，继而表现得非常激动，问他是怎么知道信儿的，怎么来的。当他得知满贵也来了，赶忙问他干啥去了，大栓说和护理他的那个人一起走的。满堂没再吱声，又闭上眼睛。

满贵把那个民工叫出去，是想了解满堂摔着的经过。那个民工支支吾吾，什么都不肯说。满贵把他拉进医院附近的一家小吃部，要了四个炒菜，请他喝酒。这招还真管用，半杯白酒下去，他把凡是知道的事情，一股脑地全倒出来。

从民工提供的信息看，满堂摔着的过程很简单。他负责给两个大工供水泥，总魂不守舍的。有个大工招呼他一声，慌乱中，他从架子上掉了下来。被救护车拉走后，包工头问大伙谁知道满堂家人的联系方式，有人提供线索，说他前天还在小卖部给家里打过电话。包工头到小卖部来查通话记录，翠瑛听说满堂摔着了，也挺着急，帮着查。她查到的，不是前天的，而是今天早晨的。包工头顺着那个号码，把电话打给大栓。通完话，他又顺便查看一眼满堂打电话的时间。回到工地，他问满堂早上是啥时候回来的，工友们说是吃饭前。包工头便猜到这一个多小时满堂在干什么，说他这是在床上累得腿软了，筋短了，骨散了，这才掉下来。还说这种情况，工地不负责，所有的费用，全都从他的工资中扣除。

耐着性子听完，满贵气得把酒杯重重地蹾在桌上，也把那个民工撂在桌子旁。他要了两盘饺子匆忙地赶回来，进屋后把饺子递给大栓说："饿了吧，赶紧吃。"

大栓拎着饺子来到床头对满堂说："爸，你吃吧！"满堂闭着眼睛摇了摇头。

满贵看满堂醒着，沉着脸子说："那是二斤饺子呢，你们俩吃也够了。"从满贵的语气中，满堂听出一股火药味儿，他的火气也上来了。他觉得要是没有满贵回合庄的事，他的精神也不会溜号。他把脸扭向墙面，竟然连看都没看满贵一眼。

屋子里的空气似乎凝固了，大栓看看满贵，又看看满堂，觉得他们都有些不正常，又不知道问题出在哪儿。他拿着饺子站在那儿，是吃也不是，不吃也不是。

满贵只在屋里停留不到两分钟就出去了，来到楼下的车上，点燃一支烟，趴在车窗口处急切地抽着。如果不是大栓在跟前，他真想大骂满堂一顿，甚至是抽他两个嘴巴。但气愤归气愤，作为哥哥，更多的还是心疼，他不能眼看着弟弟出来这几个月白干，更不能眼看着他被欺负。他把烟头捻灭，开始翻看手机里的电话，他要找一个能为满堂说话的人。

这个小城市，现在隶属内蒙古管辖，是十几年前，由辽宁省划归过来的。也就是说，无论是地理上还是风土人情上，离辽宁更近一些。满贵跑业务时，曾经无数次来过，在这儿也有几个商界的朋友。他经过反复的比较，最后拨通当地最大的一家建材经销商的电话。此人姓费，在当地，也算是个手眼通天的人物。

两人寒暄几句，满贵切入正题，把满堂摔着的情况跟费总说了。费总说他与那家建筑公司有着多年的合作关系，尹总今年所用的建材，大部分都是从他这儿赊去的。他问满贵有啥要求，尽管说。满贵说没要求，只希望在处理这件事时，别太难为满堂就行。费总便把此事大包大揽下来，说他们不敢难为咱家老弟，这件事，尹总要是处理不好的话，他就借着这个由头跟他翻脸要钱。

问题算是顺利解决了，可满贵觉得他的脸，已经被揭下一层皮。他打电话告诉大栓在这儿护理，他回去了，有事再联系。此时，他和满堂的感觉一样，也是连多瞅对方一眼的心情都没有。

听到满贵离开病房，满堂说：“快给我拿饺子，我都饿死了。”大栓把饺子给他放在床边，他用右手抓着，一个接一个地往嘴里填。他的眼睛盯着门口，神情慌张，有点儿像偷嘴吃的样子。只吃了十几个，满堂说不要了，他还是闭着眼睛躺着。在得知满贵已经回去后，他又让大栓把饺子拿上来，这次把剩下的全部消灭掉。

当天晚上八点多，大栓正给满堂洗脚，翠瑛出现在病房门口。她手里拎着一箱牛奶、一方便袋水果，还有一条“红梅”。她的到来，显然出乎满堂的意料，他差点儿把水盆子蹬翻。他只冲着翠瑛点点头，算是打过招呼，便吵吵着腿疼，不洗了，撵大栓把水倒掉。看到儿子离开病房，他小声地问：“你来干啥？”

“看看你呗！”翠瑛转身盯着门口，用略带愧疚的语气说，“大哥，你看这事闹的，我心里也挺不是滋味的。”她把手里的东西放到床头柜上，又说，“这些东西一百多块钱呢！那个钱，等于全退给你了。以后再有啥事，可不能怪我了！”

满堂还不知道包工头对他摔着的事所下的结论，翠瑛的话，被他理解成一种安慰、一种情义。他赶忙说：“不怪你，跟你没关系，是我自己不小心！”

看到大栓回来，翠瑛问满堂还疼不疼，吃饭没有，闲扯几句后，说她得回去了，小卖部还锁着门呢。满堂让大栓去送送，走出门口，翠瑛对大栓说，工地上忙，人都出不来，又离得远，车也不方便，她是代表其他工友来的。

第二天上午，公司的尹总来看望满堂了。他捧着一大束鲜花走在前边，包工头拎着一个果篮跟在后边。他把鲜花送到满堂手里说：“老弟，让你受委屈了！你早说是费总的表弟，我也不能让你去干那种活儿！”

尹总的到来，不只是出乎满堂的意料，简直是让他受宠若惊。来到工地这段时间，他只见过尹总两面，还都是远远地看着。他这个级别的民工，想跟老总说句话，比宫里的妃子见皇上一面都难。满堂机械地点着头，嘴里不停地重复着感谢的话。他不知道费总是谁，他在满脑子里搜寻着他表哥中有谁姓费。他把自己这边的表哥翻了个遍，又去翻找刘玉兰家的表哥，都没找到任何线索，脸上流露出莫名其妙的神情。

大栓倒是挺机灵的，赶忙把花接过去，冲着尹总说："我大爷太忙，我爸不愿意给他添麻烦，压根儿没跟他说起在这儿干活儿的事，是我来到这儿后，给他打了个电话。"似乎为证明什么，大栓又说，"我还想去看看他的腰突好点儿没有！"

"好多了，不用惦记着，在这儿好好地伺候你爸就行。"尹总拍着大栓的肩膀说。

从打进屋，工地的包工头就在床边垂手站立。尹总说话时，他不时地点着头，并忙里偷闲地打量着满堂，好像面对着一个陌生人。

临走前，尹总到床前跟满堂握手，让他安心养伤，有什么困难，尽管吱声。他还掏出一张名片递给大栓说："以后有事也别麻烦费总了，直接找我就行。你就在这儿陪护吧，你的工钱，也由我负责。"

大栓把尹总和包工头送到楼下，又到附近小商店买回几包卫生纸。他进屋时，满堂急着问："咱们家哪有姓费的亲戚？"

大栓说："不是亲戚，是我大爷的一个朋友。我见过这个人，走道佝偻着个腰。"

满堂听说是满贵找的人，没再吱声，倚着床头，眯上眼睛。

刘铭去乡里谈那片小树林赔偿的头天下午，找到刘玉兰，问她家谁去。刘玉兰说她做不了主，又去小卖部给满贵打电话。满贵没提满堂摔着的事，怕刘玉兰担心。他说他都打听过了，这种事上边有固定政策，也没有更改和争取的余地，让她把字签了。

在去医院时，本想顺便商量迁坟的事，没想到被满堂找女人的事给搅了心情。这几天，满贵对那件事还耿耿于怀，不乐意搭理弟弟。

但坟地里埋着的爷爷和父亲，不仅仅是他的，还有满堂一份儿，他不好一个人做主。他把电话打到大栓的手机上，让满堂接电话。

换成这种交流方式后，彼此显得随和多了。满贵问满堂胳膊还疼吗，满堂说已经不怎么疼了。满贵又问脚还肿吗，满堂说也不怎么肿了。满贵又嘱咐几句生活起居方面应该注意的问题，这才把高速公路占用坟地的事说出来，满堂说他早就知道了。满贵问："是刘玉兰给你打电话了？"满堂说："不是，她从来不给我打电话，是我往葛八赖家打电话时听说的。"满贵就迁坟的时间征求满堂的意见。满堂说："我现在也回不去，就算回去也干不了啥，你看着办吧。"可是在说到迁往哪个地方时，哥俩儿的意见产生了分歧。

满贵认为既然那个地方是爷爷选定的，父亲也认为那里好，还是埋在原地附近合适。小树林没了，往北挪挪，埋到曹子海家的大树林子里去，反正都是那片地，差尺不差丈。而满堂则认为，当时那是赶不开的结果，是不得已才埋到那里的。既然要迁坟，还得迁到祖坟那里更合适。要不然别人看到祖坟，还以为咱们家后继无人呢！

满贵主张在原地不动，是出于对爷爷和父亲的尊重，并没多想。而满堂要求迁往祖坟，却有着自己的盘算。他认为这个坟地没给他带来什么好处，他要借着这个机会，改变属于他的风水。他之所以理直气壮地提出来，并且理直气壮地坚持着，也有着他的理由。

按照这里的风俗，凡是没有儿子的人，死后是不允许入住祖坟的。满贵只生小娜这么个女孩，也就是说，除非他以后再生个儿子，否则，这个坟地以后跟他就没有关系了。而满堂则因为有大栓，将成为佟氏家族的唯一正宗的传承人。这个坟地是他将来要去的地方。他必须对自己的未来负责，也只有他可以对这个事情负责。

满贵从满堂的话里听出这层意思，沉默一会儿，没再坚持，说："那就按你说的办吧。现在树还没放，估计离开工还有段时间，等伤好点儿，你回去处理吧。反正上边也给了费用和赔偿，这个钱也归你了。”

哥俩儿又回到尴尬的境地，老半天没人吱声。最后还是满贵打破僵局，让满堂迁坟时，给他个信，他回去看看。满堂答应着，本来是打算提到费老板的事，可话到嘴边，还是没说出来。

放下电话，满堂对大栓说：“你去问问大夫，我啥时候能出院？”大栓说：“你忙着出院干啥？在这儿住着挺好的，不用干活儿，工资照开。”满堂说：“我这不得回去给你爷爷迁坟吗？你大爷不管了。”大栓也半头半尾地听到电话的内容，他用略带不满的口气说：“你就按我大爷说的办不就得了？”满堂瞪儿子一眼说：“小孩子家的，知道个屁。他死了，在城里买块公墓可以安身；我死了，不得埋在合庄！我不得选个合适的地方？”

大夫来查房时，满堂几乎每天都提到出院的事。大夫看他出院心切，也勉强答应了。满堂让大栓给尹总打电话，把他要出院的意思表达过去。尹总让他们再养几天，等好利索再说。大栓说在这儿住着费用挺大的，不如回去养着。反正也不用打针，只是换换药，镇上的医院也能换。尹总也借坡下驴，很爽快地同意了。

办理出院手续之前，大栓给主治大夫买了一条“玉溪”送过去，把他父亲以后应该用的药和可能用到的药全部开出来，拎回两方便袋。满堂见儿子这事办得地道、周全，也就完全放心地交由他去办理。

尹总似乎是早有准备，主动地把满堂的全部工资、护理费、误工费等一次性地兑现。大栓共拿回来两万五千块钱。除去满堂应得的一万一千多块钱的工资，满堂摔了这次，竟然多得一万三千多块。

看着这么大的一笔钱，满堂自然高兴，不停地夸奖尹总仁义，够意思。大栓愤愤地说：“要不是我大爷找人，他才不会对你这么够意思呢！你知道我大爷得搭多大的交情？以后那个费总再去我们那儿赊货，我大爷是没法拒绝了。”尽管儿子的口气让满堂听起来觉得有些不舒服，但他不得不点着头说：“那是，那是，待会儿给你大爷打个电话，替我谢谢他。”

满堂在大栓的陪护下回到合庄时，除了分给他家的十五棵树还围绕在他爷爷和他爹的坟前，小树林子已经不存在了，满地是白花花的树疙瘩。附近地面上已经用白灰撒出高速公路所占的范围，路基的两边，也埋上水泥做的标志。

突然看到满堂父子一起出现在门口，刘玉兰以为自己看花眼了。听到大栓喊她，才完全缓过神。等见到满堂左胳膊上打着石膏，用绷带挎在脖子上，她大叫着扑上来。可刚到跟前，满堂却从她身边绕过去，像绕过一根电线杆子一样，脸上没有任何表情。

二十三

葛连和大头马“拜天地”的事，看似滑稽，可对于他们来说，却有着极大的意义和作用。自此之后，两个人的交往公开了，频繁了，还理直气壮了。

当天晚上，葛连对儿子郑重地挑明此事，说：“打今儿个起，燕子她妈就是你妈了。你可以不管她叫妈，叫大娘也行，叫大姨也行，但心里一定要拿她当妈对待着。”说到这儿时，发现儿子正凝视东面墙上的照片，他沉默片刻又说，“打你妈走后，咱们爷俩儿这日子过得也不易。往后有个人照顾着，咋说也算是件好事。你妈也不会反对的，你说是吧？”他盯着儿子，脸上带着讨好的笑容。大军被看得低下头，两只手交换着掰着指关节，发出嘎巴嘎巴的声响。等把所有的关节都掰个遍，抬头时，见父亲还在不错眼珠地瞅着他，慌忙地点点头，也略带讨好地笑了笑。

大头马则是在睡下后跟女儿说起这件事的，是当笑话讲给她听的。燕子听后咯咯地笑着说：“你们快赶上小孩子过家家了，再等一会儿多好，也带上我和大军一起玩，我们俩当个证婚人。”可说到这儿，她突然不笑了，抱住母亲的胳膊说，“妈，你不会是想上他们家去，把我自己扔到这儿吧？”大头马也抬手搂住女儿的肩膀说：“不会的，我怎么能舍得我宝贝闺女呢！还和以前那样过，只是你知道有这么回事就行了。”燕子很乖巧地点着头，说：“我知道以后该怎么做。”

葛连和大头马越来越不背人的关系，在合庄再次引起反响。

男人见到葛连，都理直气壮地扯着他，逼他买盒喜烟，甚至直接把他兜里的烟抢走。在他们心里，大头马本来是属于公众的，是谁都可以惦记的。现在让葛连独占了，他们觉得精神上蒙受损失，要求得到一点儿补偿理所当然。仅仅十几天的工夫，葛连就买了四条烟。对此，他并不气恼，甚至还挺高兴，有时候人家刚一提起，他就主动缴械了。在他看来，凡是跟他要烟的、抢烟的，都是承认了他与大头马的关系，相当于他们的证婚人，给一份答谢，也合情合理。

女人所针对的当然是大头马了，但这次，她们是带有赞赏性的，说她还算有良心，还挺重情重义。同时，她们也有一种如释重负的感觉。毕竟她心有所属、身有所属后，其他男人不再去惦记，来自她的警报解除了。她们见到大头马，显得比以前更亲近，主动凑上去，夸她气色好，越活越年轻。大头马知道她们指的是啥，也知道她们接下来想说啥。她毫不忌讳地说：“那是当然了。这日子过得有儿有女，有吃有喝，滋润着呢！”有的女人为表示姐妹之间的关系密切，话里话外地传授她一些被窝里控制男人的技巧。她一边笑纳着一边说：“哼，别以为我这几年没男人就把那事忘了！”

对于他们的结合，老葛家的人自然是比其他人更高兴。他们主要是为葛连高兴，终于不再过那种孤苦伶仃清汤寡水的日子。这种高兴体现在大头马身上，还有些感激的成分。他们还是按照原来那样称呼她，从语气上，显然此“嫂子”与彼“嫂子”是有区别的，指的不再是同一个人。那些比葛连辈分小的人，开始管大头马叫大姨，只有葛晓伟改口管她叫老婶。

在帮着曹玉民放完小树林的树并在他家喝完酒后，葛晓伟专程来到大头马家。进屋后，看见燕子没在跟前，就嬉皮笑脸地说："老婶，求你个事呗。"

"既然都叫老婶了，大侄子的事，还说啥求不求的？照直说吧。"大头马微笑着从柜上拿起葛连头天落在这儿的半盒烟扔过去。

葛晓伟点上一支烟，把烟盒顺便揣到兜里，这才显得很不好意思地说："老婶，给我老叔传个话，我太忙了，他那块西瓜地我照顾不过来，让他自己想法儿吧。"

"你们爷们儿之间的事，你直接跟他说不就得了，还用我传啥话？这不是脱了裤子放屁吗？"大头马说。

葛晓伟贴着炕梢墙边坐下，紧抽两口烟，表情变得严肃起来，摇了摇头，似乎有着满腔的委屈和无奈，先"咳"一声，这才说："我老叔那脾气，你又不是不知道。我敢跟他说吗？骂我一顿是小事，整不好敢揍我。你没看刘天栋过生日那天，我就说那么一句，他差点儿跟我干起来。"

"本来就是他家的地。你帮他，是人情；不帮，是本分。这有啥呀！你还犯得上这么怕他吗？"大头马的语气愤然，像是在为葛晓伟鸣不平，又像是在给他打气壮胆。

"萝卜虽小，人家长到背上了！再怎么的，他也是个老的。只为这点儿事闹得咯咯叽叽，我怕让人家笑话。"葛晓伟延续着刚才的神情和语气，只不过说完后，把头低下了。

"呵，没看出来，你还是挺要脸的人。"大头马挖苦葛晓伟一句后，又笑着说，"没问题，这事不用问他了，我就能做主。从明天起，你甭管他那片地了。我替他经管着，反正我在家也没事。"

葛晓伟听后几乎是惊叫起来，说："你替他经管着，这不是笑话吗？"

大头马侧过头来，盯着葛晓伟问："我怎么就不能替他经管着？你不说我是你老婶吗？你老婶管你老叔家的事，怎么还成笑话了？"

葛晓伟被大头马逼问得有些无言以对，赶忙解释："我不是这意思，我是说白天你去看着点儿倒是行，可过两天瓜要熟了，晚上也得去看着。"

"晚上怎么了？晚上我就不能去？"看到葛晓伟在不怀好意地笑着，大头马瞪他一眼，又说，"我搭个窝铺，和你老叔一起去。让他睡觉，我看着。"

"别介呀！那样我就不来找你了。"葛晓伟慌忙中暴露出自己的目的。

大头马的嘴角微微地抽动一下，露出一丝冷笑，但那笑意像闪电一样，在脸上瞬间划过，她心平气和地问："那你想怎么着？"

"老婶是全合庄最会办事的人。我这点儿……小心眼儿，也瞒不过你。你就……看着办吧。"葛晓伟吭哧吭哧地说。

高速公路赔偿没指望后，葛晓伟把全部的希望转移到瓜地上。这两片地种的是同样的品种，无论是浇水施肥还是掐尖打杈，他都是先把自己的那片收拾利索再收拾葛连的这片。可就算这样，葛连的这片地因为土地本来就肥沃，再加上农家肥充足，西瓜明显比葛晓伟家的大出一圈。每次来到小庙前，葛晓伟都先到葛连的瓜地转一遍，再回到自己的瓜地。他恨不得把两片地像叠被子一样扯起来，调换一下。眼看着西瓜在一天天地长大着，他对葛连的瓜地打起主意。

现在瓜地正需要经管，几乎天天离不开人，而且越来越离不开人，选择这个时间摊牌，葛晓伟也是经过盘算的。其实他不是想不管，只是不想代管，他要把这片地想法儿弄到他的手里。他知道贸然去找老叔，以他的性格，就算把那片撂荒，也不会妥协。葛晓伟来找大头马，诚如他在开始说的那样，是求她帮忙，求她从中撮合。

从葛晓伟提到这个事，大头马就看出他的心思，她知道该怎么做，也打算去帮这个忙。她所以将葛晓伟一军，不过是不想让葛连吃太大的亏罢了。

当天晚上，大头马就把葛晓伟的意思透露给葛连。果然如葛晓伟预料的那样，葛连立即来了脾气，要去找葛晓伟说道说道，问他的嘴还是不是个嘴，说话还算不算个数。大头马劝了半天，才把葛连安慰服帖，并趁机说："你又没空儿经管，不如包给他算了。"葛连寻思一会儿，说："反正是找你谈的，你跟他谈吧，一切都听你的。"

大头马在得到授权后，又亲自去地里考察实际情况，开始跟葛晓伟交涉。她提出按合庄现有的包地价格包给他，因为从春天到现在所有的支出都是葛晓伟垫付的，也就不涉及这些事项了。正在葛晓伟高兴之时，大头马又提出农家肥的事。葛晓伟说："老婶，这是我老叔的意思，还是你的意思？"

大头马笑着说："是西瓜的意思，我去地里看过，没有那二十来车粪，西瓜也长不成那样。"

葛晓伟问："那你想怎么着？"

大头马想了想说："那些粪，咋也顶四袋二胺吧？你就再给你老叔四袋二胺的钱吧。"

"老婶，这也太黑了吧？"葛晓伟惊叫。

"这我还是看在你嘴甜的面子上。你也是个庄稼人，平心而论，那些粪值不值这些钱？"大头马用商量的口气问。

"大伙给刘天栋报庙时，还踩坏五六十棵瓜秧呢。我又不是他们家的干女婿，怎么说这损失也不能算到我身上。"

"我早就看过了，没你说的那么邪乎，顶多也就二十棵。要不咱们现在就去查查，反正刘铭说过，踩坏的他赔。"

"还查个啥啊，这事要是让刘铭知道，我不是里外不是人了？老婶，你就看着办吧。"

大头马显得很无奈地点点头，说："既然你提出来了，我也不能让你闭不上嘴，那就给三袋半的钱吧，再多我也做不了主了。"

葛晓伟寻思一会儿，点头同意。在临走时，他不无感慨地说："老婶，现在我算是知道了，二拇指还是离大拇指近啊！"

葛连和大头马这种全新的生活，并没影响到大军。因为大头马从来不去葛连家，都是葛连到她家去。这样，整天待在家里的燕子就与大军不同了。她看到葛连来了，就得找借口躲出去。白天还好说，假装到东头小卖部买点儿东西，顺便再聊一会儿。可更多的时候，葛连是晚上过来，这就让燕子有些为难。黑灯瞎火的，她没地方去躲，只好硬着头皮在屋里听他们有一句没一句地说话。有时候竟然是三个人干坐着。这样几次之后，葛连也觉得越来越不好意思，约大头马白天去他家见面。

大头马一直不主动去葛连家，是在乎墙上的那张照片，但她又不好意思说出来，只好说不习惯那种羊圈味儿。对此，葛连还真上心了。在一次上集时，他买来两瓶来苏水和一瓶花露水。每天早上起来，都用喷雾器把屋里屋外喷上一遍来苏水。几天之后，院里的膻味儿果然没了，走进他家的院子，和上医院差不多。屋里不但有来苏水的味道，还弥漫着淡淡的薄荷香。

这一改变倒让大军一时不太适应了，每次喷洒时，他总不停地打喷嚏，说这个味儿还不如原来的膻味儿好闻呢。葛连笑着说："你是不习惯，慢慢地就好了。"

在喷上来苏水和香水的第三天，葛连临上山前，把钥匙送到大头马家，说昨天他买了点儿排骨，让她去炖上，中午两家子在一起吃。他怕回来得晚，没时候炖烂。大头马爽快地答应了，可到中午圈羊时，葛连被等在门口的燕子截住，告诉他："排骨炖好了，在我们家炖的，一会儿你和大军过来吧。"葛连问燕子谁去把排骨拿来的，燕子指了指自己的鼻子。

葛连就这么等着盼着大头马能光临寒舍，可大头马就是无动于衷。眼见着两瓶来苏水喷光了，也没把大头马吸引过来。葛连也没再去买，这个家又恢复了原来的气味。这下大军又不习惯了，他说："爸，要不再买瓶来苏水吧。你没工夫上街，我给你捎回来。"

"不买了，买也没用。"葛连不耐烦地说。

葛连这个回答的指向性是很明确的，可大军听糊涂了。他不知道父亲洒来苏水的用途，也就没法理解怎么个没用。但对于父亲的决定，大军从来不去反驳，也不去多问，只好拧着鼻子再去适应。

小树林被砍伐二十多天后，有两个开着吉普车的人来到合庄。他们是从东头进村的，挨门挨户地向西头打听，想租房子。他们开出的价码挺诱人的，每间屋子每个月五百块钱。在合庄人眼中，这相当于是把一亩地租出去，让人家种一年啊！有几户人家就动心了，可一问是什么人居住，租房的女人说，当然是司机和修路工人了。那些人听后，都恋恋不舍又无可奈何地摇了摇头。

合庄的房子，基本都是三间。家里有老人的，老人和孩子住东屋，中年夫妻住西屋，没有空闲的房子。凡是有闲房子的人家，都是些年轻夫妻，孩子还小，没到单独占一间屋子的时候。而这些人家中，有一多半老爷们儿又都出去打工，家里只有女人和孩子。家里住上一些陌生的男人，怎么说也不是个事。就算有的人家爷们儿没出去打工，也觉得对门住上几个男人，这日子没法过似的。因此，这两个人从东头问到小卖部那儿，也没租到一间。

他们买了两瓶饮料，边喝边跟李秀芹闲聊，让她提供点儿信息。李秀芹说："你上葛连家问问吧，他们家合适，就两个光棍汉子，家里闲着一间屋子，听说前些时候还收拾出来了，没人住呢。"

两个人挺高兴，顺着李秀芹的指点，来到葛连家门口，见大门锁着，女人扒着门缝看一眼，立即摇头说："不行不行，这院也太大味儿了，这哪儿是人住的地方！"

就在这两个人接近失望之际，他们问到大头马家。大头马一听这价格，立即同意把那三间厢房租给他们。大头马说："只是屋子里没有炕，你们得自己想法儿解决。"两个人看完房子，说没问题，工地有的是木板，搭个板铺睡着更凉快。他们从东头一路走来，各家的房子基本看过了，都黑乎乎的，而大头马家的刚装修完毕，尽管装修得不是太好，毕竟是干干净净的。

把厢房定下来，女人问起大头马家几口人。大头马指着燕子说："这不，全家人都在这儿。"

女人打量着她们娘俩儿又望着正房说："反正你们娘俩儿也住不了这么多地方，就再租给我们两间呗，我们把食堂也设在你这院。"

"不行，那可不行，你们把外屋占了，我们娘俩儿上哪儿做饭去？"大头马连连摆手说。

女人往屋里探头看一眼，说："这个厨房，我们租下来，咱们还可以共同使用嘛。我们先做，我们做完了，你们再做。反正你们娘俩儿也不上班，早一会儿晚一会儿也不着急。"

"还费那个事干啥？就她们娘俩儿，也吃不多少的，要是不嫌乎，就跟咱们一起吃，免费。"旁边的男人发话了。从语气上能感觉得到，他显然是比这个女人说得更算。

"这样更好。我们忙不过来时，你们也能帮着忙乎忙乎。"女人赶忙改口。

大头马迟疑一下，说：“这个嘛，我还得再商量商量。”

女人立即问：“你家不就你们娘俩儿吗？还跟谁商量？”

大头马颇为尴尬地说：“不是商量商量，是合计合计。”

女人又回头瞅男人一眼，见男人漫不经心地往上抬了抬手，女人笑着说：“大嫂，这还有啥可合计的，就定下来吧。要不，这么着，这个正房，我可以多给你点儿，每间再给你加一百块钱，你看怎么样？”

“行，那就不用合计了。”燕子在边上兴奋地说。

“小孩子家的，知道个屁，滚屋里待着去。”大头马呵斥道。

女人被吓得直眨巴眼睛，又回头看了看男人，改用商量的口气说：“大嫂，不着急定，你再想想，反正还得过几天才上人呢。”

吃过晚饭，大头马让燕子去把葛连叫来。燕子知道母亲是要跟葛连商量租房子的事，乐呵呵地去了。她在招呼完葛连后，直奔刘伟家。

前段时间，马艳的娘家妈过生日，马连成又拿回一兜子光碟。当天，刘伟就通知了大伙，可人们白天都忙着干活儿，只能等到晚上才过来。刘伟怕大伙在屋里看太热，把电视搬到当院，还把家里的几块木头板子找出来，两头垫上几块砖，做成四排长条座位。每天晚上七点过后，这里成了合庄的公共场所。

因为燕子的原因，葛连已经四天没去大头马家了。听到叫他，乐颠颠地去了。在路上他还情不自禁地笑过两回。他认定大头马是找他做那种事，看到燕子往东头走去，进院后，把大门叮叮咣咣插上。

大头马正在东屋地下洗头，屁股冲着门口。她上身只穿个弹力的吊带小背心，头浸在脸盆里，背心已经耸到上边，露着白花花的后腰。她人是胖了点儿，但个子高，胖得还算周正。具体到身材上，还是很匀称的。特别是腰部，有点儿像葫芦中间的那个地方，在硕大的屁股和丰满的胸脯的衬托下，显得纤细而浑圆。

葛连倚在门框上看着，目光集中在大头马的屁股上。脸盆下边的椅子太低，大头马裤子被绷得紧紧的，屁股沟反而变得突出了。原来葛连在意的只是大头马被窝里的身体，今天他才发现，赤裸时的那种感觉和穿着衣服时的感觉有所不同。那时他的注意力是占有而不是欣赏，是急不可待而不是品味咀嚼。如果说那时他所看到的是馒头，现在他看到的则是上供用的捏了花的馒头。

大头马感觉到葛连的眼神，稍微抬了抬头说："瞅啥呢，还不过来帮我换水。"

葛连收敛起目光，走到盆子前看一眼说："这水一点儿也不脏，倒了怪可惜的，我也顺便抹撒一把吧。"

"嘀，你真能凑热闹，你们家连水都没有啊！"大头马从椅子背上扯过毛巾，擦了两下，包裹在头上，闪到一边。

"水是有，没有你家的水好。"葛连把头扎到盆子里还使劲儿往里吸了两口气后，又抬起头来，撸着脸上的水珠说，"你用过的水有香味儿！"

大头马拿起洗头膏，往葛连的后脑勺上挤了两滴。葛连两只手搂着头，开始搓揉着。在葛连把泡沫冲洗干净后，大头马把头上的毛巾扯下来，搭到他的脖子上。葛连没顾得擦，赶忙去外屋换来半盆温水，放在椅子上。

大头马在洗第二遍时，葛连站在她的身后，眼睛正撞在大头马裸露的后腰上。他一只手擦着头发，另一只手伸过去，在腰上来回地摸着。大头马说真烦人，往边上闪了闪，把屁股掉到靠墙那边。这样，她的胸口又面对葛连了。大头马有乳罩，却从来没戴过。她的那对东西太大，放在里边盛不下，也不适应那种束缚。她这人自由散漫惯了，不论是肉体还是精神，似乎受不得半点儿委屈。

葛连又开始欣赏起大头马的前胸，因为有脑袋和头发挡着，那对东西像两只小兔子，总是跳来跳去，东躲西藏。葛连的眼睛不得不跟着运动着，他的身体也不得不去配合眼睛的运动。

大头马的这个姿势所能看到的，只是葛连腰以下的部位。看到裤子前开门的地方已经和一个小帐篷似的，她撩起一掌心水向前方扬去。这些水正好浇在"帐篷"顶上，立即湿了一大片，她指着那个地方笑着说，这"帐篷"的质量不过关，不防水。

葛连显然是受到刺激，迅速地绕到大头马的身后，抱住她的后腰，把头略微侧了侧，贴在后背上。他的手掌像两只勺子似的，紧紧地扣住她胸前那对跳跃的"兔子"。他的腰在不停地扭动着，摩擦着她的屁股。

"别闹，人家有正事跟你说呢！"大头马两条胳膊紧夹着，也晃动着屁股。她的这个动作，本来表达的是拒绝或抗议，但实际的效果却是刺激或迎合了葛连的行为，两只手由原来的静止变成运动，是同时且同步按照由外向内旋转着，腰部的运动方向也由原来的左右摇摆变成前后撞击。

大头马被闹得也没法再洗头，只好直起身子，两只手压在脸盆的边缘上。这样脸盆里的水也随之运动起来，而且像涨潮似的，越晃幅度越大，先是一点点地溢出盆边，洒在椅子上，后来直接洒在大头马的裤子上。见葛连还没有停下来的迹象，大头马猛然地甩起头来，头发上的水滴，像机关枪扫射一样，向各个方向飞奔着。葛连瞬间变得"泪流满面"。他不得不停下，抹着脸上的水滴，倚靠在炕沿边上，沉静一会儿，这才问有啥正事。

头发上的水基本被甩干了，大头马走到箱子前，拿起一把梳子，在脑袋上胡乱地搅着。她的目的似乎不是让头发变得规整，而是变得蓬松，让它干得更快一些。她一边拢着头发，一边就把修高速公路的人要租房子的事说了。

在大头马说到把厢房租出去时，葛连不停地点着头，说这是好事，租出去吧，咋也得想法儿把装修钱整回来，要不等于白忙乎一回了。等大头马又说到那些人还要租她的正房时，葛连立即说："不行，不行，跟一帮老爷们儿住对面屋，那成啥事了？"说完后，又觉得这话说得与自己的身份有些不符，或者语气有些不妥，立即转换成商量的口气问，"你啥意思？"

"我要是有主意，还找你商量？"大头马往镜子跟前凑了凑，这次她开始认真地规整起自己的头发。葛连也把目光对着镜子，对视一会儿，他走到大头马的身后，又抱住她的后腰，冲着镜子说："我有主意了。"大头马也冲着镜子问啥主意，葛连颇为神秘地笑了笑，把大头马推到炕沿边上说："一会儿再告诉你，就着燕子没在家，咱们先办正事。"

大头马半推着，也算是半就着，嘴里不停地数落着，身体却配合着。葛连把她的裤子扒下来，伸手往她下边拭了拭，把食指伸到她眼前说："都流成这样了，还装呢！"

二十分钟后，葛连把自己穿戴整齐，跑到大门口，叮叮咣咣地把大门打开，又到房后撒了泡尿，这才回到屋里，拉过一把椅子坐到箱子边上，掏出烟来点上一支，慢条斯理地说："我想好了，干脆把这间也租给他们，这样又能多收入六百块钱，你和孩子搬到我家去吧。"

"不行，不行，那可不行。那成啥事了？"大头马的语气几乎和葛连听到她要把正房租出去时一模一样。

紧吸几口烟，葛连的态度突然变得强硬起来，挥了挥手，以不容置疑的口气说："就这么定了。明天我不上山，帮你们搬家。"

"这不好吧！我们去你家住，把房子租出去挣房费，这让别人咋想？"大头马还在坚持，但口气软得像棉花。

“你是我的女人，住在我家是应该应分的，别人咋想都是扯淡。”葛连的声音非常大，透着愤怒，似乎是在向全世界郑重地宣布着这件事。

“小声点儿！”大头马吓得回头往窗外看了一眼。她知道葛连的性格，哪怕再以商量的口气去针对这件事，他都会立即走人。况且她也觉得这算是个一举两得的好办法。她本来是想借着这个机会跟葛连提起墙上那张照片，张了两次嘴，还是没说出口，感觉那样有点儿乘人之危或是恩将仇报的意味。最后她说：“要不这么着吧，算我租你的房子，往后你们爷俩儿一天三顿饭，连米带菜，我全包了。有这个房租，咋也够咱们一家子吃饭的。”

葛连是带着满脸兴奋和喜悦离开大头马家的。他没想到这段时间他一直耿耿于怀的问题，这么轻易地解决了，而且这个结果是那么完美。他原来总抱怨自己的命不好，从小丧父，半道丧妻，但现在突然觉得上天对他还是很不错的。他在心里再次地感激起这条高速公路，觉得他的美好生活，从此才算真正地上路了。

回到家里，葛连先扫一眼墙上的照片，又看着正在炕上做作业的大军，从兜里掏出二十块钱说：“明天放学，再捎回几瓶来苏水。”大军望着父亲疑惑地问：“又买了？”葛连笑呵呵地说：“买，得买啊！还是那个味道好闻。”

二十四

对于修高速公路的人，进出合庄的这条土路，却成为他们的障碍。与其说这是一条道路，不如说是个“槽子”更贴切。这里地势本来就低，赶上大雨天，两边山坡上的水，都往这儿汇集。雨水冲刷，车碾马踏，这个槽子变得越来越深。现在人走在路上，从侧面根本看不到脚。

这条路中间的车辙，基本是驴车碾压出来的。与驴车轴距不同的车辆，行驶起来特别困难，一侧的车轮在辙里，另一侧的车轮在高处。而高速公路要想在这里施工，就得往这儿拉沙子，拉水泥，拉设备。要拉这些东西，用的都是些重型车辆，很容易造成侧翻。另外，他们每天不知道来往多少次，错车也成了问题。两辆驴车在相遇时，赶车的双方都得老早地跳下车，一方把车停在路边，另一方小心翼翼地挤过去。有时候赶上牲口不受使唤，还会剐蹭在一起。连驴车尚且如此，别说是汽车了。在那些重型设备开进来之前，他们先打发一辆大铲车，开始加宽路面。

铲车是从黑龙镇方向沿路往前推进的，刚进入合庄地界不到二百米，被正准备去街里进货的葛八赖看到了。他掉转车头，像打鼓似的用鞭子抽打着驴屁股一路跑回来。进村后，逢人便喊：“快去看看吧，西短垄的地让人家给推了。”

听说自己的地被推，人们纷纷地往西跑去，来到施工现场，发现并没推到他们的地，只是把地头推没了。自古以来，地头自然归这片地的主人使用着，也被人们视同为自己的地盘。这是种地时，犁杖拐弯的地方；也是赶着车上山时，用来停车的地方。没了地头，明年再种地时，就种不到现在的位置，就得从自己的地里，重新留出一个地头。原来的地，无形中减少现在地头那么大的一块。可这个地头在分地时，又不在应得的数量中，原则上说，是不属于哪个人的。因此，跑来的这些人，也没敢上前阻止，都站在那儿观望，七嘴八舌地议论着。

葛八赖回到家里，卸了车，也毛蹶地往外跑。李秀芹问他去哪儿，他说地都让人推了，还能去哪儿！在快跑出村子时，他才想起来这事得找村民组长，又拐回来，往刘铭家跑去。

从刘天栋去世，刘铭不再满村子乱逛了，感觉心里就像长草一样，慌慌张张的。开始的十几天，他特别恨曹子海，总在盘算着怎样报复他。在分树的过程中，他算是报复一次，心里也痛快几天。后来看到曹子海像霜打了似的，觉得他也算是个受害者，不单这一春天白忙乎了，就连多少年的累，也算白受了。随着对曹子海的怨恨渐渐地淡化，他把这种情绪转移到针对高速公路上，每听到与高速公路相关的消息，他都心烦，都能想起他爹来。想他爹的时候，他也学着他爹的样子，在炕上摆弄着那副小牌。

刘铭刚算完一卦，葛八赖风风火火地跑进屋。听完汇报，刘铭腾地跳下地，说：“他们还疯了呢，想推就推啊？”在穿鞋时，他又望着炕上的小牌说，“这卦还真准。”葛八赖匆忙地扫一眼那个牌面，显示有七分的气和五分的财，他不知道刘铭指的是哪项，跟着匆忙地跑出去。

看到刘铭出现，大家都围拢过来，跟着他向前涌去。刘铭向司机做个停止的手势。司机停下车，探出头问："你们干啥？"刘铭说："我还想问你干啥呢。"司机说："这是我们老板让推的。"刘铭说："那就让你们老板来跟我说。"司机把头缩回车里，掏出手机打电话，不一会儿，又探出头来说："老板马上就来。"

上午十点多钟，是太阳正毒的时候，大伙都在路边的苞米底下坐着，好歹有点儿阴凉。刘铭刚坐到两条垄中间，曹玉民脱下上衣，盖在几棵玉米秸上边，搭成个小帐篷，还笑着说："你们真没眼力见儿，都不知道给领导打点进步。"大伙都冲他嘻嘻地笑着。

葛晓伟说："你还真是个人才！以后给村民组长当秘书吧。"

车门子开着，司机把两条腿搭在操作台上，在慢条斯理地抽烟。他刚把烟头弹出车外，电话又响了，他只"哼啊"地答应几声，再次把车发动起来。大伙以为又要推路，纷纷地站起来。司机匆忙地掉转车头，一溜烟地向西跑去。

铲车消失后，有人问这是啥意思。刘铭说，还能有啥意思，不推了呗。大伙都喜笑颜开，三三两两地往回走。在路过西树林子边上时，远远地看见葛连正在放羊。刘铭把他喊过来，让他这几天就在这片转悠，看到来推路的，立即回村子报信。葛连先还有些为难地说："我整着这么大帮羊，也撒不开手啊。"之后又爽朗地说，"这么着吧，下午我揣几个'双响'，听到爆竹声，就是他们又来了。"刘铭拍拍他的肩膀说："这个主意好，我也不用挨家挨户地通知了，听到响声大伙都来啊！"

第二天上午，刘铭两口子正在瓜地干活儿。听到爆竹声后，刘铭像运动员听到发令枪响似的，径直地向西冲去。有两次，差点儿被瓜秧绊倒。望着他的背影，郝桂花小声地骂道："这个二货，拿大伙的事比自己家的事还上心。"观望一会儿，见又有十几个人往西跑，她又骂道，"这还不光一个二货呢！"

要是放在以前，刘铭是不敢这么肆无忌惮行事的，至少得跟老婆打个招呼。可这段时间，他不需要。他对郝桂花也有着一股子怨气，怪她嘴欠，不该把二百块钱的消息告诉他爹，只是他把这股气憋在心里，在暗暗地跟她较劲。

在刘天栋出殡的当天晚上，刘铭就以怕儿子害怕为理由，搬到东屋，到现在压根儿没挨过郝桂花的边。上周六，刘鹏举去他大姨家玩，晚上没回来，郝桂花以为刘铭能上西屋去呢。可还没等她收拾利索厨房，刘铭就在东屋睡下了。九点多钟，郝桂花越想越来气，索性去了东屋。她打开灯时，刘铭居然问她有事吗。郝桂花只好说："听到这屋有动静，怕你害怕，过来看看。"刘铭面无表情地摆摆手说："我没事，回去睡吧。"郝桂花是噙着眼泪回到西屋的，觉得自己被羞辱了，蒙起被子好一通哭。但除了自己偷着哭，她又没啥好措施。以前她控制刘铭的武器是被窝里的那点儿事，现在刘铭不拿这种事当回事了，她没了武器，对刘铭也失去控制。昨天她就对刘铭带领大伙拦修路车的事颇为不满，但除了偷着翻瞪他两眼，并没敢说什么。

刘铭赶到西短垄时，那台铲车确实来了，可并没推路，只是在路上停着。铲车的后边，还停着一辆轿车。刘铭刚走到铲车跟前，便怔住了。村委会的王主任从轿车里闪出来，正在冲他招手。

"你咋来了，王主任？"尽管是郝桂花的表哥，但刘铭一直拒绝叫他表哥。

"原来是你小子在带头闹事！"王主任用手指点着说。

王主任把他们的行为定性为闹事，这让刘铭挺来气。他皱了几下眉头，指着路旁说："你好歹也算是个庄稼人！你看他们这么一推，我们的地还咋种？”

“咋种我不管，但这路必须得修！这是上边下达的任务。”王主任挥着手说。

后到的那些人，看到王主任在跟刘铭说话，都停下脚步，在五十多米远的地方，形成一个人群。人越来越多，群越集越大。他们都小声地嘀咕着，大眼瞪小眼地观望着。

“这事我做不了主，得问大伙。”刘铭指着人群说。

“你去告诉他们一声，该干啥干啥去！”见刘铭站在那里没动，王主任又催促道，“快去啊，告诉他们，这是国家的大工程，要是给耽误了，负得起责任吗？”

刘铭悻悻地往回走着，走得很慢，每走几步，回一次头。他看到王主任又回到小轿车前，车上下来个戴着眼镜的中年男人，胳膊下边还夹着个小包。男人掏出烟，和王主任各自点上一支。王主任还用夹着烟的手指着人群，在说着什么。

人群开始往前移动，把刘铭围在中间，问他怎么个情况。刘铭把王主任的指示传达后，还特别强调，这事是王主任答应的，咱们胳膊拧不过大腿，还是拉倒吧。刘铭边说边蹲在地上，显现出一副垂头丧气的样子，两只手抱着脑袋，手指还不停地在头皮上挠着。

在往回走的路上，刘铭就已经想好怎么跟大伙说了。同样是说一件事，所要达到的目的不同，说话的方式和口气也不同。听到人群静下来，他感觉出大伙的情绪已经在喷发的临界点上，又抬起头来说：“我是真没辙了，谁有尿谁去吧！”

“主任算个狗屁！他凭啥答应推我家的地头？”葛晓伟从人群中挤出来，骂骂咧咧地往西走去，边走边说，“我就在我家地头坐着，有种他们把我埋了。”

“对，咱们都上地头坐着去。”葛八赖附和。

所有的人都纷纷响应，跟在后面，一反刚才的那种颓废的状态，显出一副雄赳赳、气昂昂的样子。他们都各自找到自己家的地头，或站或蹲或坐在那里，眼睛盯着那台铲车。

王主任看到大伙的态度，知道事情麻烦了。他认定大伙这么做，是受刘铭的指使和蛊惑。他一边迎过来，一边没好拉气地喊："刘铭，你给我过来。"

刘铭站起身，拍了拍屁股上的土，慢悠悠地往前走着。他知道上边要办的事，挡是挡不住的，他现在盘算的是怎么才能让合庄人不吃亏。他首先想到的还是要钱。他衡量着那些地头，看大约占去多大的面积，要多少钱合适。在快接近铲车时，他被路上的石头绊个趔趄，回头看一眼身后的路，让他立即想起他爹没的那天晚上，要是这条路好走，救护车也不至于用那么长时间；要是救护车来得及时，他爹也许还能抢救过来。这时，他突然开窍了——有人来给合庄修路，这是件好事，应该支持才对！

没等王主任开口，刘铭先装成一副很无奈的样子，用略带检讨的口气说："我跟大伙说了，都不干。"王主任瞪起眼睛说："那你们想咋着？"刘铭指着路旁的人群说："大伙都说修路可以，但不能这么修。"王主任问："你们想怎么修？"刘铭说："要想修，就得修成一条正规的柏油公路。""扯淡，这不可能，人家又不是……"王主任的话说到半道，沉着的脸上突然闪过一丝笑容。

这两年上级号召村村通公路，其他的村基本都修上了，只有合庄山高路远的没法修，王主任正在为难呢。刘铭的话提醒了他，也改变了他对此事的态度。他往前走两步，小声地说："车上那个魏老板就管这事，你找他说去。"

王主任把刘铭领到轿车跟前，说这是合庄的村民组长。魏老板刚伸出手，王主任又说："他是代表村民来跟你谈判的。"魏老板的手沉下去，用淡淡的语气说：“啥条件，说吧。”

刘铭开门见山地把他的要求提出来，说得很详细，连路的样式和标准都提到了。魏老板一副不耐烦的样子听着，边听边侧过头去瞄王主任，见他正在跟合庄的村民挥手，而他的手势不再是往回赶他们的意思，倒有点儿像致意。

王主任是领了镇长的命令来协调此事的，在路上，他还拍着胸脯跟魏老板打过保票。现在他的这个态度，让魏老板挺气愤的。他说：“你们办的这叫啥事！我可是跟你们镇长谈好的。”

王主任指着人群显得很无奈地说：“跟镇长谈好有啥用？这又不是镇长家的地头，得跟老百姓谈妥才行。”魏老板掏出手机，要给镇长打电话。王主任笑着说：“打吧，让他来解决吧，我是没辙，我得回去了。”

刘铭看到王主任转身要走，也冲着魏老板说：“让镇长来跟大伙商量吧，我也回去了，我家的活儿还没干完呢。”

看到王主任和刘铭同时要走，魏老板立即把电话收起来，面带无奈地说：“既然两位是诚心想把事办好，让双方都满意，咱们再商量商量。”

没等王主任开口，刘铭首先接过话茬儿说：“没啥可商量的，想修就得按我们的要求修，不想修拉倒！”他的话说得斩钉截铁，大有鱼死网破的架势。

“刘铭，怎么说话呢？魏老板来给你们修路，这是好事，咱们应该感谢人家才是。”王主任赶忙上前打和。

三个人又重新凑到一起，目光集中在远方的人群上。过了一会儿，魏老板掏出烟，给刘铭和王主任各递一支。在给刘铭点烟时，他说其实对于他们，修这么一段路不是问题，可问题是没法一次性修完，只能跟高速公路同步进行。他们现在没有柏油，也没有能铺柏油的设备，只能先修出一条砂石路，等给高速铺柏油时，才能顺便给这条路也铺上，他还把修建高速公路的工艺流程简单地介绍了一下。他的态度挺诚恳的，也让人挺信服的，最起码王主任首先信服了，冲着刘铭点了点头说："我看这样行。"

刘铭也点头表示认可，但他略显为难地注视着人群说："这事我还是做不了主，得去跟大伙商量商量。"他说得也挺诚恳，毕竟这不是一个人的事，谁也不好做主。另外，提出修路的事，到目前为止，只是他的想法，他得找个时机去说服大家。

看到刘铭往回走，大伙都从各自的地头涌过来，问他怎么样了。刘铭只笑了笑，没吱声。等人集齐了，他才满脸喜悦地说："这回咱们又摊上好事了！"

占用小树林时，大伙都尝到了甜头，以为这次又给钱呢。有人问给多少，刘铭笑着说："这次给得多，一辈子都用不完，下辈子还能用，能用很多辈子！"

"做梦呢！别是给个狗屁闻闻味儿吧。"葛晓伟不屑地说。

刘铭依然笑而不答，像是沉浸在无边的幸福之中。他的这个神情，把大伙的胃口都吊起来，都在用渴望的眼神直勾勾地瞅着他，有的人还在不停地吧嗒着嘴。刘铭觉得火候到了，才说出结果，并强调这是镇政府的意思。

"这算啥好事！"葛晓伟仍然不屑地说。

其他人都表现出很失望的样子。

"这不比给钱强吗？"刘铭冲着葛晓伟说，"你也不想想，那么腚大的一疙瘩地头，就算给钱，能给几个子儿？七头八百的撑死了。那点儿钱又好做啥？要是修上这条路，大人上集方便了，孩子上学方便了，以后再也不会有来回错车刮着碰着的事了。"他边说边扫视着人群，看到有些人跟着点头，还有几个人仍然是无动于衷，他想起刚才促使自己改变想法的原因，又接着说，“就算以后谁家老人有个毛病，叫救护车也方便啊！那天要是救护车来得及时，也许我们家老爷子……”本来是用来说服大家的话，没想到自己首先感动了，刘铭的鼻子一酸，眼圈红了。他只好把脸扭过去，使劲儿地眨巴着眼睛。

看到刘铭这个神情，大伙也都受到感染。特别是那些娘儿们，都在小声地嘀咕，说这确实是好事，是合庄的大事，也是关系到祖祖辈辈的事。

葛八赖和葛晓伟本来是一心想要钱那伙的，刚才他们在地头上商量过，不给钱，就黑天白天都在这儿蹲着。听完刘铭的话，葛八赖突然也反过这个劲儿来。他每隔几天就要去街里进一次货，在这条路上，他应该是行走最频繁的人。他觉得自己比别人更需要这条路，比别人更占便宜。于是，他临阵倒戈，率先表示赞成，说有这么好的事咱们不要，那不成傻子了。

听到葛八赖变卦，葛晓伟也想到自己的情况。他的两片西瓜地，马上就要开园了，想把西瓜换成钱，就要卖出去。有了这条路，无论是外边来车拉，还是拉到街里去卖，都省劲儿。他也跟着嚷嚷，说：“你们没看镇政府大墙上写着吗？要想日子过得富，少生孩子多修路。”

其他的人也都把这条路和自己联系起来，都感觉到与自己的切身利益相关，都纷纷表示赞成，委托刘铭为全权代表去处理这事。曹老四的媳妇还夸奖刘铭越来越像他爹了，为大伙的事没少操心。

这次刘铭并没自己去谈，而是叫上葛八赖、葛晓伟、曹老五等几个人，说：“咱们一起去吧，到时候真出点儿啥事，也好给我当个证明。”刘铭这样做，是从他爹的经历中总结出来的教训，要是当初有个证人，他爹也不至于被诬陷。同时，他觉得一定要让对方签个合同，不能空口无凭。

因为刚才基本说妥了，再加上刘铭他们商量时，王主任又给魏老板做些工作，答应用来铺路的碎石，合庄自己解决，让全村子的人用驴车往这儿拉，每拉一车，算一个义务工。这样，双方再见面时，很容易地就把事情敲定下来。刘铭提起合同的事，魏老板说现在也没有纸和笔，等以后再说吧。刘铭还是不放心，说那就啥时候签完合同啥时候再开工。魏老板笑着说："没这个必要吧！过两天我的人就要进驻你们村了，到时候我也得去。我们都住到你们村了，你还怕啥啊？"

王主任见刘铭还在犹豫，也拍着胸脯说："这事错不了，路要是修不上，他们没法施工。他们比你们更上心。至于路面嘛，他们要是不给你铺，村上给你铺，包在我身上。"

刘铭带着满脸的喜悦回到家里，郝桂花问他怎么样了，他便把事情的经过简单地介绍一遍。郝桂花不无担心地说："你带头这么整，不但得罪村委会，怕是连镇政府都得罪了，往后你这个组长还咋当！"

刘铭则满不在乎地说："我能为咱们村子办这么大的一件事，不当这个破组长，也值过了。"他让郝桂花帮着写个合同，"就着我还是组长，得赶紧签了。"

郝桂花阴阳怪气地说："现在你能耐大了，有尿自己写去！"

下午两点多，家里的电话响了。刘铭看一眼来电显示，是村委会打来的。他害怕王主任教训他，央求郝桂花去接听。王主任张口就夸刘铭这件事做得好，有头脑，有眼光。说这关系到合庄的发展大计，连镇长知道后都对他赞不绝口，让他这两天一定要逼着魏总把合同签了。如果魏总不签，就再给他施加点儿压力。

郝桂花问："路都推得差不多了，还怎么施加压力？"

王主任干笑几声说："你怎么也上来笨了呢？路在你们家门口，你们把碌碡、磙子、柴火垛横在路上，他们修了不也是白修吗？这还用我教！"

郝桂花也笑着说："有你撑腰，我们就放心了，一会儿我就把合同写出来。”

郝桂花嘴上答应写合同，却迟迟没动笔。刘铭赌气自己写，可憋了半天，也没写出几个字，又怕措辞不周，出现漏洞，被人家钻了空子。第三天下午，刘铭只好又硬着头皮去求郝桂花。他把笔和纸送到她面前时，郝桂花颇显不耐烦地说：“你没看我现在正忙着吗？等晚上再说吧！”可吃过晚饭，她又去西屋看电视了。刘铭只好追到西屋，郝桂花冷冷地说：“这活儿不是一时半会儿就能完事的，也许得写到半夜，你不在跟前，我知道你们怎么谈的？”刘铭说：“我这就告诉你。”郝桂花说：“这段时间脑袋浑浆浆的，告诉我也记不住。”刘铭只好去东屋把行李搬过来，还扒着套间门告诉儿子：“你困了就睡吧，我和你妈写合同去了。”

二十五

从回到家里，满堂把刘玉兰当成眼中钉、肉中刺了。当着儿子的面，还算勉强过得去，刘玉兰问啥，他答啥，像小学生一样，不跑题，也不借题发挥。儿子不在跟前，他则像个木雕泥像似的，不管她咋问，都是一言不发。

刘玉兰也有些愧疚自责，要不是春天总跟满堂生气，他也不至于去工地干活儿；不去工地干活儿，也不至于摔着。她甚至有些后怕，满堂真要是有个三长两短，或者摔个半身不遂，自己的后半生可咋过！所以，不管满堂对她如何，她觉得这都是应该的，她都笑脸相迎。

可越是这样，满堂对刘玉兰的气就越大，越发地认定她是做过亏心事，这是心虚的表现。不然，她为啥这样低三下四的？为了躲着她，也为扫听关于她的风声，满堂白天很少待在家里，要么待在东头小卖部，要么满街地闲绕。到了晚上，满堂睡炕头，刘玉兰睡炕梢，当中隔着差不多两米的距离。满堂是伤了筋骨的人，俗话说，伤筋动骨一百天，这指的不单单是一百天后才能好，也指的是在这一百天内，凡事都得在意。特别是男女之间的那种事，是万万不能做的。按照老辈子的说法，十滴血凝成一滴髓，十滴髓凝成一滴精。刚做完手术的人，本来血气就不足，哪还有再浪费的份儿。刘玉兰故意把行李铺成这样，是害怕满堂克制不住，每次躺下时，她就背对着满堂，在没听到他打呼噜之前，不敢翻身。她这么做也正切合满堂的意愿，他不但很在意他的伤，更主要的是他还没从那次出轨的感觉中走出来，还沉浸在兴奋中。翠瑛带给他身体愉悦的同时，也带给他报复的愉悦。每天入睡之前，他都会回味一番，这也成为他惩罚刘玉兰的一种手段。

对葛八赖两口子，满堂倒是显得特别亲近，毕竟多次打电话麻烦过人家，毕竟家里的一些重要信息是人家传递的。在外出的这一段时间里，满堂的认识有了明显的提高，知道信息虽是看不见摸不着的东西，却是真实存在的，是有价值的，是可以用来换钱的。他们工地边上就有一家中介所，人家每天就在门前的小黑板上写出招工租房等内容，就能换来收入。如果不是亲眼所见，就算别人说破大天，他都不会相信。

在回来的第三天，满堂去小卖部买烟时，要了一盒五块钱的烟，却拿出两张十块的钱扔到柜台上。李秀芹拿起其中的一张要去找钱，满堂挥了挥手说：“别找了，剩下的算是给你的信息费吧。”

这句话，让李秀芹对满堂不得不刮目相看了。全村子在外边干活儿的男人，几乎都往这里打电话，让她捎信，也朝她打听家里的事。她早就有些不耐烦，早就想收费了，正苦于一直没找到能说得出口的理由，这次终于找到了。李秀芹有些激动，冲过去，把满堂手里的烟抢过来，放到柜台里。就在满堂愣神的空儿，她拿起一包硬盒的“人民大会堂”说：“老弟，抽这个，都说这个好，是给中央领导抽的。”满堂摆手，示意不要。李秀芹三下五除二地把外包装打开，把烟扔到柜台上。这是告诉他，烟已经打开，不能再卖了，你抽也得抽，不抽也得抽。满堂并没去拿烟，而是把兜里的那沓钱掏出来，又扯出十元，递过去。李秀芹摆手不接，说：“你就当是嫂子送你抽的又咋的？”满堂把钱扔到柜台上，拍了拍胸脯说：“嫂子，你别看我在家待着，我是带着工资在家待着的。”

没出两天，满堂的壮举经过李秀芹的传播，已经变得家喻户晓。听到的人，都从李秀芹的话里咂摸出一些味道，那就是以后不再会为别人免费传话了，是要收信息费的。或者说，想要传话的人，你们应该向满堂学习。那些需要传话的人，都在背地里骂满堂，说他是“老家贼”腚眼子里插掸子，硬充大尾巴鸟。但见到他，还不得不佩服人家，能拿着工资在家待着的，毕竟是合庄的第一份儿。

迁坟的日子确定后，满堂让大军给满贵打电话。满贵说他正在北京开订货会，暂时回不来。满堂并没有因此而改变时间，挥动着右手说：“不等你大爷了。这个日子是我从农家历上查过的，除了明天，这个月就没有好日子了。”

从儿子的口中，刘玉兰得知满堂哥俩儿为此事而争论过。她倒是没像满堂想得那么久远，也没想到改变什么风水，只是觉得坟地的事，不是女人家应该管的。自己管不了，还惹人家不痛快，有点儿不值得，也没对这件事表达任何态度。

满堂先找曹木匠用杨木板子钉了两个和猪食槽子大小的盒子，这是给他爷爷奶奶准备的。父母都是火葬，都有骨灰盒，不用这种东西。迁坟正日子那天，刘玉兰问是不得准备点儿纸钱供品，满堂瞪她一眼说：“这不年不节的，准备那东西干啥！”刘玉兰没敢多言，只带上四个苹果，是让他们口渴时吃的。

整个迁坟过程，基本是在满堂的指挥下，大栓一个人完成的。在刨开父母坟之前，满堂冲着坟头说：“爹，娘，别害怕，我们是来给你们搬家的，咱们去祖坟那边住了。”把他爹娘的骨灰盒搬到驴车上之后，满堂又来到爷爷奶奶的坟前，冲着坟头说，“爷爷，当年你相中的这疙瘩地方，现在要建高速公路。咱们小老百姓，胳膊拧不过大腿，你只好挪挪了。”除了满堂说话的瞬间让人感觉到他们是在迁坟，其他的时候，跟平常挖两个树疙瘩没啥区别。新埋的两个坟包，也只有锅底那么大。大栓要拉点儿土再扩大些，满堂摇了摇头说，等明年清明时再说吧。

满贵是在通往合庄的路修好后回来的。彼此打过招呼，刘玉兰围着那台宝马车，左摸摸，右看看，脸上流露出喜欢和羡慕的神情。趁着满贵跟邻居说话的空儿，满堂装作漫不经心地问：“大哥上次回来时没开车吗？”

“大哥去年腊月回来上坟时，你不是在家吗？”刘玉兰一脸迷茫地反问。

满堂先是一怔，又嘿嘿地笑起来。压他心头的包袱，就这样被卸下去后，他感觉像是春天脱去棉衣服似的，浑身上下特别轻松。与此同时，他不由得恨起李秀芹，把对刘玉兰和满贵的怨恨以及自己挨摔的这笔账，转移到她身上，并为前些天所付的信息费而心疼。他在心里暗暗地发恨：从此以后，你那个小卖部，别想再挣老子一分钱！他立即吩咐大栓去街里买酒买肉，还让老婆把那只大公鸡杀了。刘玉兰有点儿舍不得，说想留着踩蛋抱小鸡，还是杀只老母鸡吧。满堂拍着她的肩膀问：“那破玩意儿能给大哥吃吗？”

陪着满贵看过新迁的坟，满堂又领着他到家里的庄稼地里转一圈。看到庄稼长得比别人家的还好，满贵由衷地夸赞刘玉兰能干，说摊上这么个好媳妇，家里外头都能给你料理得井井有条，还有啥不知足的！这话要是搁在以前，满堂又会有想法。但今天，他坦然接受，不停地点着头说：“大哥，你放心吧，我知道以后怎么对待她了。”

午饭时，满贵说下午还得开车，不能喝酒。满堂颇为伤感地说：

“下午你还走啊！打咱娘没了，你就没在家住过，住一宿又能咋的！”满贵还在犹豫，满堂招呼儿子：“给你大娘打个电话，告诉她，你大爷今天不回去，在家住了。”他把满贵跟前的杯子抢过来，倒上酒，还冲老婆使个眼色，刘玉兰也跟着挽留几句，满贵端起酒杯，算是答应了。

大栓在合庄待一个来月了，早就待得不耐烦，更不习惯家里的伙食，几次打电话要求回去，满贵都没同意，让他在家里帮着把活儿干利索再说。近来家里也没啥要干的活计，他张罗着明天跟满贵一起走。没想到满贵却说：“你不用回去了。”

当时，满堂一家三口都愣在那儿。特别是大栓，嘎巴半天嘴，才怯懦地问：“大爷，我哪儿做得不对了？”

“我没说你做得不对！”

“那是怪我了！”满堂插话。

“也没怪你，怪你干啥？不让大栓去，我是另有安排。”

看到满堂一家全都瞪大眼睛盯着他，在等着他的安排，满贵这才把他要在黑龙镇建个经销处的打算说出来。他还让满堂也别出去干活儿了，撇家舍业的不容易，就和大栓一起经营这个门市。

似乎比当初听到高速公路的消息还兴奋，满堂端起杯子，本来是想跟满贵碰杯，还没等对方有所动作，他冲着空中晃一下，自己喝了一大口。他脸上的笑容犹如一块石头投入水中，以嘴角为中心，向四周一圈圈地扩散着，而且大圈套着小圈，层层叠叠。直到大栓问满贵：“大爷，我们爷俩儿谁听谁的？”满堂的笑容才最后消失。

“你爸听你的！”满贵很坚定地回答，又侧过头来，换成商量的口气问满堂，“你看这样行吧？”

“行吧！我们爷俩儿还有啥不行的！他年轻，跑跑颠颠；我不乐意动弹，给他看家望门。”满堂耷拉着脸子，眼睛盯着儿子的脸，把大栓瞅得低下头去。

酒桌上的气氛渐渐地热烈起来，大栓左一杯敬大爷，右一杯敬父亲，有点儿左右逢源的感觉。但毕竟是小马拉车没长劲，没等别人喝好，他把自己放倒了。

刘玉兰把厨房收拾利索，差不多到了每天开始做晚饭的时候。看着东屋炕上并排躺着的三个男人，她上炕给他们每人扯了个被子，放到身边，以备后半夜之需，她去了西屋，坐到十点多钟，也睡下了。

本来是打算下个月再租房子，看到满堂父子急不可耐的样子，满贵说既然是确定下来的事，也不在乎早一天晚一天了。吃过早饭，他拉起满堂父子去街里。

黑龙镇就一条街道，东西方向，大约有一公里那么长。街道两边，是没经过规划的房屋，高的矮的大的小的都有。高的是四层小楼，矮的还是那种砖瓦结构的民房。这里的商铺也不分区域，不分品种，卖鞋的隔壁就是卖熟食的，卖粮食的对过就是卖农药的。反正有一家生意倒闭，房子空出来，就会有一家生意诞生，把房子占用上。

满贵一行从东头开始看房子，凡是门上贴着大红纸，上边写着“出租”的，他们都停车看一眼。连续地看了五家，满贵都没相中，不是嫌人家的屋子小，就是嫌人家的房子破，要么就是嫌人家的位置不好。有两家他们根本没进屋，其他的三家，进屋瞅一眼，连价格都没问。满堂说怎么也得问问价格，满贵说这种房子，白给使也不要，问价有啥用。

等走到街中间时，满贵终于相中一处房子。这是四间二层的小楼，其中东边的两间，已经被一个卖饲料的占用。满堂把车停到门前，回头对满堂父子说：“就租这个了。”

房东是原来供销社的主任，这块地盘是原来黑龙镇的老供销社。改革开放初期，他是以承包的方式占有的，后来转制时，他又买下来，变成他的私人财产。这个房子是去年春天翻盖的，因为面积大，房租相对偏高，一直没租出去，白白地放了大半年。卖饲料的那间，是今年春天才租出去的。

满贵一行三人楼上楼下看过房子，开始问起房租，房东说每间一万，满贵点点头说："我不跟你讨价还价，但我有个条件，必须是连续租给我五年，每年的今天你来收下年的房费。"

房东当然高兴，他要的这个价格，包括讨价的余地呢！卖饲料的两间房子，他也是这么开的价，经过几次商讨，最后是以每间九千的价格租出去的，而且他们只租一年，明年租与不租，视今年的效益而定。

满贵和大栓在屋子里跟房东谈条件时，满堂一个人溜到门外。他前后左右地看了看，匆忙地跑回到屋里，他说："大哥，你出来一下，我有事跟你说。"

三个人出来时，房东没好意思跟着。他抻着脖子注视满贵，而且神情特别紧张。好不容易遇上这么个大方的主，他真怕出点儿什么差错，这事黄了。

"怎么了？"满贵小声地问。

满堂站在台阶上，向对过指了指，又向西边斜对过指了指。满贵和大栓随着满堂的手指望去，对过是建华建材门市，斜对过是大海建材批零商店。满贵明白满堂的意思，淡淡地说："这有什么？他们干他们的，咱们干咱们的。"

"人家都干多少年了，咱们才干。"满堂不无担心地说。

"多少年能咋的？我不把他们挤黄摊子，也得把他们赶跑。"大栓指着对过的门市大声地说。那语气，像是在发誓一样。

满贵在大栓的肩膀上拍了两下，两人一起进屋了，只有满堂还站在台阶上，向对面张望着。他突然觉得大栓无论是长相还是说话办事，与满贵是越来越像了。

租房合同是当天中午签订的，满贵领着房东去银行刷卡取款，同时又给大栓办了个卡，给他的卡里打两万块钱，让他明天开始着手装修，准备开业。到了中午，满贵叫上房东，四个人去“春风得意楼”吃饭。因为下午要回县城，满贵没喝酒，让大栓代他敬房东三杯，说以后有事找大栓商量，这里的一切全权委托他代理。房东边喝酒边不停地夸奖大栓英俊潇洒、年轻有为，这让满堂挺受用的。可夸到最后，他竟然冒出“老子英雄儿好汉”的感慨来，满堂的心情再次沉到谷底。他知道房东说的英雄，指的并不是自己，而是大哥。他假装没听见，只是低着头吃菜。连续地啃光四块排骨后，他才觉得心理平衡些。

送走满贵，大栓拦下一辆出租车，打开后车门，把满堂让进车里，他自己坐到副驾驶的位子上。这又让满堂感觉到很不舒服。一路上，他连续地抽了三支烟，抽得司机回头瞅他六七眼。等车到合庄，满堂下车就往院里走，大栓在身后招呼他说：“爸，我兜里没带钱，你付车费吧。”满堂停下来，一边往外找钱一边冷冷地说：“没钱，你往那个地方坐啥？”

人们都从满堂的嘴里知道他家在街里开门市的事了。他们再见到他，都称他为大老板。见到大栓，称他为小老板。这让满堂的自尊心得到恢复，面对大栓时，心理上也平衡了。他在心里不屑地说：“你小子再牛，还能大过你老子吗？群众的眼睛是雪亮的！”

走到合庄的当街上，无论是见到老的少的，满堂都主动地打招呼，这是跟大哥学来的。他觉得越是大老板，越应该对人热情。他的行为举止、举手投足也越发地像满贵了。遇见会抽烟的人，他主动地掏出烟来，但他从来不往外掏火。把烟递给人家后，自己也叼上一支。对方看到这种情况，赶忙从兜里掏出火来，给他先点上，回头再给自己点上。只有这一点，是他独创的。

闲着没事，满堂还去东头的小卖部，只是悠闲地转两圈，见到李秀芹，也和往常那样说话唠嗑，只是再没买过东西。他在小卖部里，见到人也往外掏烟。李秀芹看见这种烟不是从自己家买的，用酸溜溜的语气说："这大老板牛了，孬烟不抽了呗！"满堂笑着说："我现在挣着双份儿工资，还不应该抽点儿好烟！"

可满堂只高兴不到一个月，便高兴不起来了。这天晚上吃饭时，大栓说下午他大爷来电话了，说小娜没考好，刚入二本线。从考完试，她就把自己关在屋子里，不见任何人，都快魔怔了。

当时满堂正从菜碗里夹起一块肥肉往嘴里送，手一哆嗦，肉掉到前襟上。他没顾得上去管那块肉，而是盯着大栓的嘴，看得大栓把刚吃到嘴里的一口饭又吐回到碗里，以为饭里有什么不可吃的东西，用筷子扒拉两下问："爸，咋的了？"

"没咋的，你吃吧！"满堂慌忙地应付着。他抬手把前襟上的那块肉捡起来，扔到桌子上，又觉得可惜，用筷子夹住，扔到嘴里，像与谁赌气似的，使劲儿地嚼着，并响亮地吧嗒着嘴。

大栓和刘玉兰都停下来看着。

"你们不吃饭，瞅我干啥？看嘴能饱啊！"满堂有些不耐烦地说。

大栓和刘玉兰继续吃饭，但眼角的余光总时不时地扫向满堂。这样，满堂每吃一口饭菜，都有被监视的感觉。

满堂匆忙地把碗里的饭吞咽下去，刘玉兰接过他的饭碗，去外屋盛饭，他却放下筷子，退到后边去了。等刘玉兰端着饭碗走进屋，见满堂把烟叼到嘴上，正在点火。她说："你不要了？"满堂说吃饱了。刘玉兰有些不乐意地说："那你递给我碗干啥？"满堂像是如梦初醒，脸上带着一丝不好意思的神情说："那是你硬抢走的。"

整整一个晚上，满堂都神情恍惚。他知道小娜从初中到高中，都在重点学校的小班。在所有人的预期中，她都能考上重点大学。他倒是不在乎小娜的成绩，这事跟他的关系不大，自己的儿子连初中都没考上，他也没怎么在意。他所在乎的是此事跟自己的关系。听到这个消息，满堂首先想到的还是迁坟的事，想到风水。他认定小娜没考好，跟迁坟有关。爷爷的坟是他主张迁走的，从内心里，他承认是自己害了侄女，也害了大哥。

顺着这个思路，满堂想起大哥给他的那些好处。特别是眼下，大哥出钱为他和大栓办的这个门市，名义上属于大哥，但交与他们父子打理，实际上和他家的差不多少。这不仅仅是个金元宝，而且是个聚宝盆，不但他可以受益，他的儿子也能受益，这是多大的恩情！

满堂开始后悔自己的所作所为，甚至觉得自己很自私、很无耻、很肮脏、很卑鄙。他害怕大哥一经想到这层意思，或者是嫂子想到了，或者是小娜想到了，都会让这个即将开业的门市关闭。真到那时候，不但自己的这份工作没了，就连大栓的前途也完了。

想了整整一个晚上，满堂最后想明白了，高速公路没能给他带来好处，坟地也不可能给他带来好处，现在能够给他带来好处的，只有大哥。满堂又做出一个决定，为了大哥，等明年清明时，还得把爷爷奶奶和父母的坟再迁回去。他不再需要属于自己的风水，大哥便是他的风水。

二十六

曹玉民是合庄最能起早的人，从他老太爷那辈起，他家都是掌着灯吃早饭。就算是冬天，也是这样，哪怕是吃完饭没事干，再眯一小会儿。他老太爷的口头语是“谁家的烟筒先冒烟，谁家的高粱先红尖”，并用一生去践行着。老头子死后，这句话便成为他们家的祖训，起早的这个事，也当成一个习惯被传承下来。

来到瓜地，曹玉民要做的第一件事，不是干活儿，而是到左右几家的地里绕一圈。他一直拒绝出去打工，别人挣回多少钱，他都不眼馋。他在乎的是别人庄稼的长势，有超过他的，他不但冲着庄稼来气，也冲着种地的人来气。他甚至把这看成是对他的一个侮辱、一种挑战。他会不计成本地在地里下功夫，去一遍一遍地锄草，一遍一遍浇水施肥。这些年来，他家的地，一直保持着单产第一的纪录，他也以合庄第一农民自居。

曹玉民是从葛晓伟的瓜地里转悠一圈后进入刘铭家瓜地的，没走几步，发现有几个西瓜不在秧上。他立即停住脚步，顺着这条垄向南北望去，目所能及处，全部如此。他立即跑回到自己的地里，以百米冲刺的速度察看一圈，看到自己家的地没事，才又返回来。

曹玉民蹲下来仔细地观察着，首先肯定此事系有人故意所为。瓜地刚浇过三天，还很湿润，地上的脚印清晰可见。所有的脚印，脚尖都是冲着北头。由此可以断定，作案者跑步穿过瓜地，每步都踩在瓜蒂上，活生生地把西瓜从瓜秧上剥离下来。他只察看十几棵瓜秧，赶忙跑回村子。

敲开刘铭家的大门，曹玉民一把扯住刘铭的手，把他拉到门外，指着小庙前，气喘吁吁地说："快去看看吧，西瓜被祸害了。"

刘铭往西边看一眼，但他并没怎么着急，以为是谁家的猪或驴没圈好，跑出来了。这种情况以前也有过，不过是祸害十几棵二十几棵而已。况且那么大的一片地，牲畜不可能可着一个地方吃，肯定也不光他家。刘铭慢条斯理地问："谁家祸害得多啊？"

曹玉民紧喘两口粗气说："别人家的都没事，就你们家的。"

刘铭没顾得再问，转身往西跑去。曹玉民也跟着往前跑了几步，转身又跑回到大门口，冲着院里喊："嫂子，你也去看看吧，你家的西瓜让人给祸害了。"这次，他强调是人干的。

等郝桂花跟着曹玉民跑到瓜地时，刘铭已经顺着那条垄走到地中间了。

"这是谁这么缺德，有种出来真刀真枪地干，祸害天苗，也不怕天打五雷轰！"郝桂花刚进入地头，就大骂起来，还边骂边把那些离秧的瓜蛋子踢得满地全是。

刘铭跑到瓜地的北头，又从其他的垄一路察看回来，与郝桂花碰头时，说没多大事，就一条垄。郝桂花翻他一眼，愤然地骂道："你还嫌少啊！这几天我看你就不是好嘚瑟，这回好了吧。"

"事都出了，说啥也没用，要不找公安局报案吧。"曹玉民建议。

"这点儿小事，报个屁案！"刘铭指着脚下说，"就这垄西瓜，连秧子都卖了，也不值公安局跑两趟合庄的油钱，人家能管吗！”

“那也不能就这么着！这不是骑在人脖梗子上拉屎吗？不整出个甜酸来，往后这日子还咋过？”郝桂花盯着村子方向说。

刘铭蹲到地上，随手扯下一段瓜秧，横在脚印上量了量，用指甲在上边掐个记号，又放到自己的脚印上说：“这绝对不是大人干的，应该是个半大小子！”郝桂花也蹲下来看一眼，站起来，扭头回家了。刘铭也没心情再察看下去，手里拎着那截瓜秧，也跟着往回走，把曹玉民一个人剩到瓜地里。

类似这种情况，在以前也发生过，这也算是一件冒天下之大不韪的事。庄稼人把青苗看成命根子，祸害天苗，是件要命的事，是会引起公愤的，没人敢轻易地这么做。但一经有人做了，势必是有很大的仇恨。敢去这样做的，多半是含冤受屈的人。这样，所有人都成为评判者，根据自己的观点做出判断。被害方人性很好的话，害人者是要被大伙唾骂的。反之，被害方人性不好，大伙觉得应该这样对他，那么这种事，则成了伸张正义的手段，也就没人心疼青苗不青苗的。但不论是被攻击还是被同情，因为害人者是在暗处，而被害者是在明处，被害者都会成为人们猜测和议论的对象。哪怕是大伙都同情你，也不是什么光彩的事。

回到家里，郝桂花抱柴火进屋做饭。刘铭推上独轮车，又去了瓜地。他把那些被踩掉的西瓜捡到车上，怕往回推时，让别人看到而传得满城风雨的，还在地头扯了几把野草和野菜盖在上边。他把瓜推回家，直接倒进猪圈。

对于作案者，刘铭两口子在心里各有猜测对象，只是在吃饭时当着孩子的面，都没提起。还没等刘鹏举上学，刘铭找出一包萝卜籽揣到兜里，扛起镐头走了。他知道这种事，只要是没抓到现行，只能从长计议。他现在要做的，是把那垄西瓜秧清理掉，除了萝卜，这个季节种别的也不赶趟了。

郝桂花拾掇利索厨房，喂完猪鸡，也走了。她并没去瓜地，而是来到东头的小卖部。这个季节地里没活计，那些半大小子都聚集在这里。她要破案，不把那个踩她家瓜的人找出来，她不会善罢甘休。

小卖部前，果然有几个孩子在打扑克。郝桂花围着那几个孩子转了一圈，眼睛盯着他们的鞋。李秀芹看到她，从屋里跑出来，显得非常热情，拉着她的手说："你年八辈子难得上我这儿来一趟，快上屋坐一会儿。"郝桂花说家里的鸡跑丢一只，她是出来找鸡的，就不上屋了。李秀芹跑进屋里，拿出来两个塑料凳，还顺便拿来两根雪糕，说快坐下歇一会儿，凉快凉快。

嘴上说忙着，郝桂花却巴不得在这里多待一会儿。只有在这儿，她才能见到更多的孩子。她们刚坐下，李秀芹说这条新路真好，又宽绰又平坦，把合庄由山沟子一下子就变成街边子了；还说昨天她特意骑自行车去街里一趟，连去带回，最少能节省二十分钟的时间。郝桂花边听边点头，感觉十分受用，这件事是刘铭一手促成的，其中还有她的一份功劳。人家当着她的面夸这条路，又给她雪糕，这等于在表达一种感激。郝桂花也不无自豪地说，这才哪儿到哪儿，等以后再铺上柏油路面，还能节省十分钟。到那个时候，去趟街里就和上趟茅房那么容易了。

恰恰是这句话，让李秀芹拿在手里的半截雪糕掉在地上。

李秀芹昨天确实去了街里，也确实感受到这条路带给她的便利。她的激动和感谢，也确实是真心的。她只把这条路和她的出行联系在一起，而没把这条路跟她的生意联系在一起。郝桂花无意间的一句话，提醒了她。真如郝桂花所说的那样，那么，还有谁会来她家的小卖部买东西啊！黑龙镇的其他村，都没有小卖部，唯独合庄养活起一个来，还不是因为这里的路不好走，人们上街里不方便。

弯腰捡起地上的雪糕后，李秀芹脸色已经阴沉得像个紫茄子。她冲着屋里气呼呼地喊两声“老虎”，她家的那只大黄狗跑出来，她把雪糕上的土用刚才扒下来的包装皮擦了擦，递到狗嘴边。“老虎”伸出舌头，不停地舔着。李秀芹冲着郝桂花勉强地咧了咧嘴说：“我家‘老虎’就爱吃雪糕，我都舍不得给它吃。”直到这时，郝桂花才意识到李秀芹情绪的变化,却没想明白哪句话得罪她了。郝桂花看到“老虎”正吐着舌头，盯着自己手里的雪糕。她也勉强地笑了笑，把手里的小半截雪糕晃了晃。“老虎”凑过来，这次它没去舔，而是一口连棍都抢走了。郝桂花没心情在这里再待下去，说她还得去找鸡。李秀芹只是点点头，也没有再留她的意思。刚抬起屁股，李秀芹就转到她身后，把那个塑料凳拿进屋里。

郝桂花低着头走着，还纳闷儿李秀芹的态度变化。刚走到村子中间，看到刘鹏飞从院子里连跳带蹦地跑出来。她立即停住脚步，把目光集中在刘鹏飞的那双运动鞋上。两人相遇的瞬间，郝桂花盯着地下的脚印突然喝道：“你个小崽子，给我站住。”

“干啥？”刘鹏飞极不情愿地问。

“我家西瓜是你祸害的吧？”

“你凭啥诬赖好人！”

“就凭你的脚印。”

“中国穿这种鞋的也不光我自己。”

在刘鹏飞转身要走时，郝桂花扯住他的脖领子。他往后猛地一闪，米白色运动服半袖的肩膀子处，被撕开个大口子。刘鹏飞一着急，顺口骂出一句脏话，又问凭啥撕他衣服。郝桂花松开扯着衣服的手，顺势打他一个耳光。刘鹏飞左手捂住左脸，向家里跑去，边跑边哭喊着：“妈啊，妈，郝桂花打我了！”

马艳正在当院的园子里摘豆角，见儿子捂着脸跑进来，问他怎么了。刘鹏飞抹着眼泪，抽抽搭搭地说："郝桂花赖我祸害她们家西瓜，我不承认，她就打我。"

马艳把手里的筐子扔到地上，往外跑去。她刚跨出大门，正赶上郝桂花也走到她家大门口。马艳横到路中间，指着郝桂花说："你个骚货，凭啥打我儿子？"

"他骂我，就欠打。"郝桂花冷冷地说。

刘鹏飞跟着跑出来，接过话茬儿说："你不撕我衣服，我能骂你吗？"马艳还不知道儿子的衣服被撕，回头看一眼，冲着郝桂花扑过去。刘鹏飞跟在母亲身后，也向前冲去。

"你们想干啥？"郝桂花赶忙从路边捡起一块石头说。

刘伟从后边追上来，扯住老婆并瞪儿子一眼。马艳的左手不停地挣扎着，企图摆脱刘伟的控制，右手指着郝桂花，破口大骂。

葛八赖小卖部门前的那帮半大小子，都握着自己的牌蹦高尥蹶子地往跟前跑。附近几户人家的娘儿们，也都从院里跑出来，往跟前靠拢。

郝桂花看到跟前集成个人群，也指着马艳对骂着。两个人由祸害西瓜的事扯到春天往回骗地的事，又扯到包地的事上，千年谷子万年糠地全倒腾出来。骂了十来分钟，直到五叔站到她们跟前，才同时住嘴。

"你们还嫌乎不磕碜吧？"五叔没理两个侄媳妇，冲着刘伟说。

见五叔训斥她丈夫，马艳扯过刘鹏飞说："五叔，你给评评这个理，你看她把我们孩子的衣服撕的，你看把我们孩子打的，这也太熊人了。"

看了一眼刘鹏飞的衣服，五叔转身问郝桂花怎么回事。郝桂花把她家西瓜地让人祸害的事说了，并一口咬定是刘鹏飞干的。

马艳的愤怒又被激发起来，再次向前扑去，她说："你再敢血口喷人，我撕了你的嘴。”郝桂花此时也变得有恃无恐，也往前逼近。

“你们俩要是再这样，我就不管了。”五叔往后退一步说。

两人都停下来，看着五叔。

五叔走到刘鹏飞跟前问：“你祸害人家瓜了吗？”

刘鹏飞哭叽叽地说：“五爷爷，打春天我都没去过那片地。”

五叔拍了拍他的肩膀说：“别哭，这事好办，咱们一起去瓜地对脚印。”他又回头问这样行不。

郝桂花点头说：“你们真是不见棺材不落泪！”

马艳却说：“我们没做亏心事，不怕鬼叫门！”

看热闹的人也都跟过来，二十多口子人纷纷地涌入瓜地。

刘铭已经把南头的瓜秧子薅了，种上萝卜，地里已经找不到踩西瓜的那个脚印。大伙顺着垄沟，一直往北走。刚看到人群时，刘铭认为是大伙知道这件事后，来安慰他的，还有些激动。当他看到五叔的身后跟着刘伟一家三口，感觉到事情有些不对。他扔下镐头，迎了过来。

郝桂花找到作案者留下的脚印，五叔让刘鹏飞也在边上踩一个。

刘鹏飞刚抬起脚，看到的人都把目光转向刘伟一家。

“我冤枉你了吗？”郝桂花指着刘鹏飞说。

两个脚印一模一样，刘伟两口子不知所措地看着儿子，眼神里带着一份惊恐。

刘鹏飞突然抬起脚来，把鞋的后跟与脚印的后跟对齐，向前踩去，并指着自己的鞋尖说：“你瞎啊！”

大伙都低下头去看刘鹏飞的脚，看过之后，又把目光投向郝桂花。

刘鹏飞的鞋并没把脚印完全盖住，脚印的前边，最少有一扁指那么长的一段还露着。

郝桂花立即蹲下去，盯着刘鹏飞的脚说：“你的脚后跟没踩到脚印上。”

刘鹏飞抬起腿，把左脚上的鞋扒下来，啪地一下扔到郝桂花跟前，气愤地说：“你自己量！”

又来到一个新的脚印前，五叔捡起一棵去年残留的玉米茬子，从上边劈下一条，把它贴着脚印的后跟处插入地里，又把鞋的后跟贴着它平放到上面，结果仍然是脚印前边多出一扁指来。

“这还没冤枉我们吗？”马艳指着郝桂花的鼻子问。

郝桂花神情紧张，一言不发，脸涨得通红，一个人向北走去。

“你回去套车，上医院！她把我儿子打坏了，打成脑震荡了，这回我让她吃不了兜着走。”马艳一边吩咐刘伟，一边捡起鞋，来到刘鹏飞的跟前，蹲下去帮他穿上，并双手扶着他的胳膊，像搀扶着病人一样，向瓜地外走去。

看热闹的人也跟着刘伟一家往瓜地外走去，只有五叔还站在原地。刘铭问他这事可咋整，五叔皱着眉头说：“你们两口子净整这拉屎不擦腚的事！还能咋整，我去跟刘伟两口子商量商量，看看他们啥意思吧。”

五叔回到村子，刘伟已经把车套好，停在当街大门口，马艳正扶着刘鹏飞要上车呢。看热闹的人中，有几个老刘家的娘儿们，正在劝马艳，说孩子要是没事的话，就别这么兴师动众地闹了。马艳不依不饶，说人家都快把他们踩到泥窝里去了，还不兴她吐个泡啊！

“你们要上医院，也听我把话说完再去。”五叔径直地走进刘伟家。

刘伟把缰绳递给儿子，也跟着往院里走。

“五叔，这事你朝我说，别人都不好使。”

刘伟给五叔点上烟，退到柜边上。五叔也听明白这话的意思，冲着站在门口的马艳说：“他婶子，你也是个通情达理的人，你看这事……”

“五叔，你也不用给我戴高帽了。我们两家子咋回事，你都清楚。我是一忍再忍，一让再让，她还蹬着鼻子上脸了。”马艳还发狠说，她就让刘鹏飞在医院住着，一直住到郝桂花倾家荡产为止。

五叔问：“你这是图个啥？给她弄个倾家荡产，对你有啥好处？”

马艳说：“我也不图啥好处，她不让我好过，我就不让她过好。”

五叔好说歹说差不多半个小时，马艳总算不再坚持去医院。刘伟溜出屋，到当街把车卸了。

经过反复协商，马艳提出最后条件：要么把老刘家三老四少都叫到一起，让郝桂花当着大伙的面给孩子赔个不是，给孩子买件新衣服；要么就赔偿她儿子衣服及名誉损失费五百块钱。

马艳在提出第二条时，五叔也觉得这个数是多点儿，但他没去反驳和争取。他觉得有第一条跟着，这条也不算过分。放到谁身上，都会按第一条去做。所以这第二条，形同虚设。另外五叔也觉得郝桂花应该给人家赔个不是，这样不单把这件事化解掉，连以前的事也都化解了，是个一举两得的好事。

可五叔把条件传达过去，郝桂花连哏儿都没打就答应出这五百块钱。这出乎五叔的意料，他用商量并略带启发式的语气说：“他老婶，这事你再好好想想！”

郝桂花走到箱子前，从那个紫红色的小包里找出五百块钱递给五叔说：“没啥好想的。钱花了，可以再挣；脸掉到地上，就捡不起来了！”

在递钱时，郝桂花看到刘铭在冲她瞪眼，也瞪起眼睛说：“这钱不是咱家的，是我姐偷着给我的，让我买衣服穿的。”

事情平息的当天晚上，刘铭又夹起行李，去了东屋。

可没过两天，关于这件事，一个新的说法又流传开来——郝桂花在瓜地的那个脚印上取了些土，用这些土捏成个小泥人，在小泥人的七窍处插入钢针，放在锅台后边，每天三顿饭前，都烧上一锅开水，用炊帚蘸着开水往小泥人身上喷淋。大伙传得有鼻子有眼的，最要命的是曹玉民和葛晓伟都证明郝桂花确实去瓜地取过土，是用一个装盐的小塑料袋拿回家的；李秀芹也证明郝桂花在她家的小卖部买过一包新针，是那种最大号的。

这个法子是从老辈子沿传下来的巫术，据说十分灵验，也相当厉害。只要是不间断地淋上七七四十九天，留下脚印的人，不死也得扒层皮。因为多少年没人用这种阴毒的手段了，大伙听完都感觉到脖子后边嗞嗞地冒着凉气。

二十七

修路工人进驻合庄后，这里一下子热闹起来。那些奇形怪状的车辆和设备，是他们压根儿都没见过的，都和看西洋景似的，大饱一次眼福。特别是那些孩子们，不单围着看，还追着看。大人们再凑到一起时，谈论的不再是庄稼和鸡猪，而是修路的那些人和事。

有几个爷们儿不在家的娘儿们，从大头马的那里得到启发，开始效仿。王长海的老婆把房子租出去，领着孩子搬到王子忠家里；葛玉柱的老婆搬到葛玉林家里。她们所得的房租，两家各半。曹老五的媳妇和公公婆婆都一年多不说话了，这次也主动找上门去，向两个老人认错，搬到婆婆家，把房子也租出去。这样平常看不出怎么亲近的两家人，陡然亲近起来。她们一起上山干活儿，一起收工回家。地也不分你我，今天鼓捣你家的，明天莳弄我家的。收工后，她们在一个厨房里做饭。开始还各做各的，后来索性连做饭也合在一起。今天你做，明天我做。她们彼此都有了新鲜感，有了安慰，脸上闪现出奕奕的神采。

大头马搬到葛连家之后，不放心那边的院子和院子里的猪鸡，白天打发燕子去那边照看着。燕子是个闲不住的人，没事时帮做饭的老杨择择菜，打打零杂。几天之后，老杨觉得不好意思，请示老板，让燕子在这里帮厨，每月开给她六百块钱。燕子除了晚上回葛连家睡觉，整个白天基本待在她家的院子里。

燕子不在家，从客观上给葛连和大头马倒出更多的接触时间。除了中午大军回来吃饭的空儿，他们俩是想干啥就干啥。在与葛连亲近的时候，大头马眼睛总盯着墙上的照片，一副魂不守舍的样子。她的这个举动被葛连意识到了，他趁着屋里没人，来到照片跟前，郑重其事地说："我和她的事，也是天赶人凑。不过你放心，我们都说好了，到那辈子，还是咱俩在一起过。"

当天晚上，葛连借着打扫屋子的机会，把那张照片扫落下来。他捡起来擦拭干净，并没再往墙上贴，而是又夹到那本《毛泽东选集》里，放回到箱子中。大军当时也在场，葛连漫不经心地对儿子说，贴在外边烟熏火燎的，几年就看不清楚了，还是这样保存起来妥当。大军也认为有道理，不停地点着头。

半个月后的这天下午，葛连刚睡醒，准备撒羊，燕子风风火火地跑回来，进门就问："叔，咱家这羊杀不？"

葛连笑着问："馋羊肉了吧？"

燕子显出一副气愤的样子说："我有那么馋吗？"

葛连一时不知道怎么回答，只好还嘿嘿地笑。

燕子又换成嬉笑的口气说："不是我馋羊肉，是那帮工人馋羊肉了。他们让我回来问问你，要是杀的话，整只羊，我们食堂全包了。"

葛连沉吟一会儿，说："他们这些人不懂，这个季节的羊肉不好吃，一股膻味儿，吃羊肉怎么也得立秋之后！"

"我跟他们也是这么说的。他们说没有膻味儿，那还叫羊肉吗？吃的就是这个味儿！"燕子往前凑了凑，表情夸张地说，"叔，你是不知道那帮司机有多馋！他们天天骂咱们这个破地方连个饭店都没有，有钱都没地方花。他们有的是钱，我听说，这二十多天，他们都挣了一万多块！”

葛连确实让这个钱数给震撼了，歪着头看着燕子，似乎在衡量这话的可信性。燕子看出葛连的心思，肯定地说：“真的，住在葛玉柱家的那帮人，昨天上街买回八只烧鸡，一人一只，喝着啤酒，啃到半夜。”

“他们给个啥价？”葛连指着跟前的一只羊问。

“他们知道啥啊！他们就知道吃！”燕子往前跨两步，扯住那只羊的耳朵笑着说，“他们让我来跟你谈价钱，这就好办了。多少你说了算，只要让我交代下去就成。他们一个个都馋得哈喇子流得老长，晚上还等着吃烀羊肉呢！”

大头马从屋里走出来，问明情况，俨然以女主人的口气说：“给他们杀，有钱凭啥不赚！要是想吃，一天杀一只都成，羊不就是杀肉吃的玩意儿吗？”

葛连按照当下毛斤的价格和羊的重量，大致地估算出价钱。燕子跑回去，跟那些人商量，得到认可后，又跑回来，兴冲冲地对葛连说：“杀吧，挑大个的，胖乎点儿的。”

不到三点，葛连就把羊杀利索了。他割下五斤多沉的一块肉来递给大头马说：“跟他们沾光，咱们晚上吃饺子。”大头马接过去，不无惋惜地说：“这东西死贵的，还是留着卖钱吧。”葛连冲她挤咕两下眼睛说：“我耍这些年秤杆子，想白吃这疙瘩肉还不容易？”大头马立即问：“春天我买肉时，你是不是也耍秤杆子了？”葛连笑着说：“耍了，不但赚了几斤羊肉，还赚了一百多斤的马肉呢！”大头马拧住葛连的耳朵，问他马肉在哪儿呢，葛连咧着嘴，拍拍自己的心口窝说，都吃进这儿了。

收工后，住在东头的那些司机，都没顾得上回去换衣服，纷纷摊钱入伙。他们用木板子在当院搭个临时的地桌，有半铺炕那么大，用大头马家洗衣服的大铝盆，把羊肉盛出来，两个人抬放到大桌子上，又让葛八赖家送来四箱啤酒，叫呼啦欢地喝上了。

燕子怕他们这样干吃羊肉会反胃，一会儿吃不下去，跑到后院的菜园子中，薅来一把葱和二十来头新蒜，洗好后，放在一个盆里端到桌上，又把她家自己做的大酱舀上一碗来。燕子刚要转身回家，司机小蔡把抢到手的一条前腿倒拎着对她说："这是奖励你的，我们能吃上羊肉，多亏你了。"住在这个院的其他人，也跟着起哄，让燕子在这儿跟他们一起吃。司机老刘还给燕子起了瓶啤酒，递过去。燕子红着脸，吓得不停往后退着。老杨笑着说："人家个姑娘孩儿，能和你们这么吃吗？"老杨把羊腿接过来，装进一个塑料袋里，递给燕子说："拿回去吧，这儿也不用你了，一会儿我收拾。"

燕子进屋时，大头马正站在水缸边上包饺子，大军蹲在灶火坑烧水，葛连已经把桌子放好，坐在炕头上，守着一杯白酒在抽烟。燕子笑嘻嘻地问："叔，没下酒菜吧？"葛连说："饺子就酒，越喝越有。吃饺子还用下酒菜？"燕子仍然笑着问："要是有个羊腿下酒呢？"葛连说："那当然更好了，关键是一只羊只有四条腿，咱们也不好留下一条。"燕子把背后的羊腿拎出来，晃了晃说："下酒菜来了。"葛连惊叫起来，说："你个傻丫头，怎么拿羊腿啊！这不让人家一眼就看出来了吗？""你以为我是偷来的？"燕子长声怪调地问。葛连一听不是偷来的，赶忙把话岔开，嘿嘿地笑着说："这羊杀得真值！多赚七十来块钱，还赚一张羊皮，有饺子吃，还能捞着一条羊腿。要是照这样的话，每天杀一只才好呢。"

因为这条羊腿，大头马也喝了半杯白酒，这顿晚饭吃得比年夜饭还高兴。

没过一周，事情还真打葛连的期盼上来了。只是这次他们要吃的，不是炖羊肉，而是烤羊肉串。燕子是晚上下班后说起这个事的，葛连听后连连摆手说："我可不会烤，他们要是买羊肉，我给他们杀，他们爱炖着吃炖着吃，爱烤着吃烤着吃吧。"

"没见过你这么死性的，钱来拱门了，还有往外赶的！"

见葛连和燕子都盯着自己，大头马这才缓和些口气说："烤肉串可是个本小利大的买卖。我去县城时，你老姨请我吃过，还没杏核大的五块羊肉，用铁丝一穿，就卖一块钱一串。一个大小伙子要想吃饱，咋也得个四十串五十串的，有半斤羊肉够了，这样算下来，一斤羊肉差不多能卖到七八十块钱。"

大头马说话时，脸是冲着燕子的，葛连却在边上支棱着耳朵听着，还不停地点着头。大头马刚停下，燕子嘻嘻地笑起来，把两个人都笑愣了。葛连问笑啥，燕子笑够了，仍然笑着说："那是我老姨！你跟着点啥头？"葛连有些不好意思地说："看你这丫头，净捣乱，这说正事呢。"

几天后，大军中考完毕，放了暑假。葛连让大军经营着羊群，大头马让燕子经管着大军的一日三餐，两个人去县城实施这件正事。

临行前，葛连找东头的曹罗锅子剪了头，还刮了脸。来到街里，他又买了个白半袖换上，把那件脊背让汗渍浸得有点儿掉色的灰半袖寄存在卖服装的门市里。大头马说他臭美，他小声地辩解："第一次见小姨子，总不能给你掉链子。"大头马警告他到那儿不许乱说他们的关系。葛连笑着说："还用说，只要不是瞎子，都能看出来。"

大头马的表妹和妹夫果然是把葛连当成姐夫来接待的，听说他们是来学烤肉串的，她妹夫自告奋勇地去单位里打听。正好他同事的弟弟就是干这个的，而且在县城还很有名。他就约了那个同事，领着大头马他们去烧烤店，各种各样的烧烤要了一大堆，连吃带喝地撮了一顿。因为要开的烧烤店在乡下，不产生什么竞争和影响，店主也没隐瞒，把配料的方法和各种技术都毫无保留地加以传授，还把一个多余的烤箱，也卖给葛连。

烧烤摊是五天后的傍晚开业的，地点设在大头马家门前的空地上。这个院子租出去了，电费当然是租房子的人买单。葛连把羊肉存放在大头马家的冰柜里，还从院里接出一个灯头，挂到大门楼子上，安上个二百瓦的灯泡，把院里院外照得和白天差不多。

当天进行的是试营业，每支肉串只卖五毛钱。因此，不单那些工人抢着吃，连合庄的人，也来尝个新鲜。他们起初舍不得多买，只给孩子要两串。看到孩子吃得香，也禁不住扯过来尝一块。他们没少吃羊肉，但把羊肉烤着吃，基本还是第一次，都觉得确实好吃。再加上大头马有言在先，只有今天半价，明天就一块钱一串了。他们觉得机不可失，再买五串十串地拿回家，给家里的其他人也尝尝。

生意火爆，全家人齐上阵。燕子和大军守着一个盛肉的大盆，负责穿串；葛连右手在烤箱上忙乎着，左手摇着一个纸壳子，一会儿扇着火，一会儿扇着脸上的汗；大头马几乎转成陀螺，一边往院子里端，一边还得答对着院外的人，一只手往外递肉串，另一只手往里收钱。

四口人忙乎到晚上十一点多钟，才算消停下来。葛连让大军和燕子再穿出几十串，说："别人都吃饱喝足了，咱们也不能编炕席的睡土炕啊！得垫补垫补。"大头马在往院里收拾东西时，还在那些工人喝剩下的啤酒箱子里找来一瓶半啤酒。四口人守着烤箱，吃了顿夜宵。快十二点时，他们才收拾利索。

回到家，两个孩子忙着在当院洗脸洗脚。大头马把她兜里的钱掏出来，堆到炕上。她算了算总账，去掉肉钱、炭钱和各种佐料钱，大约挣了九十多块。她兴奋地说："这可比种地强多了，没用半天的工夫，挣一袋子苞米。"

“明天涨价，怕就没这么多人吃了。”葛连皱着眉头，不无担心地说。

“这就得见人下菜碟了。那些工人，他们不差钱，就得丁是丁，卯是卯。咱们庄上的人，买一串的，也就没法子了。买两块钱的，咱不会给他三串？买五块钱的，不会给他七串？让他们吃麻了嘴，跑顺了腿。”大头马满怀信心地说。

这之后的几天，在串数上，卖得没有第一天多，但在钱数上，却比第一天多出几十块。住在东头的那些司机们，都聚集在大头马的院子里，这儿一帮那儿一伙地扇扑克。他们玩的是填大坑，赢了的，钱放在那儿，不许往起揣；输了的，从兜里往外掏。等凑够五十块钱，换成肉串，边吃边喝。吃光了，觉得没吃饱没喝够，再进行下一把。他们每天都玩到十点多，吃饱喝足，躺下就睡，再也没人招呼这破地方没意思了。

合庄的人，也有来买的，大头马按照多买有赠的原则实施着。但她不是把买的和赠的一次性递过去，而是分两次，且每次都有不同的说辞。

头天晚上，葛洪文媳妇领着大丫头抱着老儿子来了，买了三块钱的，大头马递给她三串。她给大丫头一串，给老儿子两串。在转身要走时，大头马把大丫头扯住，回头瞅院里一眼，又向左右的孩子扫一眼，这才拿起一串，递给大丫头说：“看把你妈抠的，就买三串，这手心手背不都是你身上掉下来的肉吗？你不疼我还疼呢。”大丫头意外地多得一串，连续地说了五六声“谢谢大娘”。

第二天再来时，葛洪文媳妇买四块钱的，丫头和儿子各两串。可在走之前，大头马又拿起一串塞给她儿子说：“小的总得多吃一口才对，这串是大娘送你的。”葛洪文媳妇不让儿子要，大头马凑过去小声地说：“咱们支这个摊子，是为赚那帮工人的钱。老邻旧居的，我还能赚你的？”

葛洪文媳妇把这事传播出去后，买的人比头天晚上多好几个。赚到便宜的，自然对大头马有一份感激之情。有的只给孩子买两串，大头马也面带无奈地赠一串。人家感受到她的为难，再来买的时候，就多买两串，闹个皆大欢喜。

第三只羊刚烤下去一半，那些工人就吃腻了，普遍的反映是品种单一。葛连套上驴车，去街里批发一些鸡翅、鸡脖和鸡头。看到这几天他们都是上东头的小卖部买啤酒，顺便又拉回十箱啤酒。当天晚上，鸡肉系列就投入到加工中，果然又引起人们的食欲，不单单那些工人吃，合庄的人也跟着尝新鲜。铁蛋不太爱吃羊肉，只来买过一次，才买三串。发现鸡翅后，他竟然蹲在摊子跟前，一连吃了三个，还喝了瓶啤酒。临走时，又要了三个，说是给他奶奶和他爸妈的。

鸡产品受到欢迎，并没让葛连高兴起来。这些东西不是他家出产的，是他花钱买来的，就算是批发价，也没多少利润空间。看着卖出不少钱，甚至比以前还多，但真正属于他们的，却不及原来。

大头马在话里话外间开始加大羊肉串的推荐力度，但还是没能激起那些工人的食欲，他们都说这肉串越吃越没有羊肉味儿了。这让葛连十分恼火，也很茫然。羊还是那种羊，肉还是那种肉，技术还是那种技术，怎么会没羊肉味儿呢？大头马对此也很来气，在背地里骂他们是把嘴吃瓢了，把舌头吃成鞋垫了。

有两天晚上，羊肉串几乎是没开张。

没事的时候，葛连就蹲在羊圈边上琢磨，羊的身上哪疙瘩最有羊肉味儿？他首先想到的是羊油。这东西不单膻味儿最大，也是羊身上最没用的东西。在早些年前，人们吃不饱时，有用它炒菜的。但这几年，白送都没人要。葛连每次杀完羊，把它直接扔到猪圈里，给猪吃了。现在他家圈里没有猪，他没舍得扔，放到大头马家的冰柜里。反正冰柜有的是地方，闲着也是闲着，电费也不用他们花钱。

既然烤肉串得往上边刷油，羊油也是油，为什么就不能往上刷呢？如果羊肉再刷上羊油，那膻味儿不是更浓吗？葛连这样想着，也这样做了。他把羊油放在锅里炼成液体状态，怕凉了再凝固成坨，还掺和些豆油在里边。

还没等大头马做晚饭，葛连就把摊子支上，先烤了十几串，刷的是他自制的混合油。这招还真见效，油刷在肉串上，被下边的火一烤，那种膻味儿立即飘散出来。开钩机的大汪闻到味儿，径直走出院子，看到火上的肉串红嫩鲜亮，顺手掏出两个一元的硬币，扔到葛连身边的圆桌上，自己从烤箱上拿起两串，迫不及待地叼下一块肉来。他用舌头不停地在嘴里翻卷着肉块，咝咝哈哈地说："老葛大哥，今天的咋这么香呢？"

"多刷了两遍油呢！能不香吗？"葛连笑着说。

"怪不得以前不香，敢情是没舍得刷油！你也真是的，那点儿油才几个子儿！"大汪责怪完葛连，又冲着院里大声地招呼，"哎，大伙快过来，尝尝今天的肉串，不一样了，真香！"他嘴上撸着右手的那串，在空中摇晃着左手的那串。

院里的人也凑过来，在路过大汪身边时，小蔡抢过大汪左手的肉串说："这叫先尝后买。"

大汪转身去抢，见小蔡已经咬了一口，略带抗议地嚷嚷着："要尝你尝摊主的，这两串是我花钱买的。"

小蔡只吃了一口，也跟着招呼，是比每天的有味儿。他也问咋整的，没等葛连回答，大汪抢着说："今天刷了八遍油，这连烤带炸的，能不香吗？"

其他人都被说动心了，都向兜里掏去，但都没掏出钱来。大伙在一起吃吃喝喝的，谁也不好意思自己买两串吃，但个人掏钱请大伙吃，又不甘心。几个人都有吃的心情，却都没有行动。

看出他们的心思，葛连把烤箱上的肉串递给跟前的大汪说："尝我的，算我请客。"大汪代大伙致谢，每人发一串。没摊着的，葛连告诉他们别着急，再烤下茬儿。尝过后，他们都认为好吃，说以后就照着这个标准执行。老刘还拿出一副走南闯北的派头说："当年我在新疆干活儿时，吃的正宗的新疆肉串就是这个味儿。"

几个人吃得舔嘴吧嗒舌的，还是没人主动掏钱。老刘倡议打一锅扑克，来他五十块钱的，大伙纷纷响应。临进院时，小蔡还回头嘱咐，老葛大叔，还刷八遍油啊！

第一轮肉串上桌后，其他人也都过来抢着吃，他们都吃出不同于以往的味道。没吃够的，也组织一伙人，另立炉灶，填起"大坑"。有的凑不成局，赶紧往东头打电话，让他们过来尝尝刷了八遍油的肉串。

大头马和大军吃完饭，来替葛连，让他回去吃饭。到这儿一看，他正一个人忙得顾头不顾腚的。大头马赶忙过来帮忙，让大军回去把饭端来。燕子帮老杨收拾利索，也参与进来。院里院外，又恢复到刚开业时的气氛。

可新工艺的问题当天晚上就显现出来了。刷过羊油的肉串，赶着热确实很好吃，稍微凉一些，上边便凝固一层白油，像挂上一层霜似的。那些人是边打扑克边喝酒边吃，吃到一半时，就出现这个情况。

大头马刚尝完一串，正在为这个发明而高兴着，小蔡端着盘子来找他们，问这是咋回事，刷的啥玩意儿，葛连一时无言以对。大头马赶忙接过话茬儿，说这东西要想多刷油，就得让油挂住；要想让油挂住，只能在油里放点儿淀粉，所以一凉就这样了。小蔡对这个解释还算满意，又把肉串放到烤箱上加了热，恢复到原来的样子，但这毕竟不是个长法，人家怎么也不能守着摊子烤一个吃一个，或者吃一会儿再来烤一会儿吧？

第二天晚上，葛连没敢再用他发明的混合油。尽管他真的多刷两遍豆油，仍然没烤出那个味儿来。那些工人只要一次羊肉串，又啃起鸡头鸡脖子。

葛连仍不甘心，又开始按照原来的思路寻找羊身上带有膻味儿的东西。这次多出一个条件，那就是凉了也不凝固的。他用的是排除法，一个一个地去掉之后，羊的身上只剩下肠子里的羊屎和尿脬里的羊尿了。

羊屎显然是不行的，那东西有膻腥味儿，也有臭味儿，但羊的尿同时满足他的这两个要求。他在一阵子兴奋之后，却和羊屎一样，给否定了。给人吃的东西里边放上羊尿，无论是从良心上还是情感上，他都接受不了，认为那是一件缺德的事。

随着收入的每况愈下，葛连还是决定试试这个办法。看到大头马和大军都睡着了，他把一个小塑料桶的拎手去掉，两边各拴上一条绳子，系到一只公羊的肚皮下边，连羊鞭带羊蛋全都盛到桶中，再把那只公羊单独圈到房子西边的胡同里。整个中午，那只公羊肚皮下吊着个桶，没法趴下去，只好贴着墙根站着。葛连也没捞着睡觉，拿个板凳在西房头坐着。等到大军上山放羊，他终于接到差不多一矿泉水瓶子的羊尿。

当天下午的实验，是在自家的后院进行的。肉串快烤干时，葛连刷了一遍羊尿。那种膻味儿立即飘散出来，比羊油的味道还大，却不如刷过羊油的味儿好闻，多少有点儿臊气。等羊尿烤干时，又刷上一次豆油，这时香味儿才出来。这样反复三次，放上孜然和辣椒面后，葛连拿起一串，想尝尝，可刚递到嘴边，感觉一阵恶心。他赶忙离开烤箱，到菜园子里，扯下两个葱叶，放到嘴里嚼着。这时，突然想到在他小时候，邻居家的二奶奶每隔三天五天的早上，端着个大搪瓷缸子来找他接尿，说是当药引子。而且为了能顺利地接到尿，每次还给他几块冰糖作为交换条件。既然人尿都能当药引子，羊尿怎么就不能呢？再次返回到烤箱前，他竟然有些迫不及待地拿起一串，一口撸扯下两块肉来，恶狠狠地嚼着，根本吃不出尿的臊味儿，但膻味儿依然。此时，浮现在葛连脸上的笑意比羊肉串的香味儿还浓重。

二十八

第一个月的工资，燕子没交给大头马，而是交给葛连了；是在吃中午饭时，当着大头马和大军的面递过去的，说是这个月的房费。

女儿的这个举动，让大头马愣了一下，又立即恢复正常，并用欣慰的目光看着。她在心里说：这个小丫头片子，越来越鬼头，会整事了。平时，她不赞成女儿玩这种小把戏，这次，却认为有必要。毕竟自己的房子收着房费，住人家的房子，交房费也是应该的。村里其他出租房子的人家，也都这样做。掏了房费，等于堵上葛连父子的嘴，在这个院子里，她们住得名正言顺且理直气壮。

可让人没想到的是，葛连居然把钱接过去，而且接得心安理得，连一句客气的话都没有。他还笑着说："我也成房东了。"大头马仍然像刚才那样，愣了一下，又立即恢复正常。她认为葛连也在演戏，是演给他儿子看的。她又在心里说：这两个玩意儿，一唱一和，整得还挺像样儿。

大军停下筷子，盯着父亲，目光中带着一种惊诧，还多少有一丝的不安。直到葛连把钱揣进上衣兜里，他才把目光转向大头马，神情转换成一副愧疚的样子，像是做了啥对不起她的事似的。

“自古以来，种地交粮，租房交钱，天经地义。”大头马的这句话，看起来是对此事表示理解，其实是为了安慰大军。只是说完后，她低下头，感觉自己也在演戏。三个大人合起伙来糊弄一个孩子，她有点儿不好意思。

按照大头马的设想，大军走后，葛连能把钱退给她。可等到下午，他压根儿没提这事。每次看到他的衣兜鼓鼓的，大头马的心里就像被什么东西撞一下。她想也许他是忘记了。在晚上卖肉串时，她总是不停地提到钱。她让葛连看看大汪给的五十块钱是不是假的，他回头扫一眼，说大汪怎么可能给假的呢！她说曹小三的钱也太破了，和擦腚纸似的，让他看看能花不。葛连看也看了，听也听了，还是无动于衷。第二天早上盛饭时，大头马发现葛连的衣兜变得平平塌塌的，看来是把钱放到柜里去了。

这个发现让大头马的心立时凉了半截，觉得眼睛一酸，眼泪忽地涌满眼圈。她把刚盛好的那碗疙瘩汤放在桌上，往前推了推，转身去了外屋。站在灶火坑边上，她用力地眨巴着眼睛，本来是想把泪水憋回去，结果却挤出来了。她看到大军正在当院刷牙，赶忙向碗橱子跟前走去。她的第二波眼泪又滑下来，这次的泪滴比刚才的更大、更汹涌，一股热流从鼻子的两边淌过，停在嘴唇上边。她伸出舌头，翘起，沿着上嘴唇边上扫了半圈，那种咸咸的滋味传入嘴中。听到大军进屋，她从橱子里拿起个碟子和一双筷子，从坛子里剜出一摊韭花酱。葛连吃面条和疙瘩汤这类面食，总离不开这东西。

大头马端着碟子回到屋里，尽管把眼泪擦干，还是让葛连一眼就看出来了。他问咋的了，大头马说没咋的。葛连说那眼睛咋红了，大头马换成一副嗔怒的口气说：“还不是你这个破灶火，总呛烟。哪回做饭，我不得哭一鼻子！”葛连满面愧疚地说，是有两年多没搭炕了，等过两天，找人重搭。

大头马给自己盛了碗疙瘩汤，每吃下去一口，都觉得那些面疙瘩堵在嗓子里，像穿糖葫芦似的，一个一个地往下顶着。刚吃下半碗，再也塞不下去了，像是摞到嗓子眼儿。她借着去外屋招呼燕子吃饭的空儿，把剩下的那半碗倒入脏水桶里，从暖瓶里倒上半碗热水，慢慢地喝着，也慢慢地把集结在食管中的那些疙瘩往下冲着。

接下来的两天，表面上看不出啥来，但大头马的心里，总像是在吃疙瘩汤，感觉到疙疙瘩瘩的。每次看到葛连，她都想哭，想找一个没人的地方痛快地哭一场。为此，她去过房后，在那里站了半天，没哭出来。昨天傍晚，她还借着帮大军圈羊的名义，去东沟边上的小树林一次，想到付小富的坟前哭一场。可没等走到地方，又拧回来。她有些害怕，不知道怎样面对那个从来没惹过她生气的男人。

从放暑假，羊群一直是由大军放着。每次大军上山后，葛连都要跟大头马亲近一番。有时候是搂搂抱抱，有时候是做那种事。今天，还没等大军上山，大头马就找出一片卫生巾垫上。大军前脚刚走，葛连就跑到西屋，把大头马搂过来又啃又舔。可刚解开她的裤腰带，愣住了，问啥时候来的，大头马说前天晚上。葛连略带疑惑地说："我记得上个月不是这时候？"大头马苦笑着说，现在啥事还有准儿啊！葛连感觉到这话听起来有点儿别扭，也没往心里去。他又在大头马的身上揉搓一会儿，让激情消磨殆尽，到外屋准备晚上要烤的肉串去了。

在那些食客的建议下，葛连的经营范围在不断地扩大着。烧烤的对象，不再限于羊肉、鸡脖子这类肉食，连豆角、土豆、大蒜等这些蔬菜，只要是能吃的东西，都在尝试。有人买，他就卖。没人买，也不在乎，反正这些东西都是自己家园子里出产的，就自己吃了。在葛连眼中，烧烤不再是啥新鲜玩意儿，而是和在家做饭炖菜一样，只是把食物由生变熟的一种手段。这几天，他家连晚饭都不做了，把中午剩的馒头穿到钢丝上，边烤边刷上豆油和酱油，撒上芝麻和孜然，全家人在吃烤馒头串。

七天后的早晨，葛连套上驴车去街里上货，燕子也跟去了。她并不是跟着玩的，而是受老杨委托，去给那些工人买菜。回来时，她的脸上洋溢着一种兴奋的神情。

燕子是个不会伪装的孩子，心里所有的事，都写在脸上。别人也许看不出来，但知女莫如母，当妈的能看不出来吗？燕子没主动说，大头马也没问。她知道燕子盛不住话，现在不说，是还不到说的时候。等晚上睡觉时，她就憋不住了。

果然不出所料，大头马刚躺下，燕子凑过来，先是伸过她的一条胳膊，枕到自己的脖子下边，又把手搭在她的脖子上，这才甜兮兮地说："妈，跟你说个事，可不兴生气哟！"

"我就知道你个小妮子有事！快说，又背着我玩啥咕咕鸟了？"大头马把燕子的胳膊扔回去。

"真是属老虎的，还没等说呢，就急眼了，这谁还敢说啊！"燕子把右手从大头马的脖子下边慢慢地掏过去，再把左手搭在上边，两只手在她的脖子后勾住，还往怀里拉了拉，像是在测试搂得是否结实，又像是在示威——我就搭你脖子上了，看你能怎么的？

接下来，燕子动用她惯用的伎俩，软磨硬泡，终于逼得大头马答应不再急眼后，这才松开她的脖子，把裤子扯过来。在把手伸入裤兜后，燕子又侧过头来确认一次，说："咱可是说好了，真不带急眼的！"她停在那儿注视着，直到大头马再次点头，这才掏出一个手机来，在她眼前晃了晃。

看到手机，大头马便明白前几天所谓的房费是怎么回事了。看来那确实是个骗局，不过，不单单是为了骗大军，更主要的是为了骗她。

最让她觉得情难以堪的是自己还自作聪明地参与过这次行骗过程。

“不当吃不当喝的，买这么个破玩意儿干啥？”大头马腾地坐起来，指着燕子大声嚷道。

“嘘！”燕子也坐起来，把右手食指挡在高高努起的嘴上，又迅速地移开，向东屋指了指，这才小声地说，“不是我买的，是我葛叔给我买的。”

“别跟我扯淡！他买的，你的工资哪儿去了？”大头马的语气中透着愤怒。

燕子往前挪动一下屁股，再次搂住大头马的脖子，把嘴凑到她的耳朵跟前说：“这手机两千多块呢！我只掏四分之一。”燕子边说边躺下去，顺便把母亲也搁倒了。

看起来大头马还在生气，那也只是生燕子的气，对葛连的气愤消失了。这倒不是因为那些钱，钱对于她来说，还没那么重要，她更在乎葛连对她的情义。她用右手的食指戳点着燕子的脑门儿说：“你个小丫头片子，给我老实交代，你们是怎么合起伙来骗我们的？”

“你们？还有谁啊？”燕子不解地问。

“别跟我装糊涂，快说。”大头马声音变得更加严肃。

燕子似乎没弄明白被骗的还有谁，也不敢再去深究，只好把整个过程跟大头马坦白。其实她所能交代的，也不过是过程的前半段。那就是从看到大栓买手机那会儿，她就想买，又不想花家里的钱，所以主动帮老杨做饭，也是为实现这个愿望。她在没开支前，去镇上踩过点儿，相中这款手机了。可她不敢跟大头马说，就商量让葛连去当说客。她又怕母亲不同意，把钱要走，才想出交房费这么个办法，是想把钱存放在葛连手里，等攒够再买。

至于事情的后半段，燕子根本不知道是怎么回事，完全是葛连顺水推舟的结果。葛连本来不到该赶集的时候，听说燕子今天要去买菜，他也跟来了。他觉得这段时间挣的钱，都跟燕子有关，他是真心诚意地想给燕子买个手机。到了街里，他把燕子直接领到手机店，说大头马同意了。燕子说她的钱还不够，等攒够再说。葛连说还等啥啊，剩下的他掏了。燕子说这不行,她必须自己挣钱买。葛连吓唬燕子说："你妈的脾气你又不是不知道，过了这个村，就没这个店了。赶上哪天她不高兴，这事就黄了。"葛连连哄带吓地把手机买下来，但考虑到大军的感受，在回来的路上，他特意告诉燕子，让她说是自己买的。

大头马又数落几句，从语气中听得出来，她还在生气，但好像不是在生燕子的气，而是在针对手机的用途。为了说服母亲，也为哄她开心，燕子打开手机，翻出一条短信说："妈，你听听这个好玩不?"

"我不听。花那么多钱,就为玩啊!"大头马翻过身,把脸扭向墙壁。

燕子也不管母亲听不听的，尽情地朗读起来：

我多想推开你的心门，走进你的心扉，陪你哭，陪你笑，可你的心门始终紧闭着。我到底做错什么了？上天啊，为什么现在才告诉我，你的心门是拉的。

燕子边读边哧哧地笑着，笑够了，看到母亲还没反应，翻找几下，清了清嗓子，又念道：

唐僧师徒开会，共同研究取经的捷径。悟空说，坐飞机去吧，可以直接到达。八戒说，火箭比飞机快多了，坐火箭吧。沙僧从兜里拿出一把手枪说，这个东西更神奇，可以直接送我们上西天。

这次读完，燕子没笑，而是把头探过去，观察着母亲的脸，见她眼角上有了些许的笑意，贴着她躺下说："还有很多更招笑的呢，我念给你听。"

燕子又念了两条短信，终于逗得大头马哈哈地笑起来。她把手机接过去，摆弄一会儿，又递给女儿说："敢情这东西不光能打电话，还能看笑话，买就买吧，就当给你买本小人书了。"

第二天中午，燕子缠着那些司机把收到的短信都转发给她，不一会儿的工夫，收集到六十多条。吃过午饭，她特意跑回来，把这些短信念给葛连和大头马听，逗得他们都不停地大笑。等燕子和大军走后，大头马嗔怪葛连太惯孩子，说买那么个小玩意儿，两亩多地的苞米没了，还笑呢。葛连则满不在乎地说："苞米有啥用？能给你讲笑话？只要孩子高兴，这点儿钱算个屁？再挣嘛！"

大头马像抛媚眼般地剜葛连一眼说："以前大伙都说你小抠，放屁崩出个豆瓣儿，你得捡起来留着做酱，啥时候变得这么大方了？"

葛连则一本正经地说："我抠是不假，这得分跟谁，只要你们娘俩儿高兴，我啥都豁出去了。"

"我干净了！"大头马说完，转身去了西屋。

葛连寻思半天，才反应过来，先跑到大门口，插上大门，又跑到房后撒了泡尿，没顾得系裤腰带，拎着裤子也跑进西屋。

开始的几天，在给大头马和葛连念短信时，大军偶尔听两句，便默默地走开了。看到这种情形，燕子觉得有些不得劲儿，毕竟这部手机，基本上算是葛连掏钱买的，她应该与大军共享才合适。因此，再收到好玩的短信，她主动把手机递给大军，让他自己看。大军的记忆力特别强，几乎达到过目不忘的程度。在跟村里那些和他差不多大小的孩子一起玩时，他就讲给他们。有几个比大军小点儿的孩子，为听这些段子，竟然跟着他一起上山放羊。

可半个多月后，燕子不再主动把手机给大军看了。听到来短信，大军凑过去问：“燕子姐，又有啥好玩的？”燕子忙着时，说没正经玩意儿，都是些垃圾；赶上闲着时，拿出手机来念给他。看到燕子一条一条地翻看着，并没把整个内容都念出来，大军觉得好像燕子挎着一筐苹果，而给他的，只是两三个，且是又小又扁的。

被这种感觉折磨着，大军越发地渴望知道那些没看到的信息，甚至觉得那些信息跟自己有着什么关联。他不像葛连和大头马那样，只知道手机里有笑话，以为它像收音机或电视机一样，只要是开机，就能从里边调出内容，却不知道这些东西是别人发来的。大军看似漫不经心，却时刻地留意着。特别是晚上，听到西屋传来手机短信的提示音，他就会想，都这么晚了，谁还在给燕子发短信呢？他越发地感觉到燕子已经不是从前的那个人了，有点儿神秘。

这天中午，燕子在当院洗衣服，把手机放到外屋的圆桌上。大军溜过去，打开收件箱。他看到一溜短信都是同一个手机发出来的，点开第一条：

我不是王子，也没有白马，可我会给你一个温暖的家；我不是天使，也没有翅膀，可我会给你一个温馨的梦。

大军的心莫名其妙地跳起来，往下翻了十来条，才找到另一个号，打开一看，这条短信，燕子给自己读过。接下来又是五条来自上边那个号码的信息，他又打开一条：

夜深了！无数的星辰亮起，我在天空上写下你的名字，当流星划过时，就能将我的思念传送给你。

大军的脸都涨红了，不敢往下再看，赶忙合上手机，跑回东屋。在地上转了两圈，他又爬到炕上，从被褥垛上扯下个枕头，贴着炕梢躺下，脸冲着墙，装作睡觉。听到燕子进屋，他还故意地增大鼻息的力度，制造出一种酣睡的假象。

从大头马搬过来，大军觉得这个家弥散着一种久违的气息。这味道不单单是大头马带来的，也是燕子带来的。每次见到燕子，他心里都有一丝的慌乱与不安。他说不好那是一种什么感觉，特别从看过短信，他感觉像偷了人家什么东西似的，心里总像揣着个小兔子，不时地蹦跳几下。燕子再把手机放到桌子上或柜上，大军都尽量地绕开那个地方。有人发来短信，他也不再问起。最让大军不安的，是他不知道要不要把这件事告诉给大头马。他想了好几天，还是觉得不能说。说了，等于承认偷看燕子手机这件事。他知道一个男人偷看女人的东西是可耻的。可是不说，自己又知道了，觉得有些对不住大头马。从那些短信的内容看，分明是一个男人发来的。在大军看来，那是在调戏燕子，是在对她耍流氓。有人侵犯燕子，他又不能坐视不管，觉得自己有必要查出那个人来。

在葛八赖家的小卖部，大军拨通那个手机号码。接电话的人问他是哪位，他没回答。接电话的人又“喂喂”两声，骂道，搞什么搞，神经病!

在打电话前，本来是想好怎么应对的。可电话打通之后，听到那边的声音，大军觉得自己没必要说话了，他已经知道那个人是谁了。放下电话，李秀芹以为没打通，也没要钱，大军用省下来的钱买了一根雪糕。他感觉全身燥热，心烦意乱，想凉快凉快。

二十九

在合庄这些半大孩子中，大栓是第一个有手机的。他们没怎么在意，觉得他应该买，人家现在是老板，有可联系的业务，也符合身份。而燕子买了手机，却引来无数关注的目光。这不单打破他们的观念，也为他们提供切实可行的方法，他们都效仿起来。这时正好高速公路上需要力工，他们纷纷报名参加。

为了买手机，铁蛋也去高速公路干活儿。才干二十多天，他脚上的那双鞋就被蹬断底了。他跟母亲要钱买鞋，陈桂荣看着儿子的鞋说："五月节前不是给你买过一双吗？怎么没看你穿呢？"铁蛋说那双鞋不好看，不乐意穿。陈桂荣说："又不是去相媳妇，好看不好看的能咋的？不好看才干活儿时穿嘛，穿坏了，再给你买好看的。"铁蛋赶忙改口，说那双鞋丢了。这让陈桂荣突然想起来，已经有好长时间没看到儿子穿这双鞋了。别的东西可以丢，穿在脚上的东西怎么能丢呢？她立即联想到刘铭家的瓜地。

这段时间，陈桂荣很少出院门。偶尔出去，也不往人多的地方凑合，觉得大伙都不是好眼神瞅她。唯一能去的地方，是葛八赖家的小卖部。做生意的人，在以利益为原则之外，没有原则。你在那里消费，你就是他的上帝。而李秀芹又是个看到蚊子都能分清公母的人，上帝乐意听啥，她就把啥信息第一时间传递过去。刘铭家瓜地被踩的事，在发生的当天，李秀芹就告诉陈桂荣了。而且事情每有进展，她都做跟踪报道。她知道，陈桂荣一定是乐意听这些的。陈桂荣表面上装得冷淡，心里的确有过一阵兴奋，觉得有人为她出气了。但她压根儿没想过能是儿子干的，毕竟不是什么好事，谁愿意拿个屎盆子往自己脑袋上扣啊！

没追问出那双鞋的下落，陈桂荣也没给铁蛋钱。等儿子噘着嘴走后，她在家里翻箱倒柜地找起来。找遍家里的犄角旮旯，最后从老太太的那口棺材里找到了。她把鞋底翻过来，见上面粘着很多黄泥，连鞋底下的沟纹都填平了。她在合庄生活近三十年，对这里的土质很熟悉。合庄的所有地块，都是黑土地，唯独小庙前的这块地，是小凌河发水淤积而成的，是一块黄土地。她吓得把鞋又扔进棺材里，像是扔出一个即将爆响的炸弹。

跑回到正房，陈桂荣立即把墙上的日历牌摘下来，匆忙地翻看着。现在她所担心的，已经不是踩瓜这件事，而是那个小泥人。她清楚地记得，刘铭家西瓜被踩的那天，她来例假，是去小卖部买卫生巾时听到的。她现在要做的，是查查已经过去多少天了。她从今天往前查起，数到那次来例假的日子时，已经是四十二天。她立即双手合十，不停地摇动着。她想感谢的本来是“老天爷”，却在情急之中，说成“谢谢青天大老爷”。她觉得儿子的鞋早不断底晚不断底偏赶上这个时候断底，应该是天意，是老天爷在暗地里警告或帮助她。

陈桂荣决定去找郝桂花，哪怕是赔钱，哪怕是给她跪下，恳求她放儿子一马。可刚跑出大门口，又觉得这么做有点儿不妥当，这等于公开承认这件事是儿子干的。就算花点儿钱能摆平，但儿子的名声毁了。在庄稼人眼中，糟蹋青苗，那可是十恶不赦的大罪。儿子眼看着就到该说媳妇的年龄，这种事真要是传扬出去，哪个闺女还肯嫁给他！儿子要是因此说不上媳妇，他们这支股就断了香火。对于她来说，绝孙与断子似乎是同一个结果。

顺着当街往东头走着，来到村口，陈桂荣才意识到，自己是想去找曹子海。可一想到丈夫，她又停下脚步。这事能跟他说吗？她知道丈夫的脾气，特别是他对庄稼的那份爱护。且别说铁蛋是故意踩坏一垄西瓜，就是平常在地里干活儿，不小心踩倒一棵谷苗，都得挨一顿臭骂。她估计这事真的说了，曹子海敢立即跑到工地上去找儿子，把他暴打一顿，那样，事情还得败露出去。她也害怕曹子海出手没轻没重的，把儿子打坏了。真要是出现这种情况，这不正是郝桂花诅咒所希望达到的结果！

在回来的路上，陈桂荣已经盘算好，这事要想处理圆满，只有花钱免灾。她必须趁着曹子海不在家，把钱拿到手。等他回来，想拿也办不到了。但她还不想瞒着曹子海，况且想瞒也瞒不住。且别说一次拿走这么多钱，就是拿走十块，他也是知道的。她只能来个先斩后奏，首先把儿子的安全保住。至于后果，爱咋地咋地吧。可是把盛钱的那个鞋盒子拎出来后，陈桂荣又犯难了，给多少合适呢？她家没种过西瓜，不知道一条垄上大约有多少棵。给多了，怕自己吃亏；给少了，又怕郝桂花不高兴，达不到她想要的结果。她只好把钱又放进箱子里，她要实际考察一下每垄西瓜值多少钱。

小庙前的地头，已经搭起三个窝铺，种瓜的三家，轮流在这里看着。陈桂荣不敢进刘铭家瓜地去察看，只好钻进曹玉民家瓜地边上的玉米地。她猫着腰往前走着，从玉米的缝隙间，清点着曹玉民家的瓜秧。她是按照每个西瓜八块钱计算的，每条垄大约能卖四百五十多块钱。考虑到被踩的那条垄毕竟没空闲着，那些萝卜好歹也能卖出五十块钱，她决定给刘铭家四百块钱。

回到家里，陈桂荣找出一块红布。红色显眼，容易被发现。她怕太轻扔不进院里去，随同钱一起包进去的，还有一块鸡蛋大小的石头。

郝桂花是在开大门时发现这个红布包的。她拿起来，捏了捏，里边硬邦邦的，被吓了一跳，以为是谁想害她家而扔进来的爆炸物。自从做了小泥人，她的心也时时地悬着。她害怕在诅咒别人的同时，也被人家算计。她把红布包扔出老远，并抱起脑袋等一会儿。没听到动静，这才又上前捡起来。当她一点点地打开，看到里边露出四张百元大票时，悬着的心才算放下来。她立即明白这些钱是怎么回事了，脸上闪过一丝惬意的笑容。

从错打刘鹏飞后，郝桂花就像风箱里的耗子，既憋气又窝火。走在合庄当街上，感觉别人看她时，目光中总带有些鄙夷的成分。就算在家里，她也不像原来那么强势。一连十多天，刘铭都没跟她说一句话。后来话倒是说了，可他还是一直住在东屋。只是偶尔高兴，跑到西屋打个盹儿。那感觉像老辈子的皇上，能到哪个宫里住一宿，是妃子的一种荣幸。刘铭每次去西屋，郝桂花都得笑脸相迎。一经有不顺心，他抬腿便走。为此，郝桂花跟他吵过，也闹过，甚至还跑回到娘家住十来天。刘铭不但没去接她，连个电话都没打。她娘家人问她咋的了，她又不能把这种事拿到面儿上去说，有点儿哑巴吃黄连的感觉。这些年，她控制刘铭的法宝是被窝里那点儿事，现在刘铭反而拿这种事来控制她。她只好把满肚子的委屈和气愤，撒到锅台后的那个小泥人身上。每天三顿饭前，都尽心尽力地用热水去烫，以此发泄自己的情绪。而她的这种做法，不但激起刘铭的不满，就连儿子对她也有成见。开始时，刘鹏举说她愚昧，她大骂儿子一顿。现在儿子倒是不在乎这件事了，但也有点儿不在乎她了。

有事时，直接找刘铭商量，她完全被孤立。

郝桂花回屋时，正好赶上刘铭提拉着裤子从东屋跑出来。她一把扯住他，满怀喜悦地说："西瓜钱回来了。"

刘铭并没在意，挣脱出来，又向门口跑去。跨出门槛子后，才停下来，回头疑惑地问："你说啥钱？"

"西瓜钱啊！"郝桂花晃了晃手中的钱和红布。

"谁给的？"刘铭面带惊喜地问。

"他。"郝桂花指了指放在锅台后的小泥人。

刘铭顾不得上厕所，追问怎么回事，郝桂花把捡钱的过程说了。刘铭看那个小泥人一眼说："看来这招儿还挺灵，真有人被你唬住了。"

郝桂花得意地说："哼，还有六天，谁不怕死！"

刘铭指着小泥人笑着说："既然瓜钱回来了，就把它扔了吧，放在这儿，看着吓人唬道的。"

郝桂花晃着手里的钱说："这点儿钱就想打发我，没门儿。为这个事，我还搭出去五百块钱呢，我不能白搭。"

"那个事是你闹出来的，还能怨人家？"刘铭愤然地说。

"要是不踩咱家的瓜,我能闹出那个事吗？"郝桂花陡然提高嗓门。

看到郝桂花还在不依不饶，刘铭也懒得理论，趁着她不注意，一把将那个小泥人抢到手里，转身往房后跑去，先把小泥人丢到大粪坑里，自己也急不可待地褪下裤子，蹲在上边。郝桂花追到房子的拐角处，气得跺着脚说："我咋摊上你这么个吃里爬外的玩意儿！怪不得刘伟骂你……"看到刘鹏举正扒到东屋窗户上往外看着，郝桂花也只好作罢。

小泥人没了，可是并没影响到事情的发展。当天上午，郝桂花来到当街，逢人便把有人往她家院里扔钱的事告诉出去。每次说完，她都特别强调，除非把包赔刘伟家的那五百也一并给她，否则，必将这件事进行到底。

郝桂花的这番话，是在第二天中午传到曹子海家的，这次是铁蛋先听到的。回到家里，他先屋里屋外地察看一遍，确定他爹没在家，把陈桂荣扯到西屋，小声地问："妈，那钱是你扔的吧？"

陈桂荣故作镇静地问啥钱，看到儿子盯着自己，不得不又问："你是咋知道的？"

"你傻啊！"铁蛋气得跺了跺脚，急赤白脸地说。

从昨天到现在，陈桂荣一直坐立不安，为儿子担心，也为不知道怎么交代钱的事犯愁。听到这话，她抬手给儿子一个嘴巴。铁蛋没有防备，被结结实实地扇在脸上。这是铁蛋长到十九岁，陈桂荣第一次打他。铁蛋被这突然的袭击吓呆了，愣愣地站在那儿看着。娘俩儿对视一会儿，才都反应过来。铁蛋捂着自己的脸，陈桂荣去够儿子的手。她的手刚压到儿子的手上，铁蛋呜呜地哭起来。陈桂荣眼睛一酸，两行泪水同时流出眼眶。

"我爸知道吗？"铁蛋哭着问。

陈桂荣摇摇头，抻着脖子往当院看一眼。

铁蛋抹了把眼泪，从屁股兜里掏出一沓钱，扯出四张说："那就别让他知道了。"

陈桂荣正在犯愁不知道怎么跟曹子海交代这件事呢！儿子交给她这笔钱，无疑是及时的。她略带感激之情地收起来并承诺："等买手机时，钱不够，我再跟你爹商量商量，给你添点儿。"铁蛋转身要走，她又想起儿子怎么会知道她送钱的事，问了一句，铁蛋说是郝桂花说的。她追问是怎么说的，铁蛋有些不耐烦地说："那你去问她，我哪儿知道？"这会儿正赶上曹子海收工回来，在当院卸车，陈桂荣赶忙收拾着放桌子吃饭。

整个晌午，陈桂荣看似一动不动地在炕梢躺着，却连眼皮都没合过。她觉得这种事郝桂花是不应该出来说的。既然她出来说了，恐怕不会是啥好事。她有些担心，想知道郝桂花是怎么说的。

盼到曹子海父子前后脚出了院门，陈桂荣拿着一团旧毛线和一副织针，匆忙地去了小卖部。她说想给曹子海织一副手套，不会起头，让李秀芹教教她。而那会儿，恰好赶上小卖部的人多，几个老娘儿们在议论安装有线电视的事。说上边来统计了，有电话的人家，只要是电话正常使用着，给免费安装有线电视；电话没正常使用的，只要办理每月二十元的最低消费，也可以免费安装；没电话的人家，要收取三百元的安装费。她们议论的并不是这个政策的好与不好，政策是上边定下来的，好不好都得接受，她们在挨家挨户地算谁家赚到便宜了。

在李秀芹的指导下，陈桂荣在把手套织得接近手指时，才把那些人全部靠走。她还是不好直接打听，只好接着话茬儿继续说有线电视。这事是刘铭撺掇成的，她觉得只要是围着刘铭绕圈圈，没准儿一会儿就能扯到郝桂花身上。

两个人又聊了有一个多小时，李秀芹在多次提到刘铭后，终于顺着这个茬口，骂起郝桂花，说啥事坏就坏在这娘儿们身上，说她最不是个人了。为了证明这个结论，李秀芹才把有人赔了西瓜钱，郝桂花还不依不饶的话学说一遍。

陈桂荣漫不经心地听着，在听到她想要听到的内容后，以请教怎么分针的名义把话打断，把话题又转移回有线电视上。她说以前她家没安电话，吃亏了，这次不能再错过机会，要把电话和有线电视一次都安上。李秀芹则劝她说，现在都时兴买手机，谁还安电话？她家的电话还想撤了呢。他们两口子一人买个手机，也省得天天给人跑腿学舌。

太阳快偏西时，陈桂荣才回家，自然又挨一顿数落。她耐心地听完婆婆的教训，回到西屋，从箱子里取出一百块钱，与铁蛋给的四百块钱一起用红布包好。她心甘情愿并迫不及待地想把钱送出去。从内心里，她觉得确实亏欠人家的。从刘天栋的死到儿子祸害人家西瓜，都是他们做得不地道，应该给人家一点儿补偿。

和上次送钱一样，陈桂荣是借着插大门的空儿溜出院子。只是今天早了点儿，郝桂花家还没插大门。她怕把钱扔到门口，一旦有去串门的，被人捡去。在刘伟家的胡同口等了二十多分钟，看到刘铭把门插上，她才走过去。随着红包落地，她的心也跟着落到地下，不仅有一份踏实，还有一份憎恨。她在心里暗骂：郝桂花，你拿去买纸烧吧！

“这黑灯瞎火的，你干啥去了？”曹子海站在门洞里，低声责问。

陈桂荣快速地向屋里跑去，还边跑边回头，那感觉就像后边有人追她一样。曹子海也蒙了，把脑袋探出门口，向左向右看了两眼，没发现有异常情况，才插上大门。

回到屋里，曹子海开始审问老婆。陈桂荣知道这事瞒是瞒不住了，从头至尾地叙述着。她的眼睛盯着丈夫的脸，发现情绪不对，立即停下来，解劝两句。等他的态度有所缓和，再接着进行。经过三起三落，总算把整个过程说完了。曹子海再也按捺不住心头的怒火，抬手给陈桂荣一个嘴巴。没等她有所反应，他已经窜到东屋。

铁蛋刚脱衣服躺下，正在看《书剑恩仇录》。这本书是过年时大栓带回来的，小民用四只鸽子才换到手。看完后，他一直对外出租着，看一次两块钱。合庄很多孩子早都看过了，都说如何如何的好看。铁蛋也早就想看，但他不想掏钱。他并不在乎那两块钱，只是觉得小民太死性。如果是先给他看了，他是不差钱的。但小民却固守着一手交钱一手交书的原则，这让铁蛋不能接受。这段时间，因为挖小井的活儿不是一个人可以干的，两个人又凑到一块儿。挣到了钱，小民也不像原来那么小气，主动把书拿来，说："铁哥，你看吧，想看到啥时候都行。"

铁蛋举着的书被曹子海打飞后，他腾地坐起来，正好背对着炕沿，又挨了两巴掌。曹子海这次出手可比打老婆时重多了，所发出的声音清脆刺耳，不但把睡在炕头上的老太太震醒了，连在西屋的陈桂荣都听得真真切切。

陈桂荣也顾不得哭了，和疯子似的跑过来。看到儿子已经站起来，躲到墙角。曹子海从炕梢扯起一把笤帚，手握着笤帚苗子那头，高举着，前腿已经蹬上炕沿。陈桂荣猛扑上去，抱住曹子海的后腿，把他拉下来。她双腿一屈，跪在丈夫的脚下，哭诉道："我这是哪辈子造的孽啊！"

低头看老婆一眼，又抬头瞪铁蛋一眼，曹子海愤愤地往外屋走去。可左脚刚跨出门槛子，就听老太太大喊："曹子海，你个犊子！你给我站住！"

老太太坐起来，质问曹子海为啥黑灯瞎火地打孩子，家里出啥事了。曹子海站在那里不吱声，老太太就用脑袋往墙上撞着，一下比一下用力。曹子海扑过去，抱住娘的脖子。陈桂荣也从地上爬起来，过来拉起婆婆的手，两个人不停地安慰着老太太，说没啥事，真没啥事。可老太太分明是感觉到有事，警告儿子，要是不说出个甜酸来，她就撞死算了。曹子海没办法，只好把铁蛋祸害刘铭家西瓜的事简单地说了，老太太这才不再挣扎。曹子海趁着这个空儿，溜回西屋。陈桂荣又劝慰老太太两句，也搭讪着离开。这时，老太太又把矛头指向孙子，絮絮叨叨地骂起来，说他是罐养王八，越养越抽成。铁蛋也在气头上，被骂得实在不耐烦了，又把他爹因为小树林气死刘天栋的事也抖搂出来。

三十

要是放在往年，大军和刘鹏举双双考上设平县高级中学，很可能成为合庄的大事。至少会被议论一段时间，会被其他父母当成教育孩子的典范。这所学校的升学率几乎是百分之百，能到这里读书，在不出意外的情况下，等于提前进入大学了。但今年却没引起什么反响，确切地说，是根本没几个人关注此事。人们都忙着在高速公路上起早贪黑地干活儿，都忙着挣钱和花钱。

大军是以全镇第一名考上的，刘鹏举是以最后一名考上的，但刘铭显得比葛连还兴奋。大军能考上在大伙的意料之中，而刘鹏举则出乎意料。刘铭本来想庆贺一下，毕竟全镇四百多名应届学生，考上这所学校的才九人。可观望两天，见葛连没有任何表示，也只好悻悻地作罢。只是在接到通知书的第四天晚上，在连续喝下去五瓶啤酒后，他答应在开学时，给儿子买一部手机。

葛连当然也高兴，但他有属于自己的表达方式。卖肉串时，不管人家买多买少，都主动张罗着搭两串。如果有谁提到大军的事，向他道一声祝贺，他就激动得又是递烟，又是点火，还说让人家拿去吃吧，不要钱了。人家不好意思拿走，主动给他钱，大头马收了钱后，他会强八伙儿地再塞给人家几串。当然，这只是针对合庄的人，不包括那些修高速公路的。他还在上山放羊时，特意绕到王素霞的坟前，把这件事告诉她，让她放心，也求她能远远地照看着孩子。

在听到刘铭要给儿子买手机的消息后，大头马跟葛连商量，也想给大军买一部，并且承诺这个钱由她来出。葛连瞪起眼睛说："他还是个学生，买那东西干啥？让他天天看笑话，还学习不？"说完后，觉得语气硬了些，笑了笑又说，"人家刘铭家里有电话，孩子想家了，可以往家里打个电话，咱们家连个电话都没有，你让他往哪儿打？要想买，也得咱们俩都有了手机再说。"

大头马想想也是，说："那这样吧，孩子上学的行李用品，我来置办。"葛连说不用，她也瞪起眼睛说，"你这是不打算让我以后沾你儿子的光呗！"葛连嘎巴两下嘴，只好点头同意。

燕子对大军的事挺上心，除了帮着母亲给大军做行李外，还给他买了个新书包。她悄悄地对大头马说："等大军开学后，你搬到东屋去住，我就能自己住西屋了。"大头马嘴上骂女儿没良心，开始嫌弃她了，心里还是挺欣慰的，觉得闺女真是娘的贴心小棉袄。

可对葛连摊子上的事，燕子似乎不如原来上心了。没事时，她也过来帮忙，却总是一副心不在焉的样子。不管手里的活计有多忙，只要是手机来短信，就赶忙去看，还躲躲闪闪的。她的眼力见也大不如从前，找不上活计，像个冰尜，抽一鞭子，转几圈。不抽，就停下来。

察觉到燕子的变化，葛连心里挺不得劲儿。甚至认为，以前燕子帮着忙里忙外，是为了买手机。对给燕子买手机的冲动，他倒是不后悔，但心里总觉得有点儿不是滋味。

大头马的想法和葛连几乎一样，也认为燕子做得有点儿过分。她早就想话里话外敲打女儿两句，又没找到合适的话茬儿。她怕贸然地说，会让燕子误认为是葛连的意思，引起她的不满，心里产生疙瘩。他们这个家，看起来圆圆满满的，但跟原装的还是有所不同，像一个打碎的瓷瓶，被黏合起来，也不如原来结实了。

这天，燕子来到摊子上，刚帮着忙了一会儿，就对大头马说，晚上是她炒的菜，头发上全是油烟子味儿，想回去洗洗。大头马瞥女儿一眼，说："你真是懒驴上磨屎尿多，也不是啥大不了的事，等收摊子再说吧。"燕子又把目光转向葛连，皱着眉头，一副急不可待的样子。葛连说那就去吧，反正这会儿人也不多，暖瓶里还有刚烧的开水。燕子像是得到大赦令一样，冲着大头马吐了吐舌头，跑了。

燕子走了一个多小时也没回来。而这会儿，正好赶上人多，葛连和大头马忙得脚打后脑勺。大头马看到葛连不时地往东边张望着，心里开始憋着一口气。

这段时间，庄上的男人基本都在高速公路上干活儿，挣到了钱，他们成了吃烧烤的新生力量。在对待钱的问题上，他们都有这样一种心理：把卖粮食得来的钱看得非常重要，不去做重大的事情，轻易地不肯花费；而把在家门口挣的钱，看得相对轻一些，认为自己闲着也是闲着，干点儿活儿，相当于活动筋骨了。所得到的收入是额外的，是白捡来的。对于这样的钱，花的时候不再精打细算。特别是那帮半大小子们，就算他们不出来干活儿，爹妈也不会抱怨。他们的收入，自然不在家的计划之中，是归他们自行支配的。手里从来没有过钱的人，突然有了钱，心里反而不踏实了。每天不花出点儿去，总觉得搓手摸脚，像是今天还没完成什么任务似的。收工后，有的先回家吃个半饱，再到烧烤摊上打个牙祭；有的索性直接来到这里，啃两个鸡翅，喝一瓶啤酒。吃不饱的，再回去垫补一口。懂事一点儿的孩子，买上个十串八串的拿回去与家人一起享用，父母乐得屁颠屁颠的，觉得总算得到儿子的回报，第二天还到当街夸耀一番。

这拨高峰过后，大头马见燕子还没回来，心里的气已经到达忍无可忍的地步。她也没跟葛连打招呼，径直地往东走去。

刚跨进当院，大头马冲着屋里喊燕子。在喊到第三声时，大军从屋里跑出来，说燕子姐没在家。大头马问去哪儿了，大军说她没回来。大头马问没回来洗头吗，大军一脸茫然地摇着头。大头马说："你先去西头帮你爸照料着，我有点儿事，一会儿再去。"

大军跑出大门，大头马似乎还不放心，怕燕子和大军合起伙来蒙她，就东屋西屋地看了两眼。出来后，又到房后转了一圈，甚至连羊圈都检查了。没找到燕子，大头马更不放心了。一个女孩子，黑灯瞎火地能跑到哪儿去呢？去干啥了？她又到村子里转了一圈，除了葛八赖家小卖部门前有一堆人在扯闲篇，其他的地方连个人影都没有。刚才还只是来气，现在她是又气又急，边走边小声地骂着，等回到烧烤摊子前，脸气得都有些发紫了。她从地上的一个水桶里拿起水舀子，顺便舀了半下凉水，咕咚咕咚地喝下去，把水舀子扔进桶里。葛连显然是知道此事了，劝她别着急，这就收拾摊子，和她一块儿去找。大头马赌气说："不找了，爱死哪儿去死哪儿去吧！"

话是这么说，从大头马不时的张望中，大军看出她是真着急了。大军犹豫半天，最后还是凑到大头马跟前，小声地说："大娘，要不，你去汽车那儿看看吧。"

"啥汽车？"大头马茫然地问。

大军抬手向小凌河边指了指。

由于村子里的街道很窄，在工地干活儿的那些车辆，到晚上都停在河边的沙滩上，黑乎乎的一大片，远远地看去，像一片沙丘。

大头马和葛连同时抬头往河边看一眼，并没在意。葛连还小声地呵斥："跟着起啥哄？她一个女孩子，没事上那儿去干啥？"

大军不再吱声，两只手相互地捏压着指关节，发出清脆的响声。

这是他的一个习惯性动作，每次遇到心里不安的情况，都会这样。

正是这个动作，引起大头马的注意。她知道大军是个沉稳的孩子，轻易不说话，说话一定有道理。她没再多问，转身向河边走去。

看着大头马消失在夜色中，葛连正想训斥儿子，没想到大军竟然凑到他身边，显得很急切地哀求着："爸，你快去把我大娘叫回来。别让她打着我燕子姐。"

葛连回头疑惑地问："你肯定燕子在那儿？"大军点了点头。葛连又问："她去那儿干啥？"大军不再吱声。葛连把手中的几支肉串递给他说："你吃吧，吃完收拾摊子。"

葛连还没等赶到地方，大头马已经拧回来。葛连问找着了吗，大头马没吭声，气呼呼地往前走着。葛连在原地站了一小会儿，看见燕子跟过来，她身后还跟着司机小蔡，他便明白怎么回事了。没等燕子到跟前，也转身往回走。在走到大门口时，看见大军在门外站着，一副神情紧张的样子。葛连狠狠地瞪他一眼说："就你嘴欠！"

西屋黑着灯，板门已经插死了。葛连敲几下门，一点儿声息都没有。他转身时，看到燕子、小蔡和大军都站在他身后，几个人都像丢了魂似的，把目光集中在他身上。燕子低着头，身子有些微微地发抖。小蔡把身子往前移了移，把她挡在身后。大军也往燕子的身后移动着，三个人站成一个溜直的纵队。

葛连也有点儿紧张，不知道接下来应该怎么处理。他习惯性地掏出烟，小蔡赶忙凑过来给他点火。小蔡的手不停地哆嗦，打火机上的火苗绕着烟转了好几圈，也没点着。葛连只好托住他的手，火苗才稳定下来。

连续地抽几口烟，葛连用胳膊肘撞小蔡一下，向当院走去。小蔡会意，在身后跟着。刚走出两步，发现自己带动着燕子和大军都跟过来。小蔡转过身，在燕子的肩膀上拍了两下，燕子停下来，大军也跟着停下来。

来到房檐东头，葛连转过身来怒视着小蔡。对小蔡的情况，他从大汪的嘴里多少了解些，知道他比燕子大五岁，离过婚，家里还有个三岁的女儿。他和大军一样，把小蔡和燕子的关系，看成是对燕子的一种伤害、一种欺负。他把小蔡叫出来，本想教训他一顿。可现在，他突然意识到不管从哪个方面说，自己都没有这个资格。一时的冲动，让自己陷入尴尬的境地。他只好抱起膀子，静静地等着小蔡开口。

“葛叔，我和燕子是真心相爱，求你帮我跟马姨说说，成全我们吧。”随着话音，小蔡双腿前屈，跪到地上。

“你这是干啥？快起来，跪我有啥用！”葛连扯着小蔡的胳膊把他拎起来。

小蔡这一跪，让葛连陡然产生一种使命感和责任感。他觉得这孩子也没啥不好的。人长得仪表堂堂，家又在县城。就算不是头婚，但人家能挣来钱！一个月纯剩一万多块，谁跟了他，都是吃香的喝辣的。一个女人有吃有穿有钱花，那就是幸福，还需要什么？况且他能为这事而跪下，足可以证明他的真心。葛连往前跨一步，拍着小蔡的肩膀说：“你回去睡觉吧，这事我来办。”

小蔡连连致谢，忐忑不安地离开了。

在当院把那支烟抽完，葛连走进外屋，看到燕子站在西屋门前小声地哭着，两只手捂在鼻子上，肩膀一耸一耸的；大军面壁而立，手指不停地抠着墙，被烟熏黑的墙面上，已经有拳头大小的一块白色印迹。

葛连又开始敲门，屋里还是一点儿声息都没有。他在外屋转了两圈，停到燕子身后，拍了拍她的肩膀，见燕子没反应，拉着她的胳膊，把她牵到当院。

沉默片刻，葛连问燕子怎么想的。燕子只是抽抽搭搭地哭，没回答。葛连知道这样问不出个结果，换成启发性的口气说："这事你自己寻思着办吧！要是想成，就别瞒着了，找个媒人。要是不想成的话……"

话还没等说完，燕子停止哭泣，郑重地点了点头，转身往院门口跑去。葛连也尾随过去，目送着燕子进了刘铭家，这才放心地关上大门。回到外屋，见大军还在那儿站着，葛连说："你也睡觉去吧。不关你的事，我看着你大娘就行。"大军走进东屋，葛连把外屋门关上，把自己关在门外。他在房西头撒了泡尿，推开西屋窗户，跳了进去。

大头马在炕头上趴着，头朝里，两只脚耷拉在炕沿下。葛连贴着窗台坐下来，轻轻地抚摸着大头马的后脑勺，开始做她的思想工作。此时，葛连完全成为小蔡的代言人，掰着手指头盘点着小蔡的优点。快到十一点时，大头马的态度才由原来的死活不同意到有所松动。她说这事要想成的话，小蔡以后必须得留在合庄，而且不能把前窝的孩子带过来，他要是不答应，就跟他没完，他别想囫囵着离开这儿！

燕子跑到刘铭家，进屋就扑到郝桂花的怀里哭起来。郝桂花拍着她的后背哄了半天，不停地追问她怎么了，燕子还是抽抽搭搭地不肯开口，直到郝桂花做出承诺："有啥事，你跟舅妈说，天塌下来，有我替你顶着。"燕子才把她与小蔡的事全盘地抖搂出来。原来他们都相处两个多月了，一直通过手机短信联系。燕子一口一个大舅、大舅妈地叫着，让他们替她做主。看到燕子大有非小蔡不嫁的架势，刘铭两口子也只好答应下来。郝桂花说："男大当婚，女大当嫁，这是好事，没啥不对的。你就把心放到肚子里吧，你妈那边，包在我和你大舅身上。"

第二天早晨，燕子是在刘铭家吃过饭，被送回来的。见面后，大头马不免又骂她几句，燕子不免又哭一鼻子。至此，事情就算过去了。

大头马以警告的口气，提出她的要求。燕子说小蔡家里哥们儿三个，出来一个没问题，这也是她的要求，小蔡也答应过。燕子还说小蔡的爹妈都是老师，很通情达理的。大头马听后又火了，冲着女儿嚷道："你的意思是说我不通情达理呗？这事我不管了，你爱咋着就咋着吧！我就当没养你这个闺女。"看到母亲又翻脸了，燕子赶忙赔着笑脸去解释。刘铭两口子和葛连也从边上帮腔，说孩子不是这个意思，这才把事情再次平息下来。大头马让刘铭去找小蔡，把这些要求传达过去。刘铭认为还是让燕子去说为好。大头马说："婚姻大事，就得大人做主。娘亲舅大，只能是你出面了。"

从打发送完刘天栋，大头马这个干闺女就当得理所当然了。刘铭两口子拿她也真当大姐对待着，连家里做了好吃的，都叫上她们母女一起吃。当然，也落不下葛连父子。有时候赶上天不好，摊子上没人，葛连也烤上些羊肉串，叫刘铭一家三口过来喝点儿。两家子处得跟亲戚似的，就连刘鹏举，都已经管大军叫哥了。

跟小蔡的谈判进展得顺利，刘铭不单把大头马的意思表达了，还以燕子娘舅的身份要求小蔡把他的父母叫过来，他们得亲耳听到他父母表态。小蔡当时往家里打了电话，他父母说这个礼拜六赶过来。

这样一来，燕子的婚事变得名正言顺。刘铭算是小蔡那边的媒人，郝桂花算是燕子这边的媒人。葛连名义上不是燕子的家长，可一切活动都在他家进行，自然被当成家长看待着，他也全心全意地尽着家长的责任。到了周五，葛连去街里赶集，买了酒菜，为小蔡父母的到来做着准备。当然，钱由小蔡支付，是通过燕子转交的。

小蔡的父母果然如燕子所说的那样。特别是小蔡的母亲，不单开放豁达，还能说会道。见到大头马，像多年没见的老姐妹一样亲近，拉着她的手，把燕子夸奖一番。在切入正题时，又扯过儿子的手，交给大头马，大大方方地说："我这个儿子送给你了。以后你也不必拿他当女婿看待，当儿子就成。有不听话的时候，打骂任你。等他们有了孩子，愿意姓蔡就姓蔡，愿意姓付我们也不反对，一切你说了算。”

人家把话说到这个份儿上，大头马自然也没啥可说的。她先冲小蔡父母点了点头，又扫视一圈，郑重地说：“大伙都是家里人，我也不藏着掖着了。我跟葛连相处挺长时间了，在这儿住得也挺习惯的，以后我也不往回搬了。我也没别的可陪送给闺女的，我的那个院子，以后就留给燕子他们吧。”

大头马说话时，葛连不停地点着头。话音刚落，他冲燕子说：“过几天大军去县里上学，家里也没啥可经管的，我跟你妈都商量好了，等修高速的人走后，我们俩到镇上租个门脸，把这个烧烤摊子搬到那儿去。她当掌柜的，我给她打工。”

“不放羊了？这可是你爹拿命换来的家业，舍得吗？”刘铭笑着问。

“这有啥舍不得的！当初我也不乐意放羊，那不是没法子吗！”葛连话语中带着一股幽怨。可能是勾起他的伤心事，眼圈居然红了，立即把脸转向后墙。

郝桂花侧脸瞪刘铭一眼，赶忙把话题岔开，她建议等燕子结婚时，让大头马和葛连也跟着办个婚礼，一起热闹热闹。大头马听后吓得连连摆手说：“我们都这把年纪了，还走那个过场干啥？只要两个人在一起知疼知热，比啥都强。”

当天中午的酒席，算不上订婚仪式，却把订婚仪式上该进行的内容都进行了。两个孩子一起，向双方的家长敬了酒。双方的父母也喝了换盅酒。葛连是以女方家男主人的身份出现的，也算是登堂入室。燕子和小蔡在敬完所有人后，又单独敬他一杯。燕子要改口管他叫爹，葛连笑着摆手说：“叫啥都不重要，我早就拿你当亲闺女了。”

晚上葛连没出摊子，把烤箱支在自家的当院里，请大伙吃烧烤。小蔡一家三口、刘铭一家三口、葛连爷俩儿和大头马娘俩儿，大伙围在大桌前，一片欢声笑语。开始时，还是葛连主理，燕子和小蔡在边上打下手，到后来，烤箱变成个大锅台，大人们在桌上喝酒，孩子们在那儿瞎闹。一会儿他弄个烤豆角，一会儿她又弄个烧茄子。最后连大葱大蒜都让他们穿到铁丝上，烤得满院子“五味俱全”。

三十一

西瓜开园后，种瓜的三户人家在地头摆起摊子，约定以同一价格进行销售，谁也不许单独涨价或降价。

刘铭和曹玉民种的是“黑美人”，这种瓜个头特别大，每个都在二十斤左右，沙瓤，但瓜皮特别厚实。而葛晓伟家的“小地雷”，最大的十来斤，水瓤。虽然口感没有“黑美人”好，却因皮薄肉多而备受青睐。几天下来，刘铭和曹玉民加起来，竟然没有葛晓伟一个人卖得多。

合庄来买瓜的人，都是先到刘铭和曹玉民的摊子前绕一圈，最后选择到葛晓伟的摊子上买。偶尔有老刘家的或老曹家的亲门近支，感觉不照顾本家生意不好意思，也是在他们那里先买一个，还是挑最小的，再到葛晓伟的摊子上买几个，一起背回家。

那些工人和在工地上干活儿的半大小子们，不太在乎钱，不去算计吃多少扔多少的问题，也因为“黑美人”确实太大，一个人一次根本吃不了，几个人在一起搭伙，又涉及谁掏钱的问题，最终还是选择“小地雷”。

本来“黑美人”的销量就不多，再加上有两户人家在出售，每户更卖不了多少了。刘铭联合曹玉民去黑龙镇上找那些水果贩子推销，好说歹说，还真把他们动员来了。他们经过现场比较，也是以“小地雷”为主打品种，再配上三分之一左右的“黑美人”。而曹玉民在瓜地上投入的功夫足，他的瓜长势好，自然卖得快。这样在这三户人家中，最犯愁的当数刘铭了。

瓜不好卖，两口子开始相互埋怨。刘铭后悔当初听信老婆的话，说这还不如出去打工省心。郝桂花则认为原本就不应该联合那两户，要是仅他们一家，就算被遮挡点儿，瓜长得不如现在好，也不至于这么闹心，光合庄和工地上的人，就能消化得差不多。

曹玉民也对种瓜有些后悔，他埋怨的不是刘铭，而是葛晓伟。种瓜是刘铭提出的，但他是被葛晓伟忽悠动心的。再看到葛晓伟每天卖得比他多，心里更不是滋味。有好几天，他都不跟葛晓伟搭话。三个人都在地头树荫下坐着，他掏出烟，自己叼一根，扔给刘铭一根，再大模大样地揣进兜里。

趁着刘铭不在跟前，葛晓伟指着曹玉民的瓜地说：“春天在你们家喝酒时，我说种‘小地雷’好，你偏不信！”他又转身指着远处的刘铭说：“听他的话，临死都穿不上裤子。他在自己家里都整不明白，还给别人当家呢！”曹玉民嘴上没吱声，心里觉得也有道理，又把部分怨气转移到刘铭身上，再抽烟时，连他也不给了。

修路那些人买瓜时，小蔡总是抢着跑腿，他自然是买刘铭家的。从跟燕子的事定下来，他已经改口管刘铭叫大舅了。看到刘铭为瓜的销路愁眉不展，他突然想起他表哥在北京批发水果，立即给他打电话。开始时，表哥嫌道远，不乐意来拉。小蔡就把他在合庄处对象的事说了，又把刘铭说成是燕子的亲舅。在他的再三央求下，表哥才同意过来看看。

小蔡的表哥叫秦贵，已经是快五十岁的人了。他下车时正好是中午，小蔡开着他那辆大翻斗车拉着刘铭到黑龙镇去迎接，他们在镇上的“义满楼”饭店吃的饭。刘铭说他请客，但酒宴还没结束，小蔡就借着上厕所的空儿，去前台把账算了。等回到合庄，他们已经亲密得和真正的亲属似的，秦贵也跟着小蔡管刘铭叫大舅。

几个人在瓜窝铺前刚坐下，郝桂花就把在凉水里浸过半天的西瓜搬上来。可能是大晌午的热了点儿，秦贵狼吞虎咽地啃了两块，在拿起第三块时，指着刘铭家的瓜地说：“这瓜真不错，我全包下了。今年我还没吃过这么好的瓜呢！”

刘铭两口子自然高兴，不停地致谢。在估算完产量时，秦贵略带为难地说：“来两车拉不了，来三车还不够装。”刘铭怕他来两台车，赶忙说：“那就来三台车吧，不够摘那两家的。”秦贵看一眼小蔡，见表弟眼神中所表露出来的也是这个意思，点头答应了。

吃完瓜，又抽了根烟，秦贵走进瓜地，刘铭和郝桂花也在身后陪着。进入葛晓伟家的瓜地时，秦贵只简单地扫一眼，直奔曹玉民家的地去了。看过曹玉民家的西瓜，他决定也全包下来，说这样正好，五车全拉走了。

小蔡的车停在地头时，曹玉民和葛晓伟都看到了。他们以为是小蔡家里来人商量他跟燕子的婚事，都没往心里去。看到一行人进入自己家的瓜地，他们才从窝铺里出来，向跟前靠拢着。

听说把自己的西瓜全包下时，曹玉民激动得上前跟秦贵握手，并转身重重地拍着刘铭的肩膀说：“队长啊，有这么好的茬子，早说啊！看这几天把我急的，牙花子……”

还没等曹玉民的话说完，葛晓伟上前扯住刘铭说：“队长，快帮我说说，把我的也一起拉走吧。”他平时说话就拖着赖叽叽的音儿，再加上这会儿是真着急了，听起来像是带着哭腔。

刘铭有些不情愿地走到秦贵面前，没直接提出来，而是建议他再尝尝这种“小地雷”。葛晓伟在地里寻了个瓜中之王，到摊子前割开，把见光多的那面掰下一大块，双手捧着递给秦贵，并不停地点头哈腰。

秦贵刚啃两口，葛晓伟急不可待地问怎么样。秦贵说瓜还不错，可他不能要。葛晓伟忙问为啥啊，秦贵说这种瓜皮太薄，怕挤压，一碰就裂开了，不适合长途运输。

葛晓伟赶忙转换角度进行推销，说人们都喜欢这个品种，吃得多，瞎得少，一个瓜才不到十块钱，谁家都买得起。为增加说服力，他还指着刘铭和曹玉民说：“不信你问他们，黑龙镇的瓜贩子是不是都开我的？”刘铭看到葛晓伟盯着他，点了点头，表示认同。还没等葛晓伟把目光转过去，曹玉民先把脸扭开了。

“这是往北京拉，不是你们镇上。北京没人在乎吃多少瞎多少，也不涉及买不起的事。”秦贵笑着说。

葛晓伟没办法，只好从价格上做文章，率先提出愿意比刘铭他们便宜五分钱。秦贵听后仍然笑着说：“不是钱的问题。我去年在河北拉过这种瓜，到北京炸开三分之一，河北到北京还比这儿近便多了。”

在秦贵看瓜的空儿，小蔡打电话把燕子叫了过来。看到燕子，秦贵没等把手中的瓜吃完，就离开葛晓伟家的瓜地。几个人回到刘铭的窝铺前，小蔡把燕子介绍给表哥，燕子约他到家里去。秦贵说：“不了，等你们结婚时，我再来喝喜酒。”刘铭两口子和曹玉民也跟着一再挽留，秦贵指着瓜地说：“还是办正事要紧，早一天拉走，你们早一天省心，我也早一天省心。”他又指着天空说，“要是赶上连雨天，这片瓜就完蛋了。”

秦贵的话带着十足的亲戚味儿，让刘铭他们都很感动，也不好再说什么。秦贵说他下午就去设平县城，联系空车配货，让刘铭他们听电话，一经确定好时间，让他们提前把瓜摘下来。他还把检斤的事委托给表弟和燕子，说货款在货到之后打到小蔡卡上。他在临行前，掏出一张名片递给刘铭说，如果明年还种瓜，提前给他打电话。只要是这个品种，有多少他都包了。刘铭和曹玉民向他再次致谢，他笑着说：“我还要谢谢你们呢！以后我表弟在这儿，请你们多多关照。”

那两家子的瓜不好卖时，葛晓伟不着急，觉得他卖得比他们好，没有他着急的份儿。人家一下子全包出去，这下他是真上火了。看到大伙把秦贵送走，他跑过来打听最终情况。曹玉民以去他丈人家借地秤的名义，一副心花怒放的样子走了。刘铭和郝桂花除了对没能帮上忙表示遗憾，还安慰葛晓伟说：“从现在起，我们的瓜一个不卖，这儿就你一份儿，应该不是问题。”

葛晓伟不停地拍着脑门子，愤愤地说：“我这哪儿是一份儿！算上我老叔的，和你们两家差不多。要是没有贩子来拉，就靠这么零割肉，得卖到猴年马月？”

回到窝铺里，葛晓伟越想越不是滋味，也不甘心，决定去找大头马。小蔡是她女婿，她说话一定比别人有力度，让她再跟小蔡争取一下。他来到葛连家时，正好赶上老叔也在家。他把事情的经过和他的想法刚说完，没等大头马表态，葛连率先说：“既然没法运输，再找也是白扯，这不是难为人家小蔡吗？”

在来之前，葛晓伟只想到大头马，没考虑到葛连。看到老叔时，他内心还多出一份欣喜，觉得有他在跟前，在恰当的时候帮帮腔，成功的概率会大些。没想到老叔首先横刀立马跳出来，把路给封死了，这让他的火气腾地一下燃起来。

“我又不是来求你的，有你啥事？你算个老几！”葛晓伟吼道。

似乎还在对前段时间瓜地的事耿耿于怀，葛连也不甘示弱，指着葛晓伟说：“是不关我的事，我也不算老几，可这是在我家，不乐意待给我滚出去！”

看到这架势，大头马赶忙推着葛晓伟往外走，说：“你老叔中午喝多了，有啥事咱们出去说。”

葛晓伟一边往外走一边回头叫嚷着：“你那片地我不要了，反正我把种子化肥钱也卖回来了，想从我这儿要包地款，门儿都没有。”

葛连也跟出来，右手一直没落下，仍旧指着葛晓伟说：“你就是个欠揍的脑袋，说话翻锤掉打的，都不如个好老娘儿们！”

一直走到瓜地前，葛晓伟的情绪才算稳定下来。他指着葛连家的方向说：“嫂子，你是个明白人，你给评评这个理。我都急成啥样了，有别人看热闹的，有他看的吗？还是长辈呢，啊呸，狗屁吧。”

“不管我叫老婶了？”大头马笑着问。

“还是按原来的叫吧。我没他这样的老叔，还叫啥老婶！”葛晓伟一副余怒未消的样子。

“既然连我也不认了，那我得跟你好好地说道说道。”大头马立即变得一脸严肃地说，“包地时，是你主动找的我吧？咱们可是讲好的。你不能说要就要，说不要就不要。你这样做，也让我夹在当中为难啊！”

“谁爱为难就为难！反正这片地，我是坚决不要了。看他能把我咋地？”葛晓伟钻进窝铺里，还顺手把上面的破门帘子扯下来，把门口封住了。

大头马被撂在瓜窝铺前，有些尴尬。看到曹玉民媳妇正在窝铺前跟郝桂花说话，她怕声音过高，把她们吸引过来，强忍着怒气说：“葛晓伟，这又是你提出来的。好，你不要，这片地我要了。从现在起，不准再动地里的瓜了。”

葛连的怒气还没消，看到大头马回来后脸色挺难看的，又添了火气。他说那块地他认瞎了，一会儿就挨家挨户地通知全村子的人，谁想吃西瓜就去地里摘，算他请客。等大伙摘个差不多时，他就连瓜带秧一起喂羊了。

知道葛连说的是气话，大头马也没理会。她来到自家的院门口，把燕子叫出来，把刚才发生的事情告诉她，让她给小蔡打电话，让小蔡再找他表哥，无论如何得把葛连家的瓜也拉走。她的语气是那种命令式的，大有不这么办就不行的感觉。燕子听后有些为难地说："'小地雷'不能长途运输，这你也知道。这不是难为人家吗？"

"谁爱为难就为难！反正这些瓜，他们得拉走。你就告诉小蔡，是我说的。"大头马的语气和表情与葛晓伟说她的时候如出一辙。

燕子掏出电话，只是在手里摆弄着。过了半天，大头马叹了口气说："就你这个孬样，过了门也当不起家来，也是个受气的脑袋！"燕子看到母亲很失望的神情，开始拨号，还没等拨完，大头马又摆手制止了，她说："我都想好办法了。你就跟小蔡说，把'黑美人'装到车底层，上边再装'小地雷'，这样没多大事。实在不行，车的四边上再塞些瓜秧子。你再告诉他，运到地方后，只要是炸开的，让他表哥直接扔掉，损失算咱们的，这咋也行了吧？"

"有这么好的法子，你早说啊！"燕子一边埋怨着母亲一边开始拨号。

"哼，我就是想看看你听不听我的话！"大头马说。

事情进展得很顺利，当天晚上，燕子告诉大头马，小蔡的表哥同意了，说车已联系妥了，每天两辆，每三天一趟，分批进行，直到拉光为止。怎么装，这边说了算，那边只管检货付款。燕子还授权她母亲说："这事就你说了算吧。我和小蔡都整不了那玩意儿，也没时间。"

运瓜的车是第二天下午四点多抵达合庄的，在大头马的统一指挥下，两车各在刘铭和曹玉民家的地里装了大半车，又到葛连家的地里装满。刘铭和曹玉民两家都是全员出动，再加上燕子和大军，大伙忙活到晚上七点多才装利索。在快收工前，大头马回家闷了一锅米饭，又炖半锅豆角。葛连在摊子上烤了些肉串，这些人都在葛连家吃的晚饭。

次日上午八点多钟，秦贵打来电话，说“小地雷”也没问题，只有零星的几个炸开个缝，能按原本价批发出去。大头马听后对自己的创意非常得意，拍着胸脯说：“我就不信那个邪呢！活人还能让尿憋死？天下就没有过不去的火焰山！”葛连当然更得意，这片西瓜失而复得，增加收入的同时，还让他出口恶气，就连看大头马时，眉眼中都透着温情和甜蜜。

再次装车时，看到葛晓伟站在窝铺前可怜巴巴的样子，大头马觉得再怎么的他也是侄子辈上的人，不能跟他一般见识，把他招呼过来，让他做好准备，明天下午把他家的瓜也顺便拉出去。本来没希望的事突然又实现了，葛晓伟高兴得当着所有人的面管大头马又叫起老婶，率领着他家的三口人投入到装车的人群中。

这天晚上大伙是在刘铭家吃的，十几个人有说有笑，每个人脸上都洋溢着喜悦的神情。葛晓伟还借着刘铭家的酒，给葛连赔了个不是，说他欠教养，火毛子脾气，让老叔大人不计小人过。葛连也面带惭愧地说：“也不全怪你，我这个当叔的也不够材料。这小半年，你帮我经管着瓜地不容易，也不能让你白受累，等过年时，给你一头羊杀肉吃。”葛晓伟做梦都没想到葛连会这么大方，他知道现在一头羊能值多少钱，这些钱足够雇人干这些活计了。这么算下来，他也没吃亏，等于边给自己干活儿边给别人打工了。他再叫起老叔来，语气也显得亲近许多。

尝到甜头后，葛晓伟和曹玉民真心诚意地管刘铭叫小队长，说明年还跟着他种西瓜。刘铭似乎比春天时还兴奋，他说：“镇里刚开完‘精准扶贫’大会，号召各村各组都确定脱贫项目。我正愁咱们这儿咋办呢，这不是现成的项目就在眼前嘛！明年咱们联合全村人都种西瓜，把这个生产小队扩大成合作社，把合庄建成黑龙镇的西瓜生产基地。”

“别介啊，队长，种的人越多，西瓜越不好卖了。”曹玉民赶忙插话。

“你知道个屁！少了才不好卖呢。如果只产个十吨八吨的，别说是北京的瓜贩子，就是咱们县的瓜贩子也看不上眼。”刘铭笑着说，“要是能出产几百吨上千吨，再让‘扶贫工作组’帮咱们在网上宣传宣传，让全国的瓜贩子都惦记上，到那时，价格也由不得他们说了算了。”

葛连原本对种西瓜不感兴趣，这会儿，好像也动心了。他说：“其实大伙也都知道种西瓜来钱快，为啥没人种？还不是咱们这地方交通不行，没人愿意来拉。等高速公路修通后，跟全国各地都连接上，头半夜装车，下半夜就到北京了，比原来拉到县城还快。到那时候，大伙都得种，想拦都拦不住，谁又不傻！”

几个人越说越兴奋，越盘算越具体。直到此时，对这条高速公路，他们又重新燃起希望。只是这次与原来不同，他们考虑的不再是钱，而是他们的前途。

本来说好最后一天去曹玉民家吃饭，还没等装完车，曹玉民的老婆跟头流星地跑到瓜地，对曹玉民说：“你快回去看看吧，铁蛋他奶奶不行了，装老衣服都穿上了，一家子人都在哭呢！”曹玉民并没急于离开，而是转身盯着刘铭，像是在征求他的意见。

刘铭挥了挥手说：“看我干啥？该干啥干啥去，瓜地的事不用你操心了。”

曹玉民说：“我真得回去看一眼，要不面子上太过意不去。”跑出两步，又转身冲着刘铭作了个揖说，“我替那家子人给你道个歉吧！”

曹玉民来到曹子海家时，老太太刚咽下去最后的那口气。曹子海正伏在他母亲的身上，边哭边大声地呼喊着：“娘，我对不住你啊。”铁蛋也跪在他奶奶的身边，随着他爹喊着：“奶奶，我也对不住你。”他们爷俩儿的这句话，在别人听来，没什么特别的，好像在表达一种谦虚，觉得自己没尽好孝道。以往有老人去世，儿女也有这么说的。但对于曹氏父子来说，这却是一句实话，也是一句真心话。

得知曹子海气死刘天栋的消息，老太太整整地骂了大半宿。从第二天早上开始，她跟儿子孙子都不说话了。不论他们俩怎么献殷勤，老太太都是闭着眼睛躺着，连动都不动一下。这之后，她像白露过后的庄稼，一天不如一天，饭也不正经地吃，觉也不正经地睡，整天倚在墙角上，处于半睡半醒的状态。以前睡着时，她是打呼噜的，现在却听不到了。说她没睡着，有时还一惊一乍的，像是睡毛愣的样子。曹子海几次要拉她去医院看看，她都不肯，急得曹子海都给她跪下过。只有这爷俩儿不在跟前时，她才勉强跟陈桂荣絮叨两句，除了感叹她上辈子没干好事，怎么生出这么两个孽障来；再就是说这个家里，只有陈桂荣是个好人。一天不管说多少遍，反反复复就是这两个意思。这样勉强持续一个多月，终于靠得油尽灯熄了。

曹子海哭得死去活来，但并没哭昏头，还有自知之明。他只通知姓曹的几户人家，其他姓氏的，并没惊动。他知道老刘家是不会有人来的。如果老刘家的人不到场，就算是把其他姓氏的人都找来，也凑不够能把他妈抬出去的人手。他当即决定，用车往外拉。他本想跟葛连商量商量，为他娘在小庙的原址报庙，可没等走出大门口，又折回去了。他知道葛连已经不再是原来的那个人，而是刘铭的干姐夫，就算他说不出啥来，也是让人家为难的事。

出殡用车往外拉，这在合庄还是头一份儿。对于死者及其子孙来说，是一种耻辱。一般情况下，只有那些没儿没女没人管的人，才会用这个法子。而有些人，就算没儿没女，平常人缘好，再有本家的话，他们也不忍心那么做，这似乎也是这个家族的羞辱。但老曹家的其他人，并不以此为耻。曹子海本来就不属于他们家族，就连曹玉民也没说什么。

消息传出来，那些想去又没多大心情，不去又觉得过意不去的人，终于找到借口，说这明摆着是不用帮忙的。他们和往常一样，该去高速公路工地的去了工地，该上山干活儿的上山干活儿。到最后主动拿着纸钱上门吊唁的，只有满堂。他是不能不去的，他还惦记着明年清明时把他爷爷和他爹的坟迁到曹子海家的树林子里呢！这也算是提前打个招呼。

第二天早上撒羊时，葛连看到曹子海他娘的那个“纸人”孤零零地立在路边上，突然觉得自己挺对不住合庄人的。他当即产生个想法，等今年收秋之后，跟大伙商量商量，他出地方，大伙出工出料，在小庙的原址上再盖一座小庙，让死者都有个可以存放魂灵的地方，也让活着的人心里有一份安慰。

站在西山坡上，望着曹子海家的坟地升起阵阵浓烟，葛连感觉鼻子酸酸的。他想起他的亲人，想起他这些年的日子，也想起他爹活着时经常唱的一首小曲，竟然情不自禁地哼起来：

正月里说媒二月娶，三月生个小儿郎；四月会爬五月会走，六月喊爹又叫娘；七月上学把书念，八月就会写文章；九月进京去赶考，十月得中状元郎；十一月打马去上任，十二月告老还家乡……